KB260286

오랫동안 첫 글을 기다린 그녀,
김경희 여사님에게 이 글을 바칩니다.

가만한 바람

초판 1쇄 찍은 날 § 2007년 3월 7일
초판 1쇄 펴낸 날 § 2007년 3월 17일

지은이 § 박지수
펴낸이 § 서경석

편집장 § 문혜영
편집책임 § 이종민
편집 § 한지윤

펴낸곳 § 도서출판 청어람
등록번호 § 제1081-1-89호
등록일자 § 1999. 5. 31
어람번호 § 제5-0133호

주소 § 경기도 부천시 원미구 심곡1동 350-1 남성B/D 3F (우) 420-011
전화 § 032-656-4452 팩스 § 032-656-4453
http://www.chungeoram.com
E-mail § eoram99@chollian.net

가만한 하루

박지수 지음

도서출판 청어람

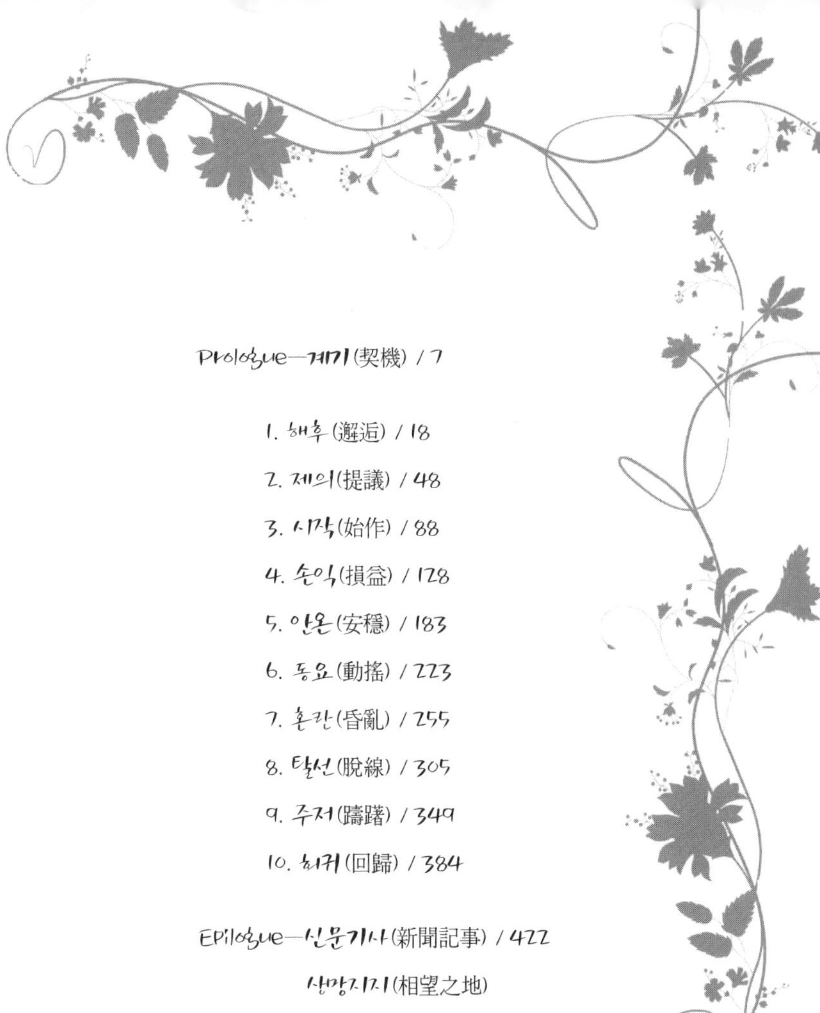

※ 일부 일본어 표현은 일부러 해석을 하지 않고, 원래 발음을 한글로 표기함. '상' 이나
'짱' 처럼 사람의 이름 뒤에 붙는 호칭 역시 해석없이 그대로 표기

※ 9장 '주저(躊躇)' 편에서 나온 가사 일부는 1997년 7월경 TBS에서 방송한 드라마 'オト
ナの男(어른의 남자)' 의 주제가인 古内東子(후루우치 토코)의 '大丈夫(괜찮아)' 입니다

※ 글에 나온 도쿄의 모습은 이삼 년 전을 기준으로 했기에 현재의 도쿄와 약간의 차이가
있을 수 있습니다

Prologue
―계기(契機)

어쩌면 처음부터 미세한 균열은 존재했을지도 모른다. 다만, 아무도 모르고 있었을 뿐이다. 언제든 벌어질 준비를 한 채 균열은 늘 곁에 있었다. 아무런 계기가 없었기에, 그렇게 쥐 죽은 듯 고요하게 말이다.

만약 그때 그 카페에 있지 않았다면, 이라는 가정을 간혹 할 때가 있다. 그러나 그럴 때마다 대답은 한결같다. 어차피 언젠간 벌어질 틈이었다. 그렇기에 그날 그 카페에서의 일에는 어떠한 유감도 없다. 지금의 나를 있게 한 계기이고, 일어날 일이 예상보다 빨리 일어난 것뿐이니까.

평범한 휴일의 한가한 오후였다. 친구와 만날 약속으로 간 카페는 주변에서 제법 유명하다는 것을 증명하듯, 많은 사람들로 북적거렸다. 한적한 구석 자리에 앉아 있던 나는 약간 늦는다는 친구를 기다리며 따뜻한 홍차를 마시고 있었다.

늘 그렇지만, 기다림이라는 것은 막연하며 지루한 일이다. 보통은 지루함을 잊기 위해 책을 읽거나 음악을 듣는데, 하필 그날은 그러한 게 아무것도 없었다. 그저 시계를 쳐다보며 어서 친구가 오길 기다리는 게 전부였다. 그나마 다행인 것은 카페의 벽을 장식한 커다란 모니터가 있는 것이다. 젊은 세대가 주된 단골인 덕에 카페의 내부에는 꽤 많은 수의 모니터가 있었다. 그리고 요즘 유행하는 가요의 뮤직비디오가 모니터에서 쉴 새 없이 상영되고 있었다. 멍하게 보는 것만으로도 시간을 때우기에 적격이었기에, 내 시선은 내내 모니터에 박혀 있었다.

몇 개의 낯익은 뮤직비디오가 끝나고, 다음으로 나온 것은 그가 출연한 것이었다. 몇 십 번을 봤기에 외울 정도라고 해도, 또 보는 것은 의외로 즐거운 일이었다. 안 그래도 바쁜 탓에 얼굴 보기 어려운 그를 이렇게라도 볼 수 있는 것에 연인이 연예인이라는 것도 나쁘지 않다고 생각했다. 그렇게 오랜만에 본 그의 모습에 한참 기분이 고조되고 있던 그때, 귀에 한 여자의 높은 목소리가 들려왔다.

내부가 제법 시끄러운 편인데도 여자의 목소리는 선명하게 들렸다. 그냥 소음으로 치부하기 어려울 정도로 소란스러워, 난 눈살을 찌푸린 채 소리의 진원지를 바라보았다. 그곳에는 이제 갓 스물을 넘겼을 듯한 애젊은 여자가 있었다. 지나치게 화려한 색조의 화장을 한 탓에 소위 '노는' 이처럼 보였다. 혀를 끌끌 차며 시선을 돌렸다. 젊음이라는 것은 가끔 객기라는 이름으로 움직일 때가 있다. 아무래도 저 애젊은 여자는 무엇인가에 흥분해 주변이 안 보이는 것 같았다.

나만 그렇게 생각하는 게 아니었는지, 멀리 서 있던 종업원도 그녀를 힐끔거리고 있었다. 조용히 하라고 할까 말까, 고민의 흔적이 역력하게 보이는 얼굴을 보며 난 피식 웃었다. 제아무리 대화의 장인 카페라 해도 그녀의 목소리는 소음이었고, 주변에 민폐를 끼치고 있었다. 내가 상관을 할 일은 아니기에 난 그녀에게 관심을 끊었다. 종업원이 처리를 하든 말든, 어차피 난 친구가 오면 이 카페를 떠날 생각이었다. 아직도 오지 않은 친구에게 어서 오라고 속으로 중얼거리며 모니터로 시선을 돌리던 때, 그녀의 목소리는 다시 나를 잡았다.

처음에는 착각인가 싶었다. 하지만 그녀의 번들거리는 붉은 입술은 연거푸 내가 아는 이름을 토했다. 의아함에 그녀가 있는 쪽으로 시선을 돌리는 순간, 여자의 친구가 말했다.

"그렇게 좋던?"

"당근이지. 그런 남자라면 다시 한 번 자고 싶더라. 솔직히 여태 잤던 남자들보다 훨씬 좋던 거 있지. 괜히 바람둥이라는 소리가 나오는 게 아니라니까."

"어머, 정말? 그럼 얼마 전에 나온 그 C군도 그 사람인 거야?"

"아마 그럴걸. 워낙 많은 여자가 대시해 오더라고. 그런데도 나를 확 잡아채서 끌어안는데, 카리스마 짱이더라."

“계집애, 부럽다. 왜 난 그런 남자는 안 걸리는 거지.”

주변의 시선에도 아랑곳없이 들그러운 그들 덕분에 난 어렵지 않게 대화의 전반을 다 들을 수 있었다. 나도 모르게 입술을 깨물었나 보다. 아려오는 입술에 손을 올린 채, 난 고개를 흔들었다. 설마, 말도 안 되는 소리다. 그럴 리 없다. 난 그렇게 생각하며 그녀들의 대화에서 관심을 끊으려 했다. 그러나 그럴 수 없었다. 들그러운 그 목소리는 끈질기게 날 잡고 있었다.

피식 웃음을 흘리며 연예인은 이런 게 나쁘구나, 하고 중얼거렸다. 유명하기에 사람들의 입에 오르내리고, 허무맹랑한 허풍이라도 다들 그럴듯하다고 여기고 만다. 그가 연예인이란 직업을 가진 게 이 순간은 싫었다.

난 그녀들의 대화를 그저 애젊은 여자의 허풍이라고 여겼다. 그러한 것을 믿기에 난 어리석지 않았고, 내가 아는 그를 신뢰했다. 내가 사랑하는 남자는 나를 속이지 않을 것이라는 단호한 확신이 있었다.

“그런데 그거는 잘해?”

“그거가 뭔데?”

“그거가 뭐긴, 다 알면서 그런다. 얼른 말해봐. 나 궁금하단 말이야.”

“어머, 너 은근히 밝힌다. 그러다가 네 남친한테 뻥 차일지도 몰라.”

“걱정 마. 나 밝히는 건 다 알고 있어. 괜히 말 돌리지 말고, 얼른 말해봐. 상희야, 잘해? 응? 잘해?”

"흐음. 말해줄까?"

"재수없게 내숭 떨기는. 어서 말해봐. 그렇게 계속 뜸들일 거야? 궁금하잖아."

관심을 끊자고 했음에도 들리는 소리를 지울 수는 없었다. 자꾸만 그녀들의 대화에 귀를 기울이는 내 자신이 한심했다. 연예인에게 황당한 루머가 어디 한두 개냐고 대수롭지 않게 생각하려 했다.

"사실은 말하고 싶어서 미치는 줄 알았어. 어쩜 그렇게 매너가 좋은지, 내가 만난 남자 중에 최고였거든."

"빨리 말해봐. 계집애, 기다리다 숨넘어가겠다."

"기다려. 내가 천천히 다 말해줄 테니까. 너는 평생 경험하지 못할 일을 언니가 자세하게 말해주마."

"그래, 언니라고 불러줄 테니까, 그만 뜸 들이고 말해."

"그러니까 처음에는 아주 열정적으로 날 사랑해 주더라고. 그러다가 딱 그 직전에 있잖아. 그러니까 아우, 애. 그런 걸 어떻게 여기서 말해? 내숭 까지 마. 너도 알면서 그런다. 아무튼 그때 이마에 키스를 해주더라고. 아주 달콤하게 말이야. 그러고는 눈을 마주 보면서 살짝 웃는데, 그게 꼭 솜사탕보다 더 부드러운 거 있지."

"남자가 무슨 솜사탕이야. 헛소리한다."

"질투하는 거구나. 이 언니가 다 이해한다. 아무튼 내가 보기에 그건 딱 솜사탕이었어. 그 다음엔 코에 키스를 살짝 깨물듯이 해주는데, 와우! 정말 최고였어."

손끝이 파르르 떨렸다. 애써 웃으며 홍차를 목에 넘겼지만, 무슨 맛인지도 느껴지지 않았다. 여자의 친구가 '거짓말하고 있네'라고 비아냥거렸다. 그 순간, 난 웃었다. 나 역시 그녀에게 말하고 싶었다, 거짓말하지 말라고. 그러나 난 알고 있었다. 그녀의 말이 거짓이 아님을, 난 잘 알고 있었다.

깊게 심호흡을 했다. 이런 걸로 흔들릴 정도로 내 사랑은 얕지 않다고 나에게 속삭였다. 아마도 과거에 그가 잠시 스쳐 지나간 여자일 것이라고 나를 위한 변명을 했다. 과거의 여자를 질투하는 그런 옹졸한 여자이고 싶지 않았다. 시쳇말로 '쿨한' 여자이고 싶었기에 난 마음에 평정을 가장했다.

그런 나를 비웃듯 다음 말이 나왔다. 차라리 귀를 막았으면, 차라리 카페를 나갔으면 좋았을 텐데. 난 그러한 행동을 전혀 하지 못했다. 아니, 할 생각조차 없었다. 어쩌면 난 이미 알고 있었는지도 모른다.

"겨우 한 달 전의 일인데, 내가 미쳤다고 그걸 거짓말로 하겠어? 난 아직도 그날 일만 생각하면 가슴이 막 뛴단 말이야. 아우, 다시 한 번 만났으면 좋겠어. 어차피 그런 사람들하고 제대로 연애하는 건 어렵잖아. 안 그래? 그저 서로 원 나잇 스탠드로 몇 번 더 만났으면 정말 좋겠다. 가볍고 쿨하게 말이야."

머리 한편으로는 듣지 말라고 하면서도 다른 한편으로는 한 달 전의 그를 떠올렸다. 만날 시간조차 없어 전화를 하는 게 고작이었던 때였다. 밥은커녕 잠을 잘 시간도 없다고 투덜거리는 그를 다독였던 것은 그 누구도 아닌 나 자신이었다.

눈을 감았다가 떴다. 그런 뒤 난 다시 웃었다. 애써 웃으며 지금까지 들었던 그 모든 말을 지우려 했다. 다른 사람일 것이라고, 그녀가 착각했을 것이라고, 그리 치부하며 난 아무렇지 않게 자리에서 일어났다. 그리고 친구에게 전화를 해 약속 장소를 바꾸자고 말했고, 내가 마신 홍차 값을 계산하고 카페를 나왔다.

바뀐 약속 장소에서 친구를 만나 웃고 떠들고, 먹고 마시고 하면서도 난 아무 일도 없던 것처럼 행동했다. 실제 아무 일도 없었다고 내내 자신을 설득하면서 말이다. 그렇지만 내 속에 똬리를 튼 의심의 싹이 사라진 것은 아니었다. 그 의심의 싹은 그를 만나는 순간, 다시 자라기 시작했다.

다가오는 뜨거운 입술의 감촉과 그의 향기에 난 잠시지만 모든 것을 잊을 수 있었다. 아니, 잊은 척했을 뿐이다. 그가 내 이마에 키스를 해주었을 때, 애젊은 여자의 번들거리는 붉은 입술이 떠올랐다. 그녀가 한 말이 선명하게 재생되었다. 무시하고자 애써도, 지우고자 애써도 사라지지 않았다. 떠오르는 것은 그녀의 말이었고, 자라는 것은 그를 향한 의심이었다.

결국, 의심은 나를 옹졸하게 만들었다. 그가 자리를 비운 틈을 타, 판도라의 상자를 열게 만든 것이다. 해서는 안 된다는 생각, 지금의 내 모습이 질투에 사로잡혀 흉하다는 사실도 중요하지 않았다. 난 내게 믿음을 줄 증거를 확인해야 했다. 그것을 봐야 그를 계속 믿고 사랑할 수 있을 것이라고 생각했다. 그럴 자격이 있다고 믿었다.

하지만 판도라의 상자인 휴대전화는 그런 믿음을 내게 주지 못했다. 도리어 내 오만함을 증명할 것만을 보여주었다. 내가 특별할 것이라 믿었던 것이 얼마나 알량한 믿음인지, 작은 기계는 참담한 현실을 알려주었다. 그에게 난 그저 스쳐 가는 수많은 여자 중 하나였을 뿐이었다.

나만이 특별할 것이라는 믿음이 산산이 깨진 뒤, 내 마음은 점차 병들어갔다. 그리고 깨달았다. 그를 믿는다고 했지만, 사실은 그를 믿지 않았던 내 자신을 말이다. 연예인답지 않은 그를 사랑했으면서 난 무의식중에 그를 연예인으로 취급하고 있었다. 그렇기 때문에 그런 그에게 내가 특별한 존재인 것이 좋았다. 난 '그를 사랑하는 나의 특별함'을 더욱 사랑했던 것이다. 그렇기에 언젠간 이러한 상황이 닥칠 것이라고 예상했고, 닥친 것을 당연하게 받아들이고 있었다. 그 사실이 나를 더욱 참담하게 만들었고, 마음의 병을 키웠다.

이러한 것을 그에게 말할 생각도 내겐 없었다. 어머니가 헛된 의심을 바탕으로 아버지에게 큰소리를 칠 때마다 난 저러지 말자고 결심했었다. 아무리 아파도, 난 그에게 흉한 모습을 보이고 싶지 않았다. 아니, 그에게 말하는 순간 확인하게 될 현실이 무서웠다는 게 정답이다.

소위 '쿨한' 여자로 가장해 그에게 당당하게 이별을 고할 자신감도 내겐 없었다. 겉으로는 그의 수많은 여자 중 하나이면서 이별을 말하는 게 우습다고 생각했다. 이미 충분히 아팠고, 마음은 엉망진창이라고 생각했다. 그러나 사실은 난 상처를 받고 싶지 않았고, 내 자신이 어리석은 겁쟁이라는 것을 인정할 수 없었다. 그저 이 현실에서 도망치고 싶었다.

무심코 올려다본 하늘은 눈물이 날 정도로 아름다웠다. 습관적으로 핸드백에서 카메라를 꺼내 하늘을 찍었다. 언제부터인지는 모르지만 난 하늘을 찍는 게 좋았다. 하늘의 변화무쌍한 모습을 제대로 담지 못하는 게 늘 안타까웠다. 그에게 빠지지 않았다면 사진에 빠졌을지도 모를 일이다. 거기서 난 깨달았다. 내가 원하는 것을 말이다. 그와의 관계가 끝난 이 상황에서 사진은 대용품으로서 충분히 가치가 있었다. 원래 사진 찍는 것을 좋아했다는 것은 어디까지나 핑계일 뿐이었다. 난 그저 내 입맛에 맞는 도피처를 찾은 것이다.

이후 일은 일사천리였다. 유학 설명회를 찾아가 학교를 정하고, 신청서를 냈다. 삼 개월 정도 걸린다는 소리에 난 천천히 주변 정리를 시작했다. 그에게는 알릴 생각도 하지 않고, 하나씩 주변을 정리해 갔다.

그사이에 그를 만나도 난 태연하게 행동했다. 그는 변함없이 바빴고, 나를 대하는 행동도 똑같았다. 그러나 난 변했다. 시간이 흐를수록 겉은 멀쩡할지 몰라도, 속은 비틀리고 있었다. 더는 상처를 받고 싶지 않다는 아집이 자기 보호본능으로 발현된 덕에 점차 내 모습은 변해갔다. 또한 어느새 내게 사랑이라는 단어는 쓸모없는 짐으로 전락되어 있었다.

드디어 유학 허가가 나오고 출국 일자가 정해질 때까지, 그와 내 만남은 변함이 없었다. 내가 떠나야 변할 것이다. 어쩌면 내가 떠나고도 한참 동안 그는 변화를 느끼지 못할지도 모른다. 'Out of sight, Out of mind' 라는 말처럼 보이지 않는 나를 그는 금세 잊을 것이다. 가슴 아픈 현실이었지만, 내가 선택한 길이었기에 난 순순히 받아들였다.

떠나기 직전, 열병처럼 고열에 시달렸다. 난 그게 그와의 이별의 상징이라고 생각했다. 그를 잊고자 애쓰는 마음이 표현한 것이라고 치부했다. 미련을 떨치기 위한 마음의 발악. 그래, 그랬다. 지금만 아프고, 나중엔 아프지 않을 것이니까 괜찮다고 치부했다. 사실 아파야 한다는 강박관념도 있었다.

이윽고 출국하는 날, 떠나는 나를 반겨준 것은 그의 스캔들이었다. 인기 그룹 가수와 최근 들어 이름이 알려진 신인 여배우의 열애. 사람들의 입에 오르내리기 좋은 소재였다. 자극적인 색으로 도배가 된 스포츠 신문을 보며 난 의외로 덤덤했다. 예견된 일이라고 혼잣말을 중얼거리며, 그럴 줄 알았노라 고개를 주억거렸다. 가슴의 깊숙한 어딘가가 살짝 아려왔으나, 참을 수 있었다. 그렇기에 난 그에게 들리지 않을 '많이 사랑했었어' 라고 과거가 되어버린 사랑을 고백했다. 조소가 흘러나왔지만, 그건 어디까지나 끝까지 '쿨한' 척하는 나 자신을 비웃은 것에 불과했다.

그것을 끝으로 난 감정을 정리했다. 남아 있던 감정을 미련없이 쓰레기통에 버리고 난 출국 게이트로 들어갔다. 여전히 마음에 깊은 상흔이 있었지만, 어차피 새로운 인생이 시작되면 자연스럽게 치유가 될 것이라 믿었다.

그렇게 독선적이며 아팠던 사랑이라는 글자에 마침표를 찍고

한국을 떠났다. 비행기는 메마른 먼지를 날리며 나를 싣고 타국으
로 날아갔다. 바야흐로 내 인생은 그가 사라진 빈 공간에 새로운
글자를 채우기 시작했다.

한 풀 꺾인 늦여름의 더위는 밤이라는 사실이 무색하게 후 텁지근했다. 해문은 콧등에 맺힌 땀방울을 손으로 성의없이 문질 렀다. 거듭해 땀을 닦아낸 덕에 얼굴은 마치 가면을 쓴 것처럼 껄 끄러웠다. 투명한 가면이 있었으면 좋겠다는 생각이 문득 들었지 만, 이내 해문은 그런 생각을 지웠다. 그런 가면이 있다고 해도 이 렇게 몸을 움직이는 상황에서는 별로 도움이 안 된다. 최선은 오 로지 어서 집에 돌아가는 것이었다. 빨리 도착하고 싶은 마음에 페달을 밟는 발에 힘이 한껏 들어갔다.

올 4월, 도쿄에 온 해문은 스무 살 초입에 갔던 어학연수와 그 동안 배워왔던 일본어 실력을 믿고 바로 전문학교에 입학을 했다. 도착할 당시에는 무난하게 적응할 수 있을 것이라 자신했다. 그러나 상상과 현실의 차이는 그러한 자신감을 상쇄시키기에 충분했다. 그나마 고생할 것을 각오하고 왔으니 다행이지, 편할 것이라고 생각했다면 하루하루가 버거웠을 것이다. 어쨌든, 그런 마음가짐 덕에 해문은 삼 개월도 지나기 전에 익숙하지 않은 타국 생활에 적응할 수 있었다.

그래도 해문은 다른 자비(自費) 유학생에 비하면 편한 축에 속했다. 대학 졸업 후 삼 년여의 직장 생활로 꾸준하게 모은 돈이 있는 덕이었다. 기실 그 돈이라는 것도 학비를 생각하면 그리 여유있는 금액이 아니라는 게 문제라면 문제였다. 일 년에 천만 원을 넘어가는 학비만으로도 빡빡한 것이 현실이었다. 그렇다고 혼자 벌 수 있는 나이에 부모님에게 손을 벌릴 수는 없었다. 안 그래도 이십 대 중반에 시작하려 하는 유학 생활을 부모님은 그다지 달갑게 보지 않았다. 그런데 손까지 벌린다면 아마 당장 돌아오라는 말을 들을 것이 뻔했다.

결심을 하게 한 계기는 조금 그렇지만, 엄연히 이 유학은 자신을 위한 길이었다. '젊어 고생은 사서 한다' 라는 속담대로 해문은 자신이 선택한 길이라는 것을 가슴에 새기고 모든 일을 하려 했다. 가장 처음 당면한 과제는 아르바이트를 찾는 것이었다.

한국 못지않게 불경기인 도쿄에서 외국인이 아르바이트를 찾는 것은 쉽지 않은 일이다. 다행스럽게도 도쿄에 온 지 삼 개월째에 해문은 한 달 남짓 살았던 기숙사의 지인을 통해 라멘 전문집의 서빙 자리를 구할 수 있었다. 시간당 900엔이라는 적지 않은 금액과 주말을 제외한 주 오 일 근무제를 가진, 해문에게 있어서 최고의 자리였다.

학교생활과 아르바이트를 병용하는 주(週) 중이 버겁기는 했으나, 밤낮으로 일하며 자신의 학비를 버는 사람들에 비하면 호사스러운 생각이었다. 그러나 항상 모자란 수면 시간과 낯설기만 한 공부에 치이다 보면, 해문은 저도 모르게 부모님에게 손을 벌리고 싶다는 생각을 하곤 했다. 그런 해문을 버티게 하는 것은 자신이 하고자 하는 일을 하고 있다는 성취감이었다. 그 성취감만이 유일한 버팀목이었다. 그 버팀목을 얻고자 일본에 온 것이니, 어느 의미로 보면 해문은 성공적인 유학 생활의 시작을 영유하고 있는 셈이었다.

찌르릉, 자전거의 벨소리에 앞서 가던 사람이 벽 쪽으로 달라붙는다. 그 옆으로 조심스레 지나쳐 가는 해문의 머리카락을 더운 바람이 스치고 지나갔다.

나날이 늘어나는 성취감과 마찬가지로 한 가지 더 즐거움이 있다면 해문은 주저없이 자전거라고 대답할 것이다. 이미 자전거는 해문의 생활에서 필수 항목이었다.

사실 자전거 통학은 거의 한 시간 가까이 평탄하지 않은 길을 달려야 한다는 점에서 보면 쉽지 않은 일이었다. 또 자잘한 비가 가끔 내리는 도쿄의 날씨 역시, 결코 좋은 환경이라고 할 수 없었다. 그러나 660엔이라는 왕복 차비와 1)사철과 JR로 갈아타는 번

---

1)사철(私鐵): 사유철도(私有鐵道). JR(Japan Railways)이 아닌 전철을 칭하는 말로, 민간회사가 경영함. 도쿄는 오다큐선(小田急線), 케이오선(京王線), 세이부선(西武線) 등이 포함

거로움도 쉽게 무시할 게 아니었다. 그런 현실적인 이유로 시작한 자전거 통학은 의외로 매력적이었다. 매일 의도치 않게 운동을 하게 되니 저절로 군살을 방지할 수 있었고, 몸도 더 건강해지는 느낌이었다. 건강한 유학 생활에 돈까지 절약하는, 그야말로 일거양득. 다만, 다리가 약간 굵어지는 듯한 느낌이 드는 것은 즐거움이 주는 유일한 피해였다.

도쿄에 온 지 반년, 해문은 홀앗이 생활의 즐거움을 만끽하고 있었다.

자전거를 아파트 주민 전용 자전거 거치장에 세웠다. 그러고는 시계를 보기 위해 조명을 켜자, 푸르스름한 액정 위로 11:27이라는 숫자가 선명하게 떠올랐다. 생각보다 일찍 도착했다는 사실에 흐뭇해하다가, 해문은 이 시계를 보는 것에 자신이 익숙해졌다는 것을 자각했다.

일본에 오기 전까지 해문의 손목에 있던 것은 액세서리로서 값어치가 더 있는 유명 메이커의 시계였다. 예전에 그에게 선물을 받은 것으로 해문이 좋아하던 시계였다. 하지만 받으면서도 부담스러웠던 물건이라, 일본에 오기 전에 그에게 돌려보냈다. 아쉬운 마음이 없는 것은 아니었으나, 끝난 마당에 가지고 있는 것도 이상했다. 무엇보다 '자신만의 것'이 아니었고, 어울리는 것도 아니었다.

해문은 자신의 손목에 있는 Baby G—Shock의 표면을 손가락으로 툭 건드렸다. 지금의 자신에게는 이 시계가 가장 적당했다.

어차피 시계는 시간을 확인하는 일만 제대로 한다면, 가격이나 모양새는 어떠하든 상관없었다. 시계는 시간을 가리키는 역할을 하면 되고, 사람은 자신에게 어울리는 것을 가지면 된다. 해문은 그 사실을 가슴에 새겨두고 있었다.

시계를 보던 시야를 돌려 이층으로 올라가는 철제 계단을 해문은 멍하게 올려다보았다. 고작 일층만 올라가면 자신의 집이었다. 그럼에도, 피곤함에 지친 몸은 그 일층을 올라가는 것마저 힘겹다고 투정을 부리고 있었다. 초능력이 있어 순간이동으로 이층에 갔으면 좋겠다. 어린아이 같은 자신의 상상에 해문은 실없이 웃어버렸다. 이런 생각을 하며 시간을 지체하는 것보단 얼른 올라가는 게 낫다. 짧은 한숨을 토한 뒤, 해문은 무거운 다리를 이끌고 천천히 계단을 올라가기 시작했다.

힘겹게 이층 등정에 성공한 뒤 주머니 속에서 열쇠를 꺼냈다. 달그락거리는 소리가 깊이 잠든 복도의 잠을 살며시 깨웠다. 어슴푸레한 복도는 처연한 느낌으로 그득해, 괜스레 가슴을 서늘하게 했다. 일부러 해문은 크게 헛기침을 내뱉고 자신의 집으로 들어가려 했다. 적어도 문 앞에 있는 정체 모를 것이 방해를 하지 않았다면 해문은 이미 집 안으로 들어갔을 것이다.

현관 옆에 있는 물체는 어둑한 탓에 정체가 우련히 보였다. 알 수 있는 것은 크기가 크다는 것과 아무래도 사람일 것 같다는 확신에 가까운 느낌뿐이었다. 마음 한구석에 불안이라는 감정이 살짝 서린다. 예기치 못한 일 때문에 맥박이 서서히 불규칙한 움직임을 보였다.

　조금 떨어진 위치에서 해문은 그것을 물끄러미 보기만 했다. 건드려 볼까 하는 생각이 잠시 들었지만, 이내 고개를 살살 흔들고 말았다. 늦은 시각, 혼자인 상황이다. 아무리 태연한 척 표정을 꾸미고 있다고는 하나, 겁나지 않을 리 없었다. 그렇다고 이렇게 보고만 있는 것이 상황을 해결해 줄 리도 없었다.

　짧은 시간 동안 고민을 거듭하다 해문은 굳게 마음먹고 두 주먹을 꽉 쥐었다. 깨우지 않으면 될 것이다. 아마도 누군가를 기다리거나, 혹은 잘 곳이 없는 노숙자일 것이다. 이 노숙자는 많고 많은 곳 중에 왜 하필 자신의 아파트 앞에서 자는 것일까 따위는 따질 여력이 없었다. 괜히 골치 아픈 문제에 휘말리고 싶지도 않았다.

　해문은 살금살금 그것을 피해 문 쪽으로 다가갔다. 나중에 관리인에게 이상한 사람이 집 앞에 있더라고 말해야겠다는 다짐을 하면서 말이다. 그 순간, 해문이 다가오기를 기다렸다는 듯 그것이 움직였다. 본능적으로 뒤로 재빠르게 물러섰다. 어릴 적에 잠시 배운 태권도의 발차기 준비 자세가 자신도 모르게 나온다. 몽롱하던 정신이 한순간에 맑아지는 것을 느끼며 해문은 움직이는 물체를 노려보았다.

　"으음."

　희미하게 들려오는 신음에 해문은 옆집인 202호의 문을 흘깃 보았다. 자고 있을지 모르나, 현재로서 풋낯인 그녀가 유일한 구원이었다. 제발 그녀가 아직 자지 않기를 바라며 해문은 발에 힘을 주었다. 여차하면 급소를 차고 202호로 뛰어가야겠다. 등줄기로 서늘한 기운이 내려간다.

해문의 경계심이 하늘 높은 줄 모르고 차 오르는 순간에도 그것은 희미한 신음을 뱉어내며 느릿하게 움직이고 있었다. 여전히 얼굴은 보이지 않았다. 다시금 초능력이 있었으면 좋겠다는 생각이 들었다. 초능력으로 상대를 움직이지 못하게 만들었으면 좋겠다.

두근두근, 불안감 때문에 뛰는 맥박 소리가 귀를 어지럽게 만들었다. 꽉 움켜쥔 주먹 사이로 느껴지는 식은땀이 불쾌하게 느껴졌다. 입 안은 긴장 탓에 가슬가슬했다.

"だ, 誰だ(누, 누구야)!"

의도는 협박처럼 강하게 말하려 했지만, 나오는 말은 그렇지 못했다. 조금 더 강하게 말해야 상대가 우습게보지 않을 텐데. 이럴 때 혼자라는 게 싫다.

"誰だ! ヘンタイなら警察にとどけるよ(누구야! 변태면 경찰에 신고할 거야)!"

말해놓고도 스스로 어이가 없었다. 변태라면 신고한다니. 평소라면 자신이 한 말에 파안대소를 했을지도 모른다. 하지만 지금은 웃음은커녕 숨 쉬는 것조차 조마조마했다. 요란한 맥박 소리를 배경으로 머릿속에 갖가지 망상이 뭉게구름처럼 떠오르기 시작했다.

《한국인 유학생 유 모양, 지난밤 자신의 아파트 앞에서 괴한에게 습격당해.》

《혼자 사는 여성을 타깃으로 하는 범죄, 이대로 좋은가?》

《위험한 유학 생활의 실상. 현지유학생 유 모양의 증언, 단독 취재!》

망상이라고 치부하기엔 현실감이 강했다. 머리를 거칠게 흔들어 망상을 지워 버렸다. 지운다고 해도 찜찜함은 사라지지 않았다. 더욱이 천천히 몸을 일으키는 상대의 모습에 망상이 현실이 될지도 모른다는 불길한 예감까지 들었다. 오한이 든 것처럼 몸이 미세하게 떨린다.

'어머니, 불초 소녀 이렇게 떠납니다.'

아무에게도 들릴 리 없는 유언이 머리 한구석에서 조심스럽게 고개를 내밀었다. 해문은 속으로 혀를 찼다. 이럴 줄 알았으면 바로 202호의 문을 두드릴 것을 그랬다. 하지만 뒤늦게 후회해도 이미 늦은 일이었다. 상대는 이미 몸을 다 일으킨 상태였다. 눈대중으로 봐도 자신보다 한 뼘 이상 컸다. 예상보다 큰 키에 해문은 다시 한 번 혀를 속으로 차며 어머니라는 말을 하염없이 외쳤다. 그때였다.

"제기랄."

작지만 명확하게 들린 것은 분명 한국어였다. 순간, 당황했다. 이 아파트에 거주하는 한국인은 현재 해문밖에 없었다. 자신이 막 이사 왔을 때 살던 한국인은 한 달 전에 이사를 했다. 혹시 일본어 일지도 모른다는 가정으로, 자신이 아는 일본어 중 '제기랄'이라는 발음을 가진 말이 있는지를 떠올렸다. 아무리 머리를 굴려도 일치하는 말은 없었다. 역시 한국어라는 말이다. 아무래도 눈앞의 괴한은 한국인일 가능성이 99.999%이다.

"한국인, 이세요?"

조심스럽게 묻자, 대꾸처럼 고개를 끄덕거린다. 한국인이란다.

한류 시대에 발맞춰 괴한까지 일본에 진출을 한 모양이었다. '말
세다, 말세' 라고 속으로 중얼거리면서도 해문은 경계의 눈빛을 치
우지 않았다. 외국에 와서 제1순위로 믿어서는 안 되는 게 바로 한
국인이었다. 본래 같은 나라 사람이 같은 나라 사람을 더 잘 속이
기 마련이다. 게다가 눈앞의 존재는 목소리로 추정하건대 남자다.

"어디 아프신가요?"

친절하게 대하는 사람을 함부로 하진 않을 것이라는 판단으로
해문은 일부러 걱정하듯 물었다. 그러자 정체불명의 남자가 고개
를 천천히 돌렸다. 만약 머리에 곤충처럼 더듬이가 있었다면 바짝
일어섰을 것이다. 해문은 혹시 몰라 당장에라도 발차기를 할 수
있게 온몸을 긴장시켰다.

"그건 아니고. 제기랄, 온몸이 다 저려."

구시렁거리며 저린 몸을 풀듯 남자는 이리저리 몸을 꿈틀거렸
다. 그저 몸을 움직이는 것인데도 미묘하게 위압적이라 해문은 가
재걸음을 쳤다. 이리 물러서도 남자가 작정하면 아무것도 아니겠
지만, 그래도 조금은 안심이 되었다. 남자는 성에 찰 만큼 움직이
더니, 날숨을 내쉬었다. 그러고는 시계를 보기 위해 손목을 들어
올리다가 안 보이는지 혀를 찬다.

"열한 시 반이 넘었어요."

해문이 친절하게 대충의 시간을 말해주자, 남자는 머리를 긁적
거렸다.

"진짜 늦게 오네."

누구를 향한 말인지 모르나, 해문은 그 말에 마음으로 동조했

다. 늦은 시각이라는 것을 안다면, 자신이 누구 덕분에 헛된 시간 낭비를 하고 있는지도 알아주었으면 했다.

해문은 작게 '많이 늦은 시각이죠' 하고 중얼거렸다. 해문의 중얼거리는 소리를 들었는지, 남자가 풋 하고 작게 웃음소리를 흘린다. 어쩐지 비웃는 느낌이었다. 일부러 해문은 '그래서 민폐예요' 하고 다 들리게끔 말했다. 어둠에 가려진 남자의 얼굴이 해문을 바라보듯 움직인다.

아무 말도 없이 서 있기만 하는 남자로 인해 괜히 민망했다. 그래도 이상한 의도가 없어 보이는 터라, 불안감이 점차 옅어졌다. 해문은 용기를 쥐어짜 말을 하기로 했다. 혹여 해코지를 할지 모르니, 다리에서 힘을 빼지는 않았다.

"저기요."

주춤거리며 말문을 열자, 남자가 바특하게 다가왔다. 흠칫 놀란 것을 숨기고 해문은 침을 꿀꺽 삼켰다. 되도록 겁을 먹었다는 티를 내지 않기 위해 해문은 보이지 않는 남자의 눈 쪽으로 시선을 옮겼다. 어둠에 익숙해진 눈인데도 남자의 얼굴을 여전히 보이지 않았다. 해문은 문득 이상한 기시감을 느꼈다. 얼굴이 보이지 않는 타인인데, 생김새를 알 것 같다. 희한한 일이라고 고개를 갸우뚱거리는 사이, 남자가 조금 더 가까이 다가왔다.

"유해문."

남자가 거리낌없이 자신의 이름을 불렀다. 해문은 눈만 끔벅거렸다. 머릿속에서는 동명이인이 외국의 같은 아파트에 살 가능성에 대해서 계산을 하고 있었다. 깊이 생각할 것도 없이 가능성은 제로였다. 또다시 그윽이 자신의 이름이 들려왔다. 막연한 두려움을 담은 눈으로 해문은 얼굴이 보이지 않는 남자를 바라보았다.

"벌써 날 잊은 거야?"

자신을 가볍게 탓하는 목소리에 온몸이 경직했다.

"……누구?"

"진짜 잊어버린 거야?"

"信じらんない(믿을 수 없어)."

"어, 일어 하네. 하긴 여긴 일본이지."

웃음기를 띤 목소리가 점점 다가왔다. 때마침 지나가던 자동차가 가로등의 센서를 건드린 덕에 갑자기 밝아졌다. 어둠에 가려져 있던 얼굴이 조명에 의해 서서히 드러나기 시작했다. 어스름한 불빛 아래, 눈살을 찌푸리고 있는 남자의 얼굴이 시야에 가득 들어왔다. 엉겁결에 해문은 자신의 입을 손으로 막았다.

"오랜만이다, 해문아."

마치 어제 만난 사람처럼 태연하게 웃으며 인사를 해오는 남자. 아찔한 현기증이 몸을 급습했다.

"잘 지냈어?"

덩둘하게 서서 해문은 눈앞의 남자를 바라보았다. 남자의 얼굴에 웃음의 색이 짙어진다. 반대로 해문의 표정은 점점 딱딱하게 굳어가고 있었다. 천천히 잊었다고 믿고 있던 이름을 해문은 입밖으로 내뱉었다. 이름 석 자를 떠올리는 것만으로 알 수 없는 곳이 아릿한 아픔을 토로했다.

"최, 최이든."

"잊지는 않았구나."

가벼운 평가를 내리듯 말하며 남자는 싱긋 웃었다. 해문은 그저 이 상황이 꿈이었으면 하고 부질없는 생각을 하고 있었다. 꿈으로 치부하기엔 현실감이 무척 강했지만 말이다.

그와 헤어진 지 반년이 조금 안 된 어느 날, 과거라고 믿고 있던 남자가 눈앞에 나타났다. 망각하고 있던 상처가 조금씩 벌어지려 한다. 지나가던 차가 내뱉은 낮은 엔진 소리가 마음의 비명처럼 고요하게 울려 퍼졌다.

²⁾다다미 8조의 아파트는 싱글베드와 책상, 그리고 책장 등으로 가득했다. 한국에서 살 때와는 비교도 되지 않을 정도로 좁은 집이었으나, 이 공간에는 해문의 지난 반년간의 삶이 차곡차곡 담겨 있었다. 그런 공간의 한가운데에 이든은 엉거주춤하게 서서 두리번거리고 있었다.

해문은 재빠르게 방 안을 훑어보았다. 본래 물건을 많이 어지럽히지 않는 성격이다 보니, 다행히도 방은 깨끗했다. 의자에 걸린 잠옷만이 정신없던 지난 아침의 유일한 흔적이었다. 해문은 잠옷을 집어 등 뒤로 숨기며 멀뚱히 서 있는 이든을 올려다보았다. 180㎝를 훌쩍 넘는 사람이 있다 보니, 집이 무척 좁아 보인다. 좁다고 생각하자, 갑갑해졌다. 해문은 티셔츠의 목 부분을 잡아당겼다. 아무리 잡아당겨도 갑갑함은 사라질 낌새가 보이지 않았다.

"계속 서 있지 말고 앉지 그래요? 천장 무너지지 않거든요."

---

2)다다미(疊, たたみ): 다다미 1조는 약 1.65평방 미터(㎡)로 약 0.5평

딴에는 부드럽게 말한다 했으나, 목소리는 차가웠다. 의도치 않은 일이라 저도 모르게 눈썹을 찌푸리고 말았다. 흘깃 그의 표정을 보니, 변화가 없었다. 혼자만 신경을 썼다는 사실에 해문은 작게 혀를 찼다. 사실 초대하지 않은 손님인데 무엇 하러 신경을 쓰는지 모르겠다. 과거의 그의 행동에 일일이 신경을 쓰던 버릇이 아직도 남아 있는 모양이었다. 그런 자신이 마음에 들지 않아, 해문은 등 뒤에 숨긴 잠옷을 신경질적으로 의자 밑에 깔고 앉았다. 엉덩이 밑이 거추장스럽다.

"천장 무너질까 봐 서 있는 게 아니라, 그냥 생각보다 좁다 싶어서."

"혼자 살기엔 적당한 크기예요."

"그거야 그렇겠지."

어색한 것을 숨기려 하는 탓에 나오는 말투는 딱딱하기만 했다. 만약 다른 사람을 상대로 이런 식의 말투를 구사했다면, 상대의 기분은 상했을 것이다. 상대가 이든이라서 다행이다. 아니, 정확하게는 끝난 사이인 최이든인 것이 다행이다. 끝난 사이. 스스로 떠올린 단어에 저도 모르게 서글픈 감정이 치밀었다. 이제 와서 서글퍼 해서 무엇 하냐고 해문은 자신을 탓했다.

"어쩐 일……"

"괜찮다면 물 좀 주지 않을래? 가을이라서 별로 안 더울 줄 알았는데 제법 덥다."

자신의 말을 무지르고는 언죽번죽하게 부탁하는 이든이었다. 해문은 조금 짜증이 난 표정으로 그를 노려보았다. 이든은 말끄러미 자신을 보며 히죽 웃는다. 순간, 머릿속에 '웃는 얼굴에 침을 못 뱉는다' 라는 속담이 떠올랐다. 그 속담을 만들었을 선조의 심정을 이해할 수 있을 것 같았다. 얄미워 죽겠는데 어쩔 도리가 없어서 참을 수밖에 없었을 테니 얼마나 답답했을까? 울컥 치밀어 오르는 화를 억누르며 천천히 심호흡을 했다. 이 심정이라면 웃는 얼굴에 침을 뱉을 수도 있을 듯싶다.

얼음물을 주자 그는 마치 사막에 있다 온 사람처럼 게걸스럽게 물을 들이켰다. 무척 달게 마시는 탓에 보는 것만으로도 갈증이 느껴졌다. 문득 해문은 이 년 전 그가 찍었던 음료 광고를 떠올렸다. 고급스러움을 강조한 광고 콘셉트로 이든은 청량음료를 마치 와인처럼 마셨었다. 그때의 광고 제작자가 지금 이든의 모습을 보면 한탄할지도 모르겠다. 고급스러움이 아닌 게걸스러움을 콘셉트로 잡았어야 했다. 그랬다면 그 광고는 시쳇말로 '대박'이 났을지도 모를 일이었다. 어차피 해문이 간섭할 일이 아니었다. 해문은 자꾸만 엉뚱한 쪽으로 가는 생각을 바로잡았다.

"무슨 일로 온 거예요?"

빈 컵을 들고 주변을 두리번거리는 이든에게 조금 전에 하려던 질문을 했다. 말이 끝나자마자 이든이 고개를 돌려 책상의 한 부분을 응시한다. 회피하는 게 역력하게 보이는 모습이었다. 다시 울컥하고 치밀어 오르는 화를 누르며 해문은 인내심을 가지고 그의 입이 열리기를 기다렸다.

"화보 촬영이 있었어."

느릿느릿한 말이 그의 입에서 나온 것은 시간상 일 분 정도가 지난 시점이었다. 고작 일 분인데도 마치 한 시간은 되는 것처럼 느껴졌다. 한쪽 머리로는 피곤해서 그런 것이라고 생각하며, 해문은 다음에 나올 말을 기다렸다. 그러나 다음 말을 아무리 기다려도 그의 입은 다시 열릴 낌새를 보이지 않았다. 어색한 침묵이 방 안의 분위기를 서먹하게 만든다.

마른 입술에 침을 묻히며 해문은 대답 없는 그의 옆얼굴을 노려보았다. 그러자 기다렸다는 듯 이든이 만면에 웃음을 띤 채 고개를 돌렸다. 부지불식간에 그의 얼굴을 똑바로 보게 된 해문은 헛숨을 들이켰다. 사레들린 듯 목구멍이 껄끄럽고, 심장은 두근두근 뛰고 있었다. 이미 끝났다고 생각하면서도 그의 얼굴에 반응하는 심장이 바보 같았다. 피로가 폭풍처럼 몰려오고 이러는 자신에 대한 미움이 살아났다. 지금 이 상황을 빨리 끝내고 싶다.

"어디 호텔이에요?"

"촬영은 호텔에서 한 게 아닌데?"

"어디 호텔에 묵느냐고 물은 거예요. 어디 호텔에 묵어요?"

딱딱한 태도로 말하는데도, 이든은 비시시 비어져 나오는 웃음을 흘렸다. 무엇이 그리 웃긴 것인지 해문은 도무지 알 수 없었다. 이유를 물어보고 같이 웃자고 하려다 해문은 고개를 살래살래 흔들었다. 사실 이 상황 자체가 웃기긴 했다. 반년 전에 헤어진 사이인데 쉽게 집에 들어오게 한 것도, 이리 태연하게 대하는 것까지 전부 억지웃음을 짓게 하는 재미없는 코미디 같았다.

"신주쿠(新宿) 하얏트던가. 거기일 거야."

"신주쿠면 멀지 않네요. 택시 불러줄까요? 택시기사한테 위치를 미리 말해줄 테니까 그 점은 걱정하지 말아요. 어서 가보지 그래요? 내일도 촬영 있을 거 아니에요?”

돌려 말했지만, 당장 나가라고 말하는 것과 별반 차이가 없는 말이었다. 서서히 그의 입가에 있던 미소가 자취를 감추고, 아무것도 읽을 수 없는 표정으로 변했다. 숨이 탁 막힌다. 바깥의 더위가 집 안으로 침투한 느낌이다. 손부채를 부치며 자신의 시야를 살짝 가렸다. 저런 표정을 한 그는 낯설었다. 이든은 금세 원래대로 가벼운 웃음을 지닌 표정을 지었지만, 뇌리에 박힌 무표정한 모습은 쉽사리 사라지지 않았다.

“내일은 촬영이 없어. 정확하게는…….”
“난 내일 아침 일찍부터 수업이 있어요.”

의도적으로 그의 말을 무지르며 딱딱하게 말했다. 이든의 시선이 조금 따갑게 피부를 자극했다. 해문은 부러 아무렇지 않은 척하며 ‘아주 일찍부터 수업이 있죠’ 라고 자신의 말을 강조했다. 이든의 시선이 한결 더 따갑게 와 닿는다. 그의 저런 시선을 즐겼던 때도 있었다. 무심코 떠오르는 과거의 일을 해문은 바로 지웠다.

“하긴 너 여기 공부하러 온 거였지.”

특별한 의미가 있는 말이 아니었다. 그런데 이상한 뉘앙스의 말처럼 느껴진다. 마치 잊었던 사실을 확인하는 느낌이었다. 착각일 것이다. 피곤하기 때문에 민감해져서 그리 들리는 것이다.

무어라 대꾸할 것이 없어 해문은 그의 말문이 다시 트이기를 기다렸다. 할 말이 있어 자신을 찾아왔을 것이 분명하니, 그가 먼저 말을 할 것이라 생각해서였다. 하지만 한 번 닫힌 말문은 다시 트이지 않았다. 이든은 그저 말간 시선으로 주변을 보고 있었다. 시간은 하염없이 흘러가고, 방 안의 분위기는 한결 더 어색해졌다. 그의 말문을 열 타개책이 필요했다. 그러다가 해문은 그가 자신의 아파트 앞에서 기다렸다는 사실을 새삼 떠올렸다. 그것은 이든이 자신의 아파트를 정확하게 알고 있었다는 의미였다. 그에게 할 말이 생겼다는 것에 안도한 것을 숨기고 해문은 그를 의심스럽게 노려보며 입을 열었다.

"그런데 여기는 어떻게 알았어요?"

"응?"

"여기, 내 아파트요. 이곳 주소 알아요?"

같은 말을 두 번씩 하게 하는 것이 짜증이 나, 목청을 높였다. 이든의 표정이 기묘하게 일그러진다. 그것을 물어볼 것이라고 예상치 못한 표정이었다. 그 사실이 해문을 조금 불쾌하게 만들었다. '어떻게 이곳을 알았는지는 상관없습니다. 방문해 주셔서 영광입니다' 라고 생각해야 한단 말인가? 못마땅한 나머지, 이든을 노려보는 눈에 힘이 들어간다.

"어떻게 알았어요?"

재차 차가운 어조로 묻자, 이든이 청바지의 뒷주머니에서 느리게 무언가 꺼냈다. 그가 꺼낸 것은 구깃구깃한 종이 한 장이었다. 의심스럽게 그를 노려보며 해문은 종이를 건네받았다. 구깃구깃한 것을 일일이 펴서 보자마자 저도 모르게 혀를 끌끌 차고 말았다. 종이에 있는 것은 자신이 살고 있는 이 아파트의 주소였다. 글자라고 하기엔 어려운, 그림처럼 괴발개발 그려진 주소라는 게 정확한 표현이다.

해문은 황당한 표정으로 그를 바라보았다. 이든이 작은 목소리로 '그래도 알아보던데?' 라고 말한다. 입모양으로 누구냐고 하자, 이든이 택시라고 대답했다. 허섭스레기 같은 주소를 보고도 용케 찾아온 얼굴 모를 택시기사에게 해문은 진심으로 박수를 보내고 싶었다.

"무성이가 적어줬어. 네가 전에 유나한테 보낸 엽서를 보고 적었다고 하더라."

추임새처럼 '그 녀석 외국어라면 질색이거든' 이라고 설명을 덧붙인다. 해문은 다시 종이를 보며 한숨을 진득하게 내쉬었다. 21세기 문명시대에 복사라는 좋은 기술을 왜 썩히는지 모르겠다. 이래저래 융통성도 참 없다.

주소를 괴발개발 그린 장본인, 지무성은 이든과 같은 그룹이고, 유나는 코디네이터 중 한 명이었다. 둘 다 이든이라는 매개체를 통한 알음알이였다. 특히 유나는 유독 해문에게 잘해주었다. 시작은 이든을 통한 것이었으나 나중엔 언니, 동생하며 친하게 지낼 정도의 사이가 되었다. 그런 유나에게 유학을 간다는 사실만 통보하고 떠난 것이 내심 미안해, 두어 달 전쯤 안부 인사를 겸해 엽서를 보냈었다. 그 엽서가 이런 식으로 돌아올 줄은 꿈에도 몰랐다.

"유나였군요."

"기분 상했어?"

"아니요. 상할 일이 뭐가 있겠어요."

그러나 표정에는 상했다는 것이 노골적으로 보일 터였다. 본래 표정을 숨기는 것에는 재주가 없었다. 착잡한 마음을 숨기며 해문은 자리에서 일어났다. 그가 입을 열기를 기다리다가는 밤을 꼴딱 새게 생겼다. 마냥 기다릴 수도 없는 처지라, 해문은 마음을 고쳐 먹었다. 우선 급한 것부터 처리하고 물어도 늦지 않을 것이다.

"저기, 좀 씻고 올 테니까, 잠깐 있어줄래요? 일 끝내고 바로 온 거라서 몸이 찝찝하네요. 빨리 씻고 올 테니까 기다려요. 바쁘면 그냥 가도 괜찮고요."

"아니, 바쁘지 않아. 기다릴게. 상관없으니까 씻고 와. 난 괜찮아."

배려심이 넘치는 그의 말에 해문은 피식 웃었다. 그냥 가기는 싫은 모양이었다. 어차피 해문도 그가 반년이나 지난 시점에 자신을 찾아온 이유를 알고 싶었다. 쓸데없는 호기심이라는 것을 모르는 바 아니었지만, 호기심으로 고양이가 죽는다 하더라도 알 것은 알아야 했다. '정말 쓸데없는 호기심이야' 라고 그에게 들리지 않게 중얼거린 뒤, 옷가지를 챙겨 방을 나섰다.

욕실의 문을 열자마자, 방에서 왁자지껄한 목소리가 들려왔다. 그가 TV를 켠 듯했다. 주인이 없는 집에서 주인 행세를 한다. 마음에 들지 않았으나, 그렇다고 이제 와서 이든에게 할 말을 하고 떠나라고 할 수 없었다. 그러기엔 해결하지 못한 호기심이 찝찝했다. 아무리 생각해도 그가 왜 반년이나 지나 자신을 찾아온 것인지 알 수 없었다. 방법이 없다고 중얼거리며 해문은 욕실의 문을 잠갔다.

들어가자마자, 욕실 특유의 눅눅한 공기 탓인지 가슴 한구석이 무거워졌다. 불투명한 유리 너머로 들려오는 윙윙거리는 소리에 해문은 미간을 찌푸렸다. 지금이라도 나가서 돌아가라고 하는 게 낫지 않을까? 해문은 짧게 한숨을 토하며 고개를 내저었다. 그러면 한동안 자신은 해결하지 못한 호기심에 시달릴 게 분명했다. 조금 불편함을 감수하고 참자고 해문은 자신을 다독였다. 그렇지만 차가운 샤워기의 물을 맞으면서도 해문은 찌푸린 미간을 펼 수 없었다.

조금 과장해서 빛의 속도로 샤워를 끝내고 돌아간 방은 해문이 원하지 않은 상태로 변해 있었다. TV가 내뱉는 의미없는 소리는 시청자가 없는데도 끈질기게 나오고 있었다. 유일한 시청자는 어느새 침대에 머리를 기댄 채 등걸잠을 자고 있었다. 얼마나 곤하게 잠들어 있는지, 문가에 서 있는데도 그의 새근거리는 숨소리가 들렸다.

팔짱을 낀 채, 해문은 벽에 등을 기댔다. 사실 욕실에 들어가면서도 내내 찜찜했던 것은 이런 결과를 예측해서였을지 모른다. 물끄러미 불편한 자세로 잠든 그를 바라보기만 했다. 고른 숨을 내쉬며 잠이 든 남자는 객관적으로 봐도 확실히 잘생겼다. 저런 남자와 사귀는 사이였던 과거가 마치 거짓 같다. 불과 반년 전의 현실이었는데도 지금은 그것이 오히려 비현실이라고 생각이 되었다.

가슴 한구석이 예리한 바늘로 콕 찔린 것처럼 아려왔다. 비록 지난 사랑이라고 할지라도 그것을 가볍게 비현실로 치부하는 자신이 서글프기만 했다. 하지만 지금의 해문의 현실은 매일 학교에 가서 공부를 하고 생활비를 위한 아르바이트를 하는 것이다. 그와 함께했던 일은 비현실적인 과거지사였을 뿐이다. 끝난 일에 미련을 가지는 것은 어리석은 행동이었다. 해문은 자꾸만 입가에 떠오르는 쓴웃음을 가슴 구석으로 보내 버렸다.

조심스레 그에게 다가가 이불을 덮어주었다. 자는 그를 깨워 내보내자는 생각이 아예 없는 것은 아니었다. 그러나 굳이 잠든 사람을 깨우고 싶지 않았다. 사랑했던 남자를 향한 작은 동정심이리라. 마지막으로 남은 작은 동정심이라 치부하며, 해문은 잠든 그를 조금은 애달픈 시선으로 보았다.

그가 잠투정처럼 낮은 신음을 뱉어냈다. 무심코 그의 어깨를 토닥거리려고 손을 뻗었다. 그의 어깨 바로 앞에서 해문은 손을 멈추었다. 공중에 뜬 손이 어색했다. 무슨 짓을 하려고 했는지 몸도, 머리도 알고 있었다. 씁쓸한 한숨이 저절로 나왔다.

끝났잖아.

그 누구를 향한 것도 아닌, 자신을 향해 읊조리며 해문은 베란다 문을 열고 밖으로 나갔다. 습기를 머금은 더운 공기가 텁텁한 입 안으로 스며들어 왔다. 짧게 숨을 토한 뒤, 해문은 담배를 한 개비 꺼내 물었다. 도쿄에 와서 배운 담배는 가끔이지만 스트레스를 없애는 용도로써 제격인 물건이었다. 이 사실을 서울에 있는 부모님이 알면 기함할 것이다.

회색 연기를 깊게 빨아들이며 해문은 하늘에 자리를 잡은 달을 올려봤다. 어둑한 하늘에 떠 있는 달은 티 없이 밝기만 했다. 해문은 무거운 한숨을 담배 연기에 실어 밖으로 흘려보냈다. 회색 연기는 텁텁한 공기 속으로 천천히 자취를 감추어갔다. 깊은 밤, 회색 연기는 끝도 없이 해문의 입에서 탈출해 날아갔다.

꽥꽥, 오리 시계가 요란하게 우는 게 아련하게 들렸다. 듣기 싫은 소리에 인상을 찌푸렸지만, 잠기운은 서서히 사라지고 있었다. 잠을 털어내지 못한 눈으로 시계를 끌어당기니, 숫자 7 근처에 자리 잡은 바늘이 보였다. 잠을 청한 지 얼마 되지도 않은 듯한데 벌써 아침이다. 닭 모가지를 비틀어도 아침은 온다고, 오늘따라 아침이 미웠다.

천장을 바라보며 기지개를 나른하게 켠 해문은 여느 아침과 다른 느낌에 고개를 갸우뚱거렸다. 평소와 다른 것은 없었다. 그런데도 낯설었다. 무슨 연유로 이상한지를 떠올리던 해문은 이불 속에서 느껴지는 타인의 온기에 식겁하며 침대에서 뛰쳐나갔다. 제대로 초점이 맞지 않는 눈을 깜박거리며 침대 위의 이불 뭉치를 노려보았다. 해문의 시선을 느끼기라도 했는지, 홑이불이 꿈틀거린다. 그러더니 불쑥 긴 손이 이불 밖으로 튀어나왔다. 덩달아 해문의 심장도 입 밖으로 튀어나갈 뻔했다.

두근거리는 가슴을 부여잡고 천천히 이불을 들어 올린 해문은 이내 안도의 한숨을 내쉬었다. 고작 어제 일을 잊은 짧은 뇌의 한계를 탓하면서, 아침부터 자신의 심장을 덜컹거리게 한 원흉을 노려보았다. 그 원흉은 그런 해문의 눈길은 알아채지도 못한 채, 귀잠에 빠져 있었다.

"젠장."

잠으로 엉망이 된 머리카락을 쓸어 넘기며 해문은 작게 욕설을 중얼거렸다. 분명 바닥에서 잤을 텐데, 언제 침대 위로 올라와 잤는지 모르겠다. 멀뚱멀뚱 달게 자고 있는 인간을 발로 차서 깨워주고 싶은 달콤한 유혹이 눈앞에서 아른거린다. 어차피 깨워야 하긴 했다. 아침 9시 20분부터 시작하는 수업에 맞추려면 씻고 나가기에도 빠듯한 시간이었다. 그런 시간을 이든 때문에 허비할 수는 없었다.

"일어나요."

이불 속에 몸을 파묻고 있는 그의 어깨를 성의없이 흔들었다. 줄이 끊긴 인형처럼 이든의 몸은 손길에 따라 움직였다. 해문은 조금 더 크게 일어나라고 소리쳤다. 소리치는 와중에도 눈은 시계에서 떠나지 않았다.

"최이든 씨, 일어나요. 어서 일어나라니까요!"

아무리 흔들어도 조금의 반응조차 보이지 않는다. 해문은 아랫입술을 깨물며 허리에 손을 얹혔다. 시계의 바늘이 움직일 때마다 초조한 마음이 더욱 강해졌다.

"최이든 씨!"

"아우, 아우. 철호야, 조금만 더 자자. 나 늦게 잤어."

무엇이 늦게 잤다는 말인가? 그가 잠든 시각은 12시 반경이다. 반면 자신이 잠든 시각은 과제를 다 끝낸 뒤인 새벽 3시 반이었다. 지금 시각이 아침 7시를 조금 넘겼다는 것을 참작해도 이든은 일곱 시간 가까이 잔 상태였다. 일곱 시간이 충분한 수면 시간이라는 것은 두말하면 잔소리다.

"최이든 씨, 그만 일어나시죠."

"아이고. 철호야, 형님아. 나 늦게 자서 무지 졸려. 조금만 더 자자고, 제발."

"여기 철호라는 사람 없거든요. 빨리 일어나……."

"누구든지 간에! 조금만 더 자게 내버려 두라고, please."

버럭 화를 내며 이불을 머리끝까지 올리는 그의 행태에 해문은 헛바람만 들이켰다. 주객이 전도되어도 이 정도면 범죄 수준이다. 웃어야 할지, 울어야 할지 모를 상황에 몰린 해문은 잠든 그를 노려보기만 했다. 상쾌한 아침부터 잘하는 짓이다.

결국, 그를 깨우는 것을 포기하고 해문은 서둘러 욕실로 뛰어갔다. 학교에 갈 준비를 끝내고서 그를 깨워야겠다. 이러다가 지각이라도 하게 되면, 무지각 무결석 역사에 불명예스러운 한 획을 긋게 된다. 그것만은 피하고 싶었다. 그 원인이 이든이라면 더더욱 그러고 싶지 않았다.

그렇게 부산하게 준비를 끝낸 해문은 씩씩하게 침대 앞에 섰다. 이든은 변함없이 꿈나라 주민으로서 역할 수행에 충실했다. 그의 팬들이 지어준 별명 '잠든이'가 잘 어울리는 모습이었다. 과연 팬들은 그가 이렇게 지독한 잠꾸러기라는 것을 알고 명명했을까 싶다. 아니라는 것에 백 엔 건다.

하지만 그것은 그것이다. 지금 해문은 그의 별명은 물론, 백 엔의 행방에 대해 상관을 할 상황이 아니었다. 시곗바늘은 이미 숫자 8에 도착해 있었다. 지금 나가야 한다. 아침부터 발등에 불이

나도록 자전거 페달을 밟고 싶지는 않았다. 해문은 마음을 굳게 먹었다.

"최이든 씨, 일어나세요!"

죽부인처럼 그가 껴안고 있던 이불을 뺏자, 이든이 마치 지렁이처럼 꿈지럭거리며 침대의 가장자리로 이동했다. 혼자 보기 아까운 장면이다. 허탈한 웃음이 절로 나오는 것을 느끼면서도 해문은 줄기차게 일어나라고 소리쳤다.

"아우!"

그가 일떠섰다. 놀란 마음에 뒷걸음질을 쳤던 해문은 크게 숨을 들이켜고 임전 태세로 눈을 홉떴다. 그러나 이내 해문은 말뚝잠을 자는 이든의 모습에 어깨를 떨어뜨리고 말았다. 한숨을 가장한 헛숨이 입술을 비집고 나온다. 누가 '잠든이' 아니랄까, 고개를 꾸벅거리면서 잘 잔다. 정말 잠에 원수가 진 모양이었다. 한숨을 진득하게 내쉬고 해문은 그의 어깨를 있는 힘껏 흔들었다. 그의 머리가 앞뒤로 힘없이 흔들렸다.

"최이든!"

"어."

대답은 잘한다.

"일어나!"

"싫어."

"뭐, 이런!"

기다렸다는 듯 대꾸하고는 침대에 다시 눕는 그의 모습에 해문은 할 수 있다면 입 밖으로 불을 뿜어내고 싶었다.

이 사람이 아침부터 장난하나?

안 그래도 정신없는 아침인데, 더 정신없는 존재 때문에 해문의 속은 100℃의 물처럼 부글부글 끓었다. 아침이 아니더라도 변할 것은 없을 테지만, 지금은 아침이었다. 그것도 시간이 빠듯한 아침이다.

"최이든, 안 일어나! 어서 일어나라고! 젠장, 안 일어날 거야! 최이든!"

눈앞의 남자를 헝겊인형처럼 전후좌우로 흔들었다. 나중에 이든이 목이 아프다고 해도 할 말이 없을 정도의 강도(强度)였다. 이든도 인간이었는지 느리게 눈을 뜨기 시작했다. 또다시 잠들 것을 대비해 해문은 눈을 치뜬 채 그가 눈을 뜨는 것을 지켜보았다.

"아이 씨."

누가 하고 싶은 소리를 하고 있다.

"조금만 더 잘게. 아우, 그 조금으로 누가 숨 넘어가냐고? 정말 말도……. 어라, 해문이다."

반쯤 감은 눈으로 투덜거리던 그의 시선이 해문을 향했다. 그 순간 그가 해맑게 미소를 지었다. 무의식적으로 해문은 매고 있던 카메라 가방에서 카메라를 꺼낼 뻔했다.

엄연히 해문은 사진을 배우는 학생이었다. 그런 해문에게 의도적인 연출로는 볼 수 없는 이든의 무방비한 모습은 매력적인 피사체였다. 여러 상황이 복합되지 않은 때였다면 해문은 조금의 주저함도 없이 카메라를 꺼냈을 것이다. 그러나 안타깝게도 지금의 해문에게는 찍고 싶은 욕구보다 현실에 순응하는 것이 먼저였다.

"그래, 해문이다."

어느새 말이 반 토막으로 변했는데도 해문은 개의치 않았다. 애당초 그가 잘못한 일이었다. 일찍 일어났다면, 아니, 어제 알아서 갔다면 이런 일은 처음부터 일어나지 않았을 것이다.

촉박한 마음에 시계를 보며 해문은 거듭 일어나라고 소리쳤다. 비시시 웃던 그는 손을 뻗어 해문을 끌어당겼다. 예상치 못한 일에 해문은 힘없이 그의 손길에 이끌려 갔다. 정신을 차리고 보니 이든의 얼굴이 바투 다가와 있었다. 이게 무슨 짓이냐고 화를 내려 했지만, 이든의 행동이 더 빨랐다. 그는 가볍게 해문의 입술에 입을 맞추고는 잠이 덜 깬 목소리로 중얼거렸다.

"이걸로 봐주라, 해문아."

그러더니 그는 바로 침대에 머리를 박고 고른 숨소리를 내쉬며 그루잠이 들었다.

머릿속이 순식간에 새하얗게 변했다. 혼이 나간 표정으로 멍하게 있던 해문은 무심코 자신의 입술에 손가락을 올렸다. 습기가 많은 일본의 날씨 덕에 입술은 적당하게 말라 있었다.

"이, 이게 무슨."

당황한 덕에 자신도 모르게 말을 더듬었다. 동시에 얼굴의 온도가 급하게 올라가고, 차분하던 심장이 미친 듯이 뛰기 시작했다. 해문은 아연한 표정으로 잠든 이든을 바라보았다. 그가 잠결에 한 행동에 어떤 반응을 해야 할지 알 수 없었다. 아는 것은 지금 해문의 입술에 그의 입술이 닿았다는 것뿐이었다.

망연스레 서 있던 해문은 시계를 보고 무심코 혀를 찼다. 멍하게 있던 사이, 시계는 이제 20분을 가리키고 있었다. 죽도록 페달을 밟는 것으로 결정이 났다.

어째서인지 허탈한 웃음이 나왔다. 지금 나가도 최대 속도로 달려야 하는 상황인데, 이상하게 웃음이 나왔다. 해문은 조금 멍한 표정으로 이든을 응시했다. 잠결에 한 의미없는 행동이었다. 심장은 여전히 요란하게 뛰고 있었지만, 이것은 그저 놀랐기 때문이다. 그 외의 이유가 있을 리 없었다. 아마 그는 깨어나면 이 일을 기억도 못할 것이다.

"그냥 자게 해주지 뭐."

혼잣말로 중얼거리며 해문은 조금은 씁쓸한 웃음을 입 밖으로 흘려보냈다. 웃으면서도 웃는 게 아닌 것 같은 느낌이었다.

해문은 책상 서랍에서 메모지 한 장을 꺼냈다. 그러곤 일어나면 열쇠로 문을 잠그고 신문 투입구에 열쇠를 넣어달라고 적었다. 다 쓰고 난 뒤, 그에게 잘 보일 곳에 붙이고 서랍 속에서 여분의 열쇠를 꺼내 책상 위에 올려두었다. 다시 침대 쪽을 보니 이불을 머리 끝까지 뒤집어쓴 그가 보였다. '잠든이'라고 해문은 그의 별명을 조용히 읊조렸다. 피식 또 웃음이 나왔다. 아침부터 여러 가지를 하게 한다.

시계가 25분을 가리키는 걸 본 해문은 서둘러 아파트를 나갔다. 자전거를 타면서도 눈은 현관문에서 떨어지지 않는다. 물론 그를 못 믿는 것이 아니다. 자신보다 한참 돈이 많은 그가 무언가를 훔쳐 갈지도 모른다고 생각하는 것 자체가 어불성설이었다. 단지 그를 남겨두고 가는 상황이 찝찝한 것이다. 어린아이도 아닌 그를 걱정하는 것보다는 설명을 할 수 없는 막연한 감정 탓이었다.

한숨을 깊게 내쉬며 해문은 페달을 힘차게 밟았다. 지각을 면하기 위해서는 빨리 달려야 했다. 달리면서도 머릿속에서는 아침의 일이 계속 반복되고 있었다. 마치 고장 난 비디오 플레이어처럼 말이다. 묘한 설렘을 느끼게 하던 그 일은 하루 종일 해문의 머릿속을 떠나지 않았다.

그리고 그날 밤 돌아온 집엔 그의 흔적이 완전히 사라져 있었다. 신문 투입구에 넣어달라고 했던 열쇠도 그와 함께 사라졌다. 마치 아무도 안 왔던 듯, 깨끗하기만 했다.

텅 빈집에 홀로 서서 해문은 아침의 그 허탈했던 웃음을 흘렸다. 아침의 일인데도 이상하게 흐리마리했다. 어쩌면 그를 아직 잊지 못한 뇌의 착시현상일지도 모른다. 그리 생각하며 해문은 없어진 열쇠에 대한 미련을 접었다. 언젠가 우연하게 그를 만나게 된다면 열쇠를 돌려받자고 생각하면서 해문은 씁쓸한 웃음을 흘렸다.

그나저나 언제 만날 수 있을까?

"내가 유명한 사진작가가 되면?"

말해놓고 해문은 크게 웃어버렸다. 그때까지 그가 연예인으로서 활동을 하거나, 어제처럼 그가 뜬금없이 자신을 찾아온다면 가능할 것이다. 그렇지 않고서는 그를 다시 만날 일은 없었다. 어차피 해문은 이든과 살고 있는 세상이 달랐다. 그 사실을 정확하게 알고 있기에 해문은 허탈하게 웃었다. 돌연 눈물 한 방울이 흘러

나와 눈시울을 적셨다. 눈에 먼지가 들어간 모양이라고 해문은 중얼거렸다. 하필 이럴 때 눈에 먼지가 들어간 걸까? 해문은 무성의하게 눈을 문질렀다.

못내 감출 수 없는 착잡함이 자꾸 고개를 내밀었지만, 모르는 척했다. 시간이 지나면 저절로 퇴화될 감정이다. 반년이란 시간은 감정을 완벽하게 퇴화시키기에 모자랐을 뿐이었다. 연거푸 눈가를 문지르며 해문은 허탈한 웃음을 터뜨렸다. 이상하게 허한 느낌이 드는 밤이었다.

2. 제의(提議)

해문이 아르바이트를 하는 곳은 3)라멘을 취급하는 가게이다. 오십 년 가까운 역사에 걸맞게 관록을 자랑하는 맛을 가진, 주변에서 나름대로 유명한 곳이기도 했다. 해문은 이곳에서 오후 5시 반부터 11시까지 서빙 아르바이트를 하고 있었다.

[수고하셨습니다.]

[수고했어, 유 상. 내일부터 쉬는 날이니까 월요일에나 보겠네.]

[네, 그럼 먼저 가겠습니다.]

뒷정리를 하는 와중에도 주방에서 고개를 내밀고 인사하는 사장에게 해문은 손을 흔들었다.

사장의 성격이 까다로워 비위를 맞추기 어렵다는 것을 제외하

---

3)라멘(ラーメン): 일본식 생라면으로, 일반 라면과의 구분을 위해 '라멘'으로 통일

면 지금의 아르바이트는 상당히 괜찮은 곳이었다. 물론 이따금 사장의 까다로운 성미 덕에 살인 충동을 느끼는 일도 있었으나, 그 정도는 이제 도를 닦는 기분으로 없앨 수 있었다. 편히 살고자 저절로 습득한 인내심이었다. 기실 자신의 입맛에 맞는 아르바이트 자리가 흔하지 않다는 현실적인 이유 덕분이기도 했다.

어둑한 거리로 나와 해문은 가게의 뒤편에 세워둔 자전거에 엉덩이를 실었다.

해문이 일하는 가게는 매주 일요일이 정기휴일인 곳이다. 보통 주말의 매상이 평일보다 더 좋게 마련인데도, 일요일은 오십여 년간 변하지 않는 휴일이었다. 따라서 단골손님도 일요일이 휴일인 것을 당연하게 여겼다. 게다가 토요일은 이미 몇 년 전부터 일하는 아르바이트생이 있었다. 고작 하루 동안 일을 해서 돈이 될까 싶지만, 자신이 모르는 사정이 있을 것이다. 그 사정 덕분에 어렵지 않게 주말을 쉴 수 있게 된 것이 해문은 좋았다.

스쳐 가는 밤바람이 상쾌해, 콧노래를 흥얼거렸다. 과하다고 할 정도로 기분은 상승곡선을 그리고 있었다. 이상하게 좋을 일이 일어날 것만 같은 예감이 든다. 해문은 내심 내일 사진이 잘 나오려는 하늘의 계시일 것이라 생각했다. 아니더라도 상관없었다. 이런 기분으로 찍는 사진은 즐거움을 담을 것이 분명했다. 생각하는 것만으로도 기분이 좋아져, 페달을 밟는 발은 가볍기만 했다.

특별하게 속도를 내지 않았는데도 벌써 동네 어귀가 보였다. 해문은 집으로 바로 가지 않고 역 근처의 편의점으로 향했다. 편의점 앞에 자전거를 세우고 들어가자, 내부는 해문처럼 늦게 퇴근한 사람들로 붐비고 있었다. 벽에 걸린 커다란 시계를 보니, 막차가 도착한 시각이었다. 가벼운 주전부리를 사는 이도 있었고, 끼니 대용할 것을 사는 이들도 있었다. 해문도 그들 사이에 끼어 밀크 티와 주전부리 대용으로 쓸 과자를 몇 개 집어 계산대로 걸어갔 다.

자신의 차례가 올 때까지 기다리던 해문은 무심코 창가에 나열 된 잡지 진열대를 바라보았다. 그곳에는 낯익은 한국 배우들의 사 진과 '한류'라는 글자가 박힌 잡지들이 진열되어 있었다. 물끄러 미 보고 있다, 직원이 얼마라고 하는 말에 고개를 돌렸다. 이제는 익숙해질 만도 한데, '한류'라는 글자를 볼 때마다 매번 신기한 기 분이 든다.

계산을 끝낸 뒤, 물건이 담긴 비닐봉지를 자전거 핸들의 한쪽에 걸고 해문은 천천히 집으로 가는 언덕을 올라갔다. 하루 종일 밖 에 있었는데도 피곤하다는 생각이 들지 않았다. 오히려 집과 가까 워지면 질수록 좋은 일이 생길 것 같은 예감만 강해졌다. 마음은 하늘 높은 줄 모르고 자꾸만 들뜨고 있었다.

아파트 문을 열자마자 해문을 반기는 것은 환한 집이었다. 자신 도 모르게 헛숨을 들이켜며 제대로 집을 찾아온 게 맞는지 호수를 확인했다. 문에 박힌 203이란 숫자에 안도하는 것도 잠시, 어느새 머리는 실수로 아침에 불을 켜고 나갔을 가능성을 타진하고 있었 다. 깊게 생각할 필요도 없이 가능성은 0%다. 아침에 일어나서 켜 는 조명은 고작 욕실이 전부였다. 욕실이 켜져 있다면 모를까, 집

전체의 조명을 켠 기억은 없었다. 가슴 한구석에 불길한 기운이 스며들었다.

설마 도둑은 아니겠지?

그런 생각을 하자, 정말 그럴지도 모르겠다는 생각이 들었다. 어느 도둑이 불을 켜고 나갈지는 모르나, 타인이 한 것만은 분명했다. 그리고 그 누군가는 도둑일 가능성이 높았다.

얼마 전에 있었던 일이 얼핏 떠오른다. 해문은 같은 일이 두 번 일어날 가능성은 희박하다고 생각하며 머리를 거세게 흔들었다. 다른 생각을 할 때가 아니었다. 아직 집 안에는 도둑이 있을 소지가 다분했다. 무기가 필요하다는 생각에 해문은 문가에 놓인 긴 우산을 집어 들었다. 두근두근 심장이 난리를 친다. 이 순간에도 현명한 머리는 이러지 말고 신고를 하라고 친절한 충고를 해왔다. 하지만 해문은 그런 충고를 깨끗하게 무시하고 우산의 끝을 높게 치켜들었다. 현행범으로 잡아야 제대로 벌을 줄 수 있다는 겁없는 치기(稚氣)만이 머릿속을 지배하고 있었다. 조심스럽게 4)후스마를 여는 해문의 손길에는 도둑을 잡겠다는 강한 의지 덕분에 힘이 넘치고 있었다.

조금씩 보이기 시작한 방 안의 풍경에 숨소리를 죽이고 시선을 집중했다. 그러다 눈에 들어온 장면에 해문은 저도 모르게 헛숨을 들이켜고 말았다. 기대감으로 부풀었던 가슴이 순식간에 가라앉는다. 이런 걸 예상하지 않았다. 바닥에 편하게 누워 있는 도둑을

---

4)후스마(ふすま): 가느다란 나무틀을 짜서 양면에 두껍고 튼튼한 종이나 헝겊을 바른 문

그 누가 꿈꾸겠는가? 게다가 우습게도 도둑은 무척 낯익은 모습을 하고 있었다. 해문은 후스마를 힘껏 열어젖혔다.

"하, 참나!"

어이가 없어 크게 소리를 치자, 낯익은 도둑이 느럭느럭 고개를 돌린다. 자신이 나타난 것에 전혀 놀란 기색이 없는 상대는 알은 체하며 헤드폰을 벗었다. 동시에 헤드폰에서 해문의 취향과는 거리가 먼 음악이 터져 나왔다. 지끈지끈, 딱따구리가 한쪽 머리를 쪼아댄다. 정말 미치고 싶다.

"안녕, 해문아."

안녕하지 못하다. 인상을 찌푸리고 있는 자신의 얼굴을 모르는 척하고 배시시 웃는 그 모습에 배알이 꼬였다.

"최이든 씨, 도대체 여기서 뭐 하는 거예요?"

화가 난 것을 전혀 숨기지 않은 채 날카롭게 묻자, 이든은 손에 들고 있던 헤드폰을 흔들어 보였다. 뜻인즉 지금 음악 감상을 하고 있었다는 말이다. 그걸 몰라서 물은 것이 아니었다. 왜 하필 자신의 집에서 음악 감상을 하고 있는가를 물은 것이다. 해문은 같은 질문을 또 해야 한다는 사실에 눈앞에 있는 인간을 자근자근 밟아주고 싶었다.

"왜 여기, 제 아파트에 있느냐고 묻는 거예요."

그러자 이번엔 주머니 속에서 웬 열쇠고리를 꺼내 흔든다. 장구가 끝에 매달린 열쇠고리는 면세점에서 파는 것과 상당히 흡사했다. 그건 그것이고 문제는 장구 열쇠고리가 아니라 그 끝에 매달린 열쇠였다. 제아무리 열쇠의 모양이 거기서 거기라 하더라도,

참 낯익은 열쇠다. '낯선 열쇠에 내 열쇠의 향기를 느꼈다'고 할까? 아무래도 저 열쇠는 뜬금없이 이든이 왔었던 지난날, 신문 투입구에 넣어달라고 했던 그 열쇠임이 틀림없었다.

해문은 아연한 표정으로 그를 바라봤다. 이든은 싱긋 웃어 보였다. 그 표정을 보고 더더욱 밟아주고 싶은 마음이 든다면, 한국에 있을 그의 팬들이 분기탱천할지 모른다. 하지만 그런 마음이 흠씬 들게 하는 표정인 것은 사실이었다.

"그걸 왜 가지고 있는데요?"

살기등등한 기세로 묻는데도 그는 말없이 주머니를 뒤적거린다. 한숨이 절로 나온다. 분위기 파악 참 못한다.

"장난해요? 마임에 취미 없으니까 말로 하세요."

냉랭한 해문의 말투에 이든이 혀를 차며 몸을 일으켰다.

"신문 투입구가 어딘지 몰라서 그냥 가지고 있었어."

그 말을 어떤 식으로 표현했을지 자못 궁금하다. 굳이 알고 싶지도 않았다. 호기심은 화가 아닌 피곤함을 자초한다. 도둑이 아니라 다행이라는 안도의 마음도, 뜻밖의 방문자에 대한 생각도, 피로에 비하면 새 발의 피였다. 마음 한구석에서 그가 왜 왔는지를 궁금해하는 목소리가 흘러나왔지만, 해문은 피곤함을 이유로 그 목소리를 억눌렀다.

"고마워요, 그거 주려고 여기까지 와줘서 무척 고맙습니다."

빈정거리며 열쇠를 받으려 손을 뻗자, 이든이 재빠르게 열쇠를 주머니에 넣었다. 의아한 표정으로 눈을 홉뜨자 그가 또 배시시 웃는다. 머리 바깥으로 나와 있던 도화선에 불이 붙는다. 감히 피곤한 사람을 두고 장난을 치려 들다니. 도리깨가 있다면 그걸로 두들겨 패고 싶다.

"열쇠 안 줘요?"

"응, 못 줘."

"열쇠 돌려주려고 온 거 아니었어요?"

아무리 피곤하다고 해도 정신은 말짱했다. 고작 열쇠 하나를 돌려주기 위해 그가 온 것이라고 믿는 건 아니다. 그날 그렇게 간 뒤, 다시 온 것은 그 이유 외에는 없다고 믿고 싶을 뿐이었다. 그가 어떠한 꿍꿍이로 다시 자신을 찾아온 것인지 알고자 하는 일조차 지금의 해문에게 무척 귀찮은 일이었다. 아니, 사실은 알고 싶지 않았다. 안다고 해서 바뀔 것도 없거니와, 무엇보다 이미 그는 과거의 사람이었다. 새롭게 시작한 인생에 그의 이름을 또 쓰고 싶지 않다는 게 해문의 속내였다.

지금 해문이 바라는 건 하나였다. 그가 순순히 떠나는 것. 그렇지 않다면 해문은 기껍게 우산을 도리깨 삼아 휘두르기로 마음먹었다.

"아닌데."

후자의 말이 나오자마자 해문은 우산을 갈마쥐었다. 과격한 운동 이후 시원한 샤워, 그리고 잠이라는 계산이 시원하게 뚫린 고속도로처럼 머릿속에 그려졌다. 그대로 행하기만 하면 된다. 게다가 눈앞의 남자는 몸도 좋은 편이다. 우산 정도로는 큰 상처를 입지 않을 것이다.

해문은 우산을 들고 이든을 향해 무척 흡족한 미소를 그려 보였다. 그런 해문을 보며 이든의 얼굴이 기묘하게 일그러진 것은 두 말하면 잔소리였다.

"안 본 사이에 성질이 무척 급해진 것 같다? 내가 알던 유해문이 아닌 것 같아."

"그 유해문은 누구래요? 난 그런 사람 모르는데."

시치미를 뚝 떼며 고개를 살짝 치켜들자, 이든이 담담한 목소리로 말을 이었다.

"지금 그런 면도 예전엔 안 그랬다고 기억하거든. 내가 착각을 한 것일까, 아니면 네가 바뀐 것일까?"

"그때나 지금이나 전 유해문이거든요. 바뀐 건 없어요."

"바뀐 게 있다는 게 아니라, 좀 달라졌다는 말이야. 그냥 그렇게 보여서 그래."

가라앉은 표정으로 말을 잇는 이든의 모습을 보며 해문은 내심 찜찜함을 느껴야 했다. 모르는 척하며 선소리로 넘기긴 했으나, 이든과 사귀던 때의 자신과 현재의 자신 사이에 괴리가 있는 것을 부정할 수는 없었다. 실제 과거의 자신은 내숭을 피웠기에, 이런 식으로 이든에게 대꾸질을 하지 않았다. 조금이라도 더 잘 보이고 싶다는 어리석은 생각 덕에 사근사근하게 굴었던 과거의 자신. 하지만 그런 과거의 자신은 이젠 존재하지 않는다. 본새가 이런데 어쩌겠는가? 원래의 자신은 이런 인간이었다. 이든이 서운해한다고 해도 어쩔 수 없었다.

애당초 본새를 숨겨가며 유지한 만남이 오래갈 리가 없었다. 처음이야 쉬웠지만, 본새를 계속 숨긴다는 것은 자신에게도 버거운 일이었다. 그것이 더 큰 무게로 자신을 짓누르기 전에 끝난 것은 어찌 보면 다행스러운 일이었다. 문득 끝난 게 오히려 다행스러운 현재가 모순으로 느껴졌다. 그렇기에 지금 이렇게 찜찜한 것이다. 찜찜해도 이미 끝났다. 상처를 받고 끝나든, 그냥 끝내든 관계가 종료되는 것에 차이는 없었다. 그 사실을 새삼스레 곱씹으며 해문은 찜찜한 느낌을 지웠다. 금세 감정을 정리하는 자신의 모습에 해문은 시간이 약이라는 말이 맞는다고 생각했다.

"우선 내 말부터 들어봐, 해문아. 내 말을 듣고 나서 생각을 해도 늦지 않을 거라고 보거든."

해문은 일부러 짜증 어린 시선으로 이든을 노려보았다. 이든의 눈동자는 차분했다. 그는 진심으로 그리 말하고 있었다. 의도적으로 한숨을 거하게 내쉬며, 해문은 들고 있던 우산을 내려놨다. 조금 전까지 그가 왜 왔는지 궁금하지 않다고 했으나, 아주 안 궁금한 것도 아니었다. 이중성이다. 해문은 속으로 자신을 조소했다.

"말해보세요."

잠시 해문의 표정을 살피던 그는 마른기침을 몇 번 하며 목소리를 가다듬었다. 흡사 리허설을 하는 것처럼 두어 번 하더니 목이 껄끄러운지 표정을 일그러뜨린다. 노래를 부르라는 것도 아닌데 별의별 짓을 한다고 생각하며 해문은 시큰둥하게 말했다.

"물 줘요?"

"그래 주면 고맙지. 그런데 물 말고 다른 건 없어?"

이전에 그가 뜬금없이 왔던 때와 상황이 비슷했다. 다른 건 그가 물 이외의 다른 것을 달라고 하는 것이다. 언죽번죽한 것은 그

때와 똑같았다. 생각 같아서는 그냥 물을 마시라고 하고 싶으나, 해문의 착하디착한 머리가 편의점에서 밀크 티를 사 온 것을 기억해 냈다. 마시려고 산 물건이니, 지금 마신다고 해서 변하는 것은 없었다. 어쩔 수 없다고 자조하며 해문은 부엌으로 걸어갔다. 그런 해문의 등 뒤에서 무언가 부산한 소리가 났으나, 유리컵을 챙기는 탓에 주의 깊게 그 소리를 들을 수 없었다.

500㎖의 페트병에서 나오는 양은 한계가 있다. 그래도 넉넉하게 두 잔을 채울 분량은 되었다. 아까운 마음에 해문은 조금 더 담긴 컵을 자신의 분으로 들고, 나머지를 그에게 건넸다. 컵을 주기 무섭게 허발해서 마시는 이든이다. 역시 그에게는 고급스러운 콘셉트보다 이쪽이 더 어울리지 싶다.

"이거 맛있다. 밀크 티야?"

"네, 밀크 티입니다. 다 마셨으면 이제 할 말을 해보시죠."

이렇게 있다가는 배가 고프다는 소리까지 나올 것 같아 그를 재촉했다. 이미 시계는 12시를 넘기고 있었다. 어째서 이런 것까지 그날과 비슷할까? 어쩌면 해문은 이대로 두면 그날처럼 말없이 그가 갈지도 모른다고 생각했다. 말없이 가주는 것이 편한 일이긴 했지만, 마냥 좋지도 않았다. 무엇이 못마땅한지는 해문도 몰랐다. 그냥 그랬다. 해문은 눈썹을 찌푸리며 고개를 살짝 흔들었다. 그런 것에 신경을 쓸 때가 아니라는 생각에 미친 해문은 정신을 가다듬고 이든을 응시했다.

"으음, 그러니까 내가 온 건 말이야."

자신을 뚫어지게 보다가, 이든은 입을 천천히 열었다. 마치 자신의 생각이 끝나기를 기다린 듯했다. 진짜 그럴까 싶어 해문은 그의 눈을 흘깃 살폈다. 보이는 것은 아무것도 없었다. 왠지 싸한 기분이 들어, 해문은 인중을 손으로 두어 번 문질렀다.

"말하기 어려우면 관둬요. 이번에도 신주쿠 하얏트에서 머물러요?"

"아니, 호텔은 이미, 체크아웃했어."

느럭느럭한 그의 말이 끝나자 해문은 방 안을 휘둘러보았다. 방 구석에 하얀 태그가 달린 배낭을 어렵지 않게 찾을 수 있었다. 진짜 체크아웃을 한 모양이다.

"귀국하는군요."

단정적인 어조로 말했지만, 돌아오는 대답은 없었다. 가슴이 답답하다. 자신이 아는 그는 이렇게까지 말이 없던 남자가 아니었다. 자신만 내숭을 피운 것이 아니라는 생각이 문득 들었다.

"안녕히 가시고, 가기 전에 애써서 날 만나러 와준 것 고마워요."

그를 보낼 생각으로 인사말을 줄줄이 말하자, 이든은 고개를 절레절레 흔들며 머리카락을 쓸어 올렸다.

"나 아직 말 안 끝났는데."

이든의 눈동자에 자신의 얼굴이 가득 찼다. 한쪽 눈썹을 찌푸린 채, 그를 응시했다. 아무리 바라봐도 그가 바라는 게 읽히지 않았다. 독심술의 능력을 갖추지 못한 게 안타깝다. 그래서 해문은 말해보라고 눈빛으로 말했다. 마음이 내키지 않고 한편으로 찜찜해도, 속내를 읽지 못하니 직접 들을 수밖에 없었다.

그가 천천히 입술을 움직인다. 섬세하게 움직이는 입술의 동작을 해문은 눈으로 쫓았다.

"그러니까 내년 초에 새 앨범이 나올 예정인데, 거기에 내가 쓴 곡을 몇 개 넣을 생각이거든."

앨범에 그가 만든 곡이 들어가는 일은 새삼스러운 게 아니었다. 사실, 가수로서 그의 노래 실력이 좋다고는 죽어도 말할 수 없지만, 그의 작곡 실력은 제법 괜찮은 축이었다. 해문은 계속 말하라고 손을 흔들었다. 이든의 입가에 의미 모를 미소가 뜬다.

"기존에 보였던 곡하고는 다르게 조용한 곡으로 하고 싶은데, 너도 알겠지만 내 주변이 그렇게 조용하지 않잖아."

고등학생 시절, 짝꿍이 이든이 소속한 그룹의 숙소에 간다고 했던 일이 설핏 기억났다. 오래전의 일이었지만, 그러한 일은 비단 당시의 짝꿍에게만 해당되는 게 아닐 것이다. 분명 요즘의 십대 중에도 그의 집 앞에서 막연하게 기다리는 이가 있을 터였다. 사적인 공간인 오피스텔도 제아무리 보안이 철저하다고 해도, 어차피 한국이었다. 만날 집에만 박혀 있을 수 없으니, 방해를 덜 받는다는 것은 불가능했다. 불현듯 해문은 왜 자신이 이러한 것을 스스로 납득하고 있는지가 불만스러웠다. 불만은 고스란히 그를 보는 시선에 담겼다.

"가능하면 방해를 받지 않을 곳에서 조용하게 작업을 하고 싶은데, 한국에서는 어렵더라고. 아무래도 외국이 한국보다는 알아보는 사람도 덜 하고, 또 조용하기도 하고. 더불어 이국적인 이미지가 곡 작업하는 것에도 여러모로 도움이 될 테고 말이야."

저도 모르게 고개를 작게 끄덕거렸다. 비록 한류 관련 행사와 몇 번의 프로모션 덕에 알려졌다고는 하나, 전부 다 안다는 보장은 없었다. 게다가 일본인은 한국인과 성향이 다른 면도 없잖아 있어, 알은체하는 사람이 적을 가능성도 있었다. 납득이 가는 말이지만 이상하게 수긍하고 싶지 않았다. 정확하게 잡히지 않으나, 뒷말을 다 들으면 수습 불가능한 사태로 번질 것 같은 그런 막연한 예감 때문이었다.

"그래서 말이지."

말끝에 소리없이 슬며시 웃는 이든이다. 두근두근, 심장이 불안함을 감지하고 뛰기 시작한다.

"이왕 외국에서 할 거라면 가까운 나라가 편할 거고, 또 가까운 나라의 아는 사람 집에서 지내는 게 편한 건 당연한 일이겠지?"

이든이 해문에게 동조의 의견을 구하는 눈빛을 구했다. 틀린 말은 아니었지만, 어쩐지 찜찜했다. 미간을 살짝 찌푸린 채 해문은 건성으로 고개를 끄덕거렸다.

"게다가 아는 사람이 그 나라의 언어를 할 수 있는 사람이라면 금상첨화잖아. 안 그래?"

의심의 눈초리로 그를 노려보았다. 알 수 없는 표정의 이든은 싱긋 웃는 얼굴로 자신을 보고 있었다.

"하지만 곡 작업하고 관련된 기계들이 있어야 하잖아요. 최소한 고사양의 컴퓨터라도 있어야 하지 않아요?"

책상 위에 있는 오래된 컴퓨터를 보며 말하자, 그 말이 나오기를 기다렸다는 듯이 이든의 말이 이어졌다.

"시부야(澁谷)에 아는 형이 하는 스튜디오가 있어. 그런 건 거기서 하면 돼."

"아하, 이제 알았다. 그러니까 그 사람의 집에서 머문다는 말이죠? 딱 좋네요. 아는 사람이고, 스튜디오를 한다는 건 아마도 일본어도 할 수 있을 테고. 게다가 시부야라면 이래저래 볼거리도 많고요. 이든 씨가 원하는 조건에 전부 포함이네요."

손뼉을 크게 치며 해문은 과장되게 웃었다. 일부러 인맥도 넓고 볼 일이라는 말을 하며 '정말 잘됐네요'라고 연거푸 말했다. 그러나 이든은 좋은 표정이 아니었다. 혀로 입술을 적신 뒤, 그는 일부러 라는 게 보일 정도로 티 나게 한숨을 내쉬었다.

"물론 그렇기야 하지. 그런데."

일부러 뒷말을 하지 않고 멈춘 그는 해문의 눈동자를 응시했다. 흠칫하고 해문은 의자를 뒤로 조금 밀었다.

"문제는 말이야. 그 형이 애인하고 동거 중이라는 거지."

'아' 하고 해문은 외마디 감탄사를 내뱉으며 눈썹을 찌푸렸다. 어쩐지 이든의 입가에 미소가 뜬 것 같았다.

"하루 이틀 머무는 것도 아닌데, 거기서 지내는 것은 진짜 민폐잖아. 안 그래?"

"민폐이긴 하죠."

'민폐'라는 말을 하면서 해문은 빤히 이든을 쳐다보았다. 굳이 입을 빌려 말하지 않아도 이든의 지금 행동이 자신에게 민폐라는 것을 알 수 있을 만큼 빤히 바라보았다. 이든이 어깨를 으쓱거렸다. 그 으쓱거림이 눈치를 채고 한 것인지, 어떤지는 알 수 없었다. 해문은 짧게 혀를 찼다.

"그러면 다른 아는 사람이 있을 거 아니에요? 그 사람의 집으로 가면 되겠네요."

"일본에는 그렇게 아는 사람이 많지 않아."

"인간관계가 좁은 편이군요."

"그러게 말이야. 내가 생각보다 소심하거든."

해문은 코웃음을 크게 쳤다. 이든이 소심하다면 자신은 왕 소심의 극치를 달리는 인간일 것이다. 말도 안 되는 헛소리라고 치부하며 의심의 눈초리로 그를 노려보았다. 씨익 웃는 이든의 얼굴은 마치 '뒷말은 하지 않아도 알아듣겠지? 라고 말하는 듯했다.

해문은 속으로 욕설을 내뱉었다. 아무래도 그가 원하는 방향은 자신이 바라지 않는 방향인 듯했다. 해문은 재빠르게 책상 쪽을 돌아봤다. 아까 두었던 우산을 다시 잡기 위해서였다.

맞아야 제정신을 차리는 인간들이 있다. 터무니없는 소리를 하는 인간도 맞아야 제정신을 차린다. 해문은 이든의 정신을 깨우기 위해 기꺼이 그럴 작정이었다. 비록 자신이 폭력을 좋아하는 성격이 아니라고 해도, 해야 한다면 할 수 있었다. 다만, 문제는 우산이 안 보인다는 것이다. 한쪽 눈을 찡그리며 그를 돌아보자 그가 검지로 베란다 밖을 가리킨다.

"우산이 있어야 할 곳은 바깥이잖아."

베란다의 유리문 너머로 긴 우산의 끝이 보였다. 왠지 허탈하다.

"아무튼 그러한 이유로 말이야."

웃음을 머금고 말을 이어가는 이든에게 해문은 양 손바닥을 활짝 펼쳐 앞으로 밀었다. 의미를 모르겠다는 듯, 그가 고개를 갸우뚱거린다. 세계 만국의 공통어인 보디랭귀지 '스톱 모션'을 못 알아듣다니. 그는 생각보다 '센스'가 없는 것 같다. 해문은 영문을 모르겠다는 이든을 버려두고 서랍 속에서 담뱃갑을 꺼냈다. 이든의 눈동자가 조금 커졌다.

"담배 피워?"

"여기 와서 배웠어요."

"배워서 좋은 건 아닌데."

말끝을 길게 끌며 싱겁게 웃는 그의 모습에 해문은 이해한다는 듯 고개를 끄덕였다. 백해무익한 것이 담배다. 그 사실을 모르고 피우기 시작한 것도 아니다. 하지만 스트레스를 가볍게 해소하는 용도로 담배는 확실히 유용했다. 스트레스를 그대로 몸에 축적시키는 것보단, 조금 덜 건강해도 스트레스를 해소할 수 있는 담배를 피우는 게 해문은 더 낫다고 생각했다.

"술에 의존하는 것보단 낫죠."

이든이 고개를 끄덕이는 것을 보며 담배를 입에 물었다. 이든에게도 담배를 권하자, 싫다고 고개를 흔들었다. 해문은 베란다 문을 살짝 열고 담배에 불을 붙였다. 한 모금 길게 들이마시니, 조금 살 것 같았다. 사실 담배를 피우기 시작한 지 몇 개월 되지 않아서 목 안으로 연기를 넘기는 것이 능숙하지 않았다. 그러나 이상하게도 그의 앞에서 담배를 피우는 것이 어설프다는 걸 보이기 싫었다. 생리적으로 생성된 눈물을 이든 몰래 손으로 훔쳐 내고 해문은 능숙한 척, 연기를 내뿜었다.

"계속 말하세요."

허공에 떠 있는 담배 연기를 손으로 홰홰 내두르며 그를 흘깃 보았다. 마음에 들지 않는다는 것이 여실하게 드러난 표정이었다. 그가 담배 피우는 여자를 싫어하던가? 문득 떠오른 의문에 과거의 기억을 헤집던 해문은 그게 쓸모없는 일이라는 것에 바로 생각을 접었다. 이젠 그에게 잘 보여야 할 이유가 없었다. 일부러 입술을 쭉 내밀어 연기를 뱉어내며 심술궂은 표정을 지었다. 그가 가벼이 날숨을 내쉬더니 고개를 살살 흔들었다. 그런 뒤 그의 표정은 담담해져 있었다.

"어쨌든 이런 이유로 괜찮다면, 네 집에 머물고 싶은데 안 될까?"

잠시 머뭇거리던 그의 입이 내뱉은 말에 해문은 담배 연기를 그대로 삼킬 뻔했다. 재빠르게 연기를 토해내며 해문은 멀쩡한 척했다.

"당연히 안 되죠."

갑자기 담배가 쓰다. 해문은 반도 태우지 않은 담배를 재떨이에 비벼 껐다. 쓴맛이 남은 혀가 텁텁했다. 해문은 남아 있던 밀크 티를 전부 들이켰다. 그래도 개운한 느낌이 나지 않았다.

"당연히 안 될 것까진 없잖아. 조금 더 생각하고 대답해 주면……."

"다시 생각할 것도 없이 안 돼요."

미처 말을 끝내지도 않은 그의 말을 무지르며 해문은 강하게 말했다. 이든의 눈빛이 강렬해진다. 해문도 눈가에 힘을 바짝 주었다.

"해문아."

"그게 말이 된다고 생각해요? 아무리 아는 사람이라고 해도 난 여자예요. 여자 집에, 그것도 혼자 사는 집에 머물고 싶다는 발상 자체가 이상하잖아요. 게다가 우린."

헤어지긴 했어도 사귀던 사이였지 않느냐고 말하려다가 입을 다물었다. 굳이 말하지 않아도 서로 아는 사실이었다. 해문은 신경질적으로 머리카락을 쓸어 올렸다.

"한 달 이상 빌릴 수 있는 맨션도 있고, 호텔에 장기 체류해도 되잖아요. 솔직히 이 집을 봐요. 좁잖아요. 이런 좁은 집에 뭐 하러 두 사람이 같이 지내요? 편하고 싶다면서요? 조용한 곳을 원한다면서요? 그러면 조용한 곳에 있는 맨션이나 호텔로 가는 게 당연한 일이지 않아요?"

그가 무엇 때문에 자신의 집에 머물고 싶다고 한지 알 수 없었다. 불편할 것이 뻔한데, 그걸 알면서 그런 말을 한 연유를 짐작할 수 없었다. 무엇보다 이든과 자신은 과거라고 해도 사랑이란 감정을 매개체로 사귀었던 사이였다. 그런 상대에게 잠시 동안 머물러도 되냐고 묻는 일 자체가 어불성설이었다.

해문은 또다시 흡연의 욕구를 느끼는 자신을 억누르며 텅 빈 유리컵을 들어 올렸다. 시원한 냉수라도 마셔야 할 것 같았다. 실제 냉수가 필요한 것은 이든 같았지만, 골똘히 생각에 잠긴 그에게 물을 권할 수는 없었다.

해문이 물을 가지고 돌아왔을 때, 이든은 고개를 떨어뜨린 채 잠잠했다. 그런 그의 모습이 마뜩잖아 해문은 미간을 찌푸렸다.

"다시 생각해도 대답은 No야?"

고개를 숙인 그에게서 물음이 날아왔다. 무심코 고개를 끄덕이는 것으로 대답을 하려던 해문은 그가 볼 수 없다는 것을 알고 '네'라고 말했다.

"내가 지내는 동안의 체재비를 다 내겠다는 조건이라면, 네 대답이 바뀔 여지는 없을까? 알겠지만 난 그렇게 부산한 타입이 아니잖아. 또 호텔이나 맨션에서 머물러도 돈이 나가는 것은 변함이 없고 말이야."

체재비라는 말을 듣는 순간, 얼마 전 카메라 매장에 갔다가 한눈에 반해 버린 85㎜ 렌즈가 떠올랐다. 오만 엔이라는 가격에 눈물을 머금고 포기했던 것인데, 그 렌즈가 눈앞에서 아른거린다.

해문은 짐짓 아무렇지 않은 척 헛기침을 했다. 그까짓 돈에 현혹되었다는 것을 보이면 안 된다. 환영의 렌즈가 점점 멀어진다. 안타까운 마음에 괜스레 화가 치밀었다.

"일본은 집값이 비싸다고 하던데, 아마 여기도 월세겠지? 그 월세를 내가 다 내는 조건으로 여기에 있고 싶다면 어떡할래?"

아롱거리던 렌즈가 다시 선명해졌다. 돌연 렌즈의 검은색 몸에서 팔처럼 보이는 것이 삐죽 튀어나오더니, 해문의 다리를 덥석 잡았다. 반짝이는 눈빛으로 자신을 올려다보는 렌즈의 시선은 그야말로 사랑스러움의 극치였다.

아아, 이를 어쩌지?

자신이 흔들리고 있다는 것은 드러내지 않기 위해 몸을 비스듬히 돌렸다. 그런 다음 머릿속으로 한 달 월세가 굳으면 어찌 되는가에 대한 계산을 했다. 한 달 월세가 고스란히 손에 들어오면 눈앞에서 팔을 흔들며 자신을 사라고 노래를 부르는 렌즈를 손에 넣을 수 있었다.

"전기세 같은 것도 반으로 나눠서 내는 건 당연한 일이고."

등 뒤에서 들려오는 이든의 목소리에 해문은 속으로 당연하다고 외쳤다. 다시 머릿속의 계산기가 바빠진다. 한 달 월세에 전기, 수도, 가스 세금의 절반이 절약이 된다면, 조금 더 좋은 렌즈를 살 수도 있었다. 그런 생각을 하자, 눈앞의 렌즈가 삐친 듯 고개를 팩 돌린다. 해문은 렌즈를 향해 미안하다고 속삭이며 메모리 카드를 사면 된다고 바로 생각을 고쳤다. 렌즈가 만족한 듯 씨익 웃는다. 해문도 덩달아 씨익 웃었다.

그러나 문제는 이든의 의도였다. 돈까지 내면서 자신의 집에 머물려고 하는 이유가 석연치 않았다. 해문은 입가에 자리 잡고 있던 웃음을 지우고 조금 냉정한 표정을 한 채 몸을 돌렸다.

"돈을 내면서까지 머물고 싶다고요?"

해문이 의심스럽게 묻자 그가 그렇다고 대답했다. 머릿속의 렌즈가 이젠 아예 춤을 춘다. '무지 사랑스럽잖아' 라고 엉뚱한 생각을 하던 해문은 이내 자신을 의아하게 보는 이든을 보고 정신을 가다듬었다. 일부러 크게 헛기침을 하자 이든이 피식 웃는다. 그 웃음이 의미하는 것이 보이지 않아 해문은 표정을 일그러뜨렸다. 정말 의뭉스러운 남자다.

솔직히 마음 같아서는 냉큼 그러자고 하고 싶었다. 빠듯한 홀앗 이살림으로 렌즈를 사는 것은 언감생심이었다. 그런 해문에게 이든의 제의는 무척 솔깃했다. 그렇지만 걸리는 게 많았다. 가장 큰 의문점은 왜 하필 자신이냐는 것이다. 물론 그와 같이 지낸다고 해서, 이미 끝난 사이에 무슨 일이 생길 가능성은 희박했다. 꺼진 불이 다시 살아날 리가 없지 않은가? 그렇게 따지면 저 제의를 받아들인다고 해서 문제가 될 것은 없었다. 그래도 찜찜한 것은 찜찜한 것이다.

"왜 하필 내 집인데요?"

가장 큰 의문점을 직접 입에 담았다.

"아까 말했잖아. 난 소심해서 일본에는 아는 사람이 별로 없다고."

"그게 아니라, 굳이 일본이 아니라도 상관없잖아요. 이국적인 것으로 따지면 사실 일본보다는 미국이나 유럽 쪽이 더 매력적이지 않아요?"

"나한텐 일본도 나름대로 매력이 있는 곳이야."

말이 안 통한다. 아니, 그것보단 그가 능갈치는 느낌이 더 강했다. 해문은 눈썹을 찌푸린 채 그를 노려보았다. 이든은 그런 해문의 표정을 있는 그대로 받아들일 뿐, 아무런 변화도 보이지 않았다. 혹시 하는 생각이 잠시 해문의 머릿속을 스치고 지나갔다. 자신과의 관계를 원래대로 돌리기 위한 포섭이 아닐까, 하는 것이었다. 생각해 놓고 스스로 비웃었다. 서글프게도 해문은 산수만큼은 잘해서, 자신의 분수를 잘 알고 있었다.

"이유가 빈약하다는 생각, 안 들어요?"

"일본은 내가 느끼기에 충분히 이국적이다. 일본에 혼자 사는 지인은 눈앞에 있는 유해문뿐이다. 게다가 유해문은 일본어를 할 줄 안다. 충분한 이유라고 생각하는데?"

"그 유해문은 하루 중 태반을 밖에서 보낸다. 따라서 빈집에서 지내는 것이랑 별반 차이가 없다. 충분하지 않은 이유라고 보이는데요."

스스로 생각해도 꽤 멋진 반박이었다. 왠지 우쭐한 기분이 든다.

"어차피 빈집인데, 사람이 하나 더 있다고 해서 무슨 차이가 있겠어. 빈집 활용, 좋잖아. 더욱이 넌 돈 절약이 되는 거고."

돈 절약이 무지 된다. 될 뿐인가, 오매불망한 렌즈를 손에 넣을 수도 있다. 해문은 저도 모르게 고개를 끄덕거리며 그의 말에 수긍한다는 표현을 있는 그대로 보였다. 이든의 웃는 소리에 재빨리 끄덕거리는 것을 멈추었지만, 밑 빠진 독에 물 붓는 짓이었다. 그래도 해문은 포기할 수 없었다. 어느새 해문은 그에게 지고 싶지 않다고 생각하고 있었다. 싸우는 상황이 아니라는 것을 알면서도 희한하게 승부욕이 들끓는다.

"그렇다고 해도, 빈집에 머무는 것보다는 호텔 같은 곳이 훨씬 시설도 좋고 그렇잖아요."

"다시 같은 이유를 말해야 해?"

지루한 표정의 이든이 말한다. 밀리는 느낌에 해문은 이를 앙다물었다.

"먹는 건 어쩌려고요? 난 밖에서 지내는 시간이 길어서 집에서 거의 안 먹어요. 냉장고도 텅텅 비어 있고요."

의식주 중 가장 중요한 식(食)을 언급하며 해문은 다시 득의양양한 표정을 지었다. 이 정도면 쉽게 대꾸할 것이 없을 것이다. 하지만 그것은 해문의 착각이었다.

"어차피 호텔에서 지내도, 사먹는 건 변하지 않는걸. 무엇보다도 여긴 네 살림도구가 있어서 내가 해먹을 수도 있잖아. 안 그래?"

"그, 그렇죠."

낭패라는 생각을 뒤로 숨긴 채, 해문은 그의 말을 인정했다. 불현듯 이든이 오래전에 한 인터뷰에서 직접 만든 밥과 김치를 먹는 것이 가장 행복하다고 했던 것이 기억났다. 밥을 할 줄 아는 사람에게 밥을 못 먹을 것이라고 우기는 것은 어리석은 짓이었다. 해문은 표정을 일그러뜨리며 머리를 벅벅 긁었다. 그에게 완벽하게 밀리고 있었다. 어떻게 해야 이 상황을 반전시킬 수 있을까를 떠올리던 해문은 사랑스럽기 그지없는 렌즈를 완전히 잊고 있다는 것에 경악을 했다.

"렌즈."

무의식적으로 입 밖으로 렌즈를 말하고 나니, 환영이 다시 눈앞에서 아른거린다. 아무리 봐도 사랑스러운 자태를 가진 모습이었다. 그런 렌즈를 잊었다는 것에 미안한 마음이 무럭무럭 샘솟았다.

'이렇게 사랑스러운 렌즈를 포기할 수 있어?'

해문은 자문했다. 투명한 렌즈가 반짝반짝 빛난다.

‘몇 달만 참으면 되는 일이야. 조금만 참으면 원하는 렌즈를 손에 넣을 수 있어.’

다시 자문했다. 눈이 부시게 빛나는 렌즈의 자태에 생각이 옅어진다.

‘어차피 끝난 거잖아. 끝난 일에 연연해서 렌즈를 놓칠 셈이야?’

마지막 자문을 하며 해문은 고개를 주억거렸다.

해문은 ‘그래, 결심했어’ 라고 속으로 외쳤다. 약간의 불편만 참으면 원하는 렌즈는 물론, 윤택한 생활이 보장된다. 그까짓 거 별것 아니라고 해문은 자신에게 우겼다. 더욱이 이 일은 자신의 감정이 완전히 정리되었다는 것을 증명하는 일이 될 게 분명했다. 단지 그것뿐이었다. 그 외의 이유는 없다고 해문은 자신을 설득했다. 무심코 자신의 입술에 손이 올라갔지만, 금세 손을 내리며 해문은 고개를 살살 내저었다. 지난 일에 연연하는 것은 바보나 하는 짓이었다. 바보짓은 과거만으로 충분했다. 과거는 과거, 현재는 현재다.

닥친 현재를 직시하고자 해문은 자신을 다잡았다. 그러자 자신에게 이로운 것들이 꼬리를 물고 떠올랐다. 손해보단 이득이 더 많을 듯싶었다. 어쩐지 속물적인 인간이 된 느낌이었지만, 인생은 어느 정도 속물적인 근성이 필요하다. 그런 생각에 사로잡힌 해문의 귓가로 또다시 피식 하는 웃음소리가 들려왔다. 해문은 아직 해결하지 못한 것이 있다는 것을 알고는 렌즈를 향해 아주 잠깐의 이별을 고했다.

“정말 다른 의미가 있는 거 아니죠?”

“없어.”

기다린 듯 즉답을 내놓는 이든의 언사는 이상하게도 해문의 속을 긁어 내렸다. 저 입을 때려줬으면 소원이 없겠다. 해문은 심호흡을 하며 그를 노려보았다.

“진짜 없는 거죠?”

“꼭 없어서 서운하다는 소리로 들려. 바란다면 다른 의미를 가져보도록 노력할게.”

“누가 바란다고 했어요! 아무튼 진짜의 진짜로 없는 거죠?”

“가져야 할 것 같은 생각이 이제 막 들려고 하고 있어.”

한 마디도 안 진다. 이든을 노려보며 짧게 날숨을 뱉어냈다.

이로써 마지막 확인이 끝났다. 미심쩍은 부분이 아예 없는 것은 아니었으나, 아니라고 말하는 그의 앞에서 맞느냐고 확인하는 것도 웃겼다. 기실 그가 다른 의미를 가질 이유가 없다는 것은 다른 누구도 아닌 자신이 제일 잘 알고 있었다. 또다시 착잡해지려는 마음을 가다듬고 해문은 그를 응시했다.

“뭐, 그렇다면 제가 더 거절할 이유도 없지 싶네요. 룸메이트 제의, 받아들일게요.”

선심을 베푸는 느낌으로 해문은 가슴을 활짝 펴고 그에게 말했다. 결코 그의 의도대로 끌려간 것은 아니었다. 실보다 득이 많아서 선택한 것뿐이다.

“그래, 고맙다.”

입을 손으로 가리고 대답하는 이든의 모습에 해문은 한쪽 눈썹

을 치켜세웠다. 묘하게도 우위를 선점 당한 느낌이 든다. 자신의
착각이겠거니 치부했다. 지금 해문의 머릿속은 드디어 손에 넣을
수 있게 된 렌즈와 여타 잡생각으로 차고 넘쳤다. 어딘가 찜찜한
구석이 남아 있지만, 모든 것은 렌즈가 손에 들어오는 순간 사라
질 것이 분명했다.

"여기 한 달 월세는 오만 엔이에요. 전기세나 수도, 가스 비는
대략 한 달에 구천 엔 정도 나오고요. 식비는 말했다시피 주말 외
에는 거의 안 쓰다 보니, 불규칙해요."

교섭이 성립했으니 다음으로 중요한 것은 바로 돈이었다. 해문
은 재빠르게 머릿속으로 계산한 금액을 줄줄이 읊었다. 이든의 어
깨가 작게 들썩거린다. 우렁잇속 같은 남자다. 왜 이전에는 그런
사실을 몰랐는지 모르겠다. 이제라도 알게 된 것을 다행으로 여겨
야 할지 해문은 아주 잠깐 고민했다.

"빨리 계산했네. 마치 기다렸다는 듯이 말이야."

"혼자 사는 인간에게 산수만큼 중요한 것이 있겠어요? 더하기
빼기는 필수 항목이에요."

말해놓고도 왠지 뭣하다. 자신의 속을 훤히 내보인 느낌이었다.
해문은 어색하게 웃었다. 사실 말이야 바른말로 삶에서 가장 필요
한 수식은 더하기와 빼기다. 이 두 가지만 할 줄 안다면 다른 복잡
한 수식 따위는 쓰레기통에 버려도 무관했다. 현 시점에서 중요한
것은 새로운 룸메이트가 생겼다는 것이고, 그 룸메이트 덕에 렌즈
를 살 수 있다는 사실이었다. 그것을 재차 자신에게 인식시키며
해문은 고개를 크게 끄덕거렸다.

"그러면 이제 중요한 것은 다 해결된 거지?"

"그렇죠, 다 해결된 것이죠."

당당하게 대답하며 해문은 이제 잘 수 있다는 사실에 속으로 환호했다. 가볍게 씻은 뒤 폭신한 침대 안에서 잠을 잘 생각을 하니, 기분이 좋아졌다. 이만 자자고 이든에게 말하려고 하는 순간, 해문은 기분이 급작스럽게 가라앉는 것을 느꼈다. 그러고 보니 그가 잘 곳이 없다는 것을 완전히 잊었다.

이런 제기랄!

해문은 속으로 비명을 질렀다.

"다 해결된 게 아니네요."

한풀 꺾인 목소리로 해문은 중얼거렸다. 제대로 듣지 못한 이든이 되묻는다. 해문은 고개를 푹 수그린 채, 머리카락을 움켜쥐었다. 어째서 그것을 잊었는지 모르겠다. 렌즈에 정신이 팔려 깊게 생각하지 않은 자신이 한심했다. 자신의 집에 여분의 침구가 아예 없다는 중요한 사실을 잊다니. 실로 단순한 뇌의 구조가 무척 한탄스러울 따름이다. 해문은 자포자기한 표정으로 그에게 조용히 고했다.

"이불이 없어요."

"저기 침대에 있는 건 이불이 아닌가?"

"그게 아니라, 남는 이불이 없다고요. 혼자 사는 주제에 이불을 몇 채씩 가지고 있을 리가 없잖아요. 게다가 난 일본에 온 지 일 년이 되지 않아서 겨울 이불도 아직 장만하지 않았단 말이에요."

"그러니까 결론은?"

"잘 곳이 침대밖에 없다는 말이죠."

다시 머리카락을 잡아당기며 자신을 탓했다. 저녁 여덟 시에서 아홉 시 사이에 문을 닫는 이곳의 특성상, 이 시간까지 문을 연 쇼핑몰은 없다. 물론 번화가로 가면 있겠으나, 이 늦은 시간에 이불을 사기 위해 신주쿠에 갈 생각은 들지 않았다. 그렇다고 멀쩡한 정신으로 그와 같은 침대에서 자는 것은 떨떠름하고, 바닥에 재우는 것 역시 께름칙하다. 사면초가다.

"난 잘 수만 있다면 아무 데라도 상관없는데."

그의 말인즉, 침대든 바닥이든 개의치 않겠다는 의미였다. 마음 같아서야 그러고 싶었다. 아직 여름의 기운이 완연해 비행기에서 몰래 가져온 얇은 모포로도 버틸 만했다. 그러나 그럴 수 없었다. 한 달간 지냈던 기숙사에서 들은 경험담이 그런 결정을 내리는 것을 방해했다.

기숙사를 나와 살 집을 구하면서 알게 된 것은 일본의 집은 5)화식과 양식으로 구분되어 있으며, 그 차이에 따라 가격이 다르다는 것이었다. 싼 쪽은 화식이었다. 일본 하면 다다미가 떠올라, 초반에는 당연하게 다다미로 된 집에 더 비쌀 것이라고 여겼었다. 한옥이 비싼 것과 같은 경위로 말이다. 그러나 실제로 비싼 것은 양식집이었다. 양식집은 화식에 비해 월세가 비싸든지, 아니면 보증금을 더 받았다. 그 이유 중 하나는 '다니(だに)'라는 눈에 보이지 않은 작은 벌레였다.

----

5)화식(和式)은 바닥이 다다미로 이루어진 집이고, 양식(洋式)은 바닥이 다다미가 아닌 것으로 된 집

‘다니’는 눈에 보이지 않는 작은 진드기이다. 주로 오래된 다다미에 살며 사람이나 동물의 피를 빨아먹는다. 어찌 보면 모기와 비슷하다고 할 수 있다. 하지만 모기와 극명한 차이를 보이는 것은 ‘다니’에게 물린 상처가 모기보다 더 오래간다는 것이다. 기숙사에 잠시 살던 때, 해문은 ‘다니’에 물린 지 일 년이 지났는데도 여전히 상처 자국을 지닌 사람을 만난 적이 있었다. 해문은 아직도 그 모습을 잊지 못한다. 눈에도 보이지 않는 작은 진드기의 소행이라고는 믿기지 않던 그 상처의 끔찍한 흔적을 말이다.

비단 ‘다니’의 끔찍한 소행은 유학생에게만 해당하는 일이 아니었다. 그 덕에 일본에는 ‘다니’의 침투를 막는 물품이나 침구가 많이 출시되어 있었다. 해문은 그중 카펫을 구입해 다다미 위에 깔아두었다. 싸진 않았지만, ‘다니’에게 당하는 것보단 나았다. 덕분에 지금껏 ‘다니’에게 물린 적은 없었다. 그러나 카펫의 효과를 미쁘게 보고 있지 않기에 이든을 그냥 재우는 것은 무리였다. 침대에서 같이 잘 생각이 없는 것도 당연지사였다. 머릿속에 큼직한 ‘사면초가’라는 글자가 둥둥 떠다닌다.

고민의 늪에 빠져 있던 해문을 깨운 것은 이든의 한마디였다.

“근데 배고프다, 해문아.”

“어이구. 대체 지금이 몇 시인데, 배가 고프다는 거예요?”

심드렁하게 말했지만, 사실 해문도 헛헛한 속을 느끼고 있었다. 이든과의 싸움이 초래한 허기다. 평소라면 허기를 무시하고 잠을 잤겠지만, 내일이 휴일이라는 점은 허기를 무시하지 못하게 했다. 해문은 고개를 푹 숙인 채 나지막이 욕설을 내뱉었다. 그의 제의를 수락한 것이 조금 후회된다. 이제 와서 번복을 하면 이상해질 게 뻔했다. 렌즈와 이득. 해문은 두 단어를 곱씹었다.

"일어나요. 역 근처에 새벽 한 시 반까지 하는 라멘 가게가 있어요."

"라멘 가게?"

"평일에는 집에 먹을 게 없다고 말했잖아요. 얼른 일어나요. 이러다가 라멘 가게 문 닫겠어요."

퉁명스럽게 말하며 그를 재촉하자, 이든이 꾸무럭거리며 몸을 일으킨다. 못마땅한 그의 움직임에 해문은 쯧 하고 크게 혀 차는 소리를 내었다. 그러자 이든이 '왠지 무서운걸' 하고 빈정댄다. 해문은 허리에 손을 올리고 어깨를 바짝 세웠다.

"확실히 해야 할 것이 있는데, 엄연히 난 집주인이고, 이든 씬 세입자예요. 그 관계에 대해서 불만없겠죠?"

"어련히 알아 모시겠습니까?"

과장된 태도로 허리를 굽혀 인사를 하는 이든이었다. 비아냥거리는 듯한 행동에 해문이 볼을 부풀리는데도, 이든은 빨리 가자고 채근했다. 당장에라도 없던 이야기로 돌리고 싶었다. 다시금 해문은 '렌즈와 이득'을 가슴속에 새겼다.

"아무튼 집주인과 세입자! 그거 잊지 말아요."

알아들었다고 고개를 연방 끄덕거린다. 확 무어라 쏘아붙이고 싶은 마음은 굴뚝이었으나, 시간을 더 허비할 수 없었다. '조금 더 마음이 넓은 내가 참아야지'라고 해문은 혼잣말을 중얼거렸다. 피식 웃는 이든을 노려본 뒤, 해문은 라멘 가게로 가기 위해 집을 나섰다. 당연하게도 그런 해문의 뒤는 오늘부로 새 룸메이트가 된 이든이 따라오고 있었다.

역 근처에 위치한 후쿠신이라는 라멘 가게는 늦은 시각이라 그런지, 한적했다. 자기들끼리 수다를 떨고 있던 종업원은 자동문이 열리자마자 큰 목소리로 'いらっしゃいませ(어서 오세요)' 라고 외쳤다. 해문은 왠지 민망한 마음에 고개를 숙인 채 주방과 조금 떨어진 스툴에 앉았다. 이든도 주변을 두리번거리며 바로 옆에 털썩 앉았다.

"뭐로 할래요?"

해문이 묻자, 이든은 카운터 테이블에 붙어 있는 사진 메뉴를 뚫어지게 쳐다본다. 그러다가 사진을 콕 집으며 '이건 뭐가 들어간 라멘이야?' 라고 물었다. 해문은 근처에서 알짱대며 자신들이 주문하기만을 기다리는 종업원을 흘깃 보았다. 가게 문이 닫기 직전의 손님이니 이래저래 반갑지 않을 터였다. 해문 역시 같은 입장에서 그런 손님은 전혀 반갑지 않았다. 해문은 짧게 숨을 토한 뒤, 조금 큰 목소리로 주문을 했다.

"手もみラーメン二つください(6)데모미 라멘 두 개 주세요)."

해문이 주문을 하자, 종업원 하나가 주방에 있는 사람에게 큰 소리로 라멘 두 개라고 외쳤다. 동시에 이든의 불만스러운 목소리가 옆구리를 강타한다.

"어이, 난 아직 안 골랐어."

---

6)데모미 라멘: 후쿠신(福しん)의 메뉴 이름으로 손으로 반죽한 라멘이라는 의미도 됨

"라멘 맛 다 거기서 거기예요. 어차피 위장에 들어가면 다 똑같 아지는데. 그리고 종업원들도 피곤하잖아요. 빨리 주문해야 서로 편한 거라고요. 잊지 않았겠죠, 집주인과 세입자?"

이든이 허탈한 웃음을 내뱉었다.

"그 관계랑 먹는 것마저 내 맘대로 고르지 못하는 거랑 무슨 상 관이야?"

"이제부터 상관있어요. 됐죠? 배 많이 고프면 교자(餃子:ギョ— ザ)라도 시켜줄까요?"

"교자는 또 뭔데?"

"군만두요."

"아니, 만두는 됐어."

"그럼 차항(炒飯:チャ—ハン)이라도 시켜요? 아, 차항은 볶음밥 이에요."

친절하게 설명을 덧붙이자, 이든이 팔에 턱을 괸 채 '라멘 가게 가 아니라 중국집이잖아' 라고 빈정거린다. 볶음밥이 필요없다는 의미 같았다.

"설마 자장면도 있는 건 아니겠지?"

라멘 가게와 중국집이 같다고 생각한 모양이다. 해문은 주방 안 을 멍히 쳐다보며 심드렁하게 대답했다.

"쟈쟈멘(ジャジャメン)이라고 자장면이랑 비슷한 게 있어요. 춘 장이 아니라 미소(みそ:된장)가 베이스지만요. 또 우동이랑 비슷한 탄멘(タンメン)도 있고, 짬뽕이랑 비슷한 고모쿠소바(五目そば)도 있고."

"라멘 가게의 탈을 쓴 중국집이네."

"사실 라멘의 시작도 중국인이 먹던 국수에서 유래했다는 말이 있거든요. 현지에 맞게 요리가 변한 거겠죠. 자장면이 중국의 자장면과 다르듯이 말이에요."

"너무 잘 아는 거 아니야?"

"말 안 했던가요? 나 알바 하는 곳이 라멘 가게예요."

'어쩐지' 하고 이든이 작게 중얼거렸다. 해문은 어깨를 으쓱거리며 오른손의 검지와 중지를 들어 V 자를 만들었다. 이든이 풋 하고 웃는다. 왠지 가슴 한구석이 간질거린다. 미세한 간질거림은 라멘이 앞에 놓일 때까지 계속되었다.

막 만든 라멘이 눈앞에 놓이자, 이든은 7)렌게로 국물을 떠서 먹기 시작했다. 아무 말이 없는 것으로 보아 입에 맞는 것 같았다. 해문은 조금 안심하고 자신 몫의 라멘에 식초와 고추기름을 적당량 넣었다.

"그건 왜 넣어?"

먹는 데 여념이 없을 줄 알았던 이든이 묻는다. 해문은 젓가락으로 국물을 흔들면서 대답했다.

"아까 저녁에도 라멘을 먹어서요."

충분한 대답이 됐을 것이라고 생각하며 젓가락으로 면을 집으려 했지만, 여전히 시선이 사라지지 않는다. 먹기 좋게 익은 면을 아쉽게 보며 해문은 침을 꿀꺽 삼켰다.

"아무리 라멘 가게에서 알바를 한다고 해도 연달아 라멘은 버

---

7)렌게(れんげ): 깊게 파인 숟가락

겁잖아요. 그래서 맛에 조금 변화를 준 거예요."

말을 끝내자마자 해문은 젓가락으로 바닥을 탁탁 쳤다. 이제부터 먹기 시작하겠다는 의미였다. 이든은 그 의미를 알아챘는지 뜻 모를 소리를 나직이 웅얼거렸다. 그러더니 돌연 이든의 렌게가 해문의 그릇 안으로 침투했다. 막 면을 집으려던 해문은 그대로 젓가락의 움직임을 멈추어야 했다.

"확실히 국물 맛이 다르네. 고작 식초랑 고추기름뿐으로도 이렇게 달라질 수 있는 거구나."

렌게에 담긴 국물을 다 마시더니 또다시 퍼서 후루룩 마신다. 해문의 얼굴이 기묘하게 일그러지는 것도 모른 채, 이든은 세 번에 이어 국물을 마셨다. 그런 뒤 그의 앞에 놓인 라멘에도 식초와 고추기름을 소량 넣는다. 해문은 조금 기가 찬 표정으로 그를 바라보았다.

"서당 집 개 삼 년이면 풍월을 읊는다더니, 라멘 가게에서 알바 할 만하네."

말만 들었다면 비꼬는 것이냐고 따졌을지도 모른다. 하지만 이든은 순수하게 칭찬을 하고 있는 표정이었다. 조금 상하려던 기분이 금세 좋아진다. 너무 빨리 변하는 기분의 가벼움에 해문은 자신이 단순한 편이라는 것을 새삼 인식했다.

"국물이 좀 느끼하거나 그럴 때는 식초를 조금 더 넣으면 괜찮아져요."

안 해도 될 말을 하며 해문은 조금 으쓱한 표정을 지었다. 라멘에 코를 박고 있는 와중에도 그런 표정을 보았는지, 이든이 '라멘 전문가 탄생'이라고 치켜세운다. 번지르르한 말인 것을 알면서도 기분이 나쁘지 않았다. 고개를 치켜들어 크게 미소 지은 뒤, 해문은 비로소 자신 분의 라멘을 먹기 시작했다.

　기분 좋게 라멘 한 그릇을 비운 뒤, 계산은 만 엔짜리 지폐만 있는 이든을 대신해 해문이 했다. 물론 계산을 하면서도 해문은 집주인이 한턱 쓰는 것이라고 공치사를 했다. 380엔짜리 라멘 한 그릇 사주고 생색내는 것은 속 보이는 짓이지만 해문에게는 상관이 없었다. 어쨌든, 380엔이란 돈이 자신의 주머니에서 나갔다.

　새벽 한 시를 넘긴 거리는 인적이 없이 고즈넉했다. 이든은 주머니 속에서 담배를 꺼내 물었다. 그러다가 해문에게 피우겠느냐고 권유해 온다. 아까 방에서 피울 때는 조금 꺼려하는 기색이 보였는데, 지금의 이든에게서는 그런 것이 전혀 보이지 않았다. 이상하게도 서운하다는 생각이 아주 잠깐 들었다.

　"먹었으면 식후땡을 해야지."

　이든의 입술에서 빨간 불길을 보이며 담배가 타오른다. 해문은 그의 담뱃갑에서 한 개비를 꺼냈다. 솔직히 애연가들이 말하는 식사한 뒤에 피우는 담배 '식후땡'을 해문은 아직 이해할 수 없었다. 담배를 피운 지 고작 사 개월 남짓한 기간 때문일 것이다. 그렇지만, 그의 앞에서 '식후땡'을 모른다고 거절하기 싫었다. 허세라면 허세다.

　능숙한 척 연기를 하늘로 뿜어내며 해문은 별이 총총 뜬 하늘을 올려봤다. 이름 모를 별들이 반짝거리고 있었다. 별을 볼 때면 항상 '반짝반짝 작은 별'이라는 노래가 떠오른다. 속으로 노래를 흥얼거리며 반짝반짝 빛나는 별을 멍하게 바라보았다. 이든의 시선도 해문을 따라 하늘로 향했다.

"서울보다 도쿄가 별이 더 잘 보이는 것 같은데, 이건 착각인가?"

"서울보다 하늘이 더 맑은 모양이에요. 아니면 가로등 불빛이 어두워서 그럴지도 모르고요. 어쨌든, 잘 보이니까 자주 하늘을 올려다보게 되더라고요. 꼭 손에 잡힐 것 같아서."

"가제트 손! 하면 잡을 수 있을지도 모르지."

그는 진짜 잡아보려는 듯 팔을 쭉 뻗다가 피식 웃는다. 유치하다고 생각하면서도 해문은 가제트 손이라면 저 별을 잡는 게 가능할 것 같다고 중얼거렸다. 이든과 해문이 뿜어내는 희뿌연 연기가 공중에서 천천히 사그라진다.

"그런데 해문아, 우리 말 트지 않을래?"

"말 텄잖아요."

"나 말고 너 말이야. 이제부터 같이 사는데 그랬어요, 저랬어요 하고 일일이 요 자 붙이는 거 피곤하잖아. 듣는 나도 피곤하고 말이야."

해문은 조금 의외라는 표정으로 그를 바라보았다. 그를 알게 된 이후, 처음 듣는 말이었다.

이든은 사귀던 시절, 반말과 존댓말을 섞어 쓰던 자신을 별로 개의치 않았다. 가끔 두 살 차이면 밥그릇 수가 확연하게 다르다고 말하곤 했지만, 농담이라는 게 뻔히 드러나는 말이었다. 그는 자신이 어떤 말을 하든 크게 상관하지 않는 표정으로 대해주었다.

그게 자신을 배려해 주는 것이라고 생각했었는데, 그게 아닌 것 같다는 생각이 불현듯 들었다. 그에게 아무것도 아닌 상대였을 것이라고 생각하게 된다.

지난 일이라고 치부하려 하는데도 상처를 받는 자신이 있다. 해문은 눈을 감고 그 상처를 무시했다. 이미 끝난 과거를 자꾸 떠올리는 것은 헛된 일이다. 지금은 지금만 생각해야 한다. 해문은 착잡한 속내를 숨기며 애써 표정을 편안하게 바꾸었다. 그래도 가슴 한구석에 자리 잡은 작은 상흔은 사라지지 않았다.

"하긴 뭐, 어려운 일도 아니니까. Okay, 접수. 이제부터 만날 얼굴 볼 텐데, 존댓말 쓰면 피곤한 건 사실이지. 안 그래, 돈 짱."

실없이 웃으며 언죽번죽하게 말했다. 얼굴에 숨기지 못한 감정의 파편이 안 보이게 하기 위해 해문은 일부러 고개를 높게 치켜들었다.

"어라, 마치 기다렸다는 반응이네. 괜히 말 트자고 한 것 같은데. 뭐, 그래도 이게 좋겠지. 그나저나 돈 짱은 뭐야? 설마 그거 날 부르는 건 아니겠지?"

살짝 눈썹을 찌푸린 채 유쾌한 표정의 이든이 물었다. 해문은 담배 연기를 깊게 빨아들였다가 다시 길게 내뿜었다.

"든은 일어에 없는 발음이니까, 가장 가까운 발음이 돈. 그래서 돈 짱. 딱 맞잖아."

내내 존댓말을 하다가 반말을 하려니 어색해서 시선은 저절로 허공을 헤매고 있었다.

"아무리 발음이 없어도 그렇지, 돈이라니. 게다가 짱까지 붙이면 이상하잖아. 차라리 사마라고 불러줘. 돈 사마. 어쩐지 돈이 막 굴러들어 올 거 같지 않아? 돈 사마.”

“무슨 놈의 사마. 그리 불릴 급도 아니면서 뻔뻔하기는. 국어를 배웠으면 주제를 알고, 산수를 배웠으면 분수를 알아야 하지 않겠어? 당신은 딱 짱이 좋아, 돈 짱.”

“당신? 제대로 맞먹는구나. 이전에는 네가 이런 성격인 걸 왜 몰랐을까? 적지 않은 시간 동안 같이 있었는데 말이야.”

무심코 그가 한 말에 해문은 발걸음을 멈추었다. 뒤따라오던 이든의 발걸음도 멈춘다. 해문은 입술에 매달려 있던 담배를 발밑으로 뱉어내며 입술에 침을 묻혔다. 그리고 천천히 눈을 감고 심호흡을 길게 했다. 다시 한 번 입술에 침을 묻히고 나서 해문은 눈을 떴다.

“그때는 사랑에 빠진 여자였으니까.”

담담하게 말을 내뱉으며 해문은 바닥에 있는 담배를 발로 비벼 껐다. 소리가 들리지 않는데도 마치 불길이 꺼지는 소리가 들려오는 것만 같았다. 상쾌하던 밤바람이 갑자기 갑갑하게 느껴진다.

“하지만 지금은 아니잖아.”

허리에 손을 올리고 뒤돌아보며 해문은 말했다. 잔잔한 그의 눈빛이 해문을 진지하게 응시해 온다. 해문은 그 눈빛을 똑바로 보며 조금 더 큰 목소리로 말했다.

“지금은 난 집주인, 이든 씨는 세입자잖아. 그러니까 알아서 잘 모셔. 알았지?”

말없이 이든은 해문을 보기만 했다. 한참을 말없이 보기만 하더니 웃음을 가장한 숨을 짧게 토한다. 그의 시선이 하늘을 향했다. 마치 별을 헤아리듯 하늘에서 시선을 떼어내지 않은 채, 그는 말문을 열었다.

"집주인과 세입자라. 훗, 알아서 잘 모셔야겠군."

담담하게 나오는 말이었다. 별다른 의미는 내포되어 있지 않은 느낌이었다. 해문은 그의 말에서 의미를 찾는 자신의 행동을 멈춰야겠다고 생각했다. 그의 일언일행(一言一行)에 민감하게 반응하는 것은 과거의 자신으로 충분했다. 지금의 자신은 그와 동등한 입장이었다. 하나의 방을 같이 쓰는 룸메이트일 뿐이다.

"잘 모셔야지. 그래야 사는 게 편할 거야."

"협박은 아니겠지? 내가 세입자이긴 해도, 엄연히 돈을 내는 입장이니까 그 점도 잊지 마."

"설마 잊을까?"

안 들리게 '렌즈가 걸려 있는데' 라고 중얼거리자, 그가 듣기라도 한 것처럼 크게 소리 내어 웃었다. 괜히 양 볼이 달아오른다.

"잘 지내자, 해문아."

이든이 먼저 손을 내밀었다. 선뜻 잡지 못하고 조금 주춤하던 해문은 침을 한 번 삼키고 그의 손을 잡았다. 따뜻한 온기가 해문의 손바닥에 느껴졌다.

"Me too."

"미 쓰리."

"엄청 유치해."

"센스가 필요해, 해문아."

"그따위 유치한 센스는 버리는 게 나아. 도대체 언제적 농담을 하는 거야? 이든 씨가 이렇게 유치한 사람이라는 걸 팬들은 알까 몰라?"

"팬들은 내 어떤 모습이라도 좋아할걸?"

입찬말을 하며 어깨를 곧바로 세우고는 가슴을 탁탁 치는 이든이었다. 어이가 없어 해문은 그를 멍하게 보기만 하다가 작게 웃음을 터뜨렸다. 그러자 이든도 잠시 후 작게 웃음소리를 뱉어낸다. 고개를 살래살래 흔들며 해문은 고요한 밤거리에서 그와 함께 웃었다. 시원한 밤바람이 해문의 폐 속으로 스며들 만큼 그렇게 웃었다.

편히 웃다가 해문은 다시 하늘을 올려다보았다. 그와 이렇게 가벼운 대화를 나눌 날이 올 것이라고는 단 한 번도 생각한 적이 없었다. 헤어졌기 때문에 편한 것일 수도 있다. 바라던 모습을 헤어지고 나서 이루게 된 것은 아이러니였다. 어쩌면 바라는 마음을 버렸기 때문일지도 모른다.

해문은 고개를 내리고 그에게 그만 집에 가자고 했다. 아무리 내일이 쉬는 날이라고 해도 너무 늦게 자고 싶지 않았다. 순간 해결하지 못한 잠자리 문제가 떠올랐지만, 하루 정도는 그냥 넘기기로 했다. 그와 자신은 룸메이트일 뿐이다. 내일부터 제대로 하면 된다. 가볍게 마음을 먹은 해문의 발걸음은 경쾌하기만 했다.

바야흐로 두 사람의 소박한 동거 첫날이 색바람처럼 흘러가고 있었다.

일주일 중 유일하게 오리가 울지 않는 이틀 중 하루인 토요일의 오전.

서서히 잠이 깨는 게 느껴진다. 조금 빡빡한 눈을 뜨자마자 고개를 돌려 베란다 쪽을 보았다. 약간의 틈이 벌어진 커튼 사이로 태양이 수줍게 웃고 있었다. '벌써 아침이구나' 라고 중얼거리며 해문은 이마에 팔을 올려 눈을 가렸다. 오늘은 늦잠을 자도 되는 날이다.

"……으음. 철호야, 조금 더, 조금만 더 자자."

조금 더 잘 생각이었지만 옆 자리에서 들려오는 잠투정에 잠이 다 달아나 버렸다. 해문은 뜨악한 표정으로 옆을 보았다.

한 사람이 자기 딱 좋은 크기의 침대에는 침대의 주인 말고도 한 사람이 더 있었다. 침구 부족으로 같이 자게 된 새 룸메이트가 그 주인공이었다. 그는 보이지 않는 적을 물리치듯이 고개를 거칠게 흔들고 있었다. 덕분에 좁은 침대가 한결 더 좁아진다. 애당초 편하게 잘 수 있을 것이라 생각하지 않았지만, 이런 걸 바라지도 않았다. 사람 괴롭히는 방법도 여러 가지라고 해문은 생각했다.

휴일이라 늦잠을 자고 싶은 마음은 굴뚝이었으나, 한 번 깬 잠은 더 이상 오지 않았다. 벽에 걸린 시계는 아홉 시를 가리키고 있었다. 평소보다 고작 두 시간을 더 잔 것이다. 더 잘 수 있었는데 일찌감치 잠기운이 가시게 한 원흉을 해문은 말없이 노려보기만 했다. 노려본다 한들 바뀔 것은 없지만, 억울했다. '서글픈 인생이야.'라고 투덜거리며 해문은 엉망이 된 머리를 손가락으로 대충 쓸어 넘겼다.

베란다의 문을 조금 열어 손갓을 한 채 하늘을 올려다보았다. 세상의 파란 물감을 전부 풀어놓은 것 같은 하늘이었다. 해문은 이런 하늘이 좋았다. 특히 군데군데 하얀 구름이 떠 있는 파란 하늘을 가장 좋아했다.

해문은 멍하니 보고 있을 때가 아니라고 생각하며 방 안으로 돌아와 책상 옆에 놓인 가방을 열었다. 열자마자 손때가 묻은 카메라와 도구들이 보인다. 그중에 가장 큰 카메라를 꺼내 들고, 다시 베란다로 나갔다. 새파란 하늘을 올려다보며 해문은 익숙한 손놀림으로 전원을 켜고 포커스를 맞췄다. 그런 뒤, 파란 하늘을 연거푸 액정 가득 담았다. 연달아 열 장 정도를 찍었는데도 성에 차지 않는다. 하늘은 찍을 때마다 갈증을 주는 존재였다. 더불어 이런 하늘은 빨래 말리기에도 더없이 좋은 날이기도 했다.

반년 만에 온몸에 스머든 주부 습성은 금세 해문을 일깨웠다. 해문은 작게 키득거리곤 카메라를 책상 위에 올려두었다. 사진은 다시 시간을 내서 찍으면 되지만, 빨래는 시기를 놓치면 입을 옷이 없어지는 난감한 일이 생긴다. 게다가 습도가 높은 도쿄에서 이렇게 빨래 말리기에 적격인 날은 드물었다. 해문은 아쉬운 마음을 접고 밀린 빨래를 색깔별로 세탁기에 넣기 시작했다.

세탁기에 물이 담기는 소리를 들으며 해문은 여전히 꿈나라에서 헤매고 있는 이든을 흘깃 보았다. 해문이 조금 전까지 잤던 자리는 이미 이든의 차지로 변해 있었다. 업어가도 모를 정도로 귀잠을 잔다. 아침 아홉 시라는 시간이 그리 늦은 시각은 아니니, 탓할 것은 아니었다. 단지, 자신의 잠기운을 몰아낸 그가 얄미울 뿐이었다. 애먼 심술로 자고 있던 그의 어깨를 툭 건드리자, 반사적으로 '잠 좀 자자, 철호야' 라고 중얼거렸다. 누가 들으면 철호가 그를 심하게 괴롭히는 줄 알겠다.

나른하게 기지개를 켠 다음, TV를 켰다. 잠든 이든이 조금 걸리긴 했지만, 고작 TV 소리에 잠이 깰 인간이 아니었다. 몸소 체험한 사실이기에 안심하고 TV의 볼륨을 듣기 좋은 정도로 올렸다.

마침 TV에서는 여러 분야의 뉴스를 몰아서 하는 프로그램이 하고 있었다. 메인 뉴스는 며칠 전 방문한 한국 배우로 말미암아 벌어진 공항 소동이었다. 한류의 인기를 비꼬는 패널의 말이 날카롭게 들렸다. 슬쩍 고개를 돌려 잠든 이든을 보았다.

"여기도 한국 스타 한 명 있는데."

소리 내어 말해도 묘하게 현실감이 떨어진다. 눈앞에 자고 있는 사람이 툭하면 TV에 나왔던 사람이라는 것을 아는데도, 그게 아닌 것처럼 느껴졌다. 연인이었던 '최이든'과 룸메이트인 '최이든'의 미묘한 괴리였다. 해문은 고개를 설설 흔들었다. 생각해 봤자 쓸모없는 일이었다. 그가 스타이든 아니든 지금의 최이든은 그저 룸메이트에 지나지 않는다.

세수와 양치를 끝내고 나와, 아침을 준비하려던 해문은 텅 빈 냉장고를 보고 비로소 장을 본 지 오래되었다는 것을 깨달았다. 당연한 일이었다. 지난 몇 주간 도쿄 시내를 돌아다닌 덕에 집에서 밥을 먹은 일이 거의 없었다. 집 안에 있는 먹을거리라곤 언제 샀는지 기억이 가물가물한 쌀 조금과 한국 라면 세 개가 전부였다. 주부가 다 되었다고 했지만, 이런 면에서는 주부와 거리가 멀다는 걸 해문은 새삼 자각했다.

어제 갔던 라멘 가게에서 끼니를 때울까 하는 생각도 잠시 들었으나, 연달아 라멘을 먹는 건 위장에도 버거울 터였다. 귀찮더라도 장을 봐야 할 것 같았다. 어차피 오늘은 모든 일정을 취소하고 내내 집에 있을 예정이었다. 따라서 저녁거리도 필요했다. 오랜만에 집에서 여유롭게 보내는 것도 나쁘지 않을 것이다. 가끔은 이런 날도 좋을 것이라고 해문은 자신을 위로했다.

열쇠와 지갑을 챙겨 들고 집을 나섰다. 따스한 햇볕이 머리 위로 내리쬐자, 원래 일정에 대한 미련이 슬그머니 고개를 내민다. 그러나 이내 미련을 접었다. 지난 일에 감정을 쏟아내는 것은 소모적인 일이다.

"이런 날도 가끔은 좋을 거야."

혼잣말로 구시렁거리곤 해문은 자전거에 올라탔다. 따사로운 햇살이 몸을 따뜻하게 해준다.

토요일 아침의 슈퍼는 생각보다 한산했다. 이른 아침이라 주부들이 바글거릴 것이라 예상한 자신이 미안할 정도였다. 드문드문 보이는 사람들은 대부분 아침보단 점심거리를 미리 사는 것으로 보였다. 해문은 자신의 모습을 슬쩍 살펴보았다. 선바람으로 나선 탓에 조금 추레해 보이긴 했다. 고작 집 근처 슈퍼에 가기 위해 몸단장하는 취미가 없으니 당연한 차림새였다. 그렇지만 조금 계면쩍었다.

모자라도 쓰고 나올 걸 그랬나?

엉뚱한 생각을 하며 해문은 플라스틱 바구니를 들고 한산한 슈퍼 안에 들어섰다.

"おはよう(안녕)."

생선 코너에서 조각으로 잘린 연어를 보고 있던 해문은 등 뒤에서 들려오는 인사말에 고개를 돌렸다.

"おはようございます(안녕하세요)."

스스럼없이 알은척하는 그녀는 해문의 옆집인 202호의 거주자, 이가라시(五十嵐)였다. 어렴풋이 떠오르는 이름을 한자로 헤아리던 해문은 슬며시 나오는 웃음을 입 안으로 삼켰다. 고작 슈퍼에 오기 위해 몸단장을 하는 이도 있는 모양이었다. 그녀가 입은 검은색의 긴 원피스는 소매와 치마 밑단이 전부 구멍 뚫린 레이스로 이루어져 있었다. 잠옷이라 하기 어려운, 그렇다고 나들잇벌이라고 하기에도 무척 과한 차림새였다. 고약한 취향이라는 사실만은 확실했다.

[아침거리 사러 왔나 봐?]

해문이 연방 웃음을 삼키는 것을 보면서도 이가라시는 무표정했다. 처음 봤을 때부터 범접할 수 없는 아우라가 느껴졌었다. 그러한 느낌은 다시 만나도 여전했다. 그때와 다른 것은 거슬리는 그녀의 반말 거지였다. 표면적으로도 자신보다 네댓 살은 어려 보이는데, 그녀의 반말은 무척 자연스러웠다. 아침부터 따지기도 귀찮아 해문은 그냥 모르는 척 넘어가기로 했다. 어차피 친해질 생각도 없다.

[아침부터 연어를 먹으면 생선 비린내가 날 텐데.]

연어 조각을 들어 코 가까이에 대고 킁킁거리는 이가라시였다. 어째 하는 짓이 생게망게했다. 해문만 그렇게 생각하는 게 아닌지, 주변에 있던 사람들도 흘깃거린다. 옆에 서 있는 게 민망했다. 해문은 슬그머니 그녀와 거리를 두며 다른 곳으로 걸어갔다.

[몸에 좋은 생선이니까 예방하는 셈치고 먹는 것도 나쁘지 않을 거야.]

혼잣말을 중얼거리며 이가라시는 채소 코너로 가는 해문의 뒤를 졸졸 쫓아왔다. 뒤를 힐끔 본 해문은 눈썹을 찌푸렸다. 자신을 쫓아오는 게 아니라고 믿고 싶다. 그저 그녀가 사려고 하는 것이 자신과 같은, 기분 나쁜 우연일 뿐이다. 기분 탓이라고 애써 자신을 다독거리며 해문은 비닐로 포장한 양배추 반쪽을 들었다.

[양배추가 암을 방지하는 데 좋은 세계 3대 음식 중 하나라는 걸 사람들은 잘 모르더라.]

아무래도 둘이 먹기에 양배추 반쪽은 양이 많았다. 주말만 먹고 말 텐데 4분의 1로 나뉜 것을 사도 양이 많기는 마찬가지였다. 이든이 요리를 할 때 필요할지 모르나, 언제 할지 모를 일을 위해 사는 건 낭비다.

[마늘이랑 생강도 좋지만, 둘 다 냄새가 나서 난 별로야. 그런 의미로 보면 양배추는 상당히 매력적이지.]

양배추를 원래의 자리에 놓고 옆을 보니 부추가 보였다. 부추를 보자 얼마 전에 사장에게 배운 8)니라니쿠가 떠올랐다. 간단하게 만들 수 있고, 무엇보다 배우고 나서 아직 만들어본 적이 없어 해보고 싶었다. 해문은 오늘 시행하기로 결심했다. 그렇다면 돼지고기도 필요하다. 부추 한 단을 바구니에 넣고 고기 코너로 향했다. 그런 해문의 뒤를 이가라시가 따라왔다. 한쪽 머리가 지끈거린다.

[고기는 돼지고기보다 쇠고기가 좋아. 카고시마(鹿兒島) 산이나 9)고베규가 좋다는데, 난 별로 맛 차이를 모르겠어.]

잘나셨습니다.

속으로 비아냥거리며 해문은 예상한 것과 가장 근접한 금액의 돼지고기 팩을 집어 들었다. 이가라시가 '그거 너무 싸지 않아?'라고 뇌까리는 것은 뒷등으로 흘렸다. 사람이 이 정도 싫다는 표시를 내면 알아서 피해줄 텐데, 끈질긴 여자다.

----

8)니라니쿠(ニラ[치炒め]): 부추와 돼지고기를 넣어 기름에 볶는 요리
9)고베규(神戶牛): 고베 산 쇠고기

빨리 살 것을 사고 집에 가는 게 좋겠다 싶어, 해문은 발걸음을 서둘렀다. 집까지 따라오지는 않을 것이다. 조금 지나서야 그녀가 자신의 옆집이라는 것을 떠올리며 낭패라고 생각한 해문이었다.

계산을 끝낸 뒤 자전거의 바구니에 봉지를 넣자, 이가라시가 느긋하게 옆으로 다가섰다. 해문은 그녀를 모르는 척하며 자전거를 끌고 슈퍼를 나섰다.

[난 자전거를 못 타. 일본인이 자전거를 못 탄다면 다들 이상하게 보더라. 어릴 적에 다쳐서 그런 건데 그런 건 사람들의 관심사가 아니더라고. 자전거에 트라우마(Trauma)가 있다면 역시 이상한 걸까?]

묻는 어조에 해문은 발걸음을 멈추고 뒤돌아 그녀를 바라봤다. 다시 봐도 참으로 고약한 취향의 옷차림이다. 옷차림을 비롯해 성격도 고약한 듯싶다.

[실례지만 몇 살이에요?]

한국인과 달리 일본인에게 소소한 사생활을 묻는 것은 예의가 아니라고 배웠다. 그렇지만 그것은 어디까지나 예의를 지키는 인물에게 해당하는 사항이다. 몇 번 본 게 전부인데 반말을 지껄이는 형편없는 상대에게 지킬 예의는 없다.

[실례라면 안 묻는 게 좋잖아.]

[아, 그렇군요. 그럼 됐어요.]

차갑게 대꾸한 뒤 해문은 미련없이 몸을 돌려 가던 길을 가기 시작했다. 등 뒤에서 이가라시가 '차가워'라고 다 들리게 중얼거린다. 이마에 핏줄이 곤두서는 느낌이다.

[내가 몇 살로 보이는데?]

앞서 가는 해문에게 이가라시가 물었다. 무시하고 싶은 마음이 굴뚝인데도 망할 호기심이 발을 잡는다. 젠장, 하고 낮게 욕설을 뱉은 뒤 해문은 다시 그녀를 바라보았다.

[한 스물하나나 스물둘 정도?]

[비슷해.]

[난 한국 나이로 스물일곱 살이에요.]

[왜 한국 나이야? 일본이랑 나이가 달라? 혹시 더 적은 쪽이 한국 나이야?]

연거푸 터지는 질문에 해문은 한국 나이라고 말한 것을 후회했다. 그냥 스물일곱 살이라고 할 걸 그랬다.

[아니요, 한국 나이가 한 살 더 많아요.]

[그럼 일본 나이로 스물여섯이라는 말이네.]

[네, 그런 셈이죠.]

[생각보다 나이가 많네.]

대수롭지 않게 나오는 말에 해문은 눈썹을 찌푸렸다. 이 말을 과연 칭찬으로 해석해야 하는가, 비아냥조로 해석해야 하는가 혼란스럽다. '생각보다'라고 말하는 것을 보아 칭찬으로 받아들여도 될 듯했지만, 미묘하게 신경의 한부분이 곤두서고 있었다. 왠지 놀림을 당하는 느낌이다. 파르르 속에서 열불이 난다.

[도대체 무슨 속셈인 거예요(一体何のつもりですか)?]

[집에 가려고 하는데(家に行く10)つもりだけど)?]

[아니, 그게 아니라!]

만약 지금 상황이 만화라면 머리 위로 불길이 치솟고 있을 것이다.

해문은 밖으로 쏟아내지 못한 화를 그저 속으로 갈무리할 수밖에 없었다. 태연한 이가라시를 상대로 화를 내봤자 답답한 것은 자신뿐이라는 현실적인 생각 덕분이었다. 열이 오른 머리를 식히고자 해문은 애써 심호흡을 하며 입술을 깨물었다.

[이가라시 상, 지금 장난쳐요?]

[유키에(雪江)라고 해줘. 그게 싫으면 유키 짱도 괜찮아.]

[이가라시 상!]

[야나기 상은 생각보다 성질 급한가 봐.]

그놈의 생각보다! 해문은 눈을 감고 손부채를 부쳤다. 시원해지기는커녕 오히려 열만 더 오른다.

[야나기가 아니라 유입니다, 유!]

[아, 미안. 유 상이구나. 아무튼 난 유키에야. 잘 부탁해.]

처음 학교에 갔을 때도 자신을 '야나기'라고 부르는 이가 적지 않게 있었다. 아무래도 유(柳)라는 한자가 일본 성씨로 쓰일 때 '야나기'라고 읽히니 헷갈릴 만도 했다. 그렇지만 이가라시가 말하는 것은 곱게 보이지 않았다. 눈이 제대로 있다면 문패에 쓰인 11)후리가나

---

10)つもり는 생각이나 작정, 의도, 그리고 속셈 등의 의미가 있음
11)후리가나(振り假名, ふりがな): 한자의 읽는 음을 가타카나나 히라가나로 써두는 것으로 讀み假名, よみがな라고도 함

를 알아봤어야 한다.

한숨이 저절로 흘러나왔다. 뭐 하자고 그녀를 상대로 이렇게 피곤한 짓을 해야 하는지 모르겠다. 그럴 이유가 없는데도 이렇게 소모적인 일을 한다는 게 자신의 멍청함을 증명하는 것만 같았다. 사실 이제 와서 생각하기엔 늦은 일이다.

[대답 안 해?]

무시하는 게 상책이다. 그러나 그게 쉽지 않다는 게 문제였다. 이상하게도 이가라시의 말간 거적눈이 자신을 자극하고 있었다. 결국 해문은 심드렁하게 대답했다.

[네, 네.]

['네'는 한 번만 하는 거야. 두 번 하는 건 억지로 하는 대답 같잖아.]

[억지로 하는 겁니다.]

어지간하면 그만 해도 되건만, 끈질기게 말을 하는 이가라시는 보통이 아니었다. 그렇게 따지면 일일이 대꾸를 하는 해문 자신도 마찬가지였다.

해문의 차가운 대꾸에 이가라시는 작게 '차가운 게 요즘의 유행은 아니야'라고 투덜거렸다. 혼잣말이라면 되도록 안 들리게 해주길 바란다. 바로 반박을 하고 싶은 마음을 억누르고 해문은 자전거를 조금 더 빠르게 끌며 걸어갔다. 그 뒤를 이가라시가 느긋하게 따라온다. 정확하게는 따라오는 것이 아니라, 불가피하게 가는 방향이 같은 것이다. 그게 작금의 불행이었다.

[어제 그 사람, 남자 친구지?]

집까지의 거리가 오늘따라 멀게 느껴지는 해문에게 억양이 없는 말이 들려왔다. 무시해야 한다고 생각했지만, 무시할 수 있는 말이 아니었다. 해문은 뒷골이 쑤시는 것을 느끼며 크게 한숨을 내쉬었다.

[누구요?]

뻔히 예상이 가는 인물이지만, 해문은 짐짓 모르는 척을 했다. 이가라시가 그런 의도를 알아챘는지 피식 웃는다. 웃어도 묘하게 음산한 분위기가 풍긴다.

[어제 문 앞에서 기다리던 남자 말이야. 한국 남자지? 괜히 한류, 한류 하는 게 아니라는 걸 느꼈어. 같은 동양인인데 어째서 한국 남자가 더 잘생긴 것일까? 일본 남자하고는 느낌이 다르더라.]

오른손의 검지로 턱을 문지르며 말하는 이가라시였다. 해문은 집에서 자고 있을 이든을 욕했다. 도대체 얼마나 집 앞에 있었기에 애먼 사람이 다 봤는지 모르겠다. 제아무리 외국이라고 해도 그렇지, 사람들 눈에 잘 띄지 말아야 하는 연예인으로서의 자각이 없는 모양이다.

해문은 가던 발걸음을 멈추었다. 뒤따라오던 이가라시가 느긋하게 옆으로 다가오더니, '기다려 준 거야? 고마워' 란다. 착각은 자유라고 해도, 이 정도면 병세가 깊다. 해문은 헛기침을 하며 조용한 목소리로 물었다.

[봤어요?]

[그렇게 큰 남자가 서 있으면 안 볼 수가 없잖아.]

정답이다. 작은 덩치라면 모를까, 구부리고 있어도 어느 정도 예상이 되는 덩치이니 보지 않을 수 없었을 것이다. 해문은 눈썹을 찌푸리며 부주의한 이든의 행동을 또다시 탓했다. 그러다 해문은 자신의 얼굴에 느껴지는 따가운 시선에 고개를 들었다. 이가라시가 예의 말간 눈빛을 반짝이며 뚫어지게 바라보고 있었다. 그녀의 작은 입술이 동그랗게 말리며 '푸' 하고 알 수 없는 소리를 내뱉는다.

[야나기가 아니라 유 상, 생각보다 상당히 괜찮은 얼굴이네.]

[아, 고마워요, 가 아니라. 이가라시 상, 지금 그게 중요한 건가요?]

무심코 그녀의 말에 대꾸를 했다가 혀를 깨물었다. 정말 어디로 튈지 모를 얌체공 같은 여자다. 누가 칭찬을 해달라고 했던가? 물론 그 칭찬은 감사한 일이지만, 이 상황에서 나올 말이 아니었다. 다시금 그녀를 상대한 자신이 어리석게 느껴졌다.

[그럼 뭐가 중요한데?]

그러게 말이다. 이 상황에서 중요한 것이 과연 있을까 싶다.

[글쎄요.]

객쩍은 말을 하고 해문은 눈썹 위를 긁적였다. 안 하느니만 못한 말이다. 한숨을 쉬자, 이가라시는 '귀여워'라고 또 들리게끔 말한다. 차라리 크게 말하는 게 속이 시원하겠다.

[남자 친구?]

[아니요, 새 룸메이트입니다.]

단박에 대답했다. 이가라시의 눈이 옆으로 길게 늘어난다.

[단순한 룸메이트?]

[네, 단순한 룸메이트.]

[그렇구나.]

원하는 답을 얻었는지, 이가라시는 또다시 입술을 동그랗게 말고 '푸' 하고 의미 불명의 소리를 내뱉었다. 어쩐지 찜찜하다. 미간을 찌푸린 채, 해문은 앞장서 걸어가는 그녀의 등을 노려보았다. 아무리 노려보아도 그녀의 등은 꿈쩍도 하지 않았다. 순간적으로 피로가 몰려온다. 너무 멋진 아침이라는 생각이 문득 들었다.

아파트 입구에 도착하자, 안도의 한숨이 저절로 나왔다. 아파트까지 오는 길이 마치 한 편의 모험기를 찍은 것만치 험난하게만 느껴졌다. 그 이유의 가장 큰 것은 계단 위에 서서 공기를 움켜쥐는 듯한 시늉을 하는 이가라시였다. 집에 돌아가면 이든에게 옆집 여자를 조심하라고 해야겠다. 속내가 보이지 않는 사람은 이래저래 위험하게 마련이다.

[그럼.]

말없이 들어가기도 무엇해, 인사말을 말하자 이가라시가 '아, 맞다'라고 작게 말한다. 해문은 또 무슨 말을 하려고 저러나, 두려운 눈으로 바라보았다. 멀지 않은 곳에 위치한 이가라시의 거적눈에 해문이 투영된다. 이상하게 슬퍼 보이는 눈이라는 생각이 아주 잠깐 들었다. 한편으로는 얄망궂게도 보였고, 모양새 때문인지 너구리처럼 보이기도 했다. 그런 생각을 한 해문을 알아챘을까, 이가라시의 입가에 얄궂은 미소가 떠올랐다.

[남자 친구하고 너무 거칠게 하지 마. 이 아파트 오래돼서 벽이 얇아.]

당황해서 숨이 탁 막혔다. 무어가 거칠다는 말인가? 분명 남자 친구가 아니라, 룸메이트라고 말했는데도 저런 말을 하는 의도는 빤했다.

[룸!]

룸메이트라고 외치려 했지만, 그보다 빠른 것은 이가라시였다. 그녀는 집으로 재빠르게 들어가며 마지막 쐐기를 박았다.

[아, 단순한 룸메이트였지. 뭐, 어쨌든 벽은 얇아.]

덜커덕 문이 닫혔다. 귀에 여운이 남을 정도로 큰 소리를 남기고 이가라시는 문 저편으로 사라졌다. 해문은 잠시 멍한 표정으로 닫힌 문을 바라보기만 했다. 문은 미동도 하지 않는다.

"……당한 건가?"

허탈한 웃음이 갑자기 입술을 비집고 튀어나온다. 제대로 한 방 먹은 느낌이었다. 아니, 한 방 먹었다. 의도는 알 수 없지만, 자신을 어이없게 할 목적이었다면 그 목적은 제대로 성공했다. 나오는 것은 황망한 웃음뿐이었다.

한참 그렇게 허탈하게 웃던 해문은 이가라시라고 쓰인 문패를 노려보았다. 이가라시라는 글자 위로 그녀의 거적눈이 흐릿하게 나타나더니 이내 너구리(たぬき)라는 글자로 서서히 변했다.

"너구리일 거야."

그렇지 않다면 자신이 이렇게 허탈하게 당한 이유를 설명할 수 없었다. 분명 너구리이거나 여우일 것이다. 아니, 너구리가 맞다.

그 축 늘어진 거적눈이 너구리라는 것을 증명한다. 해문은 그렇게 생각했다. 그리고 그렇게 믿어야 했다. 허망하게 당했다는 사실을 받아들이기에 해문의 자존심은 강했다.

"정말 오래 살고 볼 일이네."

고개를 절레절레 흔들며 해문은 202호의 문을 노려보던 것을 멈추었다. 그런 뒤 자신의 집으로 들어갔다. 문을 닫고 신발을 벗다가 해문은 다시 너구리라고 중얼거렸다. 연방 중얼거리자, 제때 내지 못한 화가 뒤늦게 나타나기 시작했다.

자신이 무엇을 잘못해서 저런 인간에게 놀림을 당해야 한단 말인가? 자신이 보인 태도가 그렇게 좋다고 할 수도 없지만, 그것은 피차일반이었다. 오는 말이 고와야 가는 말도 고운 법이다. 결코 자신은 잘못한 일이 없었다. 따라서 저런 식의 말을 들을 이유도 없다.

"くそたぬき(쿠소 타누키: 망할 너구리) 같으니!"

풀 곳이 없는 화는 올라갈 곳이 없는데도 자꾸 치솟았다. 바로 따졌어야 했다고 뒤늦게 자신을 탓해도 이미 엎질러진 물이다. 따지자고 나선들 속이 시원해질 것 같지도 않았다. 결국은 참는 것 외에 도리가 없었다. 그래도 풀리지 않는 화는 여전히 해문의 속을 들끓게 하고 있었다.

입술을 삐죽거리며 해문은 쿵쾅거리는 발걸음으로 집 안으로 들어섰다. 비닐봉지를 바닥에 던지다시피 내려두고 방 안으로 들어가니, 이든은 여전히 꿈나라를 여행 중이었다. 해문은 가만히 자고 있는 그를 노려보았다. 그러다가 고개를 돌려 책상 위에 놓인 일본어 사전을 그의 머리 위로 떨어뜨렸다. 둔탁한 소리가 방 안에 퍼졌다. 그 소리와 약간의 간격을 두고 이든의 '아야' 하는 멍한 목소리가 터져 나왔다. 생각보다 작은 소리가 오히려 더 불만스럽다.

"……아파."

투정 어린 그의 중얼거림에 해문은 커튼을 열며 시큰둥하게 대꾸했다.

"아프라고 던진 거야."

"왜에?"

"망할 너구리가 시켰어."

이불에 놓인 사전을 들며 대답하자, 이든이 '너구리?' 하고 웅얼거렸다.

"옆집에 사는 망할 너구리가 있어."

"아아, 그렇구나."

한 치의 의문도 품지 않은 그가 어리바리하게 답했다. 덕분에 해문은 한결 더 허망한 감정을 느껴야 했다. 된통 화풀이를 할 생각이었는데, 이렇게 반응이 없으면 의지가 꺾인다. 애당초 잠이 덜 깬 인간을 상대한 게 탈이었다. 해문은 여전히 멍하게 있는 그에게 다시 자라고 말했다. 그러자 그는 착한 아이처럼 고개를 끄덕이며 이불을 뒤집어쓰고 다시 잠이 들었다. 하여간 '잠든이'라는 별명이 아깝지 않은 자세다.

잠이 든 그를 본다고 해서 답답한 속이 풀리는 것도 아니었다. 해문은 마음을 가라앉히기 위해 베란다를 걸터앉아 파란 하늘을 올려다보았다. 참 맑다. 부글부글 들끓던 마음이 파란 하늘을 보자 천천히 가라앉고 있었다.

무시하는 게 상책이라는 말이 슬그머니 고개를 내민다. 그러기엔 조금 어려울 것 같았지만, 하면 된다. 또 하지 않으면 어쩌겠는가? 답답한 것은 오로지 자신뿐이었다. 해문은 주먹을 쥐고 '아자!' 라고 짧게 소리쳤다. 그 소리에 자던 이든이 '음?' 하고 잠투정을 한다. 민감하기도 하다. 피식 웃음이 흘리며 해문은 파란 하늘을 올려다본 채 눈을 지그시 감았다.

토요일 정오의 길거리는 왁자지껄한 소음으로 들썩거리고 있었다. 채소 가게로 보이는 곳에서는 전형적인 일본인의 얼굴을 한 중년 남자가 크게 소리치고 있었고, 그 앞에는 사람들로 북적이고 있었다. 이따금 교복을 입은 소녀들이 수다를 떨며 지나쳐 갔다. 유유자적한 일상의 풍경이었다. 이든은 이런 모습을 참 오랜만에 본다고 생각했다.

"계속 그렇게 산만하게 굴 거야?"

멀지 않은 곳에서 들려오는 퉁명스러운 목소리에 이든은 소리가 나는 곳으로 고개를 돌렸다. 언제 이만큼의 거리가 떨어졌는지, 이든이 서 있는 곳에서 약 3m 떨어진 곳에 해문이 서 있었다. 해문의 표정은 유유자적한 풍경과 달리 조금 피곤해 보였다.

"산만한 게 아니라, 사람을 구경하는 거야."

느긋하게 다가가자, 해문은 짧게 한숨을 쉬며 다시 앞서 걸어가기 시작했다. 아무래도 해문은 자신이 이렇게 능장을 부리는 것이 마음에 들지 않는 모양이었다. 하지만 이든은 어쩔 수 없다고 들리지 않게 항변을 했다. 워낙 오랜만에 마음 놓고 거리를 활보하는 덕에 이 여유는 달콤하기 그지없었다. 애써 시간을 내, 이곳에 오길 잘했다는 생각이 들었다.

"계속 그렇게 멍하게 있으면 버리고 갈 거야."

마치 엄마가 산만한 아이에게 협박을 하는 뉘앙스라 이든은 소리 내어 웃었다. 그 협박이 자신에게 통하리라고 생각하는 것일까? 물론 아닐 것이다. 그렇지만 해문의 표정이 그다지 좋지 않아, 이든은 순순히 따라가기로 했다. 일단, 지금은 해문의 도움이 필요한 상황이다. 아쉬운 사람은 누구도 아닌 이든 자신이었다.

"너무 화내지 마. 그러다 일찍 늙겠다."

"늙어도 내가 늙는 거야. 그런 것에 신경 쓸 생각하지 말고 얼른 따라오기나 하셔."

하룻밤 사이에 해문의 입은 반말을 하는데 익숙해져 있었다. 새벽까지만 해도 어색한 것이 조금은 느껴졌는데, 적응력이 빠르다. 옛날에 반말을 하라고 했다면, 지금쯤은 아예 맞먹으려고 들었을지도 모르겠다. 그것도 나름대로 나쁘진 않을 것이다.

"변하는 건 없으니까."

코끝에 걸린 선글라스를 슬쩍 밀어 올리며 중얼거렸다. 시간이 변해도 사람은 크게 변하지 않는다. 제아무리 해문이 예전에 알던 모습과 달라졌다고 해도, 유해문은 유해문이다. 과거나 지금이나 그녀의 모습이 마음에 든다는 것 역시 변함이 없는 사실이고 말이다.

이든은 빨리 안 오고 뭐 하느냐는 얼굴의 해문을 향해 해죽해죽 웃어 보였다. 해문의 표정이 잔뜩 일그러진다. 솔직한 그녀의 표정이 왠지 유쾌해 이든은 고개를 비스듬히 돌리며 조금 더 진한 웃음을 지었다.

이층으로 이루어진 건물은 슈퍼라고 하기엔 크고 쇼핑몰이라고 하기엔 작았다. 그러나 안에 들어가서 보니 나름대로 쇼핑몰의 형태를 갖추고 있었다. 한국과 큰 차이가 느껴지지 않는 풍경이었다. 다른 점이 있다면 여유 공간이 없이 빽빽하게 들어찬 물건과 낯설기만 한 일본어 광고였다. 글자만 아니었다면 한국이라고 착각해도 어쩔 수 없을 정도로 흡사했다.

"짜증나는 일 있어?"

이층으로 올라가는 에스컬레이터에서 이든은 내내 궁금했던 것을 입에 올렸다. 자신의 기억이 정확하다면 적어도 해문은 잠들기 전까지 기분이 좋아 보였다. 무슨 계기가 있지 않고서는 저럴 이유가 없었다. 어쩌면 자신과의 동거를 성급하게 수락한 것이 아닐까 하고 이제 와 후회하고 있을지도 모른다.

"짜증이 왜 나야 하는데?"

질문의 형태지만, 대놓고 '나 지금 짜증났어'라고 말하는 것과 별반 차이가 없었다. 희한하게도 그 말을 하는 순간 해문의 주변에 '나 건드리지 마!'라는 오로라가 피어올랐다. 이든은 괜히 물어본 게 아닌가, 잠시 후회했다.

"그냥 그렇게 보여서 말이야."

"그냥 그렇게 보이는 거면 그냥 그러려니 하고 말아."

뾰족하게 날이 선 말이 돌아왔다. 역시 잘못 건드렸다. 무릇 건드려서 좋을 게 없는 것은 알아서 피하는 것이 상책이다.

이든은 눈빛으로 알았느냐고 채근하는 해문에게 고개를 끄덕거리며 알았다고 했다. 굳이 시끄러운 일을 사서 만들 필요는 없다. 다만, 문제는 당사자가 그럴 생각이 없을 때다. 자신의 입으로 그러려니 하고 말라고 한 주제에 해문은 혼잣말로 의미를 알 수 없는 말을 구시렁댔다. 들리긴 하는데, 일본어라서 알아들을 수가 없었다. 아무래도 해문은 지금 이 상황이 꽤 마음에 들지 않는 모양이었다. 이미 합의한 일인데도 이제 와서 못마땅한 감정을 드러내는 해문이 어리게만 보인다.

"별로 어려운 일도 아닌데 그렇게 구시렁댈 것까진 없잖아."

퉁명스러운 자신의 말에 해문이 잠시 멈칫했다.

"누가 어려운 일이라고 했어? 단지 싫은 것뿐이야."

날이 선 대답을 하며 해문이 에스컬레이터에서 내렸다. 그 뒤를 쫓아 내리며 이든은 머리를 긁적였다.

"싫다고 해도 이미 끝난 일이잖아."

"끝나긴 뭐가 끝나? 이제 시작인데."

"그거야 그렇지만, 만날 볼 얼굴인데 굳이 기분 상할 필요 있겠어?"

"가능하면 만날 보는 걸 피하고 싶어. 아니, 영원히 안 볼 수 있으면 그러고 싶어."

"어이, 그게 말이 돼? 같은 곳에 사는데 영원히 안 보는 건 불가능하잖아.”

“그게 문제인 거야. 에휴, 정말 이사를 갈 수도 없고, 그냥 두자
니 찝찝하고.”

이사를 생각한다는 해문의 말에 이든은 뜨악한 표정으로 그녀
의 뒤통수를 바라보았다. 생각보다 심각할지도 모르겠다.

“유해문, 이사는 좀 심하다. 고작 이불 사러 오는 게 싫다고 그
럴 것까진 없잖아.”

이든은 되도록 타이르는 티가 나지 않게 말했다. 그러자 앞서
잘 걷던 해문이 멈춘다. 사람 둘이 간신히 서 있을 만큼 좁은 복도
라 이든도 멈춰야 했다. 고개를 돌린 해문의 표정은 어쩐지 어이
가 없다고 말하는 것 같았다.

“약간 어긋난 것 같은데.”

“응?”

눈썹을 모은 해문의 얼굴은 참 기이했다. 웃는 것인지, 우는 것
인지 판단하기 어렵다.

“내가 고작 이든 씨랑 이불 사러 온 게 싫어서 이런 소리를 하고
있다고 생각하는 거야?”

‘고작’ 이라는 말을 유난히 강조한다. 아무래도 헛다리를 짚은
듯싶다.

“아니었어?”

“내가 그렇게 속이 좁아 보여?”

“아니었구나.”

“당연히 아니지. 난 차원이 다른 문제를 생각하고 있었다고.”

화가 난 해문의 목소리는 컸다. 덕분에 주변의 시선이 집중한다. 조금 난감하다. 설령 이곳이 자신을 모르는 이가 많은 외국이라고 해도, 아주 없다는 보장은 없었다. 그것이 아니더라도 사람들의 호기심 어린 시선을 이런 곳에서 받는 것은 그렇게 달갑지 않은 일이다.

"해문아, 여기 사람 많다."

작게 해문에게 속삭였다. 그러자 해문은 '사람이 많으면 뭐 어때?' 라고 소리치다가 아차, 하고 혀를 깨문다. 해문의 얼굴에 낭패의 기색이 서린다.

"전부 너구리 때문이야."

원망스러운 말투로 해문은 중얼거렸다. 이든은 해문이 말한 너구리라는 말에 묘하게 낯익은 느낌을 받았다. 데자뷰인가? 기분 탓이라고 치부하고 이든은 해문의 등을 쿡쿡 찔렀다.

"또 왜?"

"이불 사야 하잖아."

현실을 환기시켜 주자, 해문은 인상을 찌푸릴 대로 찌푸린 채 '망할 이불' 이라고 구시렁댔다. 너구리가 무슨 짓을 했는지 몰라도, 애먼 이불이 그 죄를 다 뒤집어썼다. 이불이 사람이었다면 억울하다고 울었을지도 모를 일이다. 어쨌든 자신과 상관이 없는 일이다. 돌이켜 생각해 보니, 웃음이 흘러나왔다. 조금 전의 해문과 자신의 대화는 제대로 어긋난 대화였다. 이런 대화가 가능하다는 것을 왜 예전에는 몰랐을까? 조금 더 빨리 알았더라면, 하고 생각하던 이든은 금세 생각을 지워 버렸다. 이제라도 알았다는 게 더 중요하다.

"안 따라올 거야?"

어느새 앞서 간 해문이 부른다. 이든은 따라간다고 중얼거리며 천천히 걷기 시작했다. 얼핏 해문이 '망할 너구리' 라고 읊조리는 게 들렸다. 히죽 하고 이든은 웃었다. 과거에는 몰랐던 모습이 하나하나 보이고 있었다. 저 모습이 싫지 않았다. 아마도 옆에 있는 동안, 그러한 모습을 계속 볼 수 있을 것 같다는 예감이 들었다.

"그것도 나쁘지 않지."

이든은 해문이 들리지 않게 조용히 중얼거렸다. 역시 이곳에 온 보람이 있다. 소리없이 빙그레 웃으며 이든은 작은 등이 자신의 시야에서 멀어지는 것을 막고자 서둘러 걸었다.

이불을 고르는 일은 생각보다 어렵지 않았다. 문제는 자신이 덮고 잘 이불인데도 의견을 묻지 않는다는 것이다. 어차피 덮고 자기 편하면 그만이다. 그래도 괜한 마음에 '내 의견은 안 물어봐?' 라고 묻자, 해문이 심드렁하게 대답했다.

"한국에 이불 들고 돌아갈 거 아니면 가만히 계시죠?"

틀린 말이 아닌지라, 이든은 군소리하지 않고 이불 고르는 것을 지켜보기로 했다. 그녀의 말대로 들고 돌아갈 것도 아니고, 자신이 돌아간 후 뒤처리는 해문의 담당 사항이었다. 사실 날이 선 그녀를 굳이 건드리고 싶지도 않았다. 그녀의 반응이 재미있기는 하나, 현재 자신의 역할은 세입자이자 약자였다. 그 역할에 충실하고 싶었다.

"하지만 꽃무늬는 싫은데."

해문의 손에 들린 분홍 꽃무늬 이불을 보며 이든은 소심하게 중얼거렸다. 다행스럽게도 해문은 꽃무늬가 마음에 들지 않았는지 그것을 손에서 내려놨다. 저도 모르게 안도의 한숨을 나왔다.

오랜 시간 끝에 해문의 손에 간택이 된 것은 무난한 줄무늬 이불이었다. 자신이 보기에도 괜찮았다. 그러나 해문은 무엇이 걸리는지 쉽게 결정을 하지 못하고 있었다. 자꾸만 비슷한 이불을 들고 이게 좋은가, 저게 좋은가 저울질이다. 이대로 두었다가는 밤새도록 있을 듯해 이든은 그걸로 하자고 입을 열었다.

"비싸."

"얼마 차이 나는데?"

그녀의 다른 손에 잡혀 있는 이불을 가리키며 묻자, 해문은 천 엔이라고 대답했다.

"천 엔 차이면 그렇게 많이 나는 것도 아니네. 그냥 그거 사자."

"어이구, 여보세요."

허탈한 표정으로 해문은 길게 한숨을 내쉬었다.

"천 엔이 뉘 집 개 이름인 줄 알아? 천 엔이면 라멘 곱빼기 두 그릇이나, ¹²⁾스시를 일곱 접시 가까이 먹을 수 있는 돈이라고. 내 시급보다 백 엔이나 많은 금액인데 그게 많지 않다니!"

혀를 끌끌 차는 해문은 어떻게 그런 소리를 쉽게 할 수 있느냐는 표정이었다. 이든은 검지로 볼을 긁었다.

"천 엔으로 먹을 수 있는 게 많다는 건 알겠는데."

---

12)스시(壽司, すし): 생선초밥

이든은 해문이 말한 천 엔 더 비싼 이불을 집었다.

"돈은 내가 내. 덮는 것도 나고."

근처에 놓인 비슷한 무늬의 베개까지 들고 이든은 이불 코너를 빠져나왔다. 그러자 해문이 등 뒤에서 크게 한숨을 내쉰다. 자신에게 다 들리라고 일부러 쉬는 한숨이다. 이든은 슬쩍 웃음을 흘렸다. 자신이 아무런 반응을 보이지 않자, 이번엔 해문이 아예 들리게끔 투덜거리며 옆으로 다가왔다.

"돈 많으셔서 좋겠어요."

비아냥대며 불만스러운 표정을 짓고 있는 해문이다. 천 엔의 차이에 대해 자신이 그냥 넘어간 것이 마음에 들지 않았는지 해문은 천 엔으로 할 수 있는 것들을 조목조목 나열하고 있었다. 다른 사람이 그랬다면 듣그러워 조용히 하라고 했을 것이다. 하지만 해문의 목소리는 듣그럽지 않았다. 꼼꼼한 것이 나중에 살림도 잘할 것 같다는 생각이 들었다. '살림'이란 단어를 연상한 자신이 우스워 이든은 피식 웃었다.

"왜 웃어?"

"살림 꼼꼼하게 잘하겠다 싶어서."

이든은 계산대 앞에 서며 말했다.

"도쿄 물가랑 반년간 싸워봐. 나처럼 될 거야."

"적응 잘했네."

"여기서 내 인생을 재설계하는 거니까, 적응해야지."

담담하게 대답을 하는 해문이었다. 이상하게 그 대답을 듣는 순간, 서늘한 기분이 들었다. 다행스럽게도 그러한 느낌은 오래가지 않았다. 계산원이 하는 말에 해문이 재빠르게 일본어로 대답을 하며 자신을 툭 친다. 이든은 해문이 말하는 대로 카드를 주고 서명을 했다. 일사천리로 계산이 끝나자, 해문은 이불과 베개를 자신에게 건넸다.

"본인 것은 본인이 들고 가는 센스!"

한쪽 눈을 찡긋하며 장난스럽게 웃는다. 조금 전의 담담함은 이미 사라졌다. 짐 꾸러미를 잡은 채 이든은 말끄러미 해문을 보았다. 웃는 표정으로 해문이 자신을 응시한다. 이든은 짐 꾸러미를 위아래로 흔들었다. 생각보다 무겁진 않았다.

"집주인 말을 따르는 센스!"

맞장구를 치자, 해문은 박장대소를 한다. 말갛기만 한 그 웃음이 이상하게도 허전해 보였다. 이든은 입술을 샐그러뜨렸다.

"얼른 새 이불에 누워보고 싶다."

허튼소리라도 해야 할 것 같아 아무렇게나 말하자, 해문의 허탈한 숨소리가 들려왔다. 웃음을 삼키며 이든은 에스컬레이터에 탔다. 바로 뒤이어 해문이 올라타더니, 심드렁한 목소리로 말했다.

"나 참, 이불을 시식하겠다는 거야?"

"시식(試食)이 아니라 시침(試寢)이 어울리지 않나?"

눈은 앞을 보고 있지만, 감각은 뒤에 집중되어 있었다.

"난 이불을 소화시킬 정도로 대단한 소화력이 없거든."

말이 끝나기 무섭게 등 뒤에서 씩씩거리는 숨소리가 들려왔다. 금세 규칙적인 숨소리로 바뀌긴 했지만, 그렇다고 해도 거친 소리가 완전히 죽은 건 아니었다. 이든은 뒤를 보지 않아도 해문의 표정을 알 듯했다. 웃음이 터질 것 같다.

"누가 이불을 먹으라고 했어? 내가 말한 시식의 식은 먹을 식(食)이 아니라 쉴 식(息)이란 말이야."

"그거 지금 막 생각해서 둘러맞춘 거지?"

슬쩍 뒤를 돌아보며 묻자, 해문의 눈동자가 하늘을 향해 치솟는다. 거짓말을 하기엔 너무 솔직한 눈동자다. 껄껄 하고 결국 참지 못한 웃음이 흘러나왔다.

"얼른 안 내려?"

민망했는지 목소리의 톤이 높다. 안 그래도 내릴 생각이었다고 했다가는 제대로 토라질 것 같아, 이든은 말없이 에스컬레이터에서 내렸다. 종종걸음으로 따라 내리는 해문의 발소리가 유독 크다. 자꾸 사람이 유치해진다. 아마도 해문의 영향일 것이다.

이든은 에스컬레이터에서 내리기 무섭게 빠른 걸음으로 슈퍼의 정문으로 향하는 해문을 잡아챘다. 품에 이불 꾸러미를 안고 있는 탓에 행동이 굼떴다. 이불 꾸러미를 집에 두고 다시 나오는 게 나을 거라는 생각이 잠시 들었지만, 이든은 자신의 성격을 잘 알고 있었다. 이대로 집에 가면 다시 나오고 싶지 않을 것이다.

"왜?"

코대답하며 자신에게 잡힌 팔을 뿌리친다. 아무렇지 않게 손을 이불 위에 올려두고 이든은 히죽 웃었다. 해문의 표정이 일그러진다. 이러한 상황이 유쾌하다. 왠지 습관이 될 것 같았다.

"슈퍼 가자고."

"여기가 슈퍼야."

"이불 사는 슈퍼 말고, 물건 사는 슈퍼 말이야."

"이불은 물건이 아닌가? 무슨 물건 사는 슈퍼가 또 있, 아! 그 슈퍼!"

"응, 그 슈퍼."

이든이 말하고자 한 걸 알아챈 해문은 눈썹을 찌푸린다.

"잊고 있었다, 망할 너구리."

살벌한 표정으로 뇌까리더니, 이내 크게 혀를 차는 해문이었다. 이든은 '너구리'란 말을 입 안으로 곱씹었다. 하도 들으니, 인칭대명사처럼 들린다. 어쩌면 실제로 어떤 사람을 가리키는 표현일지도 모른다. 누군지는 몰라도, 제대로 해문에게 미움을 받는 존재라는 것 하나는 확실했다.

"그런데 난 아침에 장 보고 와서 살 거 없어."

"난 필요한 걸 하나도 사지 못했어. 당장 칫솔도 필요하고 말이야."

가만히 서 있는 탓에 슈퍼 안으로 들어오던 사람들이 자신들을 흘깃거리며 지나간다. 이든은 슬며시 후퇴하며 이불 꾸러미를 조금 더 높이 올려 안았다.

"잠시 머문다고 했으면서 그런 것도 준비 안 하고 오면 어떡해? 아우, 저기 가면 또 너구리 볼 것 같아서 꺼림칙한데. 정말 도움이 안 돼."

"도움이 안 돼서 미안하다."

무뚝뚝하게 대꾸하자, 해문이 아차 하며 표정을 바꾼다.

"혼잣말이야. 기분 나빴으면 미안해."

이든은 대답 대신 고개를 끄덕거리고 말았다. 그걸 기분 나쁘다는 것으로 받아들인 해문이 자신의 눈치를 본다. 하나도 나쁘지 않다고 하면 다시 돌변할 것 같아, 이든은 일부러 무뚝뚝한 표정을 유지했다.

"가서 칫솔 사자. 그리고 필요한 거 있으면 말해. 어디 있는지 찾아줄 테니까."

여전히 이든은 말없이 고개를 끄덕거리는 것으로 답을 대체했다. 여기서 대답을 했다가는 자신의 기분이 그대로 노출될 것 같았다. 조금이라도 그러한 게 들통이 나면 삐치는 정도로 끝나지 않을 게 뻔했다. 게다가 단순한 해문의 성격이 못내 귀엽기도 했다. 자신의 기대를 충족시키듯, '친절한 해문 씨'는 이불 꾸러미가 무거우면 같이 들어줄 수 있다는 말까지 했다. 한껏 웃음을 터뜨릴 듯 가슴이 간질간질했다.

"얼른 안 오고 뭐 해?"

탐스럽게 쌓인 과일 앞에서 해문이 손짓으로 어서 오라고 하고 있었다. 슈퍼에 오던 길에 보였던 모습과 정반대였다. 자꾸 웃음이 새어나오려 해서, 이든은 이불 꾸러미로 입을 가렸다. 느긋하게 다가가자 못마땅한 표정의 해문이 자신을 샐쭉하게 노려본다. 그것도 잠시, 이내 억지로 웃는 표정을 한 해문이 어서 오라고 채근했다. 간지러운 웃음이 이불 꾸러미 사이로 슬그머니 삐져 나왔다.

느긋하게 쇼핑을 끝내고 돌아온 것은 외출한 지 두 시간 이상

지난 시각이었다. 가벼우나 부피 때문에 은근히 거치적거린 이불 꾸러미를 바닥에 놓고, 이든은 침대에 누웠다.

전전긍긍하며 자신의 기색을 살피는 해문의 모습을 보는 건 무척 즐거운 일이었다. 예전엔 그런 걸 몰랐다. 항상 평온한 표정을 유지했기에 그런 기색을 알아챌 수 없었다. 솔직하며 노골적인 표정의 그녀가 용케 표정 관리를 했다는 생각이 든다. 그녀 딴에도 꽤 노력을 했을 것이다. 어쨌든 이불 꾸러미가 덜 거치적거렸다면 계속 볼 수 있었을 텐데, 아쉽다. 침대 밑으로 늘어뜨린 발로 이불 꾸러미를 툭 찼다.

돌아오자마자 찬물로 머리 좀 식히겠다고 욕실로 들어간 해문은 명상이라도 하는지 조용했다. 이든은 고개를 뒤로 젖힌 채 베란다 너머의 푸른 하늘을 올려다봤다. 고즈넉하다. 바람에 의해 이따금 펄럭거리는 빨래 소리가 자장가로 들릴 정도로 다붓했다.

벌컥 하고 문이 열리는 소리가 나자, 이든은 고개를 돌렸다. 개운한 표정의 해문이 욕실 밖으로 나오다 자신을 보고 흠칫한다. 이든은 그대로 눈을 감았다.

"잘 거야?"

조심스레 묻는 해문의 목소리에 이든이 작게 아니라고 대답했다.

"그러면 내 침대에서 일어나지 그래? 새로 산 이불, 시침인지 시식인지 한다며?"

"피곤하니까 조금 있다가."

"그게 뭐가 피곤해? 같이 움직인 난 멀쩡한데."

"내 나이 돼봐. 모든 게 피곤할 거야."

"어이구, 누가 들으면 할아버지인 줄 알겠다. 나보다 고작 두 살 많으면서, 나이 타령하기는."

"그래, 나 할아버지다."

"잘나셨어요, 최이든 씨."

비아냥거리는 해문의 말투에 이든은 눈을 감은 채 입가에 미소를 띠었다. 예전의 그녀라면 자신의 이런 말투에도 그저 말간 웃음으로 넘어갔을 터였다. 속으로는 열불이 났을지 몰라도, 겉으로는 전혀 티를 내지 않았었다. 그 모든 게 어찌 보면 자신을 속인 것이었지만, 그다지 기분이 나쁘진 않았다. 저런 성격을 숨기고자 많은 노력을 기울였을 그녀를 보지 못한 게 안타까울 따름이었다.

귓가에 해문의 짧은 한숨 소리와 베란다 문이 열리는 소리가 들렸다. 이든은 살며시 실눈을 떴다. 아렴풋한 시야에 하늘을 올려다보고 있는 해문이 들어왔다. 한참 하늘을 보던 해문은 고개를 내려 왼쪽을 본다. 그녀의 등이 하늘을 보던 것과 달리 딱딱하게 굳었다. 무어라 중얼거리는지, 입술이 부산하게 움직인다. 느낌상 욕설 같았다. 이든은 다시 눈을 감았다.

"옆집인가 봐?"

"뭐?"

대수롭지 않게 한 말에 돌아오는 말은 날카롭기 짝이 없었다. 감은 눈 너머로도 해문의 지금 표정이 상상이 되었다. 이든은 내내 머릿속에 있던 말을 내뱉었다.

"그 너구리 말이야."

바로 비명처럼 거친 욕설이 나올 것이라 예상을 했는데, 의외로 조용하다. 이든은 한쪽 눈만 떴다. 뜨자마자 보이는 건 일그러질 대로 일그러진 해문의 얼굴이었다. 조금 있으면 바로 비명이 터져 나오겠다. 이든은 그렇게 예상했다.

"역시."

뜻밖에도 해문은 마치 이든이 그런 말을 할 줄 알았다는 듯, 고개를 끄덕거리며 '제기랄'이라고 중얼거렸다. 무엇이 그녀에게 '역시'라고 짐작할 근거를 주었을까? 자신이 한 말에는 그런 게 없었다. 의아하게 바라보는 자신의 시선을 모르는 듯한 해문이 털썩 베란다 턱에 주저앉았다. 이든은 팔을 세워 왼손에 턱을 괴었다.

"역시 그 망할 너구리가 벌써 이든 씨한테 마수를 뻗쳤구나."

이해를 했다는 듯이 고개를 끄덕거린다. 이든은 턱을 괸 채, 소리없이 웃었다. 어떻게 저런 결론에 도달할 수 있는지 머릿속이 궁금하다.

"행동이 굼떠 보이던데, 의외로 할 건 다 하는군. 망할 너구리 같으니."

'망할 너구리'는 행동이 굼떠 보이는 사람인 모양이다. 하지만 그녀의 말에는 모순점이 있었다. 그걸 지적해야 하나 잠시 고민했다. 고민은 길지 않았다. 무슨 말을 하든, 지금의 해문의 반응은 재미있을 게 분명했다. 그걸 보는 재미가 솔솔 한 것을 이든은 이미 깨닫고 있었다.

"그런데 해문아."

베란다 턱에 앉아 왼쪽을 노려보던 해문은 이든의 부름에 째려보는 눈길로 화답했다.

"난 어제 여기 온 뒤로 너랑 떨어진 시간이 없는걸?"

"그게 뭐?"

일일이 설명을 해야 하나? 이든은 또다시 짧은 고민을 했다. 다행스럽게도 해문은 금세 이든의 말이 의미하는 바를 알아채곤 낭패라는 표정을 지었다.

"그러고 보니 그러네. 아니야, 내가 슈퍼에 갔던 시간이……."

말하다 멈칫하더니 입을 앙다물고 미간을 찌푸린다. 무슨 생각을 하는지 빤히 보였다. 슈퍼에 갔을 때 그 '너구리'를 만난 듯하니, 그때를 제외하면 자신에게 해문의 표현대로 '너구리의 마수를 뻗칠' 시간은 아예 없었다. 만나본 적도 없는 너구리를 자신에게 대입시키는 것은 무리가 있다는 것을 이제 해문도 알 것이다.

"아니야, 아니야. 전에 왔을 때, 그때 집 앞에서 기다렸잖아. 너구리가 그때 이든 씨를 봤다고 했거든. 그냥 본 게 아니라 분명 무슨 짓을 했을 거야."

그렇게 믿는다고 확신한 얼굴이었다. 맥 빠진 웃음이 저절로 나온다. 의도치 않게 해명을 해야 하는 상황에 몰린 지금이 어이없었다. 게다가 해문은 '그때'라는 말을 할 때마다 오만상을 찡그렸다.

'후유' 하고 이든은 길게 한숨을 내쉬었다. 그때 쭉 잤다고 하면 과연 해문이 믿어줄까? 너구리는커녕 사람 역시 한 명도 못 보고 정신없이 잤다는 말을 하면 지금의 해문은 '세뇌를 당한 거야'

라고 말할지도 모른다. 아니면 그리 맛문한 주제에 왜 왔었느냐고 물을 수도 있다. 지금으로서는 받고 싶지 않은 질문이었다.

어쩐지 내 무덤을 내가 판 느낌이군.

무어라 말할까, 물끄러미 해문을 바라보며 머리 한편으로는 적당한 대답을 구상했다. 말이 없는 자신의 모습을 해문이 의심스럽게 쳐다본다. 이든은 배시시 웃어 보였다. 역시나 바로 미간을 찌푸린다. 그게 유쾌해 조금 더 진하게 웃었다. 그 유쾌한 웃음은 해문의 입에서 나온 소리 덕분에 한결 더 큰 소리를 내게 되었다.

"그 망할 너구리가 변신만 가능한 줄 알았는데, 사람을 세뇌시키는 짓까지 하나 보네. 이거 보통 내공이 아니야."

자신의 기대를 충족시키는 그녀의 반응 덕분에 크게 웃고 말았다. 대략 해문이 말한 것만으로 추려보면 옆집 사람의 행동이 조금 희한한 듯했다. 그러나 고작 그런 행동을 바탕으로 변신이니, 세뇌니, 내공이니 하는 해문의 말이 이든은 황당하면서 우스웠다.

"그러니까 옆집에 사는 사람이."

"사람이 아니라 너구리, 망할 너구리! 쿠소 타누키!"

재빠르게 자신의 단어를 고쳐 주는 해문이다. 이든은 웃음을 머금은 채, 말을 이었다.

"그래, 그 옆집에 사는 망할 너구리, 그러니까 쿠 뭐가 이상하다는 걸 말하고 싶은 거지?"

"쿠 뭐가 아니라, 쿠소 타누키. 그리고 이상한 정도가 아니라, 기묘하다니까. 생긴 건 멀쩡한 거 같은데. 아니야, 생긴 것도 범상치 않아. 거적눈인 게 딱 너구리란 말이지. 게다가 정신 상태도 왠지 의심스럽고."

간간이 베란다 턱에서 옆집을 노려보며 해문은 열변을 토했다.

"13)히키코모리나 오타쿠(オタク)라고 하기엔 밖에 나돌아 다니는 거 같으니까 그건 아니고. 옷 취향을 보면 고스족 같긴 한데, 핑크 슬리퍼가 걸리고. 역시 너구리가 사람으로 변신을 한 게 분명해. 왜 헤이세이 14)너구리 전쟁을 보면 거기서 변신하는 너구리들의 센스가 무지 구리잖아. 딱 그거야. 이 너구리도 감각이 이상해서 그런 희한한 모습으로 변신하는 거야. 틀림없어."

확신을 가지고 온갖 말로 주장을 하는 해문의 모습은 기묘할 정도로 열정적이었다. 그렇게 믿고 있고, 그것을 이든에게도 믿게 하려 하는 속내가 엿보였다. 웃음이 자꾸 입 밖으로 나오려 한다. 꾹 참고 그녀의 의견에 동조한다는 듯 고개만 끄덕거렸다.

"말이 나와서 말인데, 이든 씨도 조심해. 한 번은 운 좋게 넘어갔을지 몰라도 다음에는 안 그럴 수도 있어. 안 그래도 이상한 소리를 서슴없이 지껄이더라고. 요주의야. 알아들었어?"

"아아, 알아들었어."

그 이상한 소리가 무엇인지 궁금하지만, 이든은 입을 꾹 다물고 연방 고개를 끄덕거렸다. 해문이 샐그러진 눈으로 본다.

"어쩐지 성의가 없어. 내 말 허투루 듣지 마. 그러다가 큰일 나

---

13)히키코모리(引き籠もり): 은둔형 외톨이. 引き籠もる(틀어박히다, 들어앉다)를 명사화시킨 단어

14)너구리 전쟁: 원제는 평성 너구리 전쟁 폼포코(平成狸合戰ぽんぽこ). 스튜디오 지브리(スタジオジブリ)에서 1994년에 만든 극장용 장편 애니메이션. 감독은 다카하타 이사오(高畑勳)

도 난 몰라. 아무리 여기가 외국이라고 해도 이든 씨를 알아보는 이가 아주 없다는 법은 없으니까.”

“아주 없는 게 아니라, 제법 있다는 게 맞지 않나?”

허허 하고 해문이 헛웃음을 흘렸다.

“잘나신 최이든 씨를 잠시 잊었네. 흥, 뭔 말을 못해요. 아무튼 내 말 알아들었어? 괜히 너구리가 먹을 거 준다고 꼬여도 따라가지 말라고. 말도 못하는 주제에 따라가서 너구리들의 장난감이 되어도 난 몰라. 알았지?”

큰 목소리로 윽박지른다. 누가 들으면 화라도 내는 줄 알겠다. 이든은 샐샐거리며 알아들었노라 고개를 끄덕거렸다. 이런 상황에서 자신이 해문보다 두 살 연상이라는 말은 통하지 않을 것이다. 통할 것이었다면 애당초 스물아홉 살 먹은 남자에게 먹을 것에 꼬여 졸졸 쫓아간다는 표현 자체를 쓰지 않는다. 이든은 조금 저린 오른팔을 내리고 침대 위에 머리를 비스듬히 뉘었다.

“잘 알아들었어. 그러니까 옆집 너구리는 요주의다. 먹을 것을 쥐도 절대 쫓아가면 안 된다.”

“그냥 너구리가 아니라 망할 너구리, 쿠소 타누키!”

“아아, 쿠소 타누키. 알았어, 알았어.”

해문의 입 모양을 따라 ‘쿠소 타누키’ 라고 하자 만족스러운 표정을 지었다. 이거야 원, 가르침을 전수한 사부가 된 모양새다. 여기서 멈추게 해야 할 것 같았다. 이러다가는 해문이 자신에게 ‘쿠소 타누키’ 에 대한 가르침을 더욱 하려 들지 모를 일이었다. 보는 것만 이라면 즐겁지만, 그 가르침을 받아야 하는 게 자신이라는 점에서는 별로 달갑지 않았다. 이든은 휘파람을 휙 불어 여전히 옆집을 노려보고 있던 해문의 시선을 자신에게 향하게 했다.

"자자, 해문아. 망할 너구리인지 쿠, 쿠소 타누키인지는 잘 알 아들었으니까 끝내고, 슬슬 낮잠을 자는 건 어때? 기분 전환으로 말이야."

짜증스럽던 표정이 순식간에 어이없는 표정으로 변했다. 해문 이 팔짱을 꼬며 베란다 턱에서 몸을 일으켰다.

"그렇게 자놓고 또 졸리다는 말은 아니겠지?"

"오늘 일찍 일어났잖아. 그리고 내 나이 되면 매일 피곤하기 마 련이야. 노동을 하고 나면 더욱 피곤한 것이고."

'얼씨구'라고 해문이 추임새를 넣었다. 이든은 '절씨구'라고 대꾸하려다 말았다.

"고작 이불 꾸러미 들고 온 거 가지고 노동이라니. 누가 들으면 비웃을 거야."

"비웃든 말든, 난 피곤하고 자고 싶어."

"자랑입니다."

"고마워."

기다렸다는 듯 바로 대답하자 해문이 고개를 잘래잘래 흔들었 다. 이든은 팔베개를 해 머리를 기댔다. 민무늬 천장이 시야에 가 득 들어온다. 사실 딱히 졸린 것은 아니었다. 처음엔 해문의 생각 을 다른 곳으로 돌릴 의도였다. 그렇지만 막상 자자는 말을 하자, 피부에 와 닿는 기분 좋은 미풍과 베란다 너머로 들어오는 따뜻한 햇볕 덕에 솔솔 잠기운이 몰려왔다. 눈을 끔벅거리다가 그대로 감았다. 기분이 좋다.

"정말 자려고 하는 건 아니지?"

"정말 자려고 하는 거야."

몸을 길게 뻗자, 발치에 베개로 추정되는 것이 느껴졌다. 이든은 발로 베개를 옆으로 밀고 편하게 몸을 이완시켰다. 자신의 몸에 딱 맞는 침대는 약간 갑갑했다. 그래도 활동할 때 주로 잠을 자던 벤보다는 넓었다. 거기에 비하면 이 정도는 감지덕지했다. 머리를 기댈 수만 있다면, 어디서든 잘 자신이 있었다.

"정말 잘 거야?"

"응."

대답이라기보단, 웅얼거림에 가깝게 말이 나왔다. 해문이 혀를 차는 소리가 아련하게 들린다. 이든은 살짝 입술을 비틀곤 어깨를 작게 으쓱거렸다.

"괜히 '잠든이'가 아니지."

다 들리게끔 투덜거리는 해문의 말에 이든은 속으로 웃음을 삼켰다. 그 '잠든이'를 뒤집으면 '이든잠'이라는 걸 해문은 알까? 그 별명을 처음 만든 게 다른 이도 아닌 자신이라는 것을 알면 해문은 유치하다고 할지도 모른다.

드르륵 소리가 나며 자신의 얼굴을 따뜻하게 내리쬐던 햇볕이 사라졌다. 커튼을 친 모양이었다. 자신을 위한 작은 배려다. 겉으로는 투덜거리지만, 자신을 배려해 주는 건 과거나 지금이나 똑같았다.

달콤하고도 나른한 느낌이 온몸에 돌고 있었다. 딱 좋은 기분이다. 이든은 깃털 같은 숨을 내뱉었다. 발소리를 죽인 채 해문이 지나간다. 해문의 인적이 사라지자, 비누 향기가 은은하게 퍼졌다. 그 향기가 점점 옅어지고 발걸음 소리도 점점 멀어진다. 점차 둔화해 가는 감각들이 자신이 잠이 들고 있음을 알려주고 있었다. 이든은 멀어지는 해문에게 '잘 자' 라고 소리없는 인사를 전했다. 그러고는 미련없이 달콤한 낮잠의 유혹 속에 빠져들었다.

꽥꽥, 오리 울음소리가 어렴풋이 들려오는 것에 해문은 잠기운이 서서히 사라지는 것을 느꼈다. 눈꺼풀은 일 톤이 되는 것처럼 무거웠지만, 학교에 가기 위해서는 일어나야 했다. 하지만 머리가 알고 있다고 해서 몸이 말을 듣는 것은 아니었다. 더욱이 휴일의 다음날인 월요일은 유독 그런 현상이 심했다. 괜스레 월요병이라는 단어가 생긴 게 아니다.

해문은 목청 높게 우는 오리 시계를 끄기 위해 눈을 떴다. 아니, 뜨려 했다. 미처 눈을 뜨고 멈춤 버튼의 위치를 찾기도 전에 시끄러운 소리가 사라졌다. 언제부터 오리 시계에 자동 꺼짐 기능이 생겼는지 모르겠다. 고작 이만 원짜리 시계에게 자동 기능이 있다는 것 자체가 어불성설이었다. 오리 시계를 애용한 지 어언 반년 남짓, 오리 시계는 오늘 처음으로 자동 꺼짐 기능을 발휘했다.

저놈의 오리가 미쳤나?

순식간에 잠기운이 구석으로 사그라졌다. 해문은 눈을 번쩍 떴다.

"어, 일어났네. 지금 막 깨우려고 했는데."

몸을 일으키자마자 보인 것은 생생한 이든의 얼굴이었다. 일반 인보다 크고 선명한 눈매와 오뚝한 콧날을 보고 해문은 무심코 '죽이는 피사체'라고 감탄을 했다. 약 오 초가 경과된 다음에야, '웬 감탄이야!'라고 자신을 탓했지만, 잘난 사람을 잘났다고 생각하는 것은 옳은 행위다.

아무튼 해문은 이든의 얼굴을 보고 나서 비로소 시계를 끈 장본인이 그라는 것을 깨달았다. 시계만 멍하게 보고 있자, 용케도 자신이 하고자 한 말을 알아챈 이든이 말했다.

"내가 껐어. 사람이 없는 것도 아닌데, 시계가 계속 울게 두는 것도 그렇잖아."

"어. 그, 그렇지."

덩둘하게 대답을 하면서 해문은 엉클어진 머리카락을 손으로 쓸어내렸다. 왠지 정신이 없었다. 시계를 끈 것은 이든이고, 이제부터 학교에 가기 위해 준비를 해야 한다. 현실 감각이 자신에게 서두르라고 명령했지만, 몸이 반응을 하지 않았다. 아침부터 귀신에 홀린 느낌이었다.

"왜 그렇게 멍하게 있어? 학교 가려고 일어난 거 아니야?"

멍하게 있는 해문을 재촉하는 것은 이든이었다. 해문은 멍한 눈으로 그를 올려다봤다. 잘생긴 얼굴이 해문의 시야에 가득 찼다. 그 얼굴이 낯익으면서도 낯설다.

"왜? 키스라도 해줘야 일어날 거야? 해줘?"

"어, 어."

"진짜? 진짜 해달라는 거야?"

이든은 눈가를 살짝 찌푸리더니, 이내 비시시 웃었다.

"잠이 덜 깨긴 했나 보네. 그러니까 내 농담에 그렇게 반응하는 거겠지. 자자, 유해문 씨, 이게 몇 개로 보여?"

손가락을 두 개 세워놓고 물어본다. 해문은 무심코 '두 개'라 대답하고는 머리를 좌우로 거칠게 흔들었다. 숙취가 있는 것처럼 정신이 몽롱하다.

"왜 이렇게 정신을 못 차리실까? 내가 깨운 게 그렇게 이상해?"

"아!"

해문은 그제야 짧게 손뼉을 치며 신음을 뱉어냈다. 왜 이상한지 알았다.

"왜 안 자고 있어?"

그와 같이 지낸 주말 내내 이든은 괜히 '잠든이'라는 별명이 붙은 게 아니라는 듯, 틈만 나면 잤다. 낮 내내 자더니, 그것으로도 모자란 듯 어제 역시 일찌감치 잠이 들었다. 그런 이든을 두고 한참 뒤에야 잠들었는데, 의외로 자신을 깨운 것은 이든이었다. 자신이 일어났을 때도 자고 있어야 정상이다.

"너 가고 나서 잘 생각인데?"

"안 잤어?"

"그러니까 너 학교 가고 나면 잘 생각이라고."

"그러니까 안 잤냐고?"

"너 가고 나서 잔다고. 몇 번 같은 말을 하게 해야 속이 시원할까?"

의도를 모르겠다는 듯, 이든이 쭉 뻗은 눈썹을 찌푸렸다. 해문도 마찬가지였다. 묻는 건 그게 아닌데, 왜 계속 엉뚱한 대답을 하는지 영문을 알 수가 없었다. 말이 통해야 무얼 해먹어도 해먹지, 이래서야 답답하기만 하다.

"안 잤냐고? 어제 먼저 잠들었잖아."

자세하게 말하자, 그제야 이든이 '아!' 하고 소리를 내뱉는다. 그러더니 '끝까지 말을 해야 알아먹지' 라고 구시렁댔다. 아, 하면 척하고 알아들어야지, 이해력이 떨어져서 못 알아들은 주제에 누구한테 화를 내는 것인가? 주객전도다. 해문은 입술을 삐죽거렸다.

"새벽에 저절로 눈이 뜨더라고."

하긴 그 정도 잤으면 새벽에 눈을 뜨는 게 당연한 일이긴 하다. 상대가 잠에 원수진 이든이라서 그러한 기본이 통하지 않으리라 지레짐작한 것이다. 어쨌든, 해문은 자신이 원하는 답을 얻은 것에 만족했다.

"근데, 계속 그렇게 있다가 지각해도 난 모른다."

의자에 털썩 앉으며 지나가듯 말하는 이든이었다. 해문은 '지각?' 하고 그의 말을 곱씹었다.

"서두르지 않으면 지각할 것 같은데?"

이든이 눈짓으로 시계를 가리켰다. 해문은 그의 시선을 따라 시계를 보았다. 벌써 작은 바늘은 일곱 시를 한참 넘어가 있었다. 본래대로라면 이 시간쯤에는 커피라도 한 잔 마시며 TV를 보고 있어야 했다. 그런데 아직도 침대 위에 있다니! 해문은 놀라 허겁지겁 몸을 일으켰다. 자신의 무지각 역사가 잘못하면 바뀌게 생겼다.

"왜 이제야 얘기하는데! 이러다 지각하면 어떡해? 아우, 못살아!"

"그래서 말했잖아, 서두르라고."

"아우, 정말 미워 죽겠어!"

소리를 있는 대로 지르며 해문은 욕실로 달려갔다. 등 뒤로 이든의 키득거리는 웃음소리가 들려왔다. 버럭 화라도 내고 싶었지만, 조금만 더 늦었다가는 또다시 발등에 불이 날 정도로 페달을 밟아야 하는 사태에 직면한다. 그것만은 피해야 했다.

욕실로 정신없이 들어가 문을 닫은 뒤 해문은 머리카락을 마구 흐트러뜨렸다. 입에서는 자잘한 투덜거림이 연거푸 나오고 있었다.

왜 일찍 일어나서 사람을 깨우고 난리냐고. 그냥 잘 것이지.

입술을 삐죽거리며 해문은 욕실 문 너머를 노려보았다. '미워 죽겠어'라는 말이 다시 입 밖으로 나온다. 그가 미운 것은 차치하고 우선 지각을 피해야 했기에, 해문은 바지를 내리며 변기에 앉았다. 습관적으로 변기가 있을 지점에 엉덩이를 내렸는데, 어쩐지 평소보다 변기가 더 낮아진 느낌이었다. 채 깨닫기 전에 엉덩이가 푹 꺼졌다. 엉덩이에 돌처럼 차가운 감촉이 느껴진다. 저도 모르게 반사적으로 비명을 터뜨렸다. 뒤이어 벌컥 욕실 문이 열리며 이든이 나타났다.

"무슨 일……."

"문 닫아!"

해문은 있는 대로 소리를 지르며 바지를 추켜올렸다. 하지만 해문은 보고 말았다. 자신의 비명 탓에 재빠르게 문을 닫았지만, 이든의 눈이 순식간에 위에서 아래로 움직였다는 것을. 그리고 문을 닫는 순간 이든의 입가에 비스듬한 미소가 뜨는 것을 말이다.

갑자기 귓불이 뜨거워졌다. 열기가 얼굴 전체에 퍼진다. 송골송골 식은땀이 이마에 돋고, 밭은 숨이 입 밖으로 튀어나왔다. 바지를 꽉 움켜쥔 채 해문은 거울을 보았다. 당장 수확해도 될 만큼 잘 익은 얼굴이 거울 안에 있었다. 질끈 눈을 감으며 침통하게 혼잣말을 내뱉었다.

"쪽 팔려."

그 외에 지금의 심정을 형용할 수 있는 말은 없었다. 눈을 뜨고 문을 노려보았다. 혼자 살던 습관 탓에 문을 잠그는 것을 잊고 말았다. 안 그랬다면 이런 수모를 겪지 않았을 것이다. 아니, 가장 중요한 것은 이 일이 자신의 실수로 빚어진 일이 아니라는 것이었다. 해문은 고개를 돌려 하얀 변기를 노려보았다. 변기 커버가 올라가 있는 게 시야에 들어찼다. 누가 커버를 저렇게 했을지는 뻔했다. 저게 저리 올라가지만 않았어도 애당초 이든이 문을 열 일은 없었다. 즉, 모든 일의 원흉은 이든이다. 불끈 속에서 화가 치밀어 올랐다. 바지춤을 잡고 있는 손이 부르르했다. 해문은 눈을 치켜떴다. 절대 가만 안 둘 것이다.

분기탱천한 기세로 문을 열고 나온 해문은 의자에 앉아 등을 돌리고 있는 이든을 향해 쿵쾅거리며 다가갔다. 이든의 등은 간간이 들썩거리고 있었다. 부글부글, 속이 끓는다.

"최.이.든."

이를 악물고 이든을 불렀다. 그러자 이든이 천천히 고개를 돌렸다. 태연자약한 그의 얼굴은 '난 아무것도 못 봤어요' 라고 말하는 듯했다. 적어도 입가의 웃음기만 없었다면 믿어줬을 것이다.

"미안해. 난 무슨 큰일이 난 줄 알고 그런 거야. 결코 다른 의도는 없었어."

다른 의도가 있었다면 그는 오늘 죽었다. 해문은 콧방귀를 크게 뀌었다.

"미안해, 정말. 설마 변기에 빠져서 소리를 질렀다곤 생각도 못했다니까. 풋."

딴에는 참으려 한 듯한데, 인내심이 그리 강하지 못했는지 그는 끝내 웃음을 터뜨리고 말았다. 그래도 미안한지 입을 가리고는 있지만, 비시시 웃는 모양새는 해문의 신경을 건드리기에 충분했다. 차라리 대놓고 웃는 게 낫다. 결국, 해문은 장렬하게 폭발했다.

"이게 지금 누구 탓인데 웃는 거야! 썼으면 내리는 게 기본 아니야! 올리면 내린다, 이건 초등학생도 아는 기본 중의 기본이라고! 기본도 안 지킨 주제에 뭐가 잘났다고 웃는 거야! 그만 웃어! 웃지 마! 웃지 말란 말이야!"

악패듯 소리를 지르며 해문은 발을 동동 굴렀다. 지금이 아침이고, 자신의 아파트가 이층이라는 것은 생각도 나지 않았다. 아침부터 이런 수모를 겪게 한 이든이 밉다는 생각뿐이었다. 또한 자꾸만 생각이 나는 자신의 추태가 참을 수 없을 만큼 민망했다. 그래서 더욱 해문은 목청을 높였다.

"웃지 마, 최이든!"

씩씩, 콧김이 거칠기만 하다. 전혀 뉘우치는 기색이 없는 이든이 탐탁하지 않았다. 해문은 허리에 손을 얹고 그를 향해 다시금 웃지 말라고 소리쳤다. 그러자 돌연 이든이 웃음기를 거두었다. 정색을 한 그의 얼굴 때문에 해문은 저도 모르게 움칠하고 말았다.

"그런데 쓰면 내리는 게 기본이라면, 올리는 것 역시 기본 아닌가?"

이든의 의외의 발언에 당황한 해문은 잠시 입술만 달싹거렸다. 아무리 흥분을 했다고 해도 이성이 완전히 사라진 것은 아니었다. 이든의 이야기를 듣는 순간, 해문은 그의 말에도 일리가 있다고 생각했다. 하지만 그걸 맞는다고 할 자신이 아니다.

"난 작은 건 말할 거 없이 큰 거 볼 때도 커버를 내리고 봐. 이든 씨도 큰 거 볼 땐 내릴 거 아니야? 그러니까 내리는 게 기본인 거야. 평생 큰 거 안 보는 사람이라면 모를까, 먹으면 싸는 게 법칙이니까 마찬가지로 내리는 거 역시 기본 법칙이야. 알았어!"

턱을 치켜들고 해문은 이든에게 자신의 의견에 동조하라고 채근했다. 이든의 눈빛이 조금 황망해지더니 이내 웃음기를 다시 머금는다.

“상당히 원초적인 논리구나.”

“그, 그래, 원초적이다! 왜, 뚫어?”

뜨끔한 속을 숨기고 해문은 발갛게 상기된 얼굴로 말했다.

“네 말이 아주 틀린 건 아니지만.”

그의 시선이 위에서 아래로 움직인다. 해문은 반사적으로 바지춤을 다시 움켜쥐었다. 이든의 입 끝이 살짝 올라간다.

“혼자가 아니라 같이 사는 건데 그 정도의 불편은 감수해야 하지 않아? 약간만 배려하면 그런 사고를 미연에 방지할 수도 있고 말이야.”

그가 말하는 ‘그런 사고’가 어떤 것인지 조금 전에 경험했기에 저도 모르게 고개를 끄덕거릴 뻔했다. 아래로 내려간 고개를 바짝 치켜들고 눈을 부라리며 해문은 사납게 외쳤다.

“말했지! 집주인과 세입자의 관계! 난 집주인이고 반년이나 여기 살았어. 이미 변기 커버가 내려가 있는 것에 익숙하단 말이야. 내가 우선권을 가진 거야. 그러니까 이든 씨는 뒤늦게 들어온 사람으로서 내 의견을 따라야 해!”

이성이 있는 머리는 지금 하는 말이 궤변에 지나지 않는다고 말해주었다. 그렇지만 인정하고 싶지 않았다. 어쨌거나 자신은 이미 피해를 본 상황이다. 그러니까 이런 말을 해도 된다고 해문은 억지를 부렸다.

“아아, 알았어. 집주인과 세입자. 알아들었어.”

순순히 알았다고 하는 이든이 의심스러웠다. 그런 해문의 시선을 알아챈 이든은 오른손을 들어 위아래로 내렸다가 올리는 시늉을 했다.

"쓰면 올리는 게 기본이라는 거잖아. 힘없는 세입자는 집주인의 원초적인 논리에 따라서 향후 기본을 철저히 지키도록 노력하지. 됐어?"

해문이 의심의 눈길을 지우지 않자, 이든이 고개를 내저었다.

"그래, 노력이 아니라 그렇게. 절대적으로 지킬게. 이제 됐지?"

히죽하니 웃으며 약지를 치켜들고 공중에서 흔든다. 여전히 노려보기만 하자, 이든이 손바닥을 펴 왼쪽 가슴에 올린다. 그러더니 마치 '국기에 대한 맹세'를 하듯 읊조렸다.

"나는 집주인 유해문의 명령에 따라 작은 걸 본 다음엔 반드시 변기 커버를 원위치로 내리겠습니다."

진지하게 선언을 하는 모습에 해문은 한결 더 배알이 꼬였다. 자신을 놀리고 있다는 생각만 들었다. 풀리지 않은 화가 속에서 부글부글 끓었다. 뭐라고 말을 하고 싶은데, 할 말이 떠오르지 않았다. 그저 거친 숨을 연방 뱉어내며 자신은 아직 화가 안 풀렸음을 호소하는 게 전부였다.

이든은 그런 자신을 보곤 어깨를 크게 떨어뜨리며 한숨을 내쉬었다. 그리고 천천히 고개를 들어 자신을 보더니 왼손 검지로 턱을 긁어내린다.

"그런데 집주인 유해문 씨."

"왜!"

"이러다가 정말 큰일 날 거 같은데?"

턱을 긁다 말고 손가락으로 벽을 가리킨다. 순간, 가슴이 덜컹 내려앉는다. 그가 가리키는 방향을 보고 싶지 않았다. 굳이 보지 않아도 이든의 손가락이 가리키는 곳에 무엇이 있는지 해문은 알고 있었다. 가슴이 서늘해진다. 해문은 눈을 질끈 감고 아랫입술을 깨물었다.

"정말……."

속삭이듯 작은 목소리로 말했다. 이든이 '응?' 하고 대꾸한다. 해문은 눈을 뜨고 원망스럽게 이든을 노려보았다. 이든의 얼굴은 여유만만하기만 했다.

"정말 미워 죽겠어!"

비명처럼 소리를 지르며 해문은 후다닥 욕실로 돌아갔다. 욕실 문을 닫는 순간, 웃음기 어린 이든의 목소리가 '아까랑 똑같네' 라고 말하는 게 들렸다. 걸쇠를 잠그는 손에 힘이 들어갔다. 애써 자신을 다독이며 해문은 세면대에 수도꼭지를 틀었다. 일단 지각을 하지 않는 게 먼저다. 이든의 처리는 집에 돌아온 뒤에 해도 늦지 않는다. 그리 생각하며 해문은 이를 뿌드득 갈았다.

얼굴의 물기를 닦는 둥 마는 둥 하고 나와 해문은 TV 앞에 앉아 있는 이든을 힘껏 노려봤다. 그만 아니었다면 이렇게 서두를 필요가 없었다. 이든은 그런 해문의 눈빛을 모른 체하며, TV를 보는 것에 열중하고 있었다.

풀리지 않는 화를 속으로 삼키며 해문은 후스마를 닫고 부엌에서 옷을 갈아입었다. 그런 다음, 방으로 돌아가 시계를 흘깃 보았다. 출발할 시각은 이미 지났다. 이러다가 첫 지각을 하게 생겼다.

다시금 해문은 이든에 대한 원망을 가슴 깊이 새겼다.

여유있는 아침을 보내는 게 소원이었는데.

자판기에서 홍차 캔을 사 느긋하게 교실로 들어가는 자신의 모습이 환상처럼 머릿속에 펼쳐졌다. 그것은 금세 도로를 땀 빠지게 달리고 있는 자신의 모습으로 바뀌었다. 한숨이 저절로 나온다.

"정말 미워 죽겠어."

한탄처럼 중얼거리며 가방을 들자, 이든이 작게 '세 번째'라고 말했다. 눈을 부릅뜨자, 금세 꼬리를 내린 이든이 비시시 웃으며 자신의 등을 밀었다. 힘에 밀려 밖으로 나가면서 해문이 '못살아'라고 구시렁대자, '살 수 있어'라고 대답한다. 차라리 아무 말도 안 했으면 좋겠다.

"두고 봐! 돌아와서 그냥 안 둘 거야."

"목 씻고 기다릴게. 그건 걱정하지 말고, 하반신 운동한다고 생각하고 팍팍 밟아. 그럼 지각은 피할 수 있을 거야."

"언덕이 몇 개인데!"

우는소리를 하며 해문은 신발을 신었다. 이든은 피식 웃더니, '하루 이틀 한 거 아니잖아'라고 말했다. 맞는 말이다. 하루 이틀 언덕을 오르내린 게 아니다. 그렇지만 이든에게 그런 소리를 들으면 순순히 인정하고 싶어지지 않았다. 그를 한번 흘겨보고 해문은 문을 열었다. 열자마자 따가운 햇발이 퍼진다. 가야 할 길이 막막했다.

"정말 미워 죽겠어."

"네 번째."

"미워 죽겠어!"

"다섯 번째. 나머진 집에 돌아와서 채우고, 서두르지 그래? 정말 지각하겠다."

"누구 때문인데!"

"미안해, 정말 미안해 죽겠다. 그러니까 어서 가라고, 아가씨."

진짜 미안했는지 이든은 가방을 들고 먼저 계단을 내려갔다. 어깨를 들썩거리며 한숨을 내쉰 해문은 고개를 치켜들고 하늘을 보았다. 조만간 10월이라는 게 무색할 정도로 맑고 뜨거워 보이는 하늘이었다. 한여름 같은 뙤약볕을 맞으며 자전거를 탈 일이 까마득했다. 차라리 전철을 타고 가는 게 낫지 않을까 했으나, 아침의 '지옥철'에 시달리는 건 더더욱 싫었다.

어깨를 떨어뜨린 채 계단을 내려가며 차라리 결석을 하는 게 낫다는 생각마저 들었다. 그러다 오늘 수업이 떠올랐다. 내내 기다렸던 수업이 하필 오늘이었다. 해문은 크게 한숨을 내쉬었다. 방법이 없다.

진이 빠진 몸을 자전거에 싣자, 이든이 손수 가방을 자전거 바구니에 실어준다. 그러고는 자신의 어깨를 툭툭 두드리며 '아자, 유해문!'이라고 외쳤다. 이 모든 일의 원흉인 이든을 해문은 힘껏 노려보았다.

"원수!"

"새로운 말이네. 어쨌든, 비슷한 의미니까 여섯 번째. 얼른 출발해. 시간 빠듯하잖아.”

빠듯한 정도가 아니라 아슬아슬하다. 이러다 진짜 지각하겠다. 해문은 다시 그를 힘껏 노려보고서 페달을 힘주어 밟았다. 팽하고 체인이 돌아가는 소리가 요란하게 났다.

“잘 다녀와!”

이든이 손을 좌우로 흔들었다. 해문은 체 하고 혀를 차곤 속도를 내기 시작했다. 이든이 조심하라고 목청 높여 소리치는 게 아련하게 들려왔다.

완전 엄마 모드네.

이든에게 들리지 않게 이죽거리며 해문은 페달을 힘껏 밟았다. 달리다가 문득 떠올랐다. 누군가의 배웅을 받으며 학교에 간 것은 고등학교 졸업 이후 처음이었다. 왠지 가슴 한구석이 간질간질했다.

“배웅이라.”

아침의 상쾌한 공기가 해문의 머리카락 사이를 지나친다. 해문은 고개를 돌려 잘 보이지도 않는 아파트 입구를 보았다. 이든은 보이지 않았다. 고개를 원위치로 돌리며 해문은 한 손을 들어 볼을 살짝 긁었다. 아주 싫지 않은 느낌이다.

“그렇지만, 좋지도 않아.”

골목으로 요령 좋게 커브를 돌며 나지막이 중얼거렸다. 시계의 자명종 소리가 아니라 사람이 깨워주고, 텅 빈집을 나오는 게 아니라 누군가가 잘 다녀오라고 해주는 것은 분명 싫지 않은 일이다. 하지만, 그게 오래가지 않아 사라질 것이라면 마냥 좋아할 것

도 아니었다. 익숙해지고 난 다음, 그것이 사라지면 찾아오는 것
은 어색함과 쓸쓸함이었다. 그 사실 때문에 익숙해지는 것이 싫었
다. 아니, 두려웠다.

하지만 그러지 말라고 할 수는 없잖아.

깨어 있기에 깨운다는데 그걸 막을 수는 없었다. 집주인의 명령
이라고 우긴다면 안 할지 모르나, 자신이 생각해도 집주인 운운하
는 건 정말 우스운 짓이었다. 엄연히 해문도 남의 집을 빌려서 살
고 있는 처지로 진짜 집주인은 아니었다.

생각이 복잡해지자, 해문은 눈살을 찌푸렸다. 이런 쓸데없는 생
각에 빠져 힘을 빼는 건 바보짓이었다. 당장 할 일은 가속을 내서
지각을 하지 않는 것이다. 그게 최우선 과제였다.

해문은 자신의 생각을 실현이라도 하듯, 더 힘차게 페달을 밟았
다. 등 뒤로 땀이 송골송골 나오는 게 느껴졌다. 아무래도 수업 내
내 찝찝한 기분으로 있어야 할 듯싶다. 원흉은 이든이었지만, 생
각없이 군 것은 자신이기에 해문은 내일부터는 절대 그러지 말자
고 다짐했다. 과연 지켜질까 의심스럽긴 하지만.

해문의 자전거는 종종걸음으로 출근길을 서두르는 인파 사이를
비집고 빠른 속도로 달리고 있었다. 머리 위로 내리쬐는 가을볕은
변함없이 뜨거웠다.

아침부터 힘든 운동을 한 덕에 하루 종일 수업에 집중을 하지
못했다. 그나마 졸지 않고 버틴 게 유일한 위안이었다. 아르바이
트도 별반 차이가 없었다. 그나마 운 좋게도 가게는 내내 한산했

다. 대신 저기압인 사장의 눈치를 계속 봐야 해서, 일이 끝났을 때 몸보다 심적으로 더한 피로를 느껴야 했다. 하루의 시작이 얼마나 중요한지 해문은 새삼 깨달았다. 그 하루의 시작을 망친 이든이 원망스럽기만 했다.

지친 몸을 이끌고 집에 돌아오자, 누워서 TV를 보고 있던 이든이 어색하게 알은체했다. 해문은 그를 모른 척하며 무거운 가방을 질질 끌고 방으로 들어갔다.

"많이 피곤해 보인다?"

찔리는 것이 있는지 이든이 조심스럽게 묻는다. 해문은 여전히 그를 모르는 척하며 15)오시이레를 열어 갈아입을 옷가지를 꺼냈다. 등 뒤에서 자신을 눈여겨보고 있는 시선이 느껴졌다. 해문은 서랍장에서 꺼내던 속옷을 쥔 채, 짧은 한숨을 내쉬었다.

"괜찮다면 고개 좀 돌려줄래?"

"갑자기 왜?"

눈치는 국을 끓여 먹으려 해도 없는 남자다. 해문은 쥐고 있는 속옷을 꽉 움켜쥐었다.

"그냥 고개를 저쪽으로 돌려줘."

"그러니까 왜?"

말없이 해문은 이든을 노려보았다. 이든은 빙긋 웃더니, 입모양으로 '왜?' 라고 한다. 이성을 잡고 있던 끈이 끊긴다.

"왜긴 왜야! 사람이 왜 그렇게 센스가 없어! 팬티 꺼내는데 그렇게 빤히 보고 있음 어쩌자는 거야? 미리 눈치 채고 살짝 눈을 돌려

---

15)오시이레(押し入れ): 벽에 붙어 있는 장

주면 얼마나 좋아. 꼭 내 입에서 팬티 꺼낸다는 말을 해야 해!"

"이미 했잖아."

"누, 누가 하게 했는데!"

팬티를 쥔 손으로 이든을 향해 삿대질을 했다.

"팬티 보여, 해문아."

태연자약한 이든의 말에 해문은 재빨리 손을 내렸다. 볼에 오른 열기가 따뜻하다. 등 뒤로 손을 숨긴 채 해문은 입술만 잘근잘근 깨물었다. 왜 자꾸 이런 추태를 이든의 앞에서 부리게 되는지 모르겠다. 해문은 가볍게 헛기침을 했다.

"어쨌든, 같이 사는 이상 이런 건 좀 알아서 피해줘. 엄연히 이든 씨는 남자고 난 여자잖아."

침착하게 말하고 나니 문득 자신이 한 말이 모순이라는 생각이 들었다. '엄연히 남자와 여자'이면서 한 공간에서 동거를 하고 있으니 말이다. 그러한 사실을 모두 감안한 것이기에 해문은 머릿속에서 '모순'이란 단어를 지워 버렸다.

"새삼 내외할 건 없다고 생각하는데."

미묘한 뉘앙스의 말이었다. 마치 과거의 자신과 이든의 관계를 빗대어 한 말처럼 느껴졌다. 해문은 그를 힘껏 노려보았다. 그의 표정은 태연했다. 오히려 그렇지 않으냐고 그의 눈은 묻고 있었다. 아마도 그는 특별한 의미를 담지 않고 저런 말을 했을 것이다. 하지만 해문은 그의 의미없는 언행이 못마땅했다. 해문은 소리없이 파르르 떨며 그를 외면했다.

해문이 그의 말에 대답하지 않고 그대로 몸을 돌려 방을 나가자, 이든이 '승리!' 라고 웃으며 말하는 게 들렸다. 확 때려주고 싶다. 저 남자는 오늘 자신의 속을 긁기로 작정한 듯하다.

참는 자에게 복이 있나니.

주문처럼 중얼거리며 해문은 무겁기만 한 발걸음을 욕실로 옮겼다. 렌즈만 아니었으면 그는 오늘 쫓겨났을 것이다.

입욕제를 넣은 욕조에 몸을 담그고 있으면 하루의 피로가 풀리는 느낌이 든다. 비록 욕조가 무릎을 껴안고 앉아야 할 정도로 좁더라도 없는 것보단 낫다.

해문은 고개를 뒤로 젖히고 베이지 색의 천장을 물끄러미 보았다. 온도의 차이 때문에 천장에는 물방울이 송골송골 맺혀 있었다. 고개를 돌려 세면대를 본 해문은 미간을 살짝 찌푸렸다. 자신의 칫솔이 놓인 컵 옆에 새것이라는 티가 팍팍 나는 플라스틱 컵과 칫솔이 놓여 있었다. 그 옆에는 자신은 사용하지 않는 면도 용품도 보였다. 낯익지 않았지만 낯설지도 않았다. 고작 며칠 만에 그것들은 부엉이살림처럼 늘어나 있었다. 문밖에 있는 이든과 마찬가지로 말이다.

"에휴."

해문은 짧게 한숨을 쉬며 욕조 안으로 목을 깊숙이 담갔다. 같이 살기로 한 이상, 감수해야 할 일이다. 새삼스럽지만 해문은 그와 같이 살기로 한 결정을 너무 성급하게 내린 게 아닌가 잠시 후회했다. 렌즈라는 욕심에 빠져 깊게 생각하지 않은 자신의 탓이다. 이제 와서 고민해 봤자, 밑 빠진 독에 물 붓기였다.

흘깃 면도기를 보고 해문은 음흉하게 웃었다. 나중에 저걸로 다리털을 밀어야겠다. 물론 이든에게 아무 말 하지 않고 할 생각이다. 오늘 하루 종일 자신을 골탕 먹인 이든이기에 해문은 그 정도는 용납이 된다고 고집스럽게 생각했다.

목욕을 끝낸 다음, 옷을 입기 위해 해문은 욕실 문을 살며시 열었다. 욕실이 좁아 옷을 안에 두었다가는 전부 젖을 것 같아 문밖에 둔 탓이었다. 문을 열자마자 시원한 공기가 좁은 욕실 안으로 밀려들어 왔다. 상쾌한 느낌에 빙긋 웃으며 바닥으로 손을 뻗었다. 그런데 들어오기 전에 두었던 옷가지가 손에 잡히지 않는다. 해문은 고개를 갸우뚱하며 손을 이리저리 움직였다.

분명 이쯤에 두었는데?

문 앞을 아무리 손으로 헤집어도 잡히는 게 없었다. 점점 이상하다는 생각을 하며 미간을 일그러뜨렸다. 그때 해문의 손에 옷가지가 잡혔다. 정확하게는 옷가지가 다가왔다. 무심코 잡았다고 좋아하려다가 해문은 흠칫했다. 옷에 발이 달리지 않은 이상, 스스로 다가오는 건 불가능하다. 자신이 아닌 다른 사람이 움직였다면 모를까?

해문은 옷가지를 잡아챈 뒤, 욕실 문을 쾅 닫았다. 가슴이 두근두근한다.

"왜 거기 있는 거야!"

해문은 문밖을 향해 소리를 고래고래 질렀다. 좁은 욕실에 자신의 목소리가 웅웅 울린다. 바깥은 조용했다. 하지만 욕실의 불투명한 유리 문 너머로 사람의 형체가 움직이는 게 보였다. 괜한 마음에 해문은 문에서 조금 떨어졌다.

"말 안 해?"

움직임이 멈추더니 무덤덤한 목소리가 들린다.

"목 말라서 나온 거야."

"하필 지금 목이 마른 건 뭔데?"

"생리적인 반응이지, 내가 의도한 건 아니야."

정말 말이나 못하면 덜 밉겠다. 해문은 신경질적으로 미간을 벅벅 긁었다.

"알았으니까, 저리 좀 가."

반투명 문 너머의 이든의 형체가 잠시 머뭇거리는 듯하더니, 이윽고 천천히 방 쪽으로 몸을 옮겼다. 그의 모습이 반투명 문에 더는 보이지 않게 되자, 해문은 안도의 한숨을 내쉬었다. 매번 이런 식으로 피곤해질 것을 생각하니 앞날이 깜깜했다. 같이 사는 데 이런 건 참 불편했다. 혼자 사는 게 아니니 어쩔 수 없는 일이다.

순간적으로 나오려던 한숨을 삼키고 해문은 주섬주섬 옷을 걸쳤다. 겨우 풀린 피곤함이 다시 몰려왔다. 타인과 사는 게 생각보다 쉽지 않다. 좀 더 빨리 알았다면 좋았을 텐데, 이제 와서 이런 생각을 하는 것은 너무 늦었다. 적응하는 수밖에 도리가 없었다.

욕실을 나와 방으로 돌아가자 어색한 공기가 방 안을 점령하고 있었다. 해문은 아무렇지 않은 척하며 의자에 앉아 가방을 풀었다. 이든은 침대에 등을 기댄 채 TV를 멍하게 보고 있었다. 고집스레 앞만 보며 해문은 이런 갑갑한 공기보단 차라리 가볍게 농담을 하는 게 훨씬 낫다고 생각했다. 그렇지만 쉽게 말을 걸 수 없었

다. 그러기엔 집에 돌아와 벌인 자신의 추태가 발목을 잡고 있었
다.

그냥 팬티를 숨겨서 들어갈 걸. 욕실에서도 조용히 옷 입고 말
걸.

속으로 구시렁대며 오늘은 이래저래 일진이 안 좋다고 입술을
샐그러뜨렸다.

과제를 하기 위해 책과 노트를 펼쳐 놨지만, 집중이 되지 않았
다. 해문은 아까부터 계속 같은 단어를 사전에서 찾고 있었다. 차
라리 담배를 피우고 기분을 전환하는 게 낫다고 생각하며 해문은
의자에서 일어나려고 했다. 그 순간 방이 흔들렸다.

“어!”

자신도 모르게 비명을 지르며 해문은 의자의 손잡이를 잡았다.
이든도 놀랐는지, 헉 소리를 내뱉었다. 부르르 책상에 놓인 액자
가 흔들린다. 책장을 보자 가지런히 놓여 있던 책도 살짝 흔들리
는 게 보였다. 진동은 오래가지 않았다. 마치 아무 일도 없었다는
듯 흔들림은 금세 자취를 감추었다.

“이거.”

약간 놀란 기색의 이든이 더듬거리며 입을 열었다. 해문은 고개
를 돌려 이든을 바라보았다.

“지진이야.”

속으로 심호흡을 하며 태연한 척 말했다.

“정말 지진이 일어나네.”

방금 겪은 주제에 남의 일인 것처럼 말하는 이든이었다. 그의

표정에는 놀라움이 깃들어 있었다. 하긴 자신도 처음 일본에 와서 지진을 겪곤 많이 놀랐다. 95년에 일어났던 고베 대지진이 연상되기까지 했다. 그렇지만 반년 정도 지내며 자잘한 진도(震度)의 지진을 겪다 보니 어느 정도 익숙해졌다. 그러나 놀라지 않는 것은 아니었다.

TV를 보자 조금 전에 있었던 지진의 진도가 자막으로 뜨고 있었다. 진도 4로 진원지는 자신이 있는 곳에서 제법 떨어진 지역이었다. 늘 그렇듯 뉴스는 각 지역의 진도를 알려주고, 바다에서 쓰나미(津波: つなみ)가 있을지 모르니 조심하라는 메시지를 내보냈다. 진도가 평소와 다를 바 없는 것에 해문은 안도했다.

"신기하다."

탄성처럼 내뱉는 말에 해문은 어이없는 표정을 지었다. 해문의 그런 표정을 알아챈 이든은 비시시 웃으며 '첫 경험이잖아' 라고 장난스레 말한다. 아무래도 아까 한 말은 놀라서 한 말이 아니라 신기해서 한 말인 듯하다. 어이가 없으니 웃음밖에 나오지 않는다.

"첫 경험 축하해."

비아냥대며 말하는데도 이든은 고개를 까딱거린다. 그는 이 상황이 꽤 유쾌한 모양이었다. 처음이니 그럴 것이다. 계속 겪다 보면 익숙해지는 한편으로 은근히 두려워진다. 고베처럼 도쿄에도 큰 지진이 일어날지 모른다는 두려움이었다.

"이러다가 고베처럼 대지진이 일어나도 이상하진 않겠다. 그렇게 생각하지?"

그래도 마냥 신기한 것은 아닌 듯하다.

"설마 진짜 일어나겠어? 고베 때 경험이 있으니까 일본도 꽤 조심하고 있을 거야."

"그거야 그렇지만, 직접 경험하고 나니까 좀 무섭긴 한데."

무서워하는 사람의 얼굴은 아니라고 대꾸하려다 해문은 입을 다물었다. 갑자기 이든이 해문을 뚫어지게 보더니 빙긋 웃었다. 영문 모를 웃음에 해문은 고개를 갸우뚱거렸다.

"왜 웃어?"

"너 아까 놀란 표정이 떠올라서."

뜨끔했다. 해문은 재빠르게 뻔뻔한 표정을 지으며 그의 말에 반박했다.

"누가 놀랐다고 그래! 내가 지진을 한두 번 겪은 줄 알아? 이런 약한 진도에는 안 놀란다고. 애먼 걸로 사람을 잡지 마."

"뭐, 그렇다면 그런 거겠지."

웃음을 참고 있는 게 여실히 드러난 표정으로 이든이 심드렁하게 말했다. 배알이 비비 꼬인다. 이 남자, 하루 종일 사람 속을 박박 긁는다.

"그래도 솔직히."

말을 멈추더니 물끄러미 자신을 본다. 해문은 뒷말이 무엇일지 왠지 두려웠다.

"내가 같이 있어서 조금 안심이 되었지?"

"하아?"

"혼자보단 둘이 안심이라고 하잖아. 혹시 지진이 일어나도 힘이 있는 남자가 있는 게 여러모로 도움도 될 테고. 안 그래?”

스스로 한 말에 만족한 듯 의기양양하다. 아무래도 병이 있는 것 같다. ‘착각병’ 이라는 이름의 불치병 말이다.

“착각도 지나치면 병입니다.”

그의 장단에 놀아나기 싫어 해문은 대충 대답하며 자리에서 일어났다. 이든이 그런 자신을 향해 ‘그냥 인정해. 난 다 알아’ 라고 헛소리를 지껄였다. 그냥 입을 다물었으면 좋겠다. 과거에 알던 최이든은 저런 남자가 아니었는데, 반년이란 세월은 저 남자의 성격에도 문제를 만든 듯했다.

베란다 문을 열고 나가 해문은 담배 한 개비를 입에 물었다. 문을 닫으려 하자, 이든이 몸을 불쑥 내밀며 나온다. 왜 따라오느냐고 하려 했지만, 이든도 담배 한 개비를 입에 물고 있었다. 해문은 고개를 살살 흔들며 담배에 불을 붙였다.

한 치 앞도 안 보이는 밤에 담배에 붙은 불은 마치 반딧불처럼 보인다. 해문은 담배를 허공에 흔들어 반딧불이 날아다니는 것처럼 움직였다. 이든은 베란다 난간에 기댄 채 하늘을 멍하게 보고 있었다. 갑자기 이든이 고개만 돌려 해문은 보더니 빙그레 웃는다. 눈썹을 찌푸리고 보자, 그가 아예 입을 과장되게 옆으로 벌이며 웃는 모양을 만든다. 해문이 가만히 보고만 있자, 이든은 잠시 눈썹을 찌푸리더니 이내 더욱 과장된 모습으로 웃는 모양을 꾸몄다. 우스꽝스러운 모습이었다. 결국 해문은 어이가 없어 허탈한 웃음을 뱉어냈다.

“웃었다.”

영문 모를 말에 웃다 말고 그를 보자, 이든은 밤하늘을 향해 담배 연기를 내뿜어냈다.

"오늘 내내 부어 있었잖아."

해문은 기가 찼다. 자신을 붓게 한 게 누구인지 그는 모르는 것일까, 아니면 놀리는 것의 연장선상일까?

"누가 날 이렇게 만들었는지 모르고 하는 말은 아니지?"

"그거야 당연히 옆집 너구리잖아."

말하면서 손가락으로 옆집을 가리킨다. 황당해진 해문은 한결 더 허탈한 웃음을 뱉어냈다. 그러자 이든이 '또 웃었다' 라며 히죽거린다. 그의 어이없는 행동에 해문은 고개를 가로흔들었다.

"같이 사는 이상, 불편한 게 많을 거야. 하지만 불편한 걸 일일이 신경 쓰다가는 오히려 더 피곤해지잖아. 그러니까 어느 정돈 서로 양보해 가면서 맞춰가자. 짧은 기간이라도 편하게 있는 게 서로 좋지 않겠어?"

갑작스런 이든의 교과서적인 발언에 실눈으로 그를 쳐다보았다. 시선을 알아챈 이든이 대뜸 '새롭게 보이지?' 라며 으쓱거린다. 해문은 작게 콧방귀를 뀌며 고개를 돌렸다.

"역시 그놈의 쿠소 타누키가 이상한 짓을 한 게 틀림없어."

"착각도 병이야."

허탈한 어조로 이든이 말했다. 해문은 입술을 삐죽거리며 대꾸했다.

"그거 내가 한 말이야."

"언제?"

"아까도 했고, 방금 머릿속으로도 했어."

자신이 말하고도 이상하다는 생각에 해문은 히히 웃었다. 이든 역시 비시시 웃으며 '못 말린다'라고 중얼거렸다. 기분 좋은 선들 바람이 분다.

"그래, 서로 양보하고 맞춰가는 건 다 좋은데."

말을 잠시 멈추고 해문은 필터 끝에 다다른 담배를 재떨이에 비벼 껐다. 그런 다음 오른손 검지를 바짝 치켜들었다.

"절대 변기 커버만큼은 양보 못해. 알았어!"

검지를 좌우로 흔들며 자신은 절대 그것을 양보할 생각이 없다고 주장하자, 이든이 고개를 절레절레 흔든다.

"이상한 것에 집착하기는. 알았어. 그것만큼은 철저하게 지키지."

"뭐, 그렇다면 나도 다른 건 되도록 양보할게."

으스대듯 말하자, 이든은 혀를 작게 차며 비시시 웃었다.

솔솔바람에 몸을 맡긴 채 해문은 먹물로 칠한 듯한 하늘을 올려다보았다. 모든 것을 집어삼킨 것 같은 하늘을 보며 해문은 불현듯 요즘 들어 밤하늘을 보는 일이 빈번하다는 걸 자각했다. 이든과 같이 산 뒤로 시간에 쫓기던 삶에 심적인 여유가 생긴 느낌이었다. 혼자 살 때는 집에 돌아오면 과제를 끝낸 다음 자기에 바빴는데, 이렇게 밤하늘을 올려다볼 여유가 생긴 것은 어느 의미 이든의 덕이었다. 하나보단 둘이 낫다는 생각을 해문은 잠시 했다.

"아, 그리고 말이야."

솔솔바람의 여운을 만끽하던 해문은 고개를 돌리지 않은 채, 무언으로 그의 뒷말을 재촉했다.

"다음에 나 목욕할 때, 꼭 욕실 문 앞에 있어. 그래야 서로 동등하잖아."

생각지 못한 발언에 해문이 마른기침을 하자, 이든이 쓸데없는 사족을 덧붙였다.

"내가 봤으니까, 너도 봐야지. 동등한 룸메이트의 권리, 오케이?"

해문은 잠깐이지만 하나보단 둘이 낫다는 생각을 한 것이 얼마나 멍청한 짓이었는지 절감했다. 이 남자는 구제불능이다. 해문은 눈을 흡떴다.

"오케이는 개뿔! 난 집주인, 이든 씬 세입자! 동등한 룸메이트의 권리는 무슨 놈의 권리야."

버럭 소리를 지르며 해문은 씨근덕댔다. 이든이 낭패라는 듯 고개를 숙인다. 그렇지만 고개를 숙인 이든의 입가에는 미소가 슬그머니 떠 있었다. 해문은 손바닥으로 그의 등을 퍽 때렸다.

"하극상은 용서 못해. 넘보지 마."

"알아 모시겠습니다, 집주인 유해문 씨."

"흥!"

콧방귀를 세게 뀌고 해문은 몸을 돌려 방으로 돌아갔다. 이든이 등 뒤에서 키득거린다. 해문은 이를 뿌드득 갈며 오늘의 일진이 사나움을 재확인했다. 그나마 오늘이 곧 끝날 것이라 다행이었다. 열린 베란다 문 너머로 담배 냄새를 실은 선들바람이 들어왔다.

해문은 못마땅하게 베란다 쪽을 노려본 뒤, 다시 과제에 집중했다. 해야 할 과제가 까마득한데도 이상하게 웃음이 나왔다. 해문은 흘깃 베란다를 보고 입가의 웃음을 지웠다. 그러나 어느새 입가에 미소는 다시 뜨고 있었다.

덜컹 하고 문이 닫혔다. 이든은 침대에 몸을 뉘이며 나른하게 하품을 했다. TV에서 흘러나오는 뜻 모를 소리가 아렴풋하다. 침대에 누워 있으니 몸이 노곤하다. 이대로 자고 싶다. 그러나 표면상 날소일하는 처지라고 해도 잠으로 하루를 허비하기는 싫었다. 비록 활동 중에는 하루 종일 잠을 자는 게 소원이라 할지라도 말이다. 그렇지만 침대를 빠져나가는 것은 쉽지 않았다.

문득 머리 한구석에 찌푸릴 대로 찌푸린 험악한 인상의 남자가 떠올랐다. 이든은 혀를 차며 이마를 긁적거렸다. 마음 한구석이 걸리는 것으로 보아, 아무래도 나가는 게 낫겠다. 이든은 따뜻한 침대에게 이별을 고하며 느릿하게 일어났다.

미적거리며 방을 나와 욕실로 들어가자, 조금 전까지 사용했던 사람이 있던 것을 증명하듯 눅눅했다. 그래도 어지럽혀 있지는 않았다. 숙소 생활할 때의 욕실과 다른 모습에 이든은 피식 웃었다. 자신의 룸메이트가 여자라는 사실이 새삼스럽다.

습기가 서린 거울을 손으로 대충 문지르고 이를 닦다, 이든은 커버가 내려가 있는 변기를 물끄러미 보았다. 불현듯 해문이 한 원초적인 말이 떠올랐다. 저도 모르게 웃음이 나와 입 안에 든 거품을 삼키고 말았다. 목구멍으로 달면서 쌉싸래한 맛이 내려간다.

이든은 눈살을 찌푸렸다가 다시 웃었다. 딱 이런 느낌이다. 달면서 쌉싸래한 느낌이 그녀에게서 난다. 이전에는 아련했던 게 이젠 강하고 선명하게 말이다.

씻고 나와 여전히 의미 모를 말을 지껄이고 있는 TV를 보자, 낯익은 가수가 보였다. 이름은 잘 기억이 나지 않았지만, 몇 번 노래를 들은 기억이 있었다. 손에 들고 있는 앨범으로 보아, 아마 새 앨범 홍보를 하는 것 같았다. 일본은 아침 프로에서도 음반 홍보를 하는구나, 하고 이든은 고개를 주억거렸다.

짧게 뮤직비디오가 흘러나오는 것을 한 귀로 들으며 이든은 옷을 챙겨 입었다. 그런 뒤 검은색 비니(beanie)를 꺼내 깊숙하게 눌러 쓰고 사각 뿔테 안경을 걸쳤다. 그대로 걸어나가 욕실의 거울에 비추니, 쉽게 알아보기 어려울 만큼 가려졌다. 그래도 알아보는 사람은 있을 것이다. 팬이란 존재는 특수 더듬이가 있는지 아무리 변장을 해도 용케 알아본다.

TV를 끄고 가방을 멘 다음, 이든은 방 안을 둘러보았다. 어지럽히지 않는 성격의 주인 덕에 방은 깔끔했다. 정리하기 싫어서 제자리에 두기에 이러한 깔끔함이 유지되고 있었다. 이든은 일부러 책상 위를 살짝 흐트러뜨리곤 나른하게 하품을 했다. 그냥 잘 걸 그랬다는 생각이 잠시 들었으나, 찌푸린 남자의 얼굴이 떠오르자 바로 자취를 감추었다. 이미 나가기로 한 것이니 나가는 게 낫다. 이든은 또다시 나른한 하품을 쏟아내곤 이어폰을 낀 채 밖으로 나섰다.

아홉 시에 가까운 시간이라 그런가, 역 주변은 출근하는 이들로 여전히 붐비고 있었다. 간간이 보이는 교복 차림의 소년 소녀들은 학교에 가는 것치곤 여유가 있어 보였다. 이든은 막 나오려던 하품을 삼키고는 티켓 자동판매기 앞에 섰다. 익숙하게 백 엔짜리 동전 두 개를 넣고 170이라고 쓰인 버튼을 누르자, 바로 티켓과 잔돈이 나온다. 그것을 들고 이든은 역 안으로 들어갔다.

이어폰에서 흘러나오는 흥겨운 음악을 따라 흥얼거리다가, 이든은 자신을 보는 시선에 살짝 눈썹을 찌푸렸다. 흘깃 눈만 돌려 보니까, 교복 차림의 소녀들이다. 이든이 눈치를 채지 못했다고 생각했는지, 그들은 힐끔힐끔 자신을 훔쳐보며 뭐라고 떠든다. 이든은 음악 플레이어의 볼륨을 낮췄다. 어차피 들어도 무슨 말인지 알아들을 수는 없겠지만, 자신을 안다면 간혹 자신이 알아들을 수 있는 말을 할 가능성이 높았다. 그러나 그건 자신의 착각인 듯했다. 아무리 일본어라고 해도 자신을 언급하는 부분은 들리지 않았다. 괜히 답답하다. 일본어 공부를 해둘 걸 그랬다.

때르르 소리가 요란하게 나더니, 멀리서 전철이 오고 있는 게 보였다. 점점 전철이 다가오면서 더운 바람이 피부에 와 닿는다. 자신의 앞에 천천히 멈추는 전철을 보며 이든은 재빠르게 몸을 돌려 힐끔거리던 소녀들을 쳐다보았다. 소녀들의 얼굴에 당황함이 깃든다. 이든은 그런 그녀들에게 손으로 V를 만들어 보이며 히죽 웃었다. 그런 다음 전철에 바로 올라탔다. 운이 좋게도 자신이 올라타자 전철 문이 닫혔다. 물론 자신을 힐끔거리던 소녀들은 타지 못했다. 전철 문의 작은 창으로 보니 소녀들의 황당한 표정이 그대로 읽혔다. 이든은 그들을 향해 작게 손을 흔들었다. 전철이 움직이자, 그제야 소녀들이 당황해서 달리는 전철을 쫓으려 한다. 이든은 창에서 시선을 떼어내며 빙그레 웃었다. 자신을 알든 모르든 유쾌했다.

시부야 역에 내리면서도 이든은 힐끔거리는 시선을 느껴야 했다. 딱히 자신이 누군지 알고 쳐다보는 것 같지는 않았다. '너무 잘생긴 얼굴'이라고 자화자찬을 하고 싶은 마음이 든다. 아마 해문이 알면 일그러진 표정으로 잘나서 좋겠다고 비아냥거릴 것이다. 그러한 얼굴을 보며 비죽하게 웃으면 그녀는 더욱 일그러진 표정으로 응할 것이다. 그 맛에 중독이 된 듯하다고 이든은 혼잣말로 중얼거렸다. 그러다가 이든은 고개를 설설 흔들며 애써 자신을 보는 시선을 무시하고 복잡한 시부야 거리로 들어섰다.

십여 분 사잇골목을 헤매고 나서, 겨우 목표로 하던 건물에 도착할 수 있었다. 얼마 전에 한 번 온 곳인데도 조금 헤매고 말았다. 사실 전철을 갈아탈 때도 헤맸다. 이곳에 살지 않는 이상, 자신은 매번 올 때마다 헤맬 듯싶었다. 차라리 이곳으로 이사를 할까 하는 엉뚱한 생각이 잠시 들었다.

'ハナヤシキ'라고 쓰인 작은 간판은 다시 봐도 낯설었다. 가타카나는커녕 히라가나도 못 읽다 보니, 글자라고 해도 자신에게는 그림과 동일했다. 영어라도 쓰여 있으면 덜 낯설 텐데, 그러한 배려는 없었다. 주인의 성정을 생각하면 그런 바람 자체가 무리였다.

조금만 손을 뻗으면 닿을 듯한 낮고 좁은 지하 통로를 겨우 빠져나오자, 딱딱한 고딕체의 영어가 그를 반겼다.

‘HANAYASHIKI STUDIO’ 라고 쓰인 유리문을 이든은 힘껏 밀었다. 문을 열자마자 시원한 바람이 자신을 맞이한다. 더불어 여전히 의외라는 느낌이 드는 깔끔한 실내도 이든의 시야에 들어찼다. 아무리 생각해도 이곳의 주인은 좋은 제자를 들인 게 틀림없다.

주인이 없는 것에도 아랑곳없이 이든은 구석에 마련된 소파에 엉덩이를 걸쳤다. 하품이 다시 나온다. 이든은 소파에 머리를 기대고 한쪽 벽면을 장식한 CD 컬렉션을 물끄러미 보았다. 항상 생각하지만, 참 다양한 장르의 음악을 수집한다. 성격이랑 어울리는 면이 있기에 이든은 다시 나오는 하품을 삼키며 눈을 감았다.

잠시 선잠을 잔 듯하다. 아련하게 쿵쾅거리는 발소리가 들려왔다. 이든은 눈을 감은 채, 빙긋 웃었다. 누군지는 보지 않아도 알겠다. 점점 발소리가 가까워진다. 이윽고 문이 요란한 소리로 열리더니 거친 남자의 음성이 터져 나왔다.

“제길. 작업하는 중에는 방해하지 말라고 그렇게 말해도 못 알아듣다니! 썩을 자식! 너 인마, 이번에 마감 못 맞추면 죄다 네 놈 책임이야! 알아들어! 야이, 자식아, 못 알아듣는 척하지 마! 빌어먹을 자식 같으니.”

걸출한 욕설에 이든은 속으로 혀를 찼다. 저번에 왔을 때도 저런 욕을 내뱉더니, 이번에도 그렇다. 만날 마감을 말하는 것도 똑같다. ‘이젠 바꿀 때가 됐을 텐데’ 하고 이든은 남자에게 들리지 않게 중얼거렸다.

[항상 말씀 드리지만, 전 한국어를 못합니다.]

걸걸한 남자의 음성과는 확연하게 다른, 침착한 일본어가 들렸다. 이든은 눈을 뜨고 침착한 일본어를 구사하는 남자를 보았다. 서글서글한 눈매를 가진 남자는 시시도(宍戸)라는 이름을 가진, 남자의 제자이자 속칭 '시다바리'였다.

"시끄러워, 이 자식아. 언제부터 네가 한국어, 일본어를 따졌다고 그래! 헛소리하지 말고, 청소한다고 내 일 방해하려면 당장 꺼져!"

[더러운 것보단 깔끔한 곳에서 작업이 더 잘되는 거야 굳이 말할 필요는 없다고 봅니다만.]

남자의 걸출한 욕설이 들어간 한국어에도 시시도는 꿋꿋하게 일본어로 말했다. 그러고 보니 시시도는 영어는 하지만, 한국어는 전혀 못한다고 했다. 그래도 남자 곁에서 지낸 시간이 있어서 눈치로 한국어를 알아채는 수준은 돼 보였다.

[시끄러워!]

버럭 소리를 내지른 남자는 신경질적으로 의자에 앉더니 담배를 사납게 빼 물었다. 이내 담배 냄새가 스튜디오 안을 점령했다. 이든은 자신의 존재를 여전히 눈치 채지 못하고 있는 두 사람을 조용히 지켜보기만 했다.

"저걸 죽일 수도 없고."

혼잣말로 구시렁댄 남자가 천천히 의자를 빙그르르 돌린다. 그러더니 드디어 구석에 있던 이든과 눈이 마주쳤다. 놀랐는지 남자의 눈이 커졌다. 짧지 않은 시간 동안 무시를 당한지라, 반가운 마음에 싱긋 웃으며 손을 흔들었다. 남자의 표정이 험악하게 일그러졌다.

"너 이 새끼."

욕설마저 반갑다. 남자의 눈이 커진 것을 눈치 챈 시시도도 고개를 돌려 자신을 보았다. 이든은 어리둥절한 표정의 시시도에게도 손을 들어 인사했다.

"Hi."

순식간에 분위기가 썰렁해진다. 그래도 자신을 무시하진 않는다.

"언제부터 와 있었어?"

퉁명스럽게 남자, 난수가 물었다. 시시도의 눈도 같은 것을 묻고 있었다. 이든은 '형이 나오기 전부터'라고 대답했고, 난수는 시시도를 노려보았다. 이든이 온 것을 왜 몰랐느냐는 말이다. 어깨를 으쓱거리며 시시도는 스튜디오의 다른 문으로 나가 버렸다. 난수는 그런 시시도의 등을 사납게 노려보고 있었다.

"하여간 도움이 안 돼, 저 자식은."

이를 악물고 투덜거린 난수는 의자에 등을 기댄 채 자신을 노려본다. 이든은 눈썹 부분을 긁적거렸다.

"그래, 일본에 오고도 한참 지나서 연락을 하고, 심지어 어디 머무는지조차 말해주지 않는 최이든 새끼야. 이 아침에 어인 일로 이곳까지 왔나?"

비꼬인 난수의 심사가 그대로 드러나는 말투에 이든이 싱긋 웃자, 그의 인상이 한결 더 험악해졌다.

"형 보고 싶어서 왔어."

"번지르르한 말을 듣고 싶어서 입 아프게 이런 말을 한 게 아니다. 까불지 말고, 뭔 용건이야?"

"진짜 형 보고 싶어서 왔다니까."

심심하기도 했다는 말은 일부러 하지 않았다. 일찌감치 저세상에 가고 싶지 않았다. 이든의 말에 기가 찬 듯 허허 웃던 난수는 사나운 기세로 담배를 비벼 껐다. 형편없이 뭉개지는 담배가 난수의 속내를 대변했다.

"흰수작은 그만 부려라. 나 이틀 밤 못 잤다."

실제 난수의 눈은 이틀 밤을 못 잤다는 것을 증명하듯 핏발이 다 서 있었다. 더 건드렸다간 큰일 나겠다.

"전에 말했잖아. 8집의 곡 작업하는 거 여기서 하면서 형 도움 받고 싶다고."

"머무는 곳조차 숨기는 새끼한테는 그런 도움 줄 생각 없다고 전에 말했던 걸로 기억하는데?"

담배 한 개비를 다시 물으며 퉁명스럽게 말한다. 이든은 눈썹을 찌푸리며 안경 코를 들었다가 내렸다.

"형, 속 좁게 그러지 말고."

"그래, 나 속 좁다, 몰랐냐? 모난수는 무지 속 좁은 인간이라고 그 바닥에 소문 파다할 텐데. 속 좁은 인간, 모난수! 그게 내 별칭이다, 새끼야."

자신의 말이 끝나기도 전에 끼어들며 버럭 소리를 지른다. 아무래도 예상보다 더 삐친 모양이었다. 바늘구멍처럼 속이 좁다. 도쿄에 와서, 그의 집이 아닌 다른 곳에 머물면서 심지어 어딘지 조차 알려주지 않는 게 난수는 고까운 것이다. 자신을 그렇게 생각해 주니 한편으로는 고마운 일이었다. 그렇지만 마냥 고마울 수만도 없는 일이기에 이든은 혀를 속으로 찼다.

"알았어, 형. 내가 있는 게 싫다면 방법 없지 뭐."

이든은 쓸쓸한 어조로 말하며 자리에서 일어났다. 난수의 표정은 변함이 없었다.

"도쿄 뜨기 전에 인사하러 다시 올게, 형."

착잡하게 말하며 문 쪽으로 걸어가자, '저 새끼'라고 난수가 뇌까리는 게 들렸다. 때마침 다른 쪽 문이 열리며 커피 두 잔을 들고 시시도가 들어온다. 시시도는 자신이 문 근처에 있는 것에 놀란 듯 약간 격양된 말투로 말했다.

"Are you leaving now?"

이든은 대답 대신 쓸쓸한 웃음을 지으며 턱으로 난수 쪽을 가리키자, 대충 알겠다는 듯 시시도의 표정이 매서워졌다. 그러더니 손에 들고 있던 커피를 난수의 앞에 사납게 놓는다. 그 기세에 난수가 움찔한 것은 당연한 일이고, 이든은 속으로 키득거렸다. 하지만 이든은 겉으로는 쓸쓸한 표정을 유지했다. 그런 모습 그대로 유리문을 느릿하게 밀자, 난수가 크게 한숨을 푹 쉬더니 '너구리 같은 새끼'라고 읊조린다. 여기도 너구리다. 일본에선 너구리가 환영을 받는 모양이다.

"궁둥이 다시 붙여."

억지로 말하는 티가 다 난다. 그런 말에도 아랑곳하지 않고 문을 밀자 난수가 버럭 소리를 질렀다.

"당장 앉으라고, 새끼야! 성질 그만 건드려! 으으, 제길."

박장대소가 터져 나올 것처럼 목구멍이 간질간질했다. 예상대로 움직이는 난수의 행동에 이든은 웃고 싶었지만, 웃지 않았다. 다시 말하지만, 일찍 저세상에 가고 싶은 생각은 없었다. 이든은 군소리없이 소파에 냉큼 앉았고, 시시도는 방긋 웃으며 테이블에 컵을 놓았다. 시시도와 말은 잘 안 통하지만, 이 순간만큼은 같은 마음일 것이다.

모질지 못한 모난수.

한국에서도 그랬다. 그는 늘 욕설을 걸출하게 뱉어내고 사람에게 상처 줄 말을 쉽게 했지만, 은근히 마음이 약한 구석이 있었다. 그렇기 때문에 말을 해놓고 상대가 상처를 받거나, 받은 척을 하면 전전긍긍하는 건 난수 쪽이었다. 그걸 뻔히 알고 있는 이든은 그런 심리를 이용한 것이고, 예상대로 성공했다. 난수는 이 년 전이나 지금이나 한결같았다.

이든은 웃음을 숨기며 컵을 들어 연한 색을 띠는 액체를 들이켰다. 커피 애호가인 난수의 취향대로 커피일 줄 알았는데, 의외로 밀크 티였다. 그것도 자신이 선호하는 그 밀크 티인 듯했다. 의아함에 시시도를 바라보자, 고개를 살짝 숙인다. 처음 왔을 때, 밀크 티를 요구했던 일—난수는 손님 주제에 입맛이 까다롭다고 타박을 했다—을 기억하고 똑같은 것을 내준 것이다. 언제 올지 기약이 없는 자신을 위한 배려에 이든은 진심으로 고마웠다. 이든은 시시도에게 눈으로 감사의 인사를 전했다.

자신이 그러는 사이, 난수는 커피 한 잔을 다 마셨고, 담배 한 개비를 더 피웠다. 그의 표정은 당장 살인을 할 수 있을 만큼 살벌했지만, 원래의 성정을 아는 이든이나 시시도에게는 통하지 않았다. 화가 난 것을 어디 풀고 싶은 듯 두리번거리다가, 이내 풀 곳이 없다는 걸 깨닫고는 머리를 마구 쥐어뜯는다. 보는 것만으로 즐겁기 그지없었다. 어느 의미, 하는 짓이 해문과 비슷하다.

시시도가 난수의 빈 컵을 들고 다른 문 너머로 사라지자, 그가 으르렁거렸다.

"너 나 없는 사이에 뭐 했어? 무성이 새끼한테 이상한 거 배운 거지? 완전 너구리 같은 새끼."

눈앞의 남자, 모난수는 가수는 노래만 잘 부르면 된다는 고집스러운 지론을 가진 자로 유명했다. 만약 그에게 곡을 받은 가수가 나중에 연기를 하는 일이 생기면 그는 아예 인연을 끊어버렸다. 그렇기 때문에 자신이 준 곡을 불렀는데도 여전히 연기를 지속하고 있으며 아직 인연을 끊지 못한 자신의 동료, 지무성은 난수가 가장 싫어하는 인물 중 하나였다. 그런 그가 멀티플레이어가 많은 일본에 자리를 잡은 것은 지인 사이에서도 미스터리였다.

"배우긴 뭘 배워? 형도 내 성격 잘 알면서 그래."

심드렁하게 대꾸하자, 난수는 '그건 다행이네' 하면서도 흡뜬 눈으로 자신을 보는 것을 그만두지 않았다.

"그래서, 도대체 어디 머물고 있다는 거냐?"

재차 자신이 머무는 곳을 묻는 난수다. 어지간하면 포기할 만도 한데, 그는 끝내 자신이 머무는 곳을 알고 싶어했다. 이든은 시선을 돌려 막 나온 시시도를 바라보았다. 시시도는 난수의 앞에 그나마 얌전하게 커피 잔을 놓더니 일본어로 뭐라고 중얼거리곤 사라졌다. 시시도가 사라지자, 난수의 입이 불을 내뿜듯 욕설을 내뱉은 것은 당연한 일이었다.

"저 새끼도 너구리인가! 뭐가 친절하게야. 아, 정말 인복도 지지리도 없지. 주변에 왜 이런 새끼들만 득시글거리는 거야! 성질 나 죽겠네, 제길."

이든은 또다시 터질 것 같은 웃음을 억지로 누르고 고개를 돌렸다. 용케도 자신의 그런 기세를 눈치 챈 난수가 버럭 소리를 질렀다. 아침부터 힘이 넘친다.

"야, 최이든. 구석에서 처자든지 곡을 만들든지, 네 맘대로 해."

"형, 친절하게."

"시끄러워! 언제부터 내가 친절했다고 그 지랄이야! 홀딱 벗겨서 쫓아내지 않는 것만도 다행으로 여기고 몸 사리고 있어. 새끼, 곱게 봐주니까 지랄이네."

"내가 홀딱 벗고 거리를 활보하면 그거 뉴스 헤드라인 감이야."

"그래, 유명해서 좋겠다. 최이든 새끼야."

비아냥거리며 난수는 모든 화풀이를 하듯 신경질적인 손놀림으로 마우스를 움직였다. 철록어미처럼 그의 입엔 새 담배가 어느새 물려 있었다. 숨죽여 웃으며 이든은 고개를 내저었다. 하여간 속도 어지간히 좁은 남자다. 저 비꼬인 속을 풀려면, 그가 좋아하는

16)바 아르마냑이 몇 병은 있어야 할 것이다. 이든은 쓰게 웃으며 소파에 등을 편하게 기댔다.

처음부터 숨길 생각이 있던 것은 아니다. 그저 해문과 지내고 있다는 말을 쉽게 하지 못한 것뿐이다. 물론 해문의 집에서 지내기 위해 난수가 있지도 않은 애인과 동거 중이라고 했다는 점 역시 쉽게 말을 할 수 없는 원인 중 하나였다. 하지만 이든은 아직 말할 때가 아니라 말하지 않은 자신을 깨닫고 있었다. 말할 때가 온다면 온갖 빈정거림을 듣고도 자신은 난수에게 모든 것을 말했을 것이다. 그때가 아직 아니기에 어쩔 수 없이 도쿄에 지내는 동안, 난수의 이런 시선을 고스란히 받으며 지낼 수밖에 도리가 없었다. 스스로 판 무덤이었다.

안에서는 해문의 눈치를, 밖에서는 난수의 눈치를 봐야 하다니. 도쿄 생활은 눈치 생활이라고 하는 게 낫겠다. 이러려고 이곳까지 온 게 아니었는데, 하고 중얼거리며 난수의 말대로 구석에서 조용히 잠을 청했다. 문득 집 밖으로 나온 보람이 없다는 생각이 들었으나, 잠으로 몽롱해진 머리는 깊게 생각하는 것을 거부했다.

어쨌든 무사히 모난수의 스튜디오에 입성했다. 비록 내내 난수의 눈치를 살피며 있어야 했지만, 이든은 그것만으로도 충분하다고 생각했다. 물론 다음날에도 여전한 난수의 태도 덕분에 이든은 그 생각을 고쳐야 하지 않을까 아주 조금 고민했다.

---

16)바 아르마냑: 정식 명은 바 아르마냑 샤또 드 로바드(Bas Armagnac Chateau de Laubade)로 프랑스의 바 아르마냑 지방에서 생산되는 고급 코냑. 시중 가격은 대략 75만 원선

나른하게 하품을 하며 베란다 문을 열자, 자잘한 빗방울이 얼굴을 톡톡 건드렸다. 바람에는 습기가 가득했다. 낮까지만 해도 멀쩡하더니, 잔뜩 째푸린 하늘의 모양새가 한바탕 폭우를 쏟아낼 기세였다. 이든은 볼을 손가락으로 살살 쓸어내리며 고개를 주억거렸다. 아침의 일이 이제야 이해가 된다.

늘 자전거를 타고 통학하던 해문이 무슨 연유인지 전철을 탄다며 평소보다 늦게 나갔다. 이유를 알 수 없어 은근히 궁금했는데 비가 내리는 것을 보고 알았다. 꼼꼼하기도 하다. 하기야 자전거로 매일 통학을 하려다 보니, 저절로 날씨에 민감해졌을 것이다. 어쨌든 비가 올 것을 미리 알았다면 당연히 우산을 챙겼을 터였다. 이든은 베란다 문을 닫고 음악을 듣는 것에 다시 집중했다.

듣던 음악이 끝나고 다음 곡으로 넘어가기 전, 이든은 또다시 베란다 밖을 바라봤다. 조금 전보다 빗방울이 더 굵어져 있었다. 베란다 밖에 있는 이름 모를 나무가 바람에 마구 흔들리는 게 보였다. 바람이 제법 강하게 부는 듯하다. 이든은 눈살을 찌푸렸다. 먼지잼으로 내릴 비는 아닌 것 같다.

물끄러미 베란다 밖을 보던 이든은 옆 자리를 더듬거려 페트병을 집었다. 눈으로 보지 않고 병뚜껑을 열어 입에 가져다 댔는데, 한 방울도 혀에 닿지 않는다. 그제야 병이 텅텅 빈 것을 알았다. 쯧, 하고 짧게 혀를 차고 말았다. 병을 내려놓고 한참 동안 이든은 베란다 밖을 보기만 했다. 그러다 천천히 자리에서 일어났다.

"하늘의 계시, 인가?"

혼잣말을 하며 이든은 캡 모자를 쓰고 이전에 해문이 무기로 쓰려 했던 긴 우산을 들고 집을 나섰다.

한국에도 분점이 있는 편의점은 해문의 아파트에서 약 오 분 거리에 있었다. 늦은 시각에 비까지 오는 덕에 거리는 유정했다. 추적거리며 내리는 빗소리만이 유정한 거리를 잠식하고 있었다.

이든은 낮처럼 환한 불빛의 편의점에 들어가, 밀크 티와 주전부리로 쓸 비스킷을 샀다. 사고 나니, 담배가 몇 개비 없다는 것이 떠올랐다. 사는 김에 해문의 것도 사기로 했다. 이든은 계산대에서 해문에게 배운 짧은 일어를 구사했다. 그래 봤자 '마일드 세븐 두 개'라는 말이다. 발음이 어색했는지, 직원이 흘깃 그를 올려다보았다. 그러더니 이내 고개를 내리고는 두 개의 담배를 꺼내 바코드를 찍는다. 역시 외국인인 티가 났나 보다.

계산기에 나온 숫자에 맞춰 돈을 건네자, 거스름돈과 물건이 담긴 봉지를 준다. 그것을 들고 나오면서 이든은 그런 생각을 했다. 일본어를 한마디 못해도 살 수 있겠다고 말이다. 비단 일본뿐 아니라 미국도 똑같다. 어느 나라라도 돈을 쓰는 것에는 언어가 그다지 필요하지 않다. 버는 것에는 필수지만.

편의점 밖으로 나오니, 아까보다 빗방울이 더 굵어져 있었다. 바람도 조금 더 거세게 불고 있었다. 잠시 우산을 든 채로 이든은 편의점 문밖에 서 있었다.

무심코 옆을 돌아보니, 사람의 그림자가 하나 없는 길거리가 한눈에 들어왔다. 드문드문 위치한 가로등만이 길거리를 비추고 있었다. 길의 끝에는 환한 불빛으로 둘러싸인 역이 있었다. 편의점 안에 비치된 커다란 시계는 11시 20분을 가리키고 있었다. 이든은 엄지로 이마를 긁적거리다 우산을 펼쳤다. 이왕 나온 김에 역까지 마중 나가는 것도 괜찮을 것 같다.

이든은 편의점 봉지를 가볍게 흔들며 역 쪽으로 천천히 걸어갔다. 거센 비바람 탓에 옷깃이 젖는 게 느껴진다. 집에 돌아가면 옷부터 갈아입어야겠다.

역 근처에 도달했을 때쯤, 유독 환한 불빛과 함께 덜컹거리는 전철의 소리가 들려왔다. 환상적인 타이밍이다. 역시 하늘의 계시라는 생각이 불현듯 든다. 무신론자이지만 이런 우연과 조우하게 되면 저절로 그런 생각이 들기 마련이었다.

개찰구가 잘 보이는 곳에 서 있자, 하나둘 사람이 나오는 게 보였다. 그들은 한결같이 피곤한 기색이었다. 때때로 어두컴컴한 하늘을 올려다보고 낭패라는 듯 얼굴을 찌푸리는 사람도 있었고, 처마 밑에서 누군가에게 전화를 거는 사람도 있었다. 해문은 아직 보이지 않았다.

이 전철이 아닌가?

거센 비바람에 날리는 편의점 봉지를 우산 안으로 끌어당기며 이든은 개찰구에서 시선을 떼어내지 않았다. 그때 이든의 눈에 낯익은 사람이 보였다. 해문이었다. 무척이나 피곤한 얼굴의 그녀는 개찰구를 나오자마자 비가 그치기를 기다리듯 처마 밑에 가만히 서 있었다. 손을 뻗어 내리는 빗방울을 만져 보더니 어깨를 축 늘어뜨리며 한숨을 내쉰다. 자그만 어깨가 축 처진 처량한 모습에 이든은 살짝 미간을 찌푸렸다. 이런 식으로 그녀를 보는 건 별로 유쾌하지 않았다. 고개를 살래살래 흔들며 이든은 숨을 살짝 내뱉었다. 이렇게 보고 있는 것보단 이름을 부르는 게 더 나을 것이다.

그러고자 입을 열었으나, 미처 소리 내어 부르기도 전에 해문이 먼저 움직였다. 한 치의 망설임도 없이 해문은 작달비 속으로 걸어 들어갔다. 그녀는 제법 굵은 빗방울에도 아랑곳없이 곧고 빠른 걸음걸이로 걷고 있었다. 예상치 못한 상황에 멍하게 그녀의 등만 바라봤다. 집에 사람이 있는데도, 전화로 부를 생각도 안 하는 그녀가 조금 답답했다. 그러다 자신의 휴대전화가 한국에서 로밍을 한 것이라는 걸 깨달았다. 돈에 벌벌 떠는 해문이 고작 비 때문에 국제전화와 똑같은 요금을 쓰며 데리러 와달라고 할 리가 없었다. 따라서 지금의 행동은 지극히 그녀다웠다.

이러고 있을 때가 아니라는 생각에 이든도 서둘러 발걸음을 놀렸다.

"해문아!"

늦은 시각, 드문드문 보이는 인파 사이로 이든의 낮은 목소리가 울려 퍼졌다. 빠르게 걷던 해문이 잠시 멈칫거린다.

"해문아, 기다려."

조금 달려가자 해문이 느릿하게 몸을 돌린다. 몸을 돌린 그녀의 피곤한 얼굴은 약간의 놀람이 깃들어 있었다.

"이든 씨?"

"무슨 발걸음이 그렇게 빨라? 따라오느라고 옷이 다 젖었잖아."

뛰기 전에 이미 젖어 있었다는 건 일부러 말하지 않았다. 실제 뛰었기 때문에 더 젖었고, 눈치없이 혼자 가버린 그녀가 조금은 미안해하길 바라는 마음도 없지 않아 있었다.

"누가 뛰라고 했어? 그냥 부르면 될 걸 가지고."

불퉁스레 쏘아붙이는 그녀를 우산 안으로 끌어당겼다. 어색한 몸짓으로 들어오는 해문의 얼굴들 살짝 상기되어 있었다.

"불러도 모르던데 뭘."

"그거야 빗소리가 시끄러우니까 그런 거지. 괜히 뛰어서 옷만 젖었잖아. 세탁하는데도 전기세랑 수도세가 나가는 거 알고는 있는 거야?"

이 와중에도 세금 걱정을 하는 해문을 보며 이든은 일본에 있는 한, 그녀가 자신에게 전화를 거는 일은 절대 없을 것을 확신했다.

"아아, 집주인 모드 유해문이다."

비아냥거리는 어투로 중얼거리자, 해문은 마른기침을 하며 상기된 볼을 손으로 문지른다. 입과 달리 정직한 볼은 그녀의 지금 심정을 대변해 주고 있었다. 이든은 슬쩍 웃음을 흘리며 해문 쪽으로 우산을 살짝 밀었다.

"그런데 웬일이야?"

빗물에 젖은 손으로 볼을 문지르며 해문이 물었다. 대답 대신 손에 든 편의점 봉투를 살살 흔들자, 눈으로 쫓던 해문이 작게 혀를 찬다.

"또 밀크 티야? 그것도 500㎖?"

말없이 이든은 수긍의 고갯짓을 했다. 해문의 못마땅한 눈길이 자신을 위아래로 훑어 내린다.

"살 때 1.5㎖를 사면 될 걸, 매번 작은 걸 사는 건 무슨 심보래?

돈이 남아도시죠?"

무엇이 그녀를 수틀리게 했는지, 해문은 입술을 삐죽거리며 연방 타박을 했다. 나름대로 생각을 해서 마중을 나온 사람의 성의를 무시하는 행동이다. 그런데도 이상하게 밉지 않았다. 아마도 여전히 가라앉지 않은 홍조 때문일 것이다. 입은 솔직하지 않으나, 얼굴은 항상 솔직했다.

"알았어. 그러니까 그만 가자. 빗줄기가 더 거세졌어."

"어차피 젖은 거, 더 젖으나 덜 젖으나 그게 그거야."

자기 입으로 세금의 걱정을 하던 게 조금 전인데, 그것을 완전히 잊은 것 같았다. 하여간 단순하다. 그런 자신의 생각을 아는지 모르는지, 해문은 빗물에 젖은 머리카락을 쓸어 올리며 빨리 가자고 채근을 했다. 그 잠깐 동안 흠뻑 젖은 듯 해문의 머리카락은 자꾸만 이마로 흘러내렸다. 그 머리카락을 올려주고 싶었다. 하지만 아직은 그럴 때가 아니었다. 대신 이든은 우산 손잡이를 꽉 움켜쥐었다.

철벅철벅. 비에 젖은 거리를 걷는 두 사람의 발걸음 소리가 유정한 거리를 깨웠다.

아파트의 입구가 보이자, 해문의 발걸음이 더 빨라졌다. 그녀의 뒤를 쫓느라 이든은 거센 빗줄기에 그대로 맞아야 했다. 조금 천천히 가라고 하려다 이든은 그대로 입을 다물었다. 그녀의 귓불이 발갛게 달아오른 게 보였기 때문이다. 입 밖으로 새어나오려는 웃음을 삼키며 종종걸음으로 해문의 뒤를 빠르게 쫓았다.

이윽고 아파트에 올라가는 계단에 도착하자, 해문이 돌연 발걸음을 멈추었다. 그런 낌새를 눈치 채지 못한 덕에 이든은 가다가 발걸음을 멈추어야 했다.

"왜 갑자기 멈춰?"

자신의 질문에도 해문은 아무 말도 하지 않았다. 이든이 나지막이 그녀의 이름을 불렀다. 마치 부름에 답하듯 해문이 뒤돌아 자신을 본다. 눈을 아래로 내리깐 해문은 이마를 벅벅 긁더니, 크게 날숨을 내쉬었다. 그러더니 고개를 치켜들고 자신을 본다. 피곤한 기색이 보이지만 말간 해문의 눈동자가 자신을 직시한다.

"나, 나와줘서 고마워."

용기를 쥐어짠 듯 작게 속삭인 그녀는 말을 끝내기 무섭게 요란한 소리를 내며 계단을 뛰어올라 갔다. 이든은 멍하게 해문의 행동을 눈으로 쫓았다. 해문은 현관문 앞에서 잠시 멈칫거리다, 이내 문을 열고 후다닥 들어가 버린다. 이든은 고개를 비스듬히 내렸다. 조금 있으니 히죽히죽 웃음이 나온다. 자꾸만 새어나오는 웃음을 삼키며 계단을 느긋하게 올라갔다.

현관문을 열자, 발판에 수건이 놓여 있었다. 이든이 우산을 접어 현관의 구석에 놓자, 때마침 열려 있던 현관문이 닫히며 쿵 소리를 냈다. 동시에 욕실에서 해문이 기다렸다는 듯 큰 소리로 외쳤다.

"카펫 조금이라도 젖으면 세탁 요금 왕창 물게 할 거야!"

이든은 수건을 집었다. 약간 눅눅하긴 하지만, 포근한 느낌이 난다. 수건을 들고 가만히 서 있자, 성질 급한 해문이 다시 큰 소리로 말했다.

"욕실 앞에서 알짱거리지 말고 얼른 닦고 들어가."

뒤로 갈수록 말소리는 작아졌다. 아마도 밤이라는 것을 뒤늦게 알아챈 것 같았다. 씩 웃으며 수건으로 젖은 머리카락과 몸을 닦아냈다. 슬쩍 욕실을 보자, 움직임도 없이 굳어 있는 실루엣이 흐리게 보였다. 이든은 서두르지 않고 느긋하게 몸을 다 닦아낸 다음, 방으로 들어갔다. 들어가다 욕실을 향해 이든은 크지 않은 목소리로 말했다.

"앞으로도 마중 나가줄게."

욕실에서 요란스러운 소리가 터져 나왔다. 작게 '젠장' 하고 욕설을 뇌까리는 게 들린다. 히죽히죽 웃음이 쉴 새 없이 나온다.

"시, 시끄러워."

더듬거리는 목소리가 작게 나오더니, 물소리가 나기 시작했다. 이든은 천천히 문을 닫고 참고 있던 웃음을 터뜨렸다. 해문의 표정이 예상이 간다. 이든은 고개를 살래살래 흔들었다. 솔직하지 않은 그녀의 모습이 오늘따라 유난히 귀여웠다. 그러한 느낌은 잠이 들기 직전까지 주저주저하는 해문의 모습 덕분에 쉽게 사라지지 않았다. 톡톡 떨어지는 빗소리 같은 반웃음은 시종일관 이든의 입가에 스며들어 있었다.

이튿날 아침.

모니터의 오른쪽 구석을 보니 시계가 가리키는 시간은 벌써 아침이었다. 이든은 기지개를 켜며 몸을 일으켰다. 이리저리 몸을 움직이며 이든은 오리 시계의 리본 근처에 있는 알람 버튼을 껐다. 그러고는 깊은 잠에 빠진 해문을 깨우기 위해 손을 뻗었다. 잠버릇이 그리 심한 편이 아닌 해문은 보통 몇 번만 불러주면 바로 일어났다. 가끔 못 일어나고 바동거릴 때도 있었지만, 이든 본인에 비한다면 결코 심한 축에 끼지 않았다. 이든도 자신이 잘 깨어나지 않는 편이라는 것은 자각하고 있었다.

"해문아, 아침이야. 일어나, 해문아."

이든은 이불 속에 머리를 파묻고 있는 해문은 살짝 흔들었다. 그러자 해문이 작게 신음을 흘린다. 이제 일어나려는 것 같다. 하지만 예상과 달리 해문은 신음만 흘릴 뿐 자리에서 일어나려 하지 않았다.

"아침이라고, 유해문."

조금 목소리를 높이자, 끙끙거리는 신음이 흘러나왔다. 오늘따라 아침이 버거운 모양이었다. 안쓰러운 마음도 들었지만, 늦게 일어났을 때 해문의 발악을 아는 마당에 그냥 둘 수도 없었다. 이든은 여전히 일어나지 않고 미적거리는 그녀를 다시 깨우기 위해 손을 뻗었다.

"유해문! 아가씨, 아침입니다. 일어나세요. 아침, 아침, 아침입니다요. 아가씨, 일어나요."

노래를 부르듯 깨우는데도 돌아오는 반응은 끙끙거리는 의미 불명의 신음뿐이다. 문득 숙소 생활을 하던 때, 멤버들이 자신을 깨우던 방법이 번뜩 떠올랐다. 그 방법은 몸 위에 올라타고 무지막지하게 깔아뭉개는 것이었다. 그대로 해문에게 행하고 싶은 생각이 들었지만, 이내 이든은 생각을 고쳐먹었다. 그랬다가는 해문에게 핀잔을 들을 게 뻔했다. 마조히즘이 아니고서야, 아침부터 핀잔을 듣는 게 달가울 인물은 없을 것이다.

"뽀뽀해 줘야 일어날 거야?"

웃음을 머금은 채 농담조로 말을 했으나, 여전히 반응은 없었다.

"정말 뽀뽀해?"

이든은 진짜 뽀뽀를 할 기세로 해문에게 다가갔다. 할 수 있다면 하는 것도 나쁘지 않으나, 하는 척하며 놀리는 게 더 취향에 맞았다. 아무래도 자신의 속에는 사디즘이 약간 있는 것 같다. 이든은 천천히 해문의 몸 쪽으로 몸을 기울였다. 드디어 이불이 살아 있는 것처럼 움찔거리더니, 살짝 해문의 충혈된 눈이 이불 밖에 나타났다.

"깼네."

"바보."

"깨워준 사람에게 아침부터 예쁜 말 한다. 얼른 일어나. 지각한다고 애먼 사람 구박하지 말고."

싱긋 웃으며 해문의 어깨를 툭툭 치려 하자, 구석으로 몸을 피한다. 이든은 목적을 잃은 손을 어색하게 보았다. 해문은 개의치 않고 옹송그린 입으로 날숨을 연거푸 내뱉기만 했다.

한참을 그렇게 날숨만 내쉬는 게 이상해 그녀를 의아한 눈빛으로 보았다. 당최 일어날 기미가 보이지 않는다. 왜 그러냐고 물으려고 하는 순간, 날숨만 내쉬던 해문이 머리맡에 둔 휴대전화를 손에 쥐었다. 그러더니 버튼 몇 개를 누르고 귀에 가져다 댔다. 조금 커진 눈으로 이든은 해문의 행동을 쫓았다.

"もしもし(여보세요)."

경직된 목소리로 전화를 하는 해문이었다. 이든은 눈썹을 손가락을 긁으며 '모시모시는 여보세요였지?' 하는 쓸데없는 생각을 했다.

누운 채 해문은 빠른 속도로 일본어를 구사했다. 자신이 알아들을 수 있는 말은 하나도 없었다. 그저 그녀가 지금 곤란한 표정이라는 것만 눈치를 챘을 뿐이다. 한참 뭐라고 말하던 그녀는 용건을 끝냈는지 휴대전화를 껐다. 그리고 이불을 머리끝까지 올려 버린다. 이든은 눈썹을 치켜세웠다.

"안 씻어? 학교 안 가?"

머릿속에 떠오른 의문을 그대로 말하자, 이불 속에서 웅얼거리는 대답이 돌아왔다. 전혀 못 알아듣겠다.

"안 들려, 해문아."

"야스미(休み: 휴일)라고!"

"갸쓰미? 그건 뭔데?"

생전 들어본 적도 없는 말에 이든은 고개를 갸웃거리며 무슨 뜻일까 고민했다. 혼잣말처럼 연방 '갸쓰미?' 라고 하자, 갑자기 이불이 내려가더니 한심한 눈빛의 해문이 나타났다.

"바보 맞지?"

황당하기만 한 해문의 반응에 허허 하고 웃자, 그녀는 자조적인 한숨을 폭 내쉬었다. 답답한 듯 눈을 치켜뜬 해문은 고개를 살살 흔들더니 다시 이불을 머리끝까지 올린다. 그러더니 크게 소리쳤다.

“오늘 쉰다고, 학교 안 가. 쉴 거야. 그러니까 제발 나 그냥 자게 해줘. 그냥 내버려 두면 된다고.”

끝내 울음이 섞인 목소리로 토로하는 해문이었다. 이든은 이불 뭉치가 된 해문은 계면쩍은 표정으로 바라보았다. 딱히 그녀를 괴롭히고자 한 게 아니라, 아침이기에 깨우려 한 것이다. 그것을 알면서 저리 짜증을 내는 것으로 보아, 몸이 많이 피곤한 모양이었다. 피곤한 이를 건드려 좋을 게 없기에 이든은 그녀를 더는 건드리지 않기로 했다.

그나저나 ‘갸스미’가 쉬는 날이라는 말이라는 건 처음 알았다. 언젠가 써먹어보고자 입 안에서 몇 번이고 되뇌던 이든은 딱히 쓸 곳이 없다는 것에 열없이 웃고 말았다.

이든은 가만히 서 있다가 이불을 깔고 털썩 누웠다. 이불을 목 끝까지 올리고 눈을 감았지만, 잠이 안 온다. 이든은 옆으로 비스듬히 누워 똬리를 틀듯 이불을 꽁꽁 동여맨 해문을 올려다보았다. 꼭 누에고치 같다. 숨이라도 제대로 쉴까 싶다. 이든은 ‘숨 쉴 구멍은 만들고 똬리를 틀지’ 하고 혼잣말을 했다.

조용한 시간이 지나갔다. 얼마나 시간이 흘렀는지는 모르지만, 이든은 여전히 잠을 못 이루고 있었다. 죽었는지 살았는지 숨소리마저 들리지 않는 해문이 신경 쓰이는 덕이었다. 차라리 일어나서 컴퓨터나 할까 하던 이든은 부스럭거리며 해문의 이불이 꿈틀거리는 것을 보고 재빨리 눈을 감았다. 부스럭거리는 소리는 침대의 삐거덕거리는 소리로 바뀌었고, 자신의 머리 근처가 살짝 가라앉는 느낌으로 이어졌다. 뒤이어 드르륵하고 문이 열린다. 이든은 실눈을 뜨고 위를 올려다보았다. 엉거주춤한 자세의 해문이 허리를 잡고 비틀거리며 욕실로 들어가는 게 보였다.

속이 안 좋은 건가?

이든은 약간 걱정스러운 눈으로 욕실 쪽을 보았다. 한참 있으니 물이 내려가는 소리가 들리고, 욕실 문이 열렸다. 이든은 다시 눈을 감았다. 바로 방에 들어올 줄 알았는데, 그녀는 잠시 부엌 쪽에서 무엇을 하는지 자잘한 소리를 냈다. 그런 다음, 느린 걸음으로 방에 돌아와 침대에 누웠다. 이든이 실눈을 뜨자, 마침 머리끝까지 이불을 뒤집어쓰는 게 보였다. 몸이 안 좋아도 많이 안 좋은 듯하다. 깨워서 약이라도 먹이는 게 나을까 하다가 생각을 고쳤다. 지금 그녀는 아예 안 건드리기를 바랄 것이다.

자는 게 나을 듯해 잠을 청하지만 잠을 잘 수 없었다. 잠이 들 만하면 해문은 부스럭거리며 일어났고, 다시 침대에 누웠다. 연거푸 그런 행동을 반복하는 통에 그나마 오지도 않던 잠이 확 사라졌다.

결국 이든은 눈을 떴다. 허리를 잡고 인상을 찌푸린 채 해문이 엉거주춤하게 돌아오고 있는 게 보였다. 불현듯 머리에 스치는 장면이 있었다. 간간이 여자 코디네이터가 해문처럼 저런 걸음을 보이는 때가 있었다. 매달 한 번 그녀는 인상을 찌푸리고, 허리를 잡으며 '괴로운 여자인생'이라고 한탄했었다. 이든은 작게 고개를 주억거리며 살며시 웃었다. 왜 저러는지 알았다.

침대에 누워 이불을 머리끝까지 올리는 걸 보며 이든은 작게 중얼거렸다.

"마법이구나."

그러자 사나운 기세로 이불이 내려가며 흡뜬 눈을 한 해문이 자신을 노려본다. 영문을 알 수 없는 행동에 이든이 멍하니 보자, 해문이 사나운 기세로 쏘아붙였다.

"이, 짐승!"

"엥? 왜?"

"시끄러워, 짐승!"

버럭 소리를 내지르더니, 누에고치처럼 이불을 뒤집어쓴다. 이든은 눈썹을 찌푸린 채 아연한 표정으로 지었다. 도무지 자신이 왜 짐승이라고 불려야 하는지 알 수 없었다. 그저 '마법' 처럼 보여서 '마법' 이라고 한 것인데, 그게 짐승이라는 말을 들을 정도의 말이던가? 이든은 미간을 손가락으로 긁으며 모르겠다고 읊조렸다. 그 소리를 들은 듯, 해문이 퉁명스럽게 대꾸했다.

"짐승은 평생 몰라도 돼."

불퉁하게 말하더니, 벌레처럼 옆으로 몸을 움직이는 해문이었다. 대화를 하려는 기색이 보이지 않는 해문의 태도에 그저 허망한 웃음을 흘릴 수밖에 없었다.

한참 눈을 감고 있던 이든은 예전 마법으로 고생하던 코디네이터가 한 말을 기억했다. '여자는 마법 할 때 민감하니까 건드리지 마세요' 라고 말하며 찌푸릴 대로 찌푸린 표정의 여자. 왜 그 말이 이제야 떠오른 것인지 모르겠다.

어쨌든 자신이 도울 일은 없었다. 대신 아파줄 수도 없을뿐더러, 무엇보다 자신은 마법 때의 고통이 어느 정도의 수준인지 짐작도 못한다. 그저 찌푸린 인상과 엉거주춤한 태도로 상당히 불편하다는 것만 지레짐작하는 것이 최선이었다.

여하튼 건드리지 않는 게 좋은 것은 기정사실이었다. 그 사실만 확실하게 알면 된다고 생각하며 이든은 다시 오지 않는 잠을 청했다. 설핏 잠이 드는 와중에도 해문은 꾸준하게 방을 들락날락했고, 이든은 그녀가 보통 여자임을 새삼스레 깨달았다. 보통 여자. 은연중에 자신은 그녀를 다른 여자와 다르다고 생각했던 모양이었다. 자신이 알던 다른 여자와 다르긴 하나, 그녀 역시 보통 여자였다.

그날 저녁, 아침과 달리 멀쩡해진 해문은 원래의 모습대로 움직이고 있었다. 간혹 움직임이 끊기는 경우가 있었지만, 눈여겨보지 않으면 티가 나지 않을 정도의 것이었다. 이든은 그런 해문은 보며 조금 어이없게 웃었다. 물론 티 나지 않게 소리를 죽여서 웃었다.

열두 시가 땡 하면 마법이 풀리는 신데렐라처럼 해문도 밤이 되면 풀리는 마법을 가진 듯했다. 그 마법의 기간 동안엔 예민한 보통 여자가 되지만, 마법이 풀리고 난 뒤의 그녀는 원래의 퉁명스럽고 단순한 여자로 돌아가는 신기한 Magic. 꼭 양파 같았다. 양파처럼 벗겨내면 낼수록 자신이 모르던 모습이 나타난다. 그러한 점을 하나하나 알아가는 것을 즐거운 일이었으나, 다음 마법 땐 절대 건드리지 말아야겠다는 다짐을 잊지 않고 되새기는 이든이었다. 난감했던 마법의 하루는 그렇게 끝을 맺었다.

아침부터 203호는 부산한 소리들이 터져 나오고 있었다. 부스럭대는 소리, 변기의 물 내려가는 소리, 그리고 사람의 빠른 발걸음 소리까지 203호 안에서 흘러나오고 있었다. 아침이라는 점을 생각하면 아주 일상적인 일이겠지만, 주말이라는 점을 감안하면 전혀 일상적이지 못한 일이기도 했다.

이든은 잠이 덜 깬 눈과 입 부분을 비비적거리며 하품을 길게 뽑아냈다. 몽롱한 눈으로 부산하게 움직이는 해문의 행동을 좇으며 이든은 벽에 등을 기댔다. 조금 들뜬 표정의 해문은 아까부터 콧노래를 흥얼거리고 있었다. 주말마다 나가는 것이야 특별할 것이 없을 테지만, 오늘은 평소보다 유난히 들떠 보였다. 이든은 바닥에 앉아 카메라 렌즈를 소중하게 다루는 해문의 행동을 물끄러미 보았다.

"이런, 먼지가 꼈잖아."

혀를 차더니 능숙한 손놀림으로 17)블로어를 누른다. 피식피식 바람 빠지는 소리가 요란하다. 몇 번 블로어를 누르더니 렌즈를 들고 실눈을 한 채 살핀다. 그러고는 다시 블로어를 요란하게 누른 뒤, 융(絨)으로 조심스럽게 렌즈를 닦아냈다. 어찌 보면 재미없어 보이는 일을 해문은 열성을 다해 하고 있었다. 그러고 보니 촬영장에서 카메라 작가의 조수들이 해문처럼 하는 것을 본 기억이 있다. 그들의 눈도 해문처럼 반짝거리고 있었다. 이든은 살포시 눈웃음을 지었다.

"오늘은 어디 가?"

렌즈를 닦는 것에 열과 성을 다하는 해문에게 묻자, 잠시 렌즈를 닦던 손길이 멈칫한다. 그러나 이내 해문의 손은 렌즈를 닦는 일에 다시 몰두했다.

"18)이구사하치만(井草八幡)."

"무슨 소리인지 못 알아듣는 거 알지?"

하품을 삼키며 말하자, 해문이 피식 웃는다. 실상 자신이 아는 도쿄의 지명은 신주쿠와 시부야, 하라주쿠(原宿) 정도였다. 아키하바라(秋葉原)도 있다. 도쿄에 촬영이나 프로모션으로 온 일은 제

---

17)블로어(Blower): 펌프식으로 바람을 내어 렌즈나 카메라의 미세먼지를 제거하는 용품

18)이구사하치만: 매년 10월 1일에 이구사하치만 신사제례(井草八幡宮祭禮)를 하는데, 3년에 한 번은 신행제(神幸祭) 행렬을, 5년에 한 번은 말을 달리며 활을 쏘아 과녁을 맞추는 야부사메의 행사(流鏑馬の神事)를 함

법 되었지만, 주의 깊게 듣지 않은 탓에 그 외의 지명은 낯설기만 했다.

"사진 찍으러 가는 거야?"

멍하게 묻자, 해문은 고개를 끄덕거리며 렌즈에 입김을 호오 불었다. 융으로 뽀드득 소리가 나게 닦는 해문의 눈은 여전히 반짝거리고 있었다.

"거기서 마츠리(祭り)를 하거든. 그거 사진 찍으러 가는 거야. 쓸 만한 게 몇 장 나올지는 모르지만, 찍는 것 자체가 공부니까. 게다가 마츠리 구경도 하고 말이야."

한쪽 눈을 찡긋하며 해문은 꿩 먹고 알 먹고 라고 웃었다. 축제라는 말은 사람을 기묘하게 들뜨게 하는 단어이니, 당연히 해문의 기분이 좋을 수밖에 없었다. 그러고 보니 자신도 일본에 와서 아직 마츠리를 구경한 적이 없다. 왠지 마츠리가 보고 싶다는 생각이 들었다.

이든은 다 닦은 렌즈를 다른 융으로 감싸 가방에 넣는 해문을 보다가 특이한 것을 발견했다. 렌즈를 넣는 가방 말고도 하나의 가방이 더 있다. 얼핏 보이는 가방 속에는 몇 개의 카메라 같은 것이 얼핏 보였다.

"그것도 카메라 가방이야?"

흥미를 보이자, 해문이 고개를 번쩍 치켜들었다. 카메라에 관심을 보인 것이 못내 반가웠는지, 해문의 입이 헤벌쭉 벌어진다. 무슨 생각을 하는지 얼굴에 다 드러난다. 그러한 그녀가 귀엽게 보였다.

"이 녀석들은 마이 러브리 카메라들이지."

으스대며 해문은 가방을 자신의 앞으로 끌어당긴다. 이든은 웃음을 띤 채 해문이 가지고 온 카메라 가방을 보았다. 렌즈를 넣은 가방과 달리 작은 카메라들이 많았다. 그중에 이든의 눈에도 낯익은 것이 있었다.

"그거 로모지?"

"오, 아는구나!"

해문은 신이 나서 가방에서 직사각형 형태의 검은색 카메라를 꺼냈다.

"친구 중에 그 카메라를 좋아하는 녀석이 있어서."

"로모의 매력을 제대로 알고 있는 사람이구나. 그런 좋은 친구를 옆에 두고 있다니! 이든 씨도 인복이 아주 없지는 않은 모양이야."

본 적도 없는 사람의 평가를 하며 해문은 로모 LC-A의 바디를 소중하게 쓰다듬었다. 아끼는 것인지, 카메라는 오래된 듯하면서도 깔끔한 모양새였다. 이든은 자신의 친구가 가진 상처가 많이 난 카메라를 떠올렸다. 친구는 무릇 카메라란 상처를 입어가며 세월을 먹는 것이라고 말하며 카메라를 막 다뤘다. 단편적인 면이지만, 카메라의 깨끗한 몸체를 보아 해문은 물건을 함부로 다루지 않는 성정 같았다. 하기야 금이야 옥이야 하며 렌즈를 닦는 것을 봐도 어렵지 않게 알 수 있었다.

"그리고 그리고, 이 녀석은 FM2인데 수업에서 주로 사용하는 녀석이야. 그리고 이 녀석은 그냥 막 쓰는 똑딱이고, 이 녀석은 물렁물렁한 젤리카(젤리카메라)인데, 만지면 느낌이 꽤 좋아. 요긴 녀석은 슈샘(슈퍼 샘플러)이고, 이 녀석은 내가 애용하는 칠공쓰(D70s)로 가장 몸값이 비싸. 이 애는 아빠 번들, 얘는 아기 번들, 그리고 애는……."

시키지도 않았는데, 하나씩 꺼내가며 이름을 언급한다. 하나같이 애정이 넘치는 눈으로 설명을 한다. 이대로 두면 밤을 새워서라도 가방 안에 있는 모든 것을 설명할 기세였다. 생기가 넘치는 해문의 모습은 마치 자신이 막 데뷔를 했을 때와 비슷한 면이 있었다. 이든은 노래를 부르는 것에 즐거워했던 과거를 잠시 회상했다.

"그런데 이든 씨는 화보 촬영도 자주 하면서 카메라에 관심이 별로 없나 봐? 생각해 보니까 이든 씨가 카메라 들고 다니는 것 거의 못 본 것 같아."

회상에 빠진 것을 해문은 카메라 이야기에 관심이 없는 것으로 받아들였나 보다. 입을 옹송그린 채 해문은 카메라를 다시 가방에 차곡차곡 넣고 있었다. 작게 '너희의 매력은 내가 알아' 라고 중얼거린다.

실제 이든은 카메라에 별로 관심이 없었다. 해문의 말대로 화보 촬영을 자주 하지만, 그건 일이었다. 물론 화보 촬영을 하다가 카메라에 깊이 빠진 동료 연예인들도 있었으나, 이든은 그렇지 않았다. 촬영은 그저 공적인 일이었다. 그래서 이든은 휴대전화에 딸린 카메라를 제외하고는 휴대용 디지털 카메라조차 가지고 있지 않았다.

생기가 넘치던 해문이 단박에 뿌루퉁해진 것에 이든은 조금 미안한 기분이 들었다. 슬금슬금 손을 움직여 아직 가방에 넣지 않은 물렁물렁한 재질의 카메라를 만지자, 해문이 매섭게 손등을 쳤다. '지문 묻어'라며 해문은 카메라를 가방에 넣는다. 참 꼼한 성격이다. 이든은 콧잔등을 찌푸리며 등을 다시 벽에 기댔다. 해문은 그런 자신은 쳐다보지도 않고 카메라를 조심스럽게 다룬다. 카메라가 해문에게는 아이 같은 존재로 보인다.

"카메라를 많이 좋아하는구나."

느릿하게 지나가듯 말하자, 그녀는 뿌루퉁한 표정으로 고개를 끄덕거린다.

"찍히는 것보다는 찍는 게 좋으니까."

해문은 말을 끝내기 무섭게 조금 전 수업에서 주로 쓴다는 카메라로 자신을 찍었다. 고개를 갸우뚱거리자, 해문이 손사래를 치며 배시시 웃는다.

"괜찮아, 괜찮아. 필름 안 넣었어. 이든 씨의 비싼 얼굴이 안 찍혔으니까 걱정하지 마."

"걱정 안 해."

대답을 하며 나른하게 하품을 뽑자, 해문이 다시 카메라로 자신을 찍었다. 이든은 눈물을 매단 채 그녀를 응시했다.

"아, 아깝다. 지금 거 찍었으면 진짜 대박일 텐데."

혀를 날름 내밀며 히히 하고 웃는다. 이든도 머리를 가로흔들며 웃고 말았다.

"그나저나 예전에 네가 카메라 좋아하는 줄 알았다면, 아는 사진가들 소개해 줄 수 있었는데."

약간 아쉬운 마음이 들어 말하자, 카메라를 가방에 넣던 해문의 손길이 멈추었다. 잠시 멈춰 있던 해문의 손길은 다시 부산하게 움직이며 카메라를 가방에 넣었다. 이든은 그녀를 보는 시선을 치우지 않았다.

"그러게 말이야. 그때 소개해 달라고 할 걸 그랬어. 그런 건 빽을 이용해야 하는데. 나도 참 바보야."

고개를 숙인 채 말하다가 시선을 들어 자신을 응시한다.

"사실 그땐 보통 바보가 아니라 왕 바보였긴 했어. 그렇게 생각하지?"

동조를 구하는 질문이 아니었다. 그냥 말하는 것이다. 이든은 말없이 있었다. 그런 자신의 모습에도 아랑곳없이 해문은 싱긋 눈웃음을 치며 가방을 문 근처에 두었다. 그러더니 차를 마시겠냐고 물었다. 고개를 끄덕이자, 해문이 잠시 기다리라며 방을 나갔다. 이든은 나가는 해문의 작은 등을 조용한 시선으로 응시했다. 입 안이 가슬가슬하다.

부엌에서는 달그락거리는 소리가 자잘하게 나오고 있었다. 열린 문 너머로 까치발을 하고 찬장에서 무언가를 꺼내는 해문이 보인다. 아무렇지 않은 척, 담담한 척하는 느낌이 그녀에게서 묻어났다. 그렇지만 억지로 그런다는 게 다 보인다. 그녀가 감정을 숨기는 게 능숙했다면 좋았을 텐데. 눈을 지그시 감은 채 이든은 쓴웃음을 머금었다.

딩동, 딩동.

약간의 꾸밈도 없는 초인종 소리에 해문이 자신을 본다. 해문의 눈은 '이 아침부터 누구지?' 라고 묻고 있었다. 자신이 이곳에 머물고 있다는 것을 아는 사람이 아무도 없는 이든으로서는 추측도 안 되는 질문이었다. 이든도 해문과 마찬가지로 '누구지?' 라는 의문을 눈에 담았다.

[누구세요?]

의심스러움이 한껏 담긴 해문의 말투에도 문 건너편은 조용했다. 해문은 연이어 누구냐고 일어로 말하는 듯했다. 그녀의 조심스러운 발길이 현관으로 향한다. 이든은 몸을 움직여 문 뒤쪽에 기댔다. 혹시 해문을 아는 사람의 방문이라면 자신이 있다는 것을 꺼려할 것 같아서 그런 것이다. 숨으면서도 이든은 자신의 모습이 왠지 추레하다는 생각을 했다.

[누구라고요?]

무슨 대답이 들렸는지, 해문이 문에 몸을 바짝 기댄다. 이든은 빠끔히 고개를 내밀었다. 해문이 조금 놀란 몸짓으로 걸쇠를 여는 게 보였다. 막 문이 열리는 순간 이든은 다시 문 뒤로 몸을 숨겼다.

[에에에!]

[해문 상, 안녕하세요.]

놀란 해문의 목소리에 이어 들리는 건 앳된 느낌의 남자 목소리였다. 이든은 한쪽 눈썹을 치켜세웠다.

[히이라기 군?]

[시간이 남아서 해문 상 집으로 바로 왔어요. 실례가 되었나요?]

[아니, 그건 아니고. 아직 약속 시간이 아니잖아.]

[알고 있어요. 그냥 멍하게 있는 것보다는 빨리 만나서 움직이는 게 좋을 것 같아서요.]

알아들을 수 없는 일본어 대화에 이든은 왠지 따돌림을 당하는 느낌이 들었다. 자신이 여기 있는 걸 해문밖에 모르는 것을 알면서도 말이다. 무릎을 세워 팔을 올려놓다가 이든은 자신의 모습을 내려다보았다. 어쩐지 한심하다. 밖에 있는 이가 눈치 채지 못하게 하기 위해 숨조차 크게 내쉬지도 못하는 처지라니. 죄를 지은 것도 아닌데 무슨 연유로 숨어야 하는지, 반사적으로 숨은 자신의 행동이 못마땅했다. 밖은 그런 자신과 상관없이 대화가 이어지고 있었다.

[아직 준비 안 했어요?]

[아니, 그건 아니야. 이미 준비는 다 해놨어.]

[그럼, 아! 차 마시려고 하셨나 봐요? 물 끓고 있어요.]

[아차, 뜨거운 물 끓인다고 해놓고 깜빡 잊었다. 미안해.]

[아니요, 괜찮으시면 저도 차 한 잔 주세요. 목이 약간 마른 것 같아요.]

[차보다는 차가운 물이 더 좋지 않을까?]

[그러네요.]

도통 알아들을 수 없는 말이지만, 이든은 간간이 몇 개의 말을 소리없이 따라 했다. 특히 마지막에 남자가 한 ‘소우데스네’ 라는 말을 짓궂은 표정으로 따라 했다. 의미는 나중에 해문에게 물어 알아내면 되고, 지금은 그 말을 따라 하는 게 재미있었다. 어쩐지 운율이 느껴지는 말이다.

소우데스네, 소우데스네.

아예 이든은 머릿속으로 리듬을 붙여 흥얼거렸다.

[음? 누가 있나 봐요?]

눈을 감고 본격적으로 아예 노래로 불렀다. 언제 저 대화가 끝날지는 모르나, 최소한 오늘이 끝나기 전에는 끝날 것이다. 이든은 아예 가사로 '소우데스네'라는 말을 써보는 걸 어떨까 생각했다.

[아, 응, 에에, 으음.]

[해문 상?]

[그러니까, 후유. 잠시만 기다려 줄래?]

[왜 그러는데요?]

해문이 나가면 난수 형의 스튜디오에 가야겠다. 난수라면 '소우데스네'를 살릴 수 있는 방안이 있을 듯싶었다.

"이든 씨."

이왕 나간 김에 형을 졸라서 전자상가에 가 PSP(플레이스테이션 포터블)를 하나 사는 것도 좋겠다. 이렇게 무료할 줄 알았으면 무성이의 PSP를 들고 왔을 텐데. 이제 와 생각해도 늦은 일이다.

"이든 씨? 뭐 해, 이든 씨?"

자신을 부르는 목소리에 이든은 감고 있던 눈을 떴다.

"응, 나가."

대꾸를 하며 이든은 눈썹을 찌푸렸다. 작게 흥얼거리던 소리가 들린 모양이었다. 그러니까 저쪽이 자신이 있는 것을 알아챘을 것이다. 벅벅 볼을 긁으며 이든은 눈썹을 폈다. 그런 뒤 고개를 문밖으로 내밀었다. 내밀자마자 보이는 것은 난감한 표정의 해문이었다. 그리고 놀란 눈을 한 애젊은 남자도 있었다. 이든은 그 둘을 향해 눈가를 접으며 생글방글거렸다.

"Hi."

손까지 가볍게 흔들며 인사를 하자, 해문의 표정이 묘하게 일그러졌다. 남자의 얼굴은 아예 돌덩이가 된 것 같았다. 펭귄이 몇 마리 현관에 등장한 모양새다.

'Good morning' 으로 할 걸 그랬나?

이든은 아무것도 모르는 척, 사람 좋은 웃음만 연방 보였다. 이 상황에서 웃지 않으면 어쩌겠는가? 까마귀라도 지나가는지, '깍' 하는 소리가 들리는 것 같다.

"잘 다녀와."

힘차게 손을 흔드니, 해문이 억지로 웃으며 손을 흔들어준다. 사실 흔드는 게 아니라 어서 들어가라고 손사랫짓을 하는 것으로 보였다. 해문은 조금 전 자신이 소리를 낸 것이 의도적이라고 믿고 있었다. 아니라고 해도 믿어주지 않을 테고, 아주 아닌 것도 아니기에 이든은 세상모르는 얼굴로 방긋거리며 손을 흔드는 것을 멈추지 않았다.

따가운 시선이 피부에 닿는 게 느껴져 고개를 돌리자, 해문의 옆에 선 남자가 보인다. 히이라기라는 이름의 애젊은 남자는 못마땅한 시선을 숨기지 않고 그를 보고 있었다. 이든은 그 얼굴을 똑바로 보며 고개를 살짝 숙였다. 반사적으로 남자도 고개를 꾸벅이다 콧잔등을 찌푸리더니, 이내 못마땅한 시선으로 자신을 훑어보았다. 하여간 이 몸은 너무 잘생겨서 문제다. 제가 한 말이 웃겨이든은 입가를 꿈틀거렸다. 그것을 오해한 듯 히이라기의 시선이한결 더 못마땅하게 변했다. 그러든 말든 이든은 태연하게 그들을배웅했다.

점점 해문과 히이라기라는 남자가 아파트에서 멀어져 갔다. 걸어가던 그 둘은 무슨 말을 하는지 발길을 멈추며 크게 웃었다. 그러다가 해문이 웃으며 앞장서 걸어갔다. 갑자기 웃던 남자가 고개를 돌려 이든을 쏘아본다. 이든은 또 웃으며 손을 흔들었다. 남자는 이든을 못 본 척하며 팩 고개를 돌려 버린다. 이든은 혀를 찼다. 애젊은 외모에 못지않은 어린 행동이다. 그런다고 자신이 기분이 상할 것이라 여기는 것일까? 이든은 느긋한 시선으로 히이라기의 뒷모습을 지켜보았다.

이윽고 둘의 모습이 사라지자, 이든은 손으로 얼굴을 쓸어내렸다. 은근히 피곤했다. 그나마 재미가 있어서 다행이었다. 특히 자신을 볼 때마다 길이를 자랑하듯 옆으로 쭉 찢어진 눈을 보이던 히이라기는 무척 흥미로웠다. 다시 생각해도 참 긴 눈매다. 이든은 빙글거리며 난간에 팔을 기댔다. 색바람이 머리카락 사이를 나부낀다.

히이라기 카즈마사(柊和雅)라는 이름의 남자는 해문과 같은 반이면서 오늘 외출의 동행이었다. 해문보다 세 살이 어리고 반에서 친하게 지내는 몇 안 되는 일본인 친구라는 게 해문의 설명이었다. 단순한 친구라고 하기에는 무엇한 눈빛을 가졌으나, 그 부분에 대해서는 모르는 것인지 모르는 척을 하는 것인지, 해문은 아무런 언급을 하지 않았다. 천연덕스럽던 표정으로 미루어 짐작하건대, 모를 것이다.

"생각 외로 둔하단 말이야."

빙그레 웃으며 읊조렸다. 기분 좋은 바람이 다시 이든의 머리카락을 스치고 지나갔다. 이든은 눈을 감고 바람의 여운을 느꼈다.

[질투해?]

뜬금없이 들려온 여자의 목소리에 이든은 감고 있던 눈을 떴다. 조금 전까지만 해도 사람이 없었던 지라, 어리둥절한 표정으로 이든은 고개를 돌렸다. 그곳에는 짙은 검은색 머리를 늘어뜨린 여자가 서 있었다. 이든은 손가락으로 자신을 가리키며 자신에게 말을 건 것이냐는 무언의 질문을 했다.

[여기 당신 말고 아무도 없어. 귀신이 있다면 모를까.]

무슨 말을 한 것인지 알아들을 리가 없다. 빠르게 쏟아져 나오는 일본어 때문에 두통이 일어나려 한다. 아무래도 당장 급한 것은 PSP가 아니라 일본어 회화 책일 듯하다.

"I cannot speak Japanese."

[오, 발음 좋네. 외국인은 다 발음이 좋은가 봐.]

"I'm sorry. I cannot do Japanese."

[미안하긴 뭐가 미안한데. 일본어 못하는 게 죄는 아니지. 더욱이 영어 발음도 그리 좋다면 괜찮아.]

일본어를 못한다고 하는데도, 여자의 말은 줄어들 낌새가 보이지 않았다. 못 알아들은 것일까? 일본인들이 영어에는 약하다는 것은 익히 알고 있지만, 기본적인 영어는 통하리라 생각한 게 오산인 듯했다. 낭패라는 생각에 이든은 이대로 아파트로 들어가자고 생각했다. 있어봤자, 대화가 가능하지도 않다. 더불어 모르는 여자다.

맞아, 모르는 여자였어.

이든은 새삼 떠오른 사실에 눈썹을 찌푸렸다. 외국이다 보니, 모르는 사람에 대한 경계심이 약해진 듯싶다. 이러다가 괜한 구설수에 휘말리면 골치가 아픈 것은 누구도 아닌 자신이었다.

고개를 돌려 여자를 보며 싱긋 웃어 보였다. 그러자 여자가 고개를 비스듬히 숙이더니, '호오' 하고 의미 모를 소리를 내뱉었다. 그러든 말든 이든은 자신이 생각한 것을 행동으로 옮겼다.

"Have a nice time. See ya."

[좋은 시간은 내가 아니라 해문 상이 보내겠지. 안 그렇게 생각해?]

그대로 등을 돌려 들어가려던 이든은 단 하나의 알아들을 수 있는 단어에 멈칫했다. 고개를 돌리자, 여자가 말없이 아파트의 입구 쪽을 가리키며 하품을 나른하게 했다. 이든은 여자를 뚫어지게 쳐다보았다. 조금 눈시울이 쳐진 눈 속에는 심연같이 깊은 눈동자와 무표정한 듯하지만 왠지 다감해 보이는 감정이 엿보였다.

"Do you know Hae-Moon?"

[당연하지. 옆집이니까.]

여전히 못 알아듣는 말에 멀뚱멀뚱하게 있자, 여자가 등 뒤를 가리켰다. 손가락의 끝에는 202라고 쓰인 숫자와 이름으로 추정

되는 한자가 적혀 있었다. 순간, 이제껏 눈치 채지 못한 게 이상할 정도로 유난히 쳐진 여자의 눈매가 눈에 띄었다. 불현듯 해문이 구시렁거리던 단어가 무심코 입 밖으로 튀어나왔다.

"타누키!"

해문이 말했던 바로 옆집에 사는 그 너구리였다. 이든은 바로 집으로 돌아갔어야 했다고 후회했다. '변신 너구리'라는 터무니없는 말을 믿는 게 아니다. 해문의 말대로 이 여자는 어딘가 이상했다. 범접할 수 없는 기묘한 기운이 여자의 주변에 감돌고 있는 느낌이었다. 입고 있는 옷차림도 범상치 않다.

검은 레이스가 달린 롱 드레스에 핑크색 슬리퍼라니.

쉽게 소화하기 어려운 옷인데도 위화감이 없는 게 신기했다. 어쩌면 퇴마사일지도 모르겠다는 생각이 불쑥 치켜든다. 생각해 놓고 보니 어이가 없었다. 스물아홉 살이 하기에는 매우 유치한 발상이지 싶다. 그렇게 따지면 스물일곱 살의 해문이 말한 '변신 너구리'도 마찬가지였다.

[너구리? 그거 날 부르는 말인가? 해문 상이 날 너구리라고 부르는 모양이구나. 대뜸 너구리라고 하는 걸 보니까. 그런데 진짜 일본어 못 알아들어?]

타누키만 세 번 언급되었다는 사실만이 유일한 위안이었다. 계면쩍은 느낌에 콧잔등을 긁적거렸다. 여자의 눈이 기묘하게 반짝거리며 이든을 응시했다. 이 여자, 상당히 독특하다.

"馬鹿(바보)."

이든은 잠시 귀를 의심했다. 운이 좋게도 지금 들린 일본어는 이든도 아는 말이었다. 그렇지만 도저히 초면인 사람에게 할 말이라는 생각은 안 들었다. 누가 초면인 사람에게 대뜸 '바가' 라고 하겠는가? 실로 어이가 없는 일이었다. 이든은 잘못 들은 것이라 치부하며 찌푸린 인상을 폈다.

[바보는 알아들은 거 같네. 바보도 이젠 국제적으로 통하는 말이 된 건가? 그럼, '19)아호(阿呆)' 는 알아들어? '아호'.]

"아호?"

강조하는 듯 두 번 말하는 여자의 입술을 따라 하자, 만족스러운 듯 고개를 끄덕거린다. '아호' 가 무슨 뜻일지 무척 불안하다.

[그래, '아호'. '아호' 는 모르는구나. 사투리는 국제적으로 안 통하네. 음, 이해됐어.]

"정말 답답하군. I cannot speak Japanese. Understand?"

[알고 있어. 그러니까 '아호' 도 못 알아듣잖아.]

"아, 미치겠네."

[나도 한국어 못해. 그렇게 민감하게 굴지 않아도 돼.]

소귀에 경 읽기. 딱 그 느낌이었다. 그리 열심히 일어를 못한다고 해도, 여자는 일어를 쉬지 않고 뱉어냈다. 애당초 상대를 한 자신의 탓이었다. 괜히 해문의 이름에 솔깃해서 이런 일이 일어난 것이다. 답답한 마음에 이든은 하늘을 올려다보았다. 푸른 하늘이 눈부시게 맑았다.

[영어는 발음이 좋지 않으면 이상하게 들리니까 하지 않을래. 아아, 해문 상이 있으면 통역해 줄 텐데. 안 그렇게 생각해?]

----

19)아호(阿呆): 바보라는 의미의 관서(關西)지방 사투리

또 해문의 이름이 언급되었다. 이번에는 무시하자고 생각하며 이든은 그녀를 외면했다. 그러나 그건 혼자만의 생각이었다.

[당신, 그녀의 룸메이트지? 내가 보기엔 보이 프렌드인데, 해문 상은 단순한 룸메이트라고 하더라. 진짜 룸메이트야?]

"루, 루무메이토?!"

무심코 여자의 걸작이라 칭할 수밖에 없는 발음을 따라 했다. 여자는 고개를 끄덕거린다.

"크, 크흐흐. 루무, 메이토? 하하, 큭큭큭큭."

[성격 참 나쁘네. 사람 발음 가지고 웃다니. 실례야.]

이든은 아예 대놓고 웃어버렸다. 그녀의 걸작인 발음은 아무리 생각해도 웃기기만 했다. 그래도 발음이 이상하다고 해서 뜻이 통하지 않는 것은 아니었다. 하지만 웃긴 것도 어쩔 수 없었다. 이든이 연거푸 웃자, 여자의 붉은 입술이 삐죽거린다. 그러면서도 피식 웃는 게 그녀도 스스로 발음이 이상한 것을 아는 모양이었다. 이든은 자연스럽게 생성된 눈가의 눈물을 문지르며 고개를 살래살래 흔들었다. 독특한 건 맞지만, 나쁜 사람은 아닌 듯싶다.

[난 이가라시 유키에야. 유키 짱이라고 불러줘. 당신은?]

참 생게망게하다. 돌연 통성명을 하자고 나서는 여자를 이든은 희미한 웃음을 띤 채 바라보았다. 자신이 아무 말도 안 하고 묵묵히 있자, 여자가 입술을 동그랗게 말았다.

[해문 상의 룸메이트 상, 난 너구리가 아니라 유키에라고 해. 자, 이름이 뭐야?]

또박또박 발음을 하지만, 여전히 '루무메이토' 다. 거기다 상까지 붙였다. 이든은 풋 하고 웃었다. 뭐, 이름을 알려준다고 큰일이 나진 않을 것이다. 저 발음 상태로 보아 자신의 이름을 제대로 발음할 가능성도 낮았다.

"최이든."

[치, 치에 이듄(チェ イ デュン)? 발음하기 너무 어려워. 다시 말해봐.]

그래도 귀는 좋은지 한 번에 듣고 발음을 한다. 다만, '치에 이 듄'이라는 얼토당토않은 발음이 문제다.

"I am Choi I deun not Chie I Dyun. CHOI I—DEUN. Call me, Ideun."

스펠링을 일일이 읊어주는 친절을 발휘했지만, 여자의 눈은 여전히 심연 같기만 했다. 알아들은 것인지 아닌지도 모르겠다.

[스펠링을 말한다고 제대로 발음할 수 있을 거라고 생각하는 건 버려. 아무리 들어도 치에 이듄이야, 이듄. 이름 참 이상하네.]

끝까지 '치에 이듄'이라는 이상한 발음을 고수한다. '돈짱'이라고 하던 해문이나 '이듄'이라는 발음을 고수하는 여자나 비슷해 보인다. 어쩌면 동족 혐오로서 해문이 이 여자를 싫어하는 게 아닌가 하는 생각이 문득 들었다.

[이듄이라고 부르는 게 싫어? 그럼 치에로 해줄까? 그것도 싫으면 해문 상의 룸메이트 상? 이건 너무 길어서 부르기 귀찮아. 역시 이듄이 제일 좋지 싶은데. 아까 성이 CHOI라고 했지? 그럼 쇼이(チョイ)라고 할게. 그 정도면 괜찮지, 쇼이 상?]

혼자 길게 말을 하더니, 영어식의 발음과 흡사한 '쇼이'를 외친다. 이든은 고개를 살래살래 흔들었다. 영어권도 아닌 나라에서 영어식의 발음을 듣게 되다니. 그것도 현지에서 변형된 형태로 말이다. 색다른 경험이다. 그다지 즐겁지 않은 경험이라는 것은 굳이 말할 필요도 없었다.

[그런데 당신, 그러니까 쵸이 상의 정체는 정확하게 뭐야? 단순한 룸메이트? 아니면 그 이상?]

묵묵히 이든은 여자가 혼자 떠들게 두었다. 어차피 말도 안 통하는 상대다. 간혹 웃기지도 않은 영어와 자신을 호칭하는 게 들렸지만, 이든은 입을 다물었다. 대답을 하지 않으면 제풀에 지칠 것이라고 생각했다.

[아까 그 남자는 누구야? 어려 보이던데. 어린 남자에게 그녀를 빼앗길 그런 상황인 건 아니겠지? 삼각관계, 뭐 그런 거야? 재미있겠네.]

대답을 하지 않아도 혼자 신이 나서 말을 하는 여자다. 허탈한 마음에 이든은 다시 피식 웃었다.

[그래도 당신이 훨씬 괜찮아. 그 남자보다 당신 쪽이 더 잘생겼거든. 웃으니까 귀여워 보이기까지 하네. 당신, 진짜 괜찮아. 해문 상이 조금 부러운걸.]

여자의 눈이 자신을 평가하듯 훑어본다. 살짝 눈썹을 찡그리자, 여자의 입술이 웃는 것처럼 비틀렸다. 기분이 상하진 않았다. 그녀의 시선은 그저 평가하는 시선일 뿐, 사감(私憾)이 섞인 것이 아니었다. 하지만 저러한 행동이 상대의 기분을 상하게 할 소지가 있다는 것을 여자는 모르는 듯했다. 알려줄 생각도, 알려줄 방법도 없었기에 이든은 그저 눈썹을 한번 긁적거리고 말았다.

[아, 쵸이 상. 혹시 너구리의 노래 알아? 아까 나한테 너구리라고 했잖아.]

또다시 자신을 어설픈 영어식으로 부르는 여자였다. 게다가 통하지 않는 것을 알면서 끝까지 일본어를 고수한다. 이든은 갑갑한 마음에 그녀를 물끄러미 바라보며 입에 붙은 영어를 나른하게 말했다.

"I cannot……."

[발음 좋아. 같은 말 계속할 필요 없어. 그나저나 너구리의 노래 아냐고 난 물었어. 타누키 송.]

자신의 말을 무지르며 낯익은 단어를 말한다. 이든은 그녀가 언급한 말을 되뇌었다.

"타누키 송이라면 너구리의 노래라는 의미인가? It mean a song of a raccoon?"

[응, 너구리의 노래 말이야. 당연히 모르겠지?]

자신을 말똥말똥 보는 시선은 마치 그 노래를 아느냐고 묻는 듯했다. 이든은 모른다고 고개를 살짝 내저었고, 여자는 기다렸다는 듯 손뼉을 마주쳤다.

[자, 그럼 내가 부를 테니까 잘 들어봐.]

흠 하고 여자가 목청을 가다듬는 모양새가 아무래도 부를 생각인 것 같았다. 초면인 자신의 앞에서 대뜸 노래를 부르는 여자의 속내를 알 수 없었다. 그것도 '너구리의 노래'라는 것을 말이다. 문득 이든은 너구리가 너구리의 노래를 부르는 모습을 보는 것은 무척 희귀한 일이라는 생각이 들었다. 일본에 와서 별 경험을 다 한다. 다시 짝 하고 손뼉 소리가 들려 여자를 보자, 여자는 손을 가지런하게 모은 채 노래를 부르려 한다. 생게망게하긴 하나, 흥미로운 일이라 이든은 조용히 여자의 입술을 주시했다.

"[20]たんたん狸の金玉は風に吹かれてぶ—らぶら. それを見ていた子狸が父ちゃんいいもん持ってるね(탄탄 타누키노 킨타마와 카제니 후카레데 부~라부라. 소레오 미데이타 코타누키가 토짱 이이몬 못테루네)."

쉬지 않고 부른 뒤, 여자는 길게 숨을 내쉬었다. 여자의 무표정한 얼굴에는 부른 노래에 대한 만족의 표시처럼 홍조가 떠 있었다. 이든은 박수를 보냈다. 여자가 그에 응답이라도 하듯 고개를 살짝 숙인다.

"Is the song a song of a tanuki?"

[응, 너구리의 노래. 어때, 괜찮아?]

"Why did you tell me a song of a tanuki?"

[선물이야, 선물(ギフト, Gift).]

"It means gift? Is it the song which you give to me?"

[응, 선물이야. 내게 너구리라는 별명을 선사해 준 해문 상과 당신에게 주는 선물.]

어깨를 으쓱거리며 방글방글 웃는 여자의 모습이 이상하게 음험해 보였다. 고작 노래 하나에 음험할 것까지는 없지만 그렇게

---

20)이 노래의 가사는 지역에 따라 다양한 편으로, 본문에 쓰인 가사는 도쿄에서 불린 가사로 추정

느껴졌다.

"Do you want me to sing the song? I do not know a song of a tanuki."

[알고 있어. 내가 알려줄 테니까 걱정 말고 따라 불러봐. 선물은 받아주는 게 예의야. 자, 불러봐.]

'기프토'라는 말을 하며 여자는 어서 노래를 부르라는 듯 손을 흔들었다. 꿍꿍이속이 있어 보이는 행동이었다. 무엇보다 의미를 모르는 일본어라는 게 마음에 걸렸다. 이마를 긁적거리며 여자를 보았다. 여자의 심연 같은 눈동자는 자신을 똑바로 보고 있었다. 이든은 어깨를 으쓱했다. 이왕 일본에 온 것, 일본어 노래를 배우는 것도 나쁘진 않을 것이다. 배우는 게 어려운 일도 아니고, 무엇보다 열성적인 여자의 행동이 흥미로웠다.

"Please sing once again."

노래를 다시 불러달라고 하자, 여자는 기다렸다는 듯 타누키 송을 불렀다. 주의 깊게 들어보니, 낯익은 리듬이다. 어릴 적에 했던 너구리게임의 배경 음악과 비슷했다. 너구리게임이라 너구리의 노래를 배경 음악으로 쓴 것이구나, 하고 이든은 고개를 주억거렸다.

노래를 끝낸 여자는 이제 천천히 한 구절씩 발음을 하며 노래를 불렀다. 자신에게 따라 부르라는 의미였다. 이든은 흔쾌히 여자의 발음을 따라, '타누키 송'이라는 것을 불렀다. 리듬이 낯익은 덕에 따라 부르는 것은 쉬웠다. 단지 낯선 일본어가 문제였으나 그것도 또박또박 발음을 하는 여자의 친절 덕에 어렵지 않게 따라

할 수 있었다.

노래를 부르다 말고 여자를 보자, 여자가 생글생글 웃는다. 여자의 눈동자에 장난기가 살짝 엿보였다. 역시 무슨 꿍꿍이가 있다고 이든은 확신했다. 해문의 말대로 변신한 너구리일지는 모르겠으나, 하나는 확실하다. 여자의 성격은 너구리 같은 면이 있었다. 생각해 보니 눈매도 너구리 같아 보이긴 한다. 어쨌든 재미있는 여자였다. 이든은 그렇게 결론을 내리고 입에 익지 않은 노래를 불렀다. 난수의 스튜디오에 가려던 생각은 이미 머릿속에서 사라지고 없었다.

파란 하늘을 한 토요일 오전, 흥겨운 리듬의 노래는 아파트에 맑게 울려 퍼졌다.

땅거미가 진 뒤에야 해문은 집에 돌아올 수 있었다. 인파에 치이고, 무거운 가방에 짓눌린 몸은 진득한 피곤함을 토로하고 있었다. 질질 발을 끌고 계단을 올라가던 해문은 집에 가까워질수록 들리는 낯선 소리에 눈썹을 치켜세웠다. 흡사 노랫소리 같은 것이 멀지 않은 곳에서 들리고 있었다. 의아한 눈빛으로 귀를 기울이던 해문은 그 노랫소리의 진원지가 현관문 옆에 있는 욕실의 작은 창이라는 것을 알아챘다. 저도 모르게 허허 웃음이 튀어나왔다.

"지금이 몇 시인데, 노래를 부르는 거야."

괜한 불만에 혼잣말을 지껄이며 밤에는 좀 조용히 하라고 말해야겠다고 해문은 속으로 다짐했다. 그러고는 해문은 현관문 앞에 서서 열쇠를 끼어 넣었다. 열쇠를 돌리려 하는데 자꾸 가방이 거치적거려 가방을 바닥에 놓았다. 그런 뒤 문을 열고 바닥에 둔 가방을 드는 순간, 덜커덩 소리가 들렸다. 무의식적으로 고개를 든 해문은 저도 모르게 숨을 들이켜야 했다.

"어?"

당황한 듯한 이든의 목소리를 듣자마자 해문은 현관문을 빠르게 닫아버렸다. 놀랐는지 심장이 엄청난 속도로 뛰고 있었다. 해문은 그대로 자리에 주저앉았다. 어안이 벙벙했다. 설마 이렇게 타이밍이 좋게 욕실 문이 열릴 것이라고는 생각도 못했다. 의도적으로도 이리 타이밍을 맞추긴 어려울 듯싶었다. 머릿속에 방금 본 것이 떠올랐다. 해문은 눈을 질끈 감고 신음을 흘렸다.

이든만 무어라 할 게 아니었다. 놀란 와중에도 자신의 눈은 저절로 이든의 몸을 훑은 것이다. 처음 보는 것도 아니면서 무어가 그리 신기하다고 본 것인지 모르겠다. 사실 그렇게 따지면 지금 이렇게 놀라서 문을 닫아버린 것 자체가 더 이상했다. 아니, 이전 변기 커버 사건도 어찌 보면 자신이 극성부린 것에 지나지 않는다.

해문은 난간에 몸을 기댄 채, 깜깜한 하늘을 올려다봤다. 어둑한 하늘에 떠오른 개그맨 이혁재의 얼굴이 '저질이야'라고 말하는 듯했다. 심장은 여전히 두근두근 거리며 빠르게 뛰고 있었다. 괜스레 담배가 피우고 싶었다. 담배를 항시 들고 다니지 않는 게 이럴 땐 불편했다.

그때 문이 열리려는 듯 삐걱거렸다. 자신의 카메라 가방이 걸려서 문이 안 열리고 있었다. 가방을 잡아당기자 문이 빠끔 열리며 이든이 고개를 내민다. 흠칫 저도 모르게 놀라 해문은 눈을 내리깔았다.

"반성 중이야?"

"무, 무슨 반성?"

시치미를 떼고 아무렇지 않은 척하려 애썼지만, 눈은 여전히 하늘을 향해 있었다.

"미안해서 그러고 있는 거 아니야?"

"왜, 왜 미안해야 하는데! 난 미안해야 할 일, 안 했단 말이야. 아무것도 보지 않았어."

일부러 턱을 치켜들고 당당하게 말했다. 그렇지만 이상하게 눈은 자꾸 허공을 맴돈다. 머릿속에서 이혁재의 목소리가 메아리처럼 '저질이야' 하고 외친다.

"아무것도 안 봤어?"

"다, 당연……."

당연하다고 말을 하려다가 해문은 입을 다물었다. 아무것도 안 봤다니. 차라리 제대로 못 봤다고 하는 게 낫겠다. 해문은 입을 앙다문 채, 얼굴을 일그러뜨렸다. 정말 입이 문제다. 해문의 이런 심정을 알아챈 이든이 키득거리며 웃었다. 기분이 상해 불만스럽게 그를 노려보았다.

"어쨌든, 이걸로 예전에 그 욕실 건은 쌤쌤이다?"

뜻 모를 소리에 해문은 혼잣말로 '욕실?' 이라고 되물었다. 그 소리를 들은 이든이 '일전에 욕실 앞을 알짱거린다고 네가 화낸 거' 란다. 그제야 해문은 그가 말한 욕실이 무엇인지를 알고 일떠섰다. 이든은 몸을 문가에 기댄 채 언죽번죽하게 뒷말을 이었다.

"사실 쌤쌤이라고 하긴 내가 손해지. 제대로 보이지도 않던 실루엣하고 실오라기 하나 걸치지 않은 라이브 누드의 값어치는 현격한 차이가 있잖아. 안 그래?"

손가락을 까딱거리는 것을 보니, 확 그 손가락을 꺾고 싶었다. 해문은 이를 뿌드득 갈았다.

"게다가 내 누드는 비싼 편이라고."

하지 않아도 될 말을 덧붙인 그는 만족스러운 표정으로 웃고 있었다. 머리로 그 얼굴을 확 들이받고 싶다. 정말 여러 가지 폭력 욕구를 불러일으키는 남자다. 어쩌면 말을 이렇게 예쁘게 하는지 모르겠다. 해문은 부글부글 끓는 속을 애써 억누르며 바닥에 놓아둔 가방을 들었다.

"비싼 몸이라서 이 늦은 시각에 샤워를 하신 거야? 낮 내내 뭘 해서 이제 하는 건데? 혹시 쌤쌤이를 노리고 일부러 그런 거 아니야?"

있는 대로 빈정대며 해문은 입술을 삐죽거렸다. 하필 자신이 돌아올 시간을 골라 샤워를 했는지 정말 이해가 안 됐다. 낮엔 무엇을 하고 이제 와 샤워를 하느냔 말이다. 투덜거리며 뾰루퉁하게 그를 보자, 의외로 이든이 입을 다물고 있었다. 불현듯 해문은 자신이 한 말에 이상한 게 있었나 생각했다. 의아하게 그를 보자, 이든의 표정이 금세 언죽번죽하게 변했다.

"어떻게 알았지? 의외로 예리하네."

뻔뻔한 그의 대답에 해문은 쳇 하고 혀를 찼다. 해문은 202호의 문을 보며 속으로 구시렁댔다. 역시 너구리에게 세뇌를 당한 게 틀림없었다. 해문이 알던 예전의 이든은 이렇게 능구렁이 같지 않았다. 문득 자신이 그에게 내숭을 부렸듯, 이든도 자신에게 숨긴 일면이 있을지 모른다는 생각이 들었다.

몸은 예전이랑 똑같았는데.

자연스레 연상되는 조금 전의 모습에 해문은 귓불이 붉어지는 것을 느꼈다. 괜히 덥다. 해문은 손부채를 부쳤다. AV를 처음 본 사춘기 소녀도 아니면서 왜 이리 얼굴이 붉어지는 것인지 당최 모르겠다.

"무슨 생각을 하기에 얼굴이 그럴까?"

의미심장한 이든의 목소리가 들렸다. 이 남자는 혼자 생각도 못 하게 한다. 해문은 다시 입술을 삐죽거렸다.

"더워서 그런 거야."

퉁명스러운 대꾸를 하고 집으로 들어가려 하자, 이든이 도통 비킬 생각을 하지 않는다. 해문은 불만스럽게 그를 노려보았다.

"안 비켜?"

"더운지 안 더운지 파악하는 중이야."

"혼자 파악하고 비켜. 피곤해."

민망한 기분을 완전히 숨길 수 없어 목소리의 톤이 높았다. 그래도 해문은 고개를 뻣뻣하게 들고 태연한 척했다. 이든의 입 끝이 비스듬하게 올라가더니, 너털웃음을 터뜨렸다. 하여간 웃는 모습도 마음에 안 든다. 문에서 느리게 몸을 비키는 이든의 행동에 해문은 진심으로 그와 대거리를 하고 싶었다. 마음이 하해와 같이 넓은 자신이 참을 수밖에 없었다.

이든이 사람 하나가 겨우 통과할 정도로 비키자, 일부러 묵직한 가방으로 그의 배를 치고 지나갔다. 윽, 하는 그의 신음이 잠시 해문의 기분을 좋게 했다. 하지만 이내 그 신음은 즐거움을 담은 웃음소리로 변했고, 해문은 금세 표정을 일그러뜨렸다. 얄미워 죽겠다.

터벅터벅 방에 들어와 카메라 가방을 놓자, 잠시 잊고 있었던 피곤함이 한꺼번에 몰려왔다. 이대로 자고 싶었다.

의자 등받이에 몸을 기대고 가만히 눈을 감고 있으니, 이든이 들어오는 소리가 들렸다. 다시금 머릿속에 조금 전 본 장면이 떠올랐다. 해문은 얼굴을 찌푸렸다.

"사진 많이 찍었어?"

자신을 놀리던 것을 잊은 듯, 이든의 목소리는 평소와 같았다. 그는 아무렇지 않은데 자신만 흔들리는 느낌이다. 해문은 얼굴을 찌푸린 채 성의없이 대꾸했다. 특별히 대답을 기대하지 않았는지, 이든은 자신의 성의없는 대답엔 신경도 쓰지 않고 노래를 흥얼거리기 시작했다. 들어본 적이 있는 느낌에 해문은 그제야 아까 욕실에서 들린 그 노래라는 것을 깨달았다.

"무슨 노래를 그렇게 흥얼거려?"

의자에서 일어나 겉옷을 옷걸이에 걸며 아무렇지 않게 물었다. 낮 사이에 무슨 좋은 일이 있었기에 저토록 노래를 흥얼거리는 것일까? 조금 전처럼 자신의 말에 신경도 안 쓸 줄 알았는데, 의외로 이든이 반색을 하며 눈을 반짝였다. 뜻밖의 반응에 놀라 해문은 뒷걸음질을 치고 말았다. 아무래도 이 인간, 항우울제를 잔뜩 먹은 게 아닌가 의심스럽다.

"궁금하지?"

해문의 질문에 질문으로 응답하는 이든이었다. 이 상황에서 아니라고 하면 그의 반응이 어떨지 무척 궁금했다. 그러나 해문은 느꼈다. 자신이 궁금해하길 바라는 이든의 강력한 바람을 말이다. 내키지 않는 것을 숨기며 고개를 끄덕이자, 이든이 '그럴 줄 알았어'라고 조금 으스대듯 말했다. 아니라고 할 것을 그랬다.

"Ladies and gentlemen. 동남아 순회공연을 마치고, 이제 막 도쿄에 상륙한 인기 가수 최이든의 나이트 룸 쇼! 지금 바로 당신을 찾아갑니다!"

거창하게 말하며 이든은 목청을 가다듬듯 흠, 하고 소리를 냈다. 그러더니 마치 동요를 부르는 아이처럼 양손을 포개어 어깨 높이로 들었다. 우스꽝스러운 모습이었다. 스멀스멀 웃음이 터질 듯 간지럽다. 해문은 아랫입술을 꽉 깨물었다. 이든의 반짝거리는 눈동자가 해문을 직시한다. 이윽고 이든의 입술이 천천히 열리며 노래가 흘러나오기 시작했다.

"탄 탄 타누키노 킨타마와~ 카제니 후카레테 부~라 부라."

뜻밖에도 이든이 부르는 노래의 가사는 일본어였다. 그런데 가사가 이상하다. 해문은 자신의 귀를 의심했다.

"소레오 미테이타 코타누키가~ 토짱 이이모옹 못테루네."

깔끔하게 노래를 끝내자, 이든은 무척 만족한 표정으로 의기양양하게 자신을 보았다. 해문은 말없이 눈만 끔벅거렸다.

"리듬이 무척 낯익지? 이거 너구리게임의 리듬이랑 같더라고. 그 덕에 외우기 쉬웠어. 근데 해문아, 이 노래 알아? 민요 같은 게 아닐까 싶은데. 어? 해문아, 왜 그래?"

머리를 푹 수그린 채 해문은 얼굴을 일그러뜨렸다. 목구멍이 스멀거린다.

"해문아?"

의아한 이든의 목소리에도 아랑곳없이 해문은 깊게 심호흡을 했다. 그러나 참는 것은 한계가 있었다. 입술이 자꾸만 뒤틀렸다. 참으려 애를 써도, 머릿속에 맴도는 가사는 해문은 그냥 두지 않았다. 자신의 허벅지를 꽉 꼬집으며 해문은 진지한 얼굴로 이든을 바라보았다.

"저, 저기 동남아 순회공연을 마치고 온 가수 이든 씨."

참는 것이 이토록 각고의 노력이 필요한지 예전에는 몰랐다. 이든의 의아한 눈빛이 자신을 향한다.

"정말 미안한데, 나 여기서 우, 픕. 웃으면 안 될까?"

입 밖으로 새어나온 웃음을 막으며 해문은 겨우 질문을 끝냈다. 의아한 눈빛을 한 이든의 얼굴이 잠시 멍해지더니, 무언가 알아챈 듯 머리를 벅벅 긁는다.

"웃어야 할 정도야?"

난감한 듯 말하는 이든의 목소리가 결국 기폭제가 되었다. 억누르고 있던 웃음이 마치 화산의 용암처럼 장렬하게 터지고 말았다. 눈물을 그렁그렁 매단 채, 해문은 정신없이 웃었다. 늦은 시각이라는 것도, 이든의 표정이 의아해진 것도 웃음을 막을 수 없었다.

온몸을 진득하게 감싸고 있던 피곤함이 웃는 순간 사라졌다. 해문은 오랜만에 혼이 빠질 정도로 크게 웃었다.

웃음이 어느 정도 멈추고 나니, 온몸에 힘이 들어가지 않았다. 웃는 것만으로도 열량을 소비된다는 사실을 새삼 깨달았다. 기분이 좋은 열량의 소비지만, 지치는 것은 매한가지이기에 해문은 지친 몸을 책상에 기대고 축 늘어졌다. 자연적으로 생성된 눈가의 눈물을 손가락으로 훔치며 이든을 보자, 겸연쩍은 표정의 그가 자신을 보고 있었다. 그의 눈은 웃는 이유를 짐작한 듯했지만, 정확한 이유는 모르고 있음을 그대로 드러내고 있었다. 가만히 보고 있자, 다시 웃음이 터지려 한다.

해문은 또다시 터져 나오는 웃음을 손바닥으로 틀어막으며 끅끅거렸다. 주니가 난 듯 이든의 입에서 진득한 한숨이 흘러나왔다. 결국 오 분여의 시간이 더 흘러서야, 해문은 웃음을 잠재울 수 있었다.

"후, 미안해. 자, 해석해 줄 테니까 다시 한 번 불러봐."

겨우 잠재운 웃음을 억누르며 해문은 애써 태연하게 입을 열었다. 그가 눈썹을 찌푸렸다.

"너라면 다시 부르고 싶겠어?"

"그러면 뭐, 해석 안 하면 되지. 난 아쉬운 것 없어."

당당히 가슴을 내밀며 말하자, 이든이 머리를 벅벅 긁었다.

"한 번에 딱 기억하면 안 되냐?"

"머리가 나빠서 미안해. 얼른 한 번 더 불러봐."

탐탁하지 않다는 얼굴로 이든이 자신을 노려본다. 해문은 소리없이 어서 하라고 그를 재촉했다. 결국 이든이 노래를 다시 불렀다. 그래도 조금 민망한지 아까처럼 손을 모으지는 않았다. 웃고 싶었지만 또 웃었다가는 큰일이 날 듯해, 해문은 웃음소리를 죽여 가며 가사를 외웠다.

"이제 해봐."

노래를 끝낸 이든이 팔짱을 낀 채 어서 말하라고 무언의 재촉을 했다. 해문은 마른기침을 서너 번 했다. 태연하게 해석을 해주고 싶은데, 가사를 생각하면 그게 어려웠다. 해문은 심호흡을 깊게 한 뒤, 생각하는 것만으로 웃음이 터지는 가사를 천천히 입에 올렸다.

"그러니까, 너구리의 음, 거……. 으음, 부, 라고 하기도 그렇고, 아이참, 이걸 어떻게 말해야 하지?"

민망한 단어가 자꾸 머릿속에 떠올랐지만, 그것을 입 밖으로 내뱉을 수 없어 난감했다. 도저히 입에 담기가 곤혹스러워 그를 보자, 단호한 기세로 이든이 말했다.

"그냥 있는 그대로 해석해."

"정말 그대로 해석해?"

"그대로 토시 하나 틀리지 말고."

반드시 그 노래의 가사를 알아야겠다는 표정의 이든이었다. 하기야 자신이 그렇게 웃었으니, 궁금할 만하다. 해문은 애써 민망함과 웃음을 참고 난감한 가사를 입에 올렸다.

"하아, 그러니까 너구리의 부, 불알은 바람에 흔들려서 달랑달랑. 그 다음이…… 그것을 보고 있던 아들 너구리가 아빠, 좋은 물건 가지고 있네."

　가사를 전부 해석한 뒤, 해문은 숨을 죽인 채 이든의 얼굴을 살폈다. 이든은 처음엔 의아한 듯 자신을 보았다. 그의 눈은 그 가사가 틀림없느냐고 묻고 있었다. 해문은 무언의 긍정을 표시했다.

　그의 얼굴이 점차 기묘하게 일그러졌다. 천장을 올려다본 이든은 머리카락을 쓸어 올리더니 작게 '불알?' 이라고 읊조렸다. 해문이 말없이 수긍의 고갯짓을 해 민망한 단어를 인정하자, 그가 고개를 뒤로 젖힌다.

　"제기랄."

　탄식처럼 한마디 말하더니, 이든이 고개를 내저었다. 그게 또다시 웃음의 도화선이 되었다. 해문은 조금 전보다 더 크게 웃기 시작했다. 조금 황당한 표정을 짓고 있던 이든이 덩달아 웃기 시작한 것은 불과 삼십 초도 지나지 않은 시점이었다. 해문의 좁은 아파트 방이 웃음 폭풍 덕분에 흔들리고 있었다.

　"어쩜, 가사도 모르고 그렇게 태연하게 부를 수 있어?"

　웃음 폭풍이 지나간 뒤, 씻고 돌아온 해문은 젖은 얼굴을 수건으로 건성건성 문지르며 말했다. 이든은 여전히 황당한지, 고개를 설설 흔들며 낄낄거렸다. 그가 생각해도 황당할 것이다. 아무렇지 않게 부른 노래의 가사가 이토록 허무맹랑할 줄 그 누가 상상을 했겠는가? 언어를 모른다는 것은 이런 면에서 안 좋은 게 있었다. 애당초 그런 노래를 가사도 알려주지 않고 가르쳐 준 인간이 문제인 것이다. 순간, 해문은 눈살을 찌푸렸다. 이상하게 그 '인간' 이 누군지 알 듯하다.

“누가 가르쳐 준 거야?”

“응?”

피식피식 웃던 이든이 돌연 티 나게 딴청을 피우며 ‘누구더라’ 라고 중얼거린다. 해문은 눈가를 얇게 모은 채 그를 노려봤다. 이든은 요즘 기억력이 안 좋아졌다는 둥 터무니없는 소리를 지껄이며 시선을 노골적으로 피했다. 이든의 태도에 해문은 자신의 예상이 맞았다는 걸 알았다. 정황 증거는 그의 피하는 시선이면 충분했다.

“맞구나.”

“뭐가?”

한 템포 늦게 대답을 하고는 ‘TV에서는 뭐가 하지?’ 라고 중얼거리는 이든이다. 빠른 몸짓으로 그는 TV의 전원을 키더니, 알아듣지도 못하면서 고개를 주억거린다. 평소엔 우렁잇속 같으면서 왜 이런 건 티가 나게 행동하는지 모르겠다. 어쩌면 일부러 저러는지도 모른다.

해문은 잘게 한숨을 내쉰 뒤, 이든에게 황당무계한 노래를 가르쳐 준 장본인을 떠올렸다. 깊게 생각할 것도 없었다. 현재 이든의 행동반경상 만날 수 있는 이는 적었다. 문득 이든이 말한 시부야에서 스튜디오를 한다는 사람이 떠올랐지만, 그 사람은 아닐 것이다. 다른 노래였다면 모르겠으나, 가사에 나온 ‘너구리’ 라는 단어가 답을 가르쳐 준 것이나 다름없었다.

“쿠소 타누키.”

그의 다부진 어깨가 흠칫거리더니, 이내 아무렇지 않은 척 가장을 한다. 해문은 고개를 살살 흔들었다. 어쩌면 노래를 가르쳐 줘도 그런 것을 가르쳐 주는지, 너구리라는 별명을 붙여준 것이 전혀 아깝지 않다.

"못 말린다, 진짜."

알려준 이가라시도 문제지만, 뭣 모르고 배운 이든도 똑같았다. 하나같이 참 걸작이다. 한심한 눈빛으로 그를 봤다. 자신의 이런 시선을 느꼈을 텐데도 이든은 꿈쩍하지 않았다.

"둘 다 똑같아."

혼잣말을 중얼거리며 해문은 베란다 쪽으로 걸어갔다. 나가기 전에 서랍에서 담뱃갑을 꺼내자, 이든이 슬그머니 일어선다. 이든은 자신을 보지 않았다. 그러나 연방 헛기침을 해대는 게 그도 꽤 민망한 모양이었다. 해문은 혀를 차며 얼굴을 살며시 찌푸렸다.

"이왕지사 배울 거면 유명한 노래로 해. 그런 출처도 모르는 노래를 배워서, 설마 나중에 일본 팬에게 서비스한다고 부를 생각이었던 건 아니지?"

사레들린 듯 기침을 연거푸 한다. 진짜 그럴 생각이었나 보다. 용감하다고 해야 할지, 무모하다고 해야 할지 헷갈린다.

"역시 그렇겠지?"

"장담하건대, 분명 연예뉴스 같은 데 자막 달고서 나올 거야. '최이든 거시기 굴욕 영상'이라고 이름 붙어서 인터넷에서도 돌걸. 도는 데 내가 백 엔 건다."

"그래도 악의는 없어 보이던데."

태평한 이든의 말에 머릿속에 이가라시의 얼굴이 떠올랐다. 흡사 너구리같이 생긴 그녀의 거적눈은 아무 생각이 없는 듯 보였다. 성급한 판단일지 몰라도 이든의 말대로 악의가 있는 것으로는 안 보였다. 그래도 고약한 성격과 취향을 가졌다는 것은 변하지 않는 사실이었다.

"차라리 악의가 있으면 밉기나 하지. 멀쩡한 얼굴로 그런 취향 고약한 차림새를 하고, 천연덕스럽게 이상한 짓을 하잖아."

자신의 말이 끝나자 이든이 풋 하고 웃는다.

"확실히 취향이 고약한 걸지도 몰라. 난 그런 옷차림을 평상시에도 입는 건 처음 봤어."

"어떤 옷이었는데?"

"구멍 뽕뽕 난 검은색 드레스에 핑크 슬리퍼."

"같은 옷인가? 저번에 슈퍼에서 본 옷도 검은 드레스랑 핑크 슬리퍼였거든. 혹시 같은 색 옷이랑 슬리퍼를 몇 개 더 구비하고 있는 건 아니겠지?"

허무맹랑한 소리였지만, 해문은 왠지 그녀라면 그럴지도 모르겠다고 생각했다. 이든도 마찬가지였는지 고개를 끄덕거리며 '가능한 일이야' 라고 중얼거린다. 말없이 해문은 고개를 치켜들고 밤하늘을 올려다봤다. 구름 한 점 없이 검기만 한 하늘은 내일도 청명할 것을 예보하고 있었다. 그런 하늘에 해문은 회색 연기를 내뿜었다. 옆에서 이든이 내뿜는 연기도 고요히 하늘로 올라갔다.

대화의 맥이 끊긴 것인지 이든에게서는 아무 말도 나오지 않았다. 해문 역시 딱히 할 말이 없어 담배만 뻐끔거렸다. 어색함이란 이름의 공기가 해문과 이든의 주변을 헤엄쳤다. 둘은 말없이 어둡기만 한 하늘을 바라봤다.

"그러고 보니까 악의가 없다고 해서 무조건 좋은 건 아닌 것 같아."

어색함을 깬 것은 해문이었다. 연기를 머금은 입술에서 말을 할 때마다 희뿌연 연기가 섞여 술술 흘러나왔다.

"아무리 악의가 없다고 해도 그걸 받는 상대는 그렇게 여기지 않을 수 있잖아."

필터 근처까지 탄 담배를 재떨이에 비볐다. 물이 묻은 휴지에 담뱃불이 꺼지는 소리가 아련하게 들린다. 해문은 고개를 돌려 옆에 서 있는 이든을 쳐다보았다. 고개를 하늘로 치켜든 이든은 아무것도 안 들리는 듯 태연한 표정이었다. 왠지 해문은 입 안이 마르는 느낌이 들어 침을 굴렸다.

"누굴 집어서 하는 말은 아니야. 그냥 갑자기 생각이 났어."

자기변명처럼 입 안으로 웅얼거리곤 해문은 먹물로 뒤덮인 하늘을 올려다보았다. 가슴 한구석이 답답하게 막힌다.

"보이는 게 전부는 아니야."

잔잔한 바람처럼 그의 목소리가 해문의 귓가에 들려왔다. 고개를 돌려 이든을 보았다. 이든의 시선도 자신처럼 하늘을 향해 있었다. 잠시 그의 옆얼굴을 보다가 해문은 다시 하늘을 보며 입을 열었다.

"전부는 아니지만, 눈만큼 정확한 카메라는 없어."

자신의 옆얼굴에 이든의 시선이 닿는 느낌이 들었으나, 이내 그 느낌은 사라졌다.

"눈으로 모든 것을 볼 수 있다면, 세상엔 어려운 일은 없을걸. 눈만큼 정확한 카메라는 없겠지만, 눈만큼 속기 쉬운 존재도 없어."

"그래도 보이지 않는 것을 믿는 것보단 보이는 걸 믿는 게 낫다고 봐."

단호하게 말하며 해문은 이든을 응시했다. 이든의 고개가 느릿하게 해문은 향한다.

"그래, 그렇다면 지금 네 눈에 보이는 건 뭐지?"

이든의 진지한 질문에 해문은 입술만 달싹거리고 말았다. 무슨 대답을 해야 할지 판단이 서지 않는다. 자신의 눈에 보이는 것을 말하기엔 아직 아는 게 없었다. 그것보단 입으로 그것을 말하면 어쩐지 무게를 가지고 다가올 것 같아, 쉽게 말할 수 없었다. 대답이 없는 자신을 대신해 이든이 말했다. 이든의 입가에는 빙그레 웃음이 떠 있었다.

"내 눈에는 옆집 너구리를 어떡하면 퇴치할 수 있을까 고민 중인 유해문이 보여."

"응?"

뜻밖의 대답에 무심코 반문을 했다.

"너구리의 노래를 주변에 퍼뜨리는 강력한 너구리잖아. 보통 부적으로는 안 될 것 같은데."

진지하게 말을 하는데, 입가에는 웃음이 있었다. 해문은 미간을 일그러뜨렸다. 아무래도 대화의 방향이 이상하게 돌아간 듯하다.

그렇지만 차라리 그게 나았다. 아직은 시기가 아닌 것 같다고 해문은 생각했다. 사실 속이 편했다. 어떤 대답을 해야 할지 실제 난감했으니까 말이다. 그래도 어딘가 찜찜함이 군더더기처럼 남아 있었다.

"보통 부적이 안 되면, 비싼 부적이어야 하겠지? 비싼 건 곤란해."

"돈 조금 아끼다가 변신 너구리에게 납치라도 당하면 어쩌려고?"

"어이구, 난 안 당해. 어리바리한 이든 씨가 당한다면 모를까, 내가 웬 납치?"

입술을 삐죽거리며 턱을 치켜들자, 이든이 '돈을 준다면 넌 쫓아갈지도 몰라' 라고 비아냥거린다. 해문은 발끈해서 이든의 어깨를 손바닥으로 쳤다. 쩍 하고 시원한 소리가 밤하늘을 가로질렀다. 맞은 주제에 무어가 즐거운지 이든이 하하 웃었다. 있는 힘껏 그를 노려보다가 해문도 작게 웃고 말았다.

조금은 서늘한 밤바람에 몸을 맡기고 있자, 이든이 콧노래를 흥얼거리기 시작했다. 옆집 너구리가 가르쳐준 '너구리의 노래' 였다. 터무니없는 그 가사가 다시금 떠올라서 키득거렸다. 그런 해문의 반응에도 아랑곳없이 이든은 그 노래를 흥얼거렸다. 무심코 듣고 있다 보니, 저도 모르게 그 노래를 따라 부르고 있었다. 어디선가 들어본 리듬이라 흥얼거리는 것은 어렵지 않았다.

"은근히 중독성이 있다니까."

이든이 뇌까렸다. 해문은 말없이 고개를 주억거리며 흥얼거렸다. 가슴의 갑갑함이 조금 해소가 된 느낌이다. 그래도 사라지지 않은 앙금은 남아서 해문을 미세하게 자극하고 있었다. 해문은 눈만 움직여 이든을 보았다. 편하게 베란다의 난간에 기대 하늘을 보는데 여념이 없었다. 살포시 입술 끝을 올리며 해문은 씁쓸하게 웃었다.

지금 당장 중요한 게 아니니까.

자신에게 그리 속삭이며 해문은 노래를 흥얼거렸다. 해문보다 낮은 음색의 흥얼거림도 잔잔하게 울리고 있었다. 알 듯 모를 듯, 손에 잡히지 않는 감정이 등장한 밤이었다. 그 감정이 자신에게 어떤 모습으로 나타날지 현재의 해문은 알 수 없었다. 그저 이 포근한 느낌의 밤이 기분을 좋게 하고 있다는 사실과 이런 안온한 일상이 계속되길 바라는 자신을 느끼고 있을 뿐이었다. 밤은 깊어가고 두 사람의 콧노래는 조용히 흘러갔다.

6. 동요(動搖)

복잡하게 사람들이 지나쳐 가는 것을 피하던 해문은 자신을 끌어당기는 손길에 고개를 치켜들었다. 그러자 새하얀 치아가 보인다. 자신의 시선에도 아랑곳하지 않고 조금 더 안쪽으로 끌어당기는 단단한 손길. 해문은 말해주고 싶었다. 그리한다 해도 의심스러워 보이는 것은 변함이 없다고 말이다.

깊게 눌러쓴 비니 모자와 짙은 갈색의 보잉 선글라스. 한동안 방치한 탓에 제멋대로 자란 거뭇한 턱 주변의 수염. 대놓고 수상해 보이려고 작정한 꼴이었다. 눈에 띄지 않으려고 나름대로 평범한 옷차림을 한 듯한데, 어째서 더 시선을 끄는 것일까? 무슨 조홧속인지 모르겠다.

아니나 다를까, 주변에서 훔쳐보는 시선이 느껴졌다. 그들의 눈은 노골적으로 드러내지 못한 호기심을 가득 담고 있었다. 한쪽 머리가 지끈거린다. 정체가 드러나지 않기 위한 복장이라고 해도 도가 지나치다는 생각을 지울 수 없는 해문이었다.

일요일 오후 네 시경, 다카다노바바(高田馬場)역 근처.

해문은 알 년에 한 번 하는 삼바 카니발을 보기 위해 이든과 함께 와 있었다. 처음부터 같이 올 생각이 있던 것은 아니다. 엄연히 일요일에도 히이라기와 함께 만나기로 약속했었다. 어제와 다른 것은 그 약속이 오후 늦게 있었다는 사실이었고, 그게 해문의 발목을 잡고 말았다.

"사람 꽤 많네. 역시 삼바라서 그런가? 그래 봤자 브라질보다는 못할 텐데. 안 그래?"

동의를 구하는 그의 질문을 모르는 척하곤 장대하게 한숨을 내쉬었다. 따라온 그의 속내도 모를뿐더러 어쩌다 이런 상황으로 몰린 것인지 갑갑했다.

그냥 잠이나 잘 것이지, 왜 하필!

불과 한 시간 전까지 해문은 혼자 나갈 준비를 하고 있었다. 오전 중에 아르바이트가 있는 히이라기의 사정도 알고 있고 너무 무리를 하고 싶지 않아 느지막한 시간에 약속을 잡은 덕이었다.

약속 시각이 임박해서 가방을 챙겨 일어서자, 마침 기다렸다는 듯 이든이 잠에서 깨어났다. 눈이 완전히 풀린 그는 멍하게 주변을 둘러보더니 부스럭거리며 자리에서 일어났다. 이제 일어나는 모양이라고 생각하며 그에게 다녀오겠노라 인사를 하자 이든이 느닷없는 말을 했다. 잘못 들었다고 생각했다. 그러나 다시 이든이 한 말에 해문은 '황당'이라는 의미를 제대로 깨달아야 했다.

"나도 가."

어딜 간다는 말인가? 영문을 알 수 없는 그의 발언이 헛소리이려니 무시하려 했으나, 그는 어리바리한 몸짓으로 나가려던 자신을 잡아챘다. 설마 하는 마음으로 '나를 따라온다고?'라고 의아하게 묻자, 눈을 감고 끄덕거리는 이든이었다. 그 뒤가 바로 지금의 상황이었다.

자전거를 타고 가려던 계획도 이든의 덕분에 무산이 되어, 예정에 없던 차비까지 지출해야 했다. 더욱 짜증나는 일은 이 모든 일의 원흉이 아무것도 모르는 눈으로 주변을 구경하느라 정신이 없다는 사실이었다. 게다가 무슨 조홧속인지 히이라기는 이든을 보는 순간부터 인상을 딱딱하게 굳힌 채 있었다. 오늘 축제가 피곤함의 축제가 될 것 같은 강렬한 예감이 들었다. 벌써부터 한쪽 머리가 지끈거린다.

해문은 길게 한숨을 쉬며 '내 팔자야'라고 어울리지 않는 팔자타령을 씁쓸하게 읊조렸다.

일 년에 한 번, 다카다노바바의 상점진흥회에서 하는 삼바 카니발은 이 부근에서는 제법 유명한 '마츠리'였다. 삼바 카니발로는 아사쿠사(淺草) 쪽이 더 유명하지만, 다카다노바바의 삼바 카니발도 자체적으로는 제법 유명했다. 아무래도 삼바 카니발이라는 화려한 이름보다는 이 지역 주민들의 각오의 노력으로 이뤄진 자신들만의 '마츠리'라서일 것이다.

해문이 일하는 라멘 가게는 다카다노바바의 상점가에 위치해 있었다. 얼마 전부터 사장은 삼바 카니발의 준비위원이라고 준비해야 할 일이 많다며 들떠 있었다. 또한 단골손님들도 반 이상은 삼바 카니발을 이야기하며 즐거워했다. 그 열정이 좋았다. 그들의 손으로 만든 마츠리. 그 따스한 열정을 프레임에 담고 싶었다. 사장이 자신의 모습을 멋지게 찍어달라고 한 부탁도 있었으나, 그건 어디까지나 차후의 일이었다.

"어휴, 진짜 사람 많네. 이 사람들이 전부 이거 보러 온 거야? 일요일인데도 다들 부지런하구만."

투덜거리는 목소리와 더불어 어깨에 낯설기만 한 손길이 닿았다. 해문은 고개를 비스듬히 내려 자신의 어깨를 바라보았다. 긴 손가락이 다부지게 자신의 어깨를 잡고 있는 것이 보인다. 해문은 그대로 고개를 들어 손의 주인을 노려봤다. 그러나 손의 주인은 해문을 보지 않았다. 그의 손을 확 깨물고 싶다.

"배 안 고파? 아직 하려면 조금 멀었지? 당장 사진 찍을 거 아니면 밥부터 먹자. 배고프다."

아무렇지 않은 듯 말하고는 그는 요령 좋게 오던 사람들을 피해 해문과 함께 옆으로 붙었다. 사람들이 지나쳐 가자 씩 웃는다. 그 표정은 '잘했지?' 하는 표정이었다. 머리에 열이 오른다. 평소에는 하지도 않던 스킨십을 하는 그의 태도가 화를 키운다.

해문은 냉랭한 표정으로 그의 손길을 쳐버리고 옆에 불퉁한 얼굴을 하고 있는 히이라기를 바라보았다. 히이라기는 굳은 표정으로 이든을 노려보다, 해문의 시선에 금세 표정을 바꾸었다. 배시시 웃는 그의 얼굴이 안쓰럽기만 하다.

[왜요, 해문 상?]

[밥 먹자고. 어차피 아직 시작하려면 좀 멀었잖아. 저기 괜찮은 카레 가게가 있는데, 카레 좋아해?]

[네, 좋아해요. 저기라면 길 건너야겠네요.]

그러자고 말하며 해문은 짙은 선글라스 너머에 있는 이든의 눈을 노려봤다. 무슨 꿍꿍이인지는 몰라도, 그 꿍꿍이에 자신이 이용되는 것은 질색이었다. 탓하는 눈으로 이든을 노려보자, 그는 죄가 없다는 양 어깨를 으쓱거린다. 진짜 무슨 생각으로 여기에 오겠다고 한 것인지 모르겠다. 설마 질투인가, 하는 생각이 들었지만 해문은 바로 그 생각을 지워 버렸다. 그가 질투라니, 말도 안 된다. 질투도 매개체가 되는 감정이 있어야 성립할 수 있는데, 이든에겐 그런 감정조차 없을 터였다.

다카다노바바에 와서 아예 습관이 된 한숨을 내쉬며 해문은 횡단보도 쪽으로 걸어갔다. 그 뒤를 이든과 히이라기가 따라온다. 아직도 해는 중천에 떠 있는데, 몸은 온종일의 피곤함이 담긴 듯 가라앉고 있었다.

체인점인 카레 가게는 해문 일행처럼 삼바가 시작하기 전에 끼니를 때우려는 사람들로 북적거렸다. 빈자리를 찾던 해문은 구석에 두 개의 의자가 비어 있는 것을 보고 눈썹을 찌푸렸다. 사람은 세 명인데, 자리는 두 개이다. 그것은 먹지 말라는 소리와 일맥상통한다.

노란 앞치마 차림의 직원은 바쁜 와중에도 해문을 보더니 몇 명이냐고 물었다. 해문은 말없이 손가락을 세 개 세웠다. 그러자 직원도 해문처럼 비어 있는 두 개의 의자를 보고 어색하게 웃는다. 죄가 있는 건 직원이 아니었다. 어쩐지 배가 더욱 고프다.

[자리가 두 개밖에 없는데 어쩌지?]

[그러게 말이에요. 어쩌죠?]

해문의 어깨 너머로 두 개의 의자를 보고 히이라기도 미간을 찌푸렸다. 자연스럽게 히이라기는 옆에서 코를 킁킁거리던 이든을 날카롭게 응시했다. 히이라기의 눈은 당신만 없었다면 더 편했을 것이라는 의미를 담고 있었다. 그 눈빛을 받는 당사자는 별다른 생각이 없는 듯했다는 게 문제라면 문제였다.

해문도 어느 정도 히이라기의 생각에 동조해, 말없이 고개만 가로 흔들었다. 자리 하나가 비는 것을 기다릴 것인가, 아니면 다른 곳에 갈 것인가? 하지만 다른 곳도 별 차이는 없을 것이다. 이곳은 오늘 마츠리가 있는 날이었다.

"왜 안 들어가?"

생각 없는 듯한 이든의 질문에 해문은 또 길게 한숨을 쉬었다. 그냥 집에 돌아가고 싶다.

"자리가 두 개밖에 없어서. 조금 기다리든지, 아니면 다른 가게로 가야 할 것 같아."

"그럴 필요 있어?"

"응?"

이든은 싱긋 웃더니, 히이라기에게 영어로 'Sorry'라고 말한다. 난데없는 그의 말에 히이라기가 두 눈을 크게 뜨자, 이든은 그의 어깨를 위에서 누르듯 툭툭 쳤다.

"여기서 Wait 하라고. Okay? Wait. 가자, 해문아."

"이든 씨?"

"배고파 죽겠다. 이놈의 카레는 왜 이렇게 맛있는 냄새가 나는 건데? 냄새 덕분에 더 배고파. 얼른 안 들어오고 뭐 해?"

멍하게 서 있는 해문을 보다 못한 이든이 끌어당기더니, 두 개의 비어 있는 의자로 이끌었다. 그의 행동은 해문으로서는 예상하지 못한 것이라 어떤 반응도 나타낼 수 없었다. 더불어 히이라기도 마찬가지였다. 얼이 빠진 표정으로 서 있던 히이라기는 조금 지나서야 인상을 있는 대로 찌푸렸다. 아까보다 더 굳은 히이라기의 표정은 불만 붙이면 잘 탈 정도로 활활 타오르고 있었다.

"일행이 있는데 이러면 어떡해!"

해문은 자리에서 벌떡 일어났다. 아무리 자리가 두 개라 한다 해도 이건 아니다. 이든의 생각지 못한 행동은 허를 찌르고도 남았다. 자신이 아는 그는 이런 사람이 아니었다. 장난스럽기는 해도, 주변을 배려할 줄 아는 사람이었다. 히이라기가 자신도 모르는 사이, 이든에게 밉보인 게 아닐까 하는 생각까지 들었다. 그런 해문의 복잡한 속내와 달리 이든은 편하게 앉아 있었다.

"어차피 자리는 두 개고, 우리가 저 녀석보다 연상이니까 당연하잖아. 양보는 어느 나라에서나 미덕이야."

"그게 말이 된다고 봐?"

"말이 되든 안 되든 우리는 앉았어. 그러면 끝난 거야. 주문이나 해. 난 저기 고기 덩어리가 크게 있는 녀석으로 해줘. 무슨 카레에 저런 큰 고기 덩어리를 주는 거야? 맛은 괜찮겠지?"

"이든 씨."

"그렇게 부르지 않아도 내 이름이 이든인 거 알거든. 주문 안 해? 빈속이라서 배고파."

해문은 재촉을 하는 이든의 얼굴을 보다, 히이라기가 서 있는 문 쪽을 살폈다. 아까보다 더 흉흉한 표정의 히이라기는 아예 이든을 뚫어버릴 기세로 노려보고 있었다. 난감하다. 이 자리 자체가 바늘방석이었다.

방법이 없다는 말을 절감하며 해문은 어색하게 자리에 앉았다. 멀리 있는 히이라기에게 입 모양으로 미안하다고 하자, 그가 괜찮다는 제스처를 보였다. 무슨 생각을 하는지 알 수 없는 이든은 옆 테이블에 놓인 카레에 침을 흘리고 있었다. 우렁잇속 같은 그의 속내가 오늘따라 더욱 궁금했다.

그나마 다행스럽게 자신이 주문한 음식이 나오기 전에 다른 자리가 비었다. 비록 해문과 같은 자리는 아니었지만, 가까운 위치였다. 해문은 겨우 안도하며 무슨 맛인지도 모를 카레를 깨지락깨지락 먹었다. 엎히지나 않았으면 좋겠다. 어쩌면 한동안 카레를 먹지 못할 가능성도 높았다. 그만큼 이날의 카레는 아무 맛도 안 났다.

해문의 인생에 최악의 카레를 선사한 뒤에도 여전히 히이라기와 이든은 대치 중이었다. 정확하게는 이든이 일방적으로 히이라기를 놀리고 있었다. 은근히 장난을 좋아하는 성정이라지만, 타인

에게 그러는 편은 아니었다. 그의 장난은 어디까지나 알음알이에
한했다. 그런 이든이 어제 처음 본 히이라기를 슬슬 놀리고 있었
다. 친해지려고 하는 것으로는 보이지 않았다. 아무래도 히이라기
가 이든에게 밉보인 모양이다. 도대체 어느 부분이 밉보일 것일
까?

"왜 그래?"

해문은 여분의 필름을 더 사 오겠다고 히이라기가 사라진 때를
틈타서 물었다. 이든은 지나쳐 가는 삼바 의상의 여자를 보고 작
게 휘파람을 불던 중이었다.

"계속 그러면 버리고 갈 거야."

"그거 참 무서운 협박이네."

비니 밖을 긁적거리며 이든은 가살을 피웠다.

진정 영문을 모르겠다. 어제까지만 해도 아무 말도 하지 않더
니, 돌연 자신을 따라나선 게 해문은 못내 궁금했다. 그저 일본의
마츠리를 구경하고 싶어 나왔다고는 보기 어려웠다. 날소일하는
게 질려서 변덕을 부린 것일까? 해문은 어서 말하지 않으면 모자
를 확 벗기겠다는 의사로 손톱을 바짝 세웠다. 이든은 뒤로 살짝
물러서는 것으로 대응했다.

"왜 자꾸 히이라기를 못살게 구는데? 안 그래도 약속을 어겨서
미안해 죽겠구면, 왜 자꾸 그래? 답지 않잖아."

이든은 주변을 한번 둘러보더니, 벽에 등을 기댔다. 느릿한 동
작으로 그는 담배 한 개비를 꺼내 입에 물었다. 그는 생각없이 하
는 행동일 텐데도 마치 의도적으로 하듯 그림이 된다. 자신의 손

이 그 모습을 찍고 싶다고 움찔거렸다. 병이다. 해문은 혀를 작게 차며 막 라이터를 켜는 이든의 손을 잡아챘다. 그가 입 모양으로 왜 그러느냐고 묻는다. 해문은 말없이 손가락으로 그가 기대선 벽의 옆 부분을 가리켰다. 이든의 의아한 시선이 벽을 느리게 훑어 내렸다.

"이게 뭐야?"

"보면 몰라? 맨 밑에 한글로 쓰여 있잖아."

이든의 눈이 경고문의 맨 아래를 보더니, 혀를 끌끌 찬다.

"길거리에서의 흡연 금지?"

"담배꽁초 버리다가 걸리면 벌금이 이만 엔이야. 웬만하면 그거 다시 집어넣어."

그는 담배를 한 번 보더니, 벽을 불만스럽게 노려본다. 그러다가 결국 담배를 담뱃갑에 넣으며 툴툴거린다.

"하지 말라는 것 투성이군."

단순히 담배를 못 피우게 된 것에 대한 말이 아니었다. 이중적인 의미를 담은 그의 말에 해문은 고개를 설레설레 흔들었다. 이럴 때만은 일곱 살짜리 고집불통 아이처럼 보인다.

"담배는 집에 가서 피우면 되고, 히이라기한테는 안 그러면 될 일이야."

"그래도 재미있잖아. 안 그래도 눈도 작은 녀석이 날 노려본다고 눈을 더 찢는 거, 쉽게 보기 어려운 장면이야. 큭."

악당처럼 한쪽 입술을 비튼 채 손으로 선글라스 위에서 눈을 찢는 시늉을 한다.

"단지 그것 때문이야?"

"재미가 가장 큰 이유고, 그 외의 이유도 있지만 그건 너랑 상관이 없으니까."

"말해. 진짜 버리고 가기 전에."

"꼭 엄마가 애한테 하는 말 같다. 계속 징징거리면 여기 버리고 갈 거야. 얼른 뚝 그쳐! 크큭."

"이든 씨."

집요하게 묻자, 이든이 선글라스의 코 부분을 들어 올렸다가 내렸다. 얼핏 선글라스 너머로 보인 그의 눈은 장난스럽기만 했다.

"아, 집요한 유해문 엄마. 그렇게 알고 싶어?"

싱글싱글 웃는 그의 얼굴을 확 때리고 싶은 건 어떤 마음에서 발현된 것일까? 해문은 눈에 힘을 더 주고 그를 노려봤다.

"아하하, 너 꼭 아까의 그 히이 뭐라는 녀석 같아. 눈이 쫘악 찢어졌다고. 더 옆으로 가면 귀에 걸리겠다."

"죽고 싶은 거지?"

"아아, 살벌해라. 난 오래 살 거거든. 아직 본격적으로 프로듀서로서 일도 못해봤는데, 죽으면 억울하잖아. 어제 배운 너구리 노래도 팬들한테 서비스로 해줘야 하고 말이야. 할 일이 많아서 아직은 죽을 수 없어."

화병이라는 말이 왜 생겼는지 알겠다. 속이 부글부글 끓었다. 계란을 머리에 올려두면 익힐 자신도 있었다. 이 인간이 이렇게 느물거릴 거라고는 생각도 못했다. 어제의 그 너구리 노래에는 이상한 바이러스가 숨겨져 있었나 보다.

"최이든 씨."

이를 악물고 불렀다. 그녀의 부름에도 이든은 싱글거리는 얼굴로 '그만 불러' 라고 너스레만 떨었다. 머릿속에서 붉은 숫자가 카운트다운 되기 시작했다. 이든은 여전히 무슨 생각을 하는지 알 수 없는 얼굴로 주변을 두리번거리고 있었다.

"최종 확인."

이 인간을 어찌 죽이면 잘 죽일까 고민하던 해문은 귀를 파고드는 그의 목소리에 한쪽 눈썹을 치켜세웠다. 이든은 시선을 멀리 둔 채 무언가를 보더니, 해문의 이마를 콕 찌른다.

"최종 확인이라고, 아가씨. 이래저래 확인할 게 있었어. 뭐 안 해도 그만이긴 한데, 해서 나쁠 것도 없으니까."

"무슨 소리하는지 나 전혀 이해 못하겠거든."

"너랑 상관없는 일이니까, 이해 못해도 돼."

"이상한 거 알지?"

"이상해도 난 최이든인 거 알지?"

자신의 말투를 흉내 내어 말하는 이든이었다. 풋 하고 소리 내어 웃던 이든은 가까이 다가온 히이라기를 보자 반색하며 반겼다. 어색한 히이라기의 말투가 들렸지만, 그건 중요하지 않았다. 해문은 미심쩍기만 한 그의 말에 더 인상을 찌푸렸다. 도대체 무엇을 최종 확인하겠다는 것인지 알 도리가 없었다. 다시 묻고자 이든을 바라봤으나, 그는 자신을 보고 있지 않았다. 이든은 조금씩 늘어나는 삼바 의상의 여자들을 보는 데 여념이 없었다. 휘파람을 휘휘 불며 환호하는 그는 조금 전의 대화를 잊은 듯이 태연하기만 했다.

정말 이상해.

해문은 속으로 중얼거리며 가자고 하는 히이라기를 따라 이동하기 시작했다. 좋은 자리를 선점하기 위해 움직이면서도 머릿속에서는 이든이 말한 '최종 확인'이 과연 무엇일까 찾고 있었다. '최종 확인'이라는 게 과연 자신에게 이득이 될지 해문은 궁금했다. 약간의 불길한 느낌. 정체가 불명확한 느낌이 해문의 가슴속에 스며들었다.

카메라를 든 채 삼바 카니발에 정신이 팔린 이든을 올려다봤다. 그의 시선은 화려한 의상을 입은 삼바 팀에게 집중되어 있었다. 괜한 심술에 해문은 들고 있던 카메라를 그에게 돌려 셔터를 눌러버렸다. 이든은 마치 그럴 줄 알았다는 듯, 손가락으로 V 자를 만들더니, '비싼 몸'이라고 말을 한다. 오늘은 하는 짓 하나하나가 다 얄밉다.

"네 옆의 친구 눈에서 아주 불이 나온다. 놀리는 재미가 있는 녀석이야. 큭큭큭."

해문이 옆을 보자 눈을 부라리던 히이라기가 어색하게 웃으며 카메라를 들어 올렸다. 해문은 콧잔등을 찡그렸다.

이놈이나, 저놈이나 다 마음에 안 든다.

고개를 살살 흔들며 해문은 이든의 옆구리를 쿡 찔렀다. 시선을 삼바 팀에 고정한 이든은 입 모양으로만 '왜'라고 물어봤다. 한숨이 또 나왔다.

"그거, 뭔지 말 안 해줄 거야?"

"뭘?"

모르는 척 시치미를 떼는 게 아주 얄망궂기 짝이 없었다.

"그 '최종 확인' 말이야. 뭘 확인하려는 건데? 진짜 말 안 해줄 거야?"

"넌 상관없는 일이라니까. 그러니까, 오우! 저 아가씨, 가슴 빵빵한데! 와우, 브라보!"

"이든 씨!"

'정말 계속 이럴 거야'라고 따지려던 해문의 목소리는 엄청난 삼바의 리듬에 묻히고 말았다. 고개를 돌리니, 거대한 스피커를 단 차량이 해문과 이든의 앞으로 다가오고 있었다. 이든은 귀에 손을 대고 안 들리니까 나중에 하자는 시늉을 했다. 해문은 더 길게 한숨을 내뱉었다.

그의 말대로 지금은 말소리가 들리지 않았다. 엄청난 음량의 삼바 리듬 덕분에 골이 지끈거렸다. 리듬에 맞춰 어깨춤을 추던 이든은 손가락으로 셔터를 누르는 시늉을 해 보였다. 해문은 고개를 절레절레 흔들고는 카메라를 들었다. 여기 온 본래의 목적을 잃어서는 안 된다. 궁금한 것은 조금 있다가 다시 묻자고 생각하며, 해문은 조금 께름칙한 마음으로 카메라 안의 세상을 들여다보았다. 해문의 시야에 화려한 의상의 삼바 팀과 네온사인들이 들어찼다. 어느새 해문은 카메라 안의 세상에 빠져들었다.

그러나 예상대로 되지 않는 게 세상일이다. 조금 한가해지면 그에게 하려던 질문을 해문은 그대로 삼켜야 했다. 삼바 대열의 중간쯤에 나타난 사장 덕분에 그의 전용 사진사가 되어야 했고, 한

참을 시달리고 돌아온 자리엔 이든이 없었다. 줄곧 해문을 따라다
닌 히이라기도 이든의 행방을 알지 못했다.

사진 찍는 것을 거의 포기하고 이든을 찾아 헤매던 해문은 겨우
그를 찾을 수 있었다. 편의점 앞에 낯선 여자들에게 둘러싸인 이
든을 말이다. 아마도 한국인 관광객이나 유학생이 그를 알아본 것
인지, 그들은 이든과 사진을 찍거나 대화를 나누는데 여념이 없었
다. 다가갈 수가 없었다. 우습게도 그제야 그가 연예인이라는 사
실이 떠올랐다. 그리고 현재 자신의 위치의 모호함이 해문의 발목
을 잡았다.

[걱정 안 하는 게 나을 뻔했네요.]

히이라기가 입술을 삐죽거리며 이죽거렸다. 해문은 씁쓸한 미
소를 숨기며 고개를 숙였다.

[그러게, 어린아이도 아닌데 괜히 걱정했어.]

씁쓸한 해문의 중얼거림은 힘찬 삼바의 리듬에 또다시 묻혔다.
무슨 말을 했냐고 묻는 히이라기에게 해문은 아무것도 아니라고
고갯짓을 했다. 아무것도 아니었다. 단지 외면하고 있던 현실을
알게 된 것뿐이다. 그뿐이었다.

점점 더 화려하게 변하는 의상을 보며 해문은 다시 카메라를 들
이댔다. 어차피 이곳에 온 것은 사진을 찍기 위해서였다. 그가 말
한 '최종 확인'이라는 것이 궁금했지만, 해문은 묻지 않기로 했
다. 그의 말대로 해문과는 상관없는 일일 것이다. 사실 상관이 있
다고 해도 알고 싶지 않았다. 알아봤자 자신에게는 무용지물이었
다.

한결 더 피곤한 얼굴로 해문은 활기가 가득 찬 사람들을 포커스에 담기 시작했다. 지금은 여기에 몰두해야 했다.

청각을 괴롭히던 소리에서 벗어나 겨우 집이 있는 역에 도착하자 온몸에 힘이 빠졌다. 조금만 더 가면 쉴 수 있다는 사실만이 유일한 구원이었다. 터벅터벅 무거운 발걸음 소리가 늦은 밤거리를 깨웠다. 갈림길에 들어서자 히이라기는 가로등 아래에 발길을 멈추었다. 늦은 시각인 덕에 길거리의 인적은 드물었다. 길 저편에서 전철이 지나가는 소리가 들려왔다.

[오늘 수고했어.]

해문은 축 늘어지기만 하는 어깨를 추슬러 겨우 웃어 보였다. 가로등의 어수룩한 빛에 히이라기의 표정이 눈에 띄게 밝아지는 게 보였다. 얼굴 가득하던 피로도 사라진 얼굴이었다. 어쩐지 무한한 그 젊음이 부러웠다. 그래 봤자, 자신보다 세 살 어린 것인데도 그 삼 년이 오늘따라 한없이 멀게 느껴졌다.

[아니에요, 해문 상도 오늘은 푹 쉬세요. 이틀을 계속해서 마츠리에 간 건 역시 체력에 한계를 주네요.]

[그러게 말이야. 나도 나이가 들었나 봐. 애고, 애고.]

해문의 엄살에 그가 조금 더 크게 웃었다.

[소싯적에는 꽤 날렸던 몸인데, 하루하루 나이 드는 게 느껴져.]

[아직 젊어요.]

[그 아직이라는 말이 싫어.]

[미안해요. 일부러 한 건 아닌데.]

　조심스러운 그의 어조에 해문은 아니라는 듯 손사래를 치며 살짝 입술을 샐그러뜨렸다. 겉으로는 평온한 표정을 가장하고 있었으나, 속은 그렇지 못했다. 제아무리 '미안하다(すみません)'는 말을 입에 달고 사는 게 일본인이라고 하나, 히이라기가 이렇게 예민하게 나올 때마다 참 난감했다. 그저 농담처럼 한 말인데도 혹시 이상한 말을 한 게 아닌가 저도 모르게 신경이 쓰이는 것이다. 해문은 소심한 자신의 모습을 확인한 듯해서 콧잔등을 찌푸리고 말았다.

　[아무튼 오늘은 이래저래 미안했어. 원래 그러는 사람이 아닌데, 어제 뭘 잘못 먹었나 봐.]

　'너구리 바이러스일 거야' 라는 말은 속으로만 했다.

　그새 잊고 있었는지, 히이라기가 돌연 얼굴을 굳혔다. 자신이 보기에도 무엇했는데, 히이라기라고 마냥 좋았을 리가 없었다. 같이 가자고 했을 때 확고하게 거절했어야 했다고 해문은 뒤늦게 후회했다. 히이라기는 아까의 일을 곱씹고 있는지 표정이 더욱 딱딱하게 변해갔다. 그냥 말하지 말 걸 하는 후회를 삼키고 해문은 히이라기의 어깨를 툭툭 쳤다.

　[오늘 푹 쉬어. 내일 내가 맛있는 밥 사줄게. 비싼 거만 아니라면. 알았지?]

　[그럴 필요까지는 없어요. 그냥 조금 짜증이 난 정도니까요.]

　[필요없다면야, 사양 안 하지. 내가 가난한 유학생인 거 알지?]

　[네, 물론이죠.]

　[아유, 착해라.]

무심코 머리를 쓰다듬기 위해 올라가던 손을 멈추었다. 아이도 아닌 성인에게 무슨 짓을 하려고 한 것인지 모르겠다. 해문은 들고 있던 손을 그대로 가로흔들며 들어가라고 그에게 말했다. 히이라기의 집은 해문과 다른 갈림길에 있었다.

어깨를 짓누르는 무거운 가방을 추스르며 어서 가라고 해도, 히이라기는 움직이지 않는다. 무언가 하고 싶은 말이 더 있는 모양새였다. 해문은 살며시 미간을 찌푸렸다. 안 좋은 예감이 든다. 우습게도 안 좋은 예감은 반드시 들어맞는다. 모르는 척하고 가고 싶은 마음이 굴뚝이었으나, 뚫어지게 보는 눈길 탓에 해문은 어쩔 수 없이 왜라고 물어야 했다. 찜찜한 기분이 피곤하기만 한 몸을 휘감았다.

[저기, 이런 질문 해도 될지 모르겠는데 그 사람, 진짜 룸메이트 예요? 단순한 룸메이트 맞아요?]

낯익은 질문이었다. 일본인들에게는 단순하지 않은 룸메이트가 존재할까? 도리어 묻고 싶다.

해문은 애써 표정을 숨겼다. 날카롭게 곤두선 신경이 네가 상관할 바 아니라고 말하려 한다. 그러나 그럴 수 없었다. 쉽게 일본인과 친구가 되지 못하는 자신에게 히이라기는 참 소중한 존재였다. 이기적인 이유라는 것을 모르는 바 아니었다. 하지만 해문에게 있어서는 절실한 이유이기에 스스로 당위성이 있다고 위로했다. 입 안이 쓰다.

[맞아, 진짜 단순한 룸메이트야. 오늘 그가 많이 실례했지. 미안해, 내가 따끔하게 혼내줄게.]

[진짜로 룸메이트일 뿐이에요?]

[응. 진짜야.]

마치 해문 자신에게 말하듯 단호하게 대답했다. 그는 그저 룸메이트일 뿐이다. 과거에는 사귀었지만, 현재는 그저 룸메이트 이상도 그 이하도 아니었다. 입 안이 더욱 쓰다. 해문은 입 안에 침을 굴렸다.

[다행이네요.]

안도했다는 티를 노골적으로 드러내며 그는 방긋 웃었다. 무엇이 다행이냐고 묻는 바보짓은 하지 않았다. 애써 무시를 해왔지만, 해문은 히이라기가 단순히 친구로 자신을 보고 있는 게 아니라는 것쯤은 이미 느끼고 있었다. 불과 반년 전까지 타인의 감정에 예민해야 했던 것이 그러한 것을 금세 알아채게 만든 것이다. 그러나 일본인 친구가 필요하다는 허울 좋은 이유로 해문은 그런 감정을 일체 모르는 척했다.

[피곤할 텐데, 얼른 들어가세요.]

금세 기분이 좋아진 히이라기가 어서 들어가라고 자신을 채근한다. 해문은 물끄러미 히이라기를 바라보았다. 스물네 살이라는 나이인데도 어딘가 어린 티가 난다. 자신은 이런 아이를 기만하고 있는 셈이다. 그 사실이 해문의 가슴을 쿡쿡 찔렀다.

[히이라기 군.]

[네?]

무어라 말을 하기 위해 그의 이름을 부른 주제에 막상 할 말이 떠오르지 않았다. 해문은 입술을 달싹거리며 무슨 말을 해야 할지

고민했다.

[음? 왜 그러세요?]

딱딱하게 굳어버린 자신의 표정에 민감하게 반응한다. 그런데도 입술은 달싹거리는 행동 외에 다른 것을 하지 못했다. 아니, 하지 않은 것이다. 여기서 자신이 그 말을 한다면 자신은 유일한 일본인 친구를 잃을 것이다. 해문은 눈을 질끈 감았다가 떴다.

[사진 잘나온 거 있으면 꼭 나 보여줘야 해.]

말끝에 억지웃음을 머금고 말하자, 히이라기가 싱글거리며 고개를 살살 흔든다. 만약 이든이었다면, 자신의 이런 행동에 금세 이상함을 눈치 챘을 터였다. 다행히도 눈앞의 남자는 이든만큼 눈치가 빠른 편이 아니었다.

[나보단 히이라기 군이 더 사진을 잘 찍잖아. 좋은 사진 나오면 꼭 보여줘. 알았지?]

[칭찬으로 들리지 않아요. 해문 상이야말로 좋은 사진이 잘나오는 편이잖아요. 괜히 그러지 마세요.]

[아니야, 난 진심이야.]

실없는 대화가 오고 간다. 히이라기는 아무것도 모르는 얼굴로 피곤함을 잊은 채 떠들고, 자신은 그런 그를 바라보며 씁쓸한 속내를 감춘다. 참 멋진 상황이야, 하고 해문은 냉소적으로 중얼거렸다. 우습게도 히이라기는 보면 '모르는 게 약'이라는 말이 절로 떠오른다.

[서로 좋은 사진이 나오면 보여주는 것으로 하죠. 그게 좋을 듯해요.]

[응, 그게 낫겠다. 아무튼 오늘 많이 미안했어.]

[아니에요, 괜찮습니다.]

손사랫짓을 하지만, 결코 괜찮지 않았다는 건 자신도 알고 있었다. 다시 미안하다고 말을 하려다 입을 다물었다. 무엇이든 과해서 좋은 것은 없다.

[그럼 내일 학교에서 보자.]

먼저 이별의 인사를 건네자, 조금 섭섭한 표정을 한 히이라기가 그러자고 고개를 끄덕거렸다. 그러면서도 못내 미련이 남은 듯 몸을 돌리지 않았다. 해문은 그를 향해 싱긋 웃어 보인 뒤 먼저 등을 돌렸다. 등 뒤로 따갑게 시선이 느껴진다. 이대로 고개를 돌리면 아마 자신을 보고 있는 히이라기를 발견할 수 있을 터였다. 역시 확고한 태도를 보였어야 했다는 생각이 뒤늦게 떠올랐다. 그러나 이내 해문은 고개를 절레절레 흔들었다. 그럴 수 없다는 건 자신이 제일 잘 알고 있었다.

명목상으로 유일한 일본인 친구, 히이라기에게 상처를 주고 싶지 않다는 이유로 말이다. 하지만 본래는 그게 아니었다. 상대가 상처를 받지 않기를 바라는 게 아니라, 자신이 상처 받는 것을 꺼려하는 것이다. 그래서 자기 보호의 수단으로 우유부단한 척, 모르는 척했다. 그게 얼마나 안 좋은지 알면서도 취했다. 자신이 상처를 받지 않기 위해 상대에게 서슴없이 상처를 준다. 신물이 올라온다.

나를 위한 거야.

해문은 자기 위로의 말을 소심하게 중얼거렸다. 무거운 발이 낮은 언덕을 빠르게 올라간다. 어서 저 시선의 범위에서 벗어나고 싶은 나머지, 막바지의 힘을 내는 것이다. 등 뒤에는 여전히 시선이 느껴지고 있었다. 그 시선이 자꾸 해문의 속을 뒤틀리게 했고 입 안을 쓰게 만들었다. 다시 한 번 해문은 '나를 위한 거야'라고 중얼거리며 등 뒤의 느낌을 무시했다. 꿋꿋하게 걸어가는 해문의 입가에는 억지로 만든 웃음이 맺혀 있었다.

부들부들 떨리기 시작한 손을 겨우 부여잡고 열쇠를 돌리자, 환한 불빛이 해문의 눈에 들어찼다. 이든이 먼저 들어온 모양이다. '원수 덩어리'라고 중얼거리며 해문은 신발을 벗고 방바닥을 디뎠다.

"한 번 말하면 알아듣는다고. 알았어."

가방을 바닥에 두려는 순간, 낮게 속삭이는 이든의 목소리가 들려왔다. 해문은 몸을 숙인 상태에서 눈만 들었다. 굳게 닫힌 후스마에 무엇이 보일 리 만무했다. 해문은 한쪽 눈썹을 치켜든 채 후스마만 노려봤다.

"형, 이거 국제전화 비 나가는 거 알지? 그만 해. 같은 말 몇 번이나 하면 입 안 아파?"

아, 전화구나.

늘 꺼두기만 해서 왜 들고 왔는지를 모르겠던 그 휴대전화로 전화 중인 것 같았다. 비록 휴식 기간이라고는 해도 가끔 연락은 해야 할 것이다. 엄연히 이든은 현재 잘나가는 연예인이니 말이다. 사실 그의 인기를 생각하면 이렇게 오랫동안 외국에서 지내는 것을 허가한 소속사도 대단한 배짱이었다. 그사이 일이라도 들어오면 어떡하려고 그랬는지 모를 일이었다. 해문이 상관할 일은 아니었다.

해문은 그의 통화에 방해가 되지 않기 위해 발소리를 죽였다. 피곤해서 꼴깍하기 직전이었지만, 그 정도의 예의는 있었다. 오늘 낮을 생각하면 전혀 해주고 싶지 않았다는 것은 해문의 본심이었다. 피곤해서 나오는 한숨을 입 안으로 삼키고 해문은 후스마를 열었다. 그러자 의자에 앉아 있는 이든의 커다란 등이 보였다.

의자를 발로 확 차버릴까?

이토록 피곤하게 해준 것을 생각하면 발로 차는 것 정도로 해결이 되지 않는다. 점점 가라앉는 몸과 마음 덕분에 심술만 덕지덕지 생긴다.

"알아들었다고. 알았어. 내가 바보야? 그만 같은 말해. 듣는 나도……."

머리를 넘기던 그가 자신의 인기척을 알아챘는지 뒤를 돌아봤다. 이든의 눈이 커졌다. 자신이 온지 전혀 몰랐나 보다. 해문은 웃어 보일 힘도 없어 고개만 까딱거렸다. 전화기 너머로 쩌렁쩌렁한 목소리가 해문의 귀까지 들려왔다. 해문은 말없이 계속 전화하라고 손을 흔들었다.

이든은 잠시 해문을 바라보더니 다시 전화를 받는다. 해문은 그 옆에 주저앉아 사랑스럽고도 원수 같은 카메라 가방을 손으로 밀어놓았다.

"그날 늦지 않게 갈 테니까, 그만 끊자. 알았으니까, 그 말은 그만 하고. 나중에 또 전화할게. 끊는다.”

이든은 그 말을 끝으로 종료 버튼을 누르더니 바로 전원까지 꺼버렸다. 내심, 그의 전화로 국제전화를 할 생각이던 해문은 약간 안타까운 마음에 혀를 찼다.

“지금 온 거야?”

어색한 웃음을 지은 이든이 묻는다. 해문은 마지막까지 힘을 몰아 눈에 힘을 주고 그를 노려봤다. 지금 온 거냐는 말을 어쩌면 저리도 쉽게 할 수 있을까?

“보면 모르시겠습니까?”

“많이 피곤해 보이는 얼굴이야.”

“물론 피곤하지요. 누구 때문에 더 피곤해서 죽기 직전입니다.”

단어 하나하나에 힘을 주어 말했다. 그만 아니었다면 즐거운 촬영이 되었을 텐데, 그의 동행 덕분에 겪지 않아도 될 일을 겪게 되었다. 모든 것은 이든 때문이었다. 히이라기에게 우유부단한 행동을 보인 것도 전부 이든 때문이다. 자신의 탓인데도 해문은 모든 것을 이든에게 미뤘다. 그래야 했다. 한심함에 저절로 한숨이 흘러나왔다.

“아하하. 미안하다, 해문아.”

정색을 한 표정으로 말하더니, 그는 고개를 깊숙하게 숙였다. 해문은 숙인 그의 정수리를 가만히 노려보다, 눈을 풀었다. 눈이 다 뻐근하고 만사가 귀찮았다. 일단 오늘은 이대로 끝내고 자야 할 것 같았다. 다리부터 온몸이 부들부들 떨리는 게 몸살이 찾아올 듯싶었다.

"됐네요, 아휴."

더는 상대하기도 싫어, 해문은 부들거리는 다리를 추슬러 일어섰다. 잘못하면 내일 근육통으로 시달릴 것 같다. 역시 연 이틀 동안 마츠리를 간 것은 확실히 무리였다. 나이 탓을 안 하고 싶어도 안 할 수가 없었다. 절로 나오는 한탄을 삼키며 해문은 오시이레를 열어 갈아입을 옷을 꺼냈다.

"그런데 그 친구는 잘 들어갔어? 히이, 뭐라는 친구 말이야."

태연하게 나오는 그의 말에 해문은 기가 찼다. 입을 다물면 중간이라도 갈 텐데, 하여간 입이 문제다. 대꾸하기도 싫어 해문은 그대로 몸을 돌려 방 밖으로 나갔다.

"너한테 투덜댄 모양이구나."

짐짓 알았다는 뉘앙스였다. 해문은 길게 한숨을 내쉬었다. 저 남자, 속을 제대로 긁기로 작정했다. 보글보글 속이 들끓는다. 일요일 망치기 대회가 있었다면, 아마도 그는 순위권 안에 들어갈 것이다. 아니다, 1등이다.

"자기보다 어린 사람 데리고 논 게 즐거워?"

"즐겁다기보단 재미있었지. 그 눈이 옆으로 찢어질 때 얼마나 많이 찢어지는지 넌 못 봤지? 장난 아니더라. 거의 기인 열전이었어. 큭큭."

"그래, 혼자 재미있어해. 다신 그런 일이 생기지 않을 테니까, 많이 즐기세요. 흥."

콧방귀를 크게 뀌고 해문은 욕실 문을 열기 위해 문고리를 잡았다. 그러다 문득 그의 전화 내용이 생각났다. 나중에 나와서 물어

볼까? 고개를 살래살래 내저었다. 자신하건대 욕실을 나오는 순간, 그걸 물으려 했다는 사실을 잊을 것이다. 짧은 머리의 한계가 안타까워 해문은 다시 한숨을 내쉬었다.

"그나저나 어디 가나 봐?"

"응?"

키득거리던 이든의 웃음이 한순간에 멈추었다. 예상치 못한 일이라 해문은 그대로 욕실 문에 기댄 채 그가 있는 쪽으로 고개를 돌렸다. 그곳에는 무표정한 이든이 있었다. 살짝 커진 눈이 그가 그러한 것을 물어볼지 예상 못했음을 증명하고 있었다. 안 그래도 눈매가 깊은 편인데, 더 커지니 이건 공포물이다. 해문은 침을 꿀꺽 삼켰다.

"아니, 아까 그랬잖아. 늦지 않게 간다고. 일부러 들은 건 아니고, 그냥 들렸거든. 물어보면 안 되는 거야?"

괜히 물었다는 생각을 숨기고 말하자, 이든의 표정이 조금 풀렸다. 그냥 모르는 척해야 했던 모양이다. 하지만 들리는 것을 무시할 성격이 자신에겐 없었다.

"아, 그거 말이구나. 11월에 스케줄 생겼다고 해서 말이야. 알겠지만 내가 CF 스타이기도 하잖아. 그래서 촬영 날 늦지 말고 오라고 하더라고."

CF 스타가 다 얼어 죽었다. 저런 모습이 여과없이 방송에 나온다면 바로 '비호감'의 대열에 낄 텐데. 익명으로 글을 올려볼까? 별생각이 다 든다.

"그럼, 귀국하겠네."

"잠시 귀국해야지. 걱정 마. 다시 돌아올 테니까."

살포시 윙크를 하더니, 손가락으로 총을 쏘는 시늉을 한다. 일부러 헛구역질을 하는 시늉을 하자 이든이 크게 웃었다.

"착각도 자유세요. 기다리는 이도, 반기는 이도 없는데 뭘 돌아온다고 그래? 웃기지도 않으셔."

"내가 코미디 쪽에도 좀 재능이 있어."

"얼씨구."

"절씨구."

그새 농담으로 되받아치는 그의 어조에 해문도 피식 웃고 말았다.

"어쨌든, 갈 땐 가더라도 방세 잊지 말고 주고 가. 떼먹으면 내가 한국까지 쫓아갈 거야."

"설마 내가 그럴까? 사람을 왜 그렇게 치사하게 만드냐?"

"치사하면 나가셔. 흥."

혀를 날름 내밀고 해문은 욕실 문에서 몸을 떼어냈다. 그런 뒤 다시 문을 열기 위해 문고리를 잡는데 무언가 퍼뜩 머리를 스쳐 간다. 그러고 보니 그가 낮에 한 '최종 확인'이 무슨 의미인지 묻는다는 걸 잊고 있었다. 해문은 그대로 욕실의 차가운 유리에 이마를 댔다. 이 문을 열기가 왜 이리 힘겨운 것일까? 떠오르려면 한꺼번에 떠오를 것이지, 여러 가지 한다.

물을까 말까? 아까와 달리 이번엔 더욱 고민이 된다. 아무래도 그가 한 말이 뇌리에서 아직 사라지지 않은 탓이었다. 자신과는 상관없는 일이라는 그의 말이 족쇄가 되어 막고 있었다. 그까짓

말 따위 무시하면 된다고 치부하려 하나, 쉽지 않았다. 해문은 유리에 이마를 콩 부딪쳤다. 이리 고민할 바엔 그냥 묻는 게 낫겠다. 그러기 위해 이마를 떼어내다가 다시 해문은 이마를 유리에 댔다.

물어서 무엇 하려고?

그러게 말이다. 그 '최종 확인'이 무엇인지 안다 한들, 무엇 하겠는가? 호기심 충족이라는 이유는 부실하기 그지없다. 해문 자신과 상관이 있을 듯해서, 라고 하기엔 그가 한 '자신과 상관없다'는 말이 이미 아님을 증명했다. 콩콩 이마를 유리에 부딪치며 해문은 생각했다. 그러다가 참 쓸데없는 고민에 빠졌다는 걸 깨달았다. 궁금하면 물으면 그만이고, 안 궁금하면 모르는 척하면 된다. 그런 간단한 일인데 무엇 하러 이토록 머리가 아프게 고민을 한단 말인가? 스스로 한심해져 해문은 이마를 조금 더 세게 유리에 박았다.

"유리 깨지겠다."

자신의 상념을 깨는 이든의 이죽거림에 해문은 콧잔등을 찌푸렸다.

"깨져도 내 집이야."

"돈 나가는 건 생각 안 해?"

"그까짓 돈!"

버럭 소리를 지르며 이마를 떼어내던 해문은 그대로 입을 다물었다. 확실히 돈은 '그까짓' 게 되지 않는다. 고민을 아무리 해도 종국에는 돈에 치닫는 자신의 머리가 오늘따라 참 싫었다.

해문은 그대로 시선을 돌려 이든을 보았다. 싱글거리는 그의 얼굴이 참 얄밉다. 저 남자의 머릿속은 어떤 구조일까? 해문은 한때 인터넷에서 유행했던 뇌 구조 그림을 이든에 대입했다가 입술을 샐그러뜨렸다. 뇌 구조를 그릴 만큼 잘 알지도 못하거니와 자신이 아는 그가 전부일 리가 없었다. 생각이 깊어질수록 엉뚱한 것에 사로잡혀 삼천포로 빠진다. 해문은 그만 생각은 접자고 속으로 중얼거리며 이마를 유리에서 떼어냈다. 그런 뒤 참으로 열기 어려웠던 욕실 문을 드디어 열었다. 고작 문고리 하나 돌리는 게 어렵다는 걸 새삼스레 깨닫는다.

문을 닫자, 축축한 습기가 피부에 닿는 게 느껴졌다. 문 너머에서 이든이 혼잣말로 '유치한 유해문'이라고 말하는 게 들렸다. 무슨 혼잣말을 저리 크게 하는지 모르겠다. 실상 자신에게 들으라고 하는 말이다. 생각 같아서는 문을 열고 나가 한판 대거리라도 하고 싶으나, 겨우 들어온 욕실을 나가기 싫었다. 더욱이 희한한 몸은 욕실에 들어오기 무섭게 진득한 피곤함을 토로하기 시작했다.

토닥토닥 어깨를 주먹으로 살살 두드리며 해문은 온수용 수도꼭지를 틀었다. 콸콸 커다란 소리가 금세 욕실 안을 장악한다. 물끄러미 보다가 그대로 바닥에 무릎을 쭈그리고 앉았다. 손을 뻗자, 따뜻한 물이 손바닥을 내리친다. 해문은 다른 팔을 팔베개하고 그 위에 턱을 올렸다. 콸콸 요란한 소리가 귓가를 울린다.

"너구리랑 친구일 거야."

자신이 한 말이 웅웅 울려 퍼진다. 그것도 잠시, 물소리의 요란함에 그 소리는 금세 자취를 감추었다.

"우렁잇속 같은 인간."

혼잣말은 대꾸하는 이가 없기에 홀로 공중을 떠다니다가 그대로 사라지기를 반복했다.

"피곤해."

자기 한탄을 쏟아내며 해문은 차츰 차 오르는 욕조의 물을 응시했다. 울렁거리는 욕조의 투명한 물에 자신이 투영된다. 거센 물줄기에 따라 거칠게 흔들리는 물. 그리고 불투명한 형태로 흔들리는 자신의 얼굴. 해문은 후 날숨을 내쉬었다. 숨결에도 아랑곳없이 물결은 여전히 거칠게 흔들리고 있었다.

"최종 확인의 최종은 무엇에 대한 최종일까?"

그에게 묻지 못한 말이 나온다. 역시 이 말도 금세 사라진다. 가시지 않은 앙금만이 유일한 찌꺼기였다. 욕조의 물은 아직 반도 차지 않았다.

"……룸메이트겠지?"

꼬리를 물고 나오는 자문이었다. 대답할 이는 욕실 밖에 있었다. 그와 자신의 공간은 욕실 문이라는 알량한 도구에 의해 차단된 상황이었다. 답답함이 가슴을 친다. 왜 이런 복잡한 생각을 한 것일까? 해문은 자신을 탓했다.

되도 않은 자문을 연거푸 하다가, 이윽고 욕조의 물이 가득 찬 것에 해문은 천천히 몸을 일으켰다. 옷을 벗자 온몸에 소름이 돋는다. 겨울이 코앞이라는 게 새삼스럽다. 따뜻한 물에 몸을 담그고, 해문은 고개를 뒤로 젖힌 채 후 하고 숨을 공중으로 내뿜었다. 숨결에도 색이 있으면 좋겠다는 생각이 문득 든다.

고개를 설레설레 흔들며 해문은 좁은 욕조 안에서 무릎을 세웠다. 그리고 무릎을 껴안았다. 어쩐지 자신이 조개가 된 느낌이 들었다. 이대로 조개가 되어도 좋을 것 같다. 딱딱한 껍질은 세상에서 자신을 보호할 테니까.

왜 보호받고 싶은 건데?

밖으로 나오지 않은 자문이 머릿속에서 떠올랐다. 해문은 표정을 찡그린 채 웃었다. 왜 이리 쓸데없는 생각이 넘치는지 모르겠다. 다 쓸모가 없는 생각이다. 너무 피곤한 나머지 헛된 생각을 하는 것이라 치부했다. 물속에 담긴 몸이 피곤함을 토로하며 우는 것을 보면 그게 맞다.

"돌아가겠지?"

그에게 묻듯 해문은 조금 크게 말했다. 윙윙거리며 울리는 게 왠지 이질적이다. 몸살 기운으로 정신마저 몽롱해진 듯싶다. 그래서 그런 것이다.

해문은 고개를 돌려 그의 칫솔이 놓인 곳을 올려다보았다. 눈을 잠시 감았다 뜨자, 칫솔이 사라졌다. 어색하지 않다. 하기야 불과 얼마 전까지만 해도 그곳에는 자신의 칫솔만이 있었다. 되레 어색한 게 이상한 것이다. 비시시 웃음이 흘러나온다. 잠시 다른 곳을 보고 돌아온 시선에 그의 칫솔이 다시 보였기 때문이다. 억지로 현실을 부정하는 듯한 자신의 태도가 우습다.

돌아갈 곳이 있는 자에게 돌아가는 것은 당연한 행동이었다. 전혀 새삼스러운 일이 아니다. 그러니까 깊게 생각할 필요가 없었다.

처음부터 알았잖아, 하고 해문은 조용히 읊조렸다. 한정된 머묾

이기에 그와의 룸메이트 관계를 허락한 것이다. 그런 의미에서 보면 자신과 이든은 '단순한 룸메이트' 관계는 아닌 듯싶다. 언젠간 떠날 이와 남아 있을 이의 조합이 맞는 말이다. 그들이 그것을 알고 물었을지도 모른다는 생각이 불현듯 치켜들었다.

머리가 이래저래 복잡했다. 복잡한 것 따위 질색하면서도 사서 그러는 것에 해문은 자신을 향해 조소를 보냈다. 단순하게 생각하자고 자신에게 말했다. 그리 되뇌며 해문은 뜨거운 물에 피곤하기만 한 몸을 쉬게 했다.

여러 가지로 피곤했던 일요일의 축제는 그렇게 막을 내렸다.

피곤했던 일요일의 축제 이튿날은 여느 아침과 달랐다. 유난히 피곤함을 토로하는 몸의 상태가 여느 날과 다름을 증명했다. 생각 같아서는 학교를 빠지고 싶었으나, 그럴 수는 없었다. 하루 학비를 공으로 날리고 싶지 않다는 터무니없는 고집 덕분이었다.

그렇게 빌빌대는 몸을 이끌고 학교에 간 것을 좋았으나, 제정신도 아닌데 수업이 귀에 들어올 리 만무했다. 게다가 그날따라 선생은 해문이 알아듣기 어려운 외래어만 골라 말하는 통에 멍한 머리로 영어 따위 없어졌으면 좋겠다는 허무맹랑한 소원을 빌게 했다. 그나마 쉬는 시간이 되어 몸을 좀 누일라 치면, 눈치없는 히이라기가 나타나 축제가 어쩌고저쩌고 귀가 아프게 떠들어댔다. 그냥 있는 것만으로도 쓰러지고 싶은 해문을 더욱 힘겹게 만드는 현실이었다.

결국, 해문은 학교에 온 지 세 시간도 안 되어 조퇴를 하고 말았다. 막상 조퇴를 하고 나니, 현실적인 머리가 차라리 결석을 하지 그랬느냐고 탓한다. 그도 그럴 것이 왕복 전철 비용이 적지 않았기 때문이다. 하루 학비를 날린 것보다 전철 비용이 더 아깝다. 자신이 생각해도 참 희한한 계산법이었다. 어쨌든 이럴 때만은 현실적인 머리가 원망스럽다. 덜 현실적이었다면 아프다는 핑계로 택시를 타고 돌아갔을 텐데, 전철 비용마저 아까워하는 머리가 그런 비용을 감내할 가능성은 희박했다. 누굴 탓할 수도 없었다. 머리가 이러니, 몸이 고생하는 건 당연한 이치였다.

힘겨운 몸을 이끌고 겨우 집에 도착했을 때 몸은 축축한 땀으로 범벅이었다. 다리도 근육통으로 부들부들 떨려, 집까지 무탈하게 온 게 다행스러울 정도였다. 당장 쓰러져도 이상하지 않을 정도로, 몸의 상태는 정상 궤도에서 이탈한 지 오래였다.

평소라면 꿈도 못 꿀 시간에 집에 돌아온 것은 아픈 와중에도 참 기묘한 기분을 느끼게 했다. 시쳇말로 '땡땡이'를 친 느낌이랄까? 해문은 몽롱한 와중에도 그런 생각이 드는 자신이 참 우스웠다. 몸이 아무리 아프더라도 정신은 삼차원의 세계에서 노닐 수 있는 모양이다.

털썩 소리가 나게 베개에 머리를 뉘이고, 단조로운 무늬의 천장을 올려다봤다. 피곤한 몸은 편한 이부자리에 눕자 금세 잠에 빠져들 듯 아슬아슬한 경계선을 오고 갔다. 이대로 자면 몸이 좋아지겠거니 해문은 그렇게 생각했다. 그러다가 눈을 벌떡 떴다. 무언가 이상하다. 정확하게는 집이 무척 조용했다.

해문은 지끈거리는 두통을 억누르며 고개만 비스듬히 돌려 방 안을 둘러보았다. 시야 가득 들어오는 방 안의 풍경은 눈에 익은 것이었다. 적어도 하나가 없다는 것을 제외하면 평소와 같았다. 불현듯 어제 들었던 이든의 통화 내용이 떠올랐다. 아직 10월인데, 거짓말이었나? 그럴 리 없다고 생각하면서도 머리 한구석에 혹시 라는 물음표가 떴다.

도저히 몸을 일으킬 힘이 없어 해문은 눈만 돌렸다. 이리저리 둘러보자 시야 끝에 걸리는 것이 있었다. 의자에 얼기설기 걸쳐져 있는 그의 평상복이었다. 그 옆에는 그가 끼적거리는 노트도 얼핏 보였다. 저도 모르게 안도의 한숨이 나왔다. 아무래도 잠시 편의점에라도 간 모양이었다.

그리 생각하며 해문은 다시 눈을 감았다. 자신이 왜 불안했는가 하는 의문이 잠시 머릿속에 떠올랐으나, 오래가지 않아 사라졌다. 깊게 생각하기에 현재의 해문은 맨정신을 지탱하기도 버거웠다. 서서히 정신이 아득해지더니 이윽고 까무룩 잠이 들었다.

잠이 언뜻 깬 것은 귀에 거슬리는 금속의 부딪침 소리 때문이었다. 마치 천 근이나 되는 추를 달아놓은 듯한 눈꺼풀을 들어 올리고 고개를 돌리자, 막 집에 들어오고 있는 이든이 보였다. 날숨을 내쉬니 뜨거운 온기가 인중에 느껴진다. 게다가 입 안도 버석버석하다. 제대로 몸살이 왔구나, 입안말로 중얼거리며 해문은 다시 눈을 감았다.

"어?"

의아한 이든의 목소리가 아련하게 들렸다. 눈을 다시 뜨고자 애써 보지만, 눈꺼풀 사이에 풀칠이라도 한 듯 뻑뻑했다. 결국 해문은 눈을 감은 채 입을 열었다. 열자마자 단내가 나는 것 같다. 자연스럽게 미간을 일그러뜨리고 말았다.

"며, 몇 시……."

자신이 내뱉고도 놀랄 정도로 형편없이 갈라진 목소리가 나왔다. 제 목소리가 맞나 의심스러울 정도다.

"해문아, 아파?"

보면 모르냐고 비아냥거릴 힘도 없었다. 대신 해문은 왜 이제야 오느냐고 그에게 말하려 했다. 물론 그건 입이 자신의 의지를 따를 경우에 해당되는 일이다. 서글프게도 입은 이미 의지와 따로 놀고 있었고, 하고자 했던 말은 그대로 입 안에서 사그라졌다. 이럴 때 그가 독심술을 발휘해 주면 좋을 텐데, 이든에게 그런 눈치는 없었다. 대신 이마에 낯선 감촉이 느껴졌다. 자신의 이마 온도보다 낮은 타인의 온기였다.

"열이 엄청 높다. 어제 무리해서 몸살이 난 거 같아."

아련하게 들리는 그의 낮은 목소리가 자장가처럼 들렸다. 잠이 다시 온다. 그것보단 침대 안으로 몸이 침식되는 느낌이었다. 해문은 말하고 싶었다, 이 몸살도 이든의 탓이라고. 하지만 의지를 따르지 않는 입과 몸 때문에 그 말도 속으로 삭여야 했다.

몸이 아프면 이상하게도 시간 감각이 둔화된다. 잠시 눈을 감았다고 생각했는데, 어느새 이마에는 차가운 감촉이 느껴지고 있었다. 시원한 면이었다. 머리를 괴롭히던 두통이 미약해지고, 버석버석하던 입 안도 조금 나아졌다. 한결 편해진 느낌이라 해문은 조금 전보다는 편히 잘 수 있었다. 몽롱한 정신은 자신을 편하게 해 주는 것이 누군지도 생각하지 못했다. 그저 편하다는 생각에만 젖어 있을 뿐이었다.

그렇게 몇 번이고 의식은 깨었다가 꺼지기를 반복했다. 그때마다 이마에는 항상 차가운 무언가가 놓여 있었다. 그것을 알아챘을 때, 해문은 이든에게 고마움을 느꼈다. 물론 자신이 이렇게 된 것에는 이든이 크게 일조했으나, 이토록 간호를 받고 있기에 미워할 수는 없었다.

돌연 웃음이 터질 것 같았다. 웃을 수 없는 상황이라 행동으로 보이진 못했으나, 해문은 지금이 참 우스웠다. 반년 전까지 자신을 아프게 했던 당사자가 지금은 아픈 자신을 돌보고 있다는 게 얼마나 아이러니한 현실인가? 그래도 다행이었다. 혼자 아픈 것보다는 누군가가 옆에 있는 게 좋았다. 외로움보다는 아파서 그런 것이다. 아프면 마음이 약해지게 마련이다.

그 생각을 끝으로 해문은 아슬아슬하게 잡고 있던 의식의 끈을 놓았다. 그 순간, 자신의 볼을 소중하게 보듬는 따뜻한 온기를 느낀 듯싶었다. 왠지 가슴속을 가득 채우는 그러한 아련한 느낌의 온기였다.

다시 의식을 되찾았을 때는 조퇴하고 돌아왔을 때에 비해 몸이 한결 가벼워져 있었다.

주말에 외출하는 것이 하루 이틀 일도 아니면서 컨트롤을 하지 못한 자신이 한심했다. 이든이 정신적인 스트레스를 주었다고는 하지만, 마냥 그것을 탓할 것도 아니었다. 다음부터는 자신의 몸을 봐가면서 사진을 찍으러 다녀야겠다고 해문은 결심했다.

너무 오래 잔 덕에 뻑뻑한 눈과 말라 까칠한 입술에 침을 묻히고 해문은 몸을 뒤척여 보았다. 자유로이 운신을 하는 것에는 무리가 있었지만, 집에 돌아왔을 때에 비하면 한결 나아졌다. 해문은 짧게 안도의 한숨을 내쉬며 머리맡으로 손을 뻗었다. 커튼 너머로 보이는 밖은 환하기만 해서 몇 시인지 가늠할 수 없었다.

몇 번 헛손질해도 원하는 것이 잡히지 않는다. 짧게 숨을 토한 뒤, 해문은 이마에 손을 올렸다. 올리자마자 손등에 가슬가슬한 것이 느껴졌다. 해문은 눈썹을 치켜든 채, 이마에 붙은 것을 손가락으로 문질렀다. 부직포 같다. 손가락으로 구석 부분을 잡아당기자, 따끔한 느낌이 나며 부직포 같은 것이 이마에서 떨어졌다. 눈살을 찌푸린 채 들어 올리자 파란 펭귄이 그려진 파스 같은 게 보였다. 한참을 보던 해문은 짧게 '아' 하고 소리를 내뱉었다.

이건 열을 식혀주는 냉각 시트다. 내내 머리를 식혀주던 것이 수건이 아닌 모양이었다. 용케도 냉각 시트를 붙여줄 생각을 했다. 그것보단 냉각 시트의 존재를 아는 이든이 용하다는 게 정답이다. 해문은 물끄러미 냉각 시트를 보다가, 다시 이마에 붙였다. 모양새는 우습겠지만, 붙이고 있는 게 덜 아프다.

가만히 누워 다시 잠을 청하려 했는데, 한 번 깬 잠은 쉽게 돌아오지 않았다. 더 자고 싶은 마음이 굴뚝이라고 해도, 안 오는 잠을 부를 능력은 없었다. 결국 해문은 주섬주섬 자리에서 몸을 일으켰다. 몸을 일으키자, 아찔한 현기증이 급습한다. 그래도 이왕 일어난 거 목이라도 축일 생각으로 해문은 따뜻한 침대에서 몸을 빼냈다.

비틀거리며 방을 나서던 해문은 이든이 또 안 보인다는 사실에 살짝 고개를 갸웃거렸다. 이 남자는 또 어디를 간 것일까? 그러고 보니 그가 자신이 돌아오고도 한참이 지나 집에 온 것이 얼핏 기억났다. 시간 감각이 둔화되어 자세한 것은 알 수 없었지만, 단순히 편의점에 다녀왔다고 하기엔 좀 긴 시간이었다는 것은 느꼈다. 어디 다녀온 걸까? 해문은 재차 떠오르는 의문점을 되새기며 부엌으로 나섰다. 그때 현관 너머에서 아렴풋이 목소리가 들렸다. 확실하게 들리지는 않으나, 어쩐지 이든의 목소리 같았다.

현관을 열자 바로 차가운 바람이 들어온다. 부르르 떨리는 몸을 추스르며 빠끔히 열린 문틈으로 고개를 내밀자 이든의 뒷모습이 보였다. 문이 열리는 소리를 못 들었는지, 이든은 누군가와 대화를 하는 것에 정신이 팔려 있었다. 누구랑 대화를 하는 것일까? 그러한 궁금증은 금세 해결이 되었다. 나른한 어조의 일본어. 해문은 눈썹을 찌푸렸다.

"쿠소 타누키."

머리에 떠오르는 이름을 나직이 읊조리자, 이든이 몸을 돌렸다. 그런 이든의 등 뒤로 이젠 지겹기까지 한 검은색 드레스 차림의 이가라시가 보였다.

"일어났어, 해문아?"

전혀 놀라지 않은 듯, 그는 태연한 태도로 자신을 대했다. 뻔뻔한 느낌이다. 순간, 해문은 왜 이 상황이 흡사 불륜 현장을 잡은 부인 같을까, 고민했다. 몸과 마찬가지로 머리도 아직 정상 궤도에 복귀하지 못했다.

"몸은 좀 어때? 열은 내려갔어?"

연거푸 질문을 퍼붓는 이든이었다. 해문은 대답 없이 이든과 이가라시를 보기만 했다. 이가라시가 자신을 보더니, 싱긋 웃으며 이마를 검지로 건드린다. 눈썹을 찌푸린 채 바라보다가 이가라시가 자신의 이마에 붙은 냉각 시트를 가리킨다는 것을 깨달았다. 낭패라는 마음에 떼어낼까 하다 그대로 두었다. 그녀에게 잘 보일 의무가 자신에겐 없었다.

묵묵히 일그러진 표정으로 있는 자신을 이든은 잠시 보더니 이가라시에게 'Thanks' 라고 했다. 그러자 이가라시가 아니라는 듯 손사래를 친다. 둘 사이에 무언가 있다. 해문은 의심스러운 눈으로 이든을 올려다보았다. 이든이 빙긋 웃는다. 이가라시 쪽으로 고개를 돌리자, 마찬가지로 빙긋 웃는다. 희한하게도 이 두 사람이 닮아 보인다. 괜스레 속이 불편했다.

[얼굴색 많이 좋아졌네. 다행이야.]

[고…… 맙습니다.]

[의외로 열이 높아서 병원에 안 가도 되나, 걱정했어.]

열이 높은 건 어떻게 알았는데?

소리없는 질문이 입 안을 배회한다. 마음 같아선 그녀를 어두컴컴한 지하실에 가두고 심문을 하고 싶었으나 그럴 수 없기에 대신 이든의 옆구리를 쿡 찔렀다. 그녀의 자백이 없어도 범인은 뻔했다. 어쩌면 냉각 시트도 이가라시의 작품이 아니었을까 싶다. 이마 위가 단박에 거추장스러워졌다.

"들어가자고?"

자신이 옆구리를 찌른 것을 들어가자는 신호로 알아들었나 보다. 이럴 때만 이 남자는 둔하다.

[아직 열이 있는 걸로 보이니까, 그만 들어가는 게 좋지 않을까? 또 열이 오르면 서로 고생이잖아.]

마치 다 안다는 투다. 그게 해문의 비틀린 마음을 더욱 비틀리게 만들었다.

[걱정해 줘서 고맙습니다.]

그래도 자신을 걱정해 주었고, 자신도 모르는 사이 이런저런 도움을 준 눈치라 해문은 되도록 빈정거림이 묻어나지 않게 말했다.

[전혀 안 고마운 얼굴이야, 해문 상. 그래도 진심은 안 그럴 것 같으니까, 진심만은 받을게.]

진정 저 입만 조용하면 이가라시에 대한 호감이 급상승할 듯싶다. 상대해 봤자, 더 피곤해지는 것은 자신이기에 해문은 몸을 돌렸다. 이든은 어느새 집 안으로 들어간 모양인지 보이지 않았다. 너구리 같은 인간. 하기야 이가라시랑 어울리는 걸 보면 너구리가 맞을지도 모른다.

[아, 그리고 당신 일하는 곳의 점장(店長)이 사진은 천천히 주어도 된대.]

[네?]

[항상 들고 다니는 큰 가방의 정체가 카메라였구나. 나중에 기

회 되면 내 사진도 찍어줄래? 난 이상하게 사진이 잘 안 받거든.]

주절주절 자신의 대답은 기대도 하지 않았다는 양, 그녀 혼자 지껄인다. 불쾌했다. 자신이 사진을 찍는다는 사실을 알았다는 것—물론 범인은 이든이겠지만—과 무슨 연유로 그녀가 '점장'이라는 단어를 언급하는지 해문은 작금의 상황이 트적지근했다.

[점장을 아세요?]

[응, 전화를 했으니까. 아차, 오늘 푹 쉬라고도 했어. 내일 건강하게 보자고 하더라고.]

해문은 눈만 끔벅거렸다. 자신의 귀가 고장이 나지 않았다면, 지금 들린 말은 이가라시가 점장, 다시 말하면 사장과 통화를 했다는 의미였다. 그제야 해문은 아르바이트를 가야 한다는 사실을 잠시 망각했음을 깨달았다. 그 생각이 떠오르자, 아르바이트를 안 가도 된다는 안도감과 더불어 하루 일당을 날린다는 생각이 동시에 떠올랐다. 조금 지나서야 그녀가 사장이랑 통화했다는 게 어떤 의미인지 파악하고는 그것에 대해 기분이 나빠졌다. 이래저래 이중적인, 아니, 삼중적인 마음이다.

혼자만의 생각에 빠져, 복잡한 표정을 지었나 보다. 이가라시가 빙긋 웃는다.

[재미있는 얼굴.]

단조롭게 말하는 이가라시의 어투는 항상 그렇지만, 자신을 자극하는 부분이 있었다. 해문은 입술을 샐그러뜨리며 검지로 이마를 문질렀다. 부직포의 느낌이 검지에 난다. 떼어낼 걸 그랬다.

[어쨌든 여러 가지로 고맙습니다.]

일단 인사는 하고 봐야 했기에 꾸벅 감사조로 말하자, 대꾸처럼 ‘호오’ 하는 의미 불명의 소리만 들렸다. 정말 저 소리의 의미가 무엇인지 알고 싶다. 불쾌한 기분에 가만히 서 있자, 이가라시는 손을 살살 흔들더니 집으로 들어간다. 놀림을 제대로 당한 느낌이었다. 해문은 미간을 찌푸린 채, ‘비호감’ 이라는 말을 되뇌었다.

이가라시가 사라지자, 내내 잊고 있던 추위가 엄습했다. 오싹하고 몸에 소름이 돋는다. 이러다가 몸살이 더 심해질 듯해 돌아가려는 순간, 옆집 문이 빠끔 열리며 긴 머리가 불쑥 튀어나왔다. 영화 ‘링’ 의 사다코 같다. 확 가위로 긴 머리카락을 잘라 버리고 싶은 충동이 일어난다.

[그리고 우물 안 개구리 짓도 적당히 해.]

[네?]

[적당히.]

뜬금없이 엉뚱한 말을 뇌까리더니, 다시 문을 닫고 들어가는 이가라시다. 귀신에 홀린 느낌이었다. 뭐가 ‘ほどほどに(적당히)’ 라는 것인지 모르겠다. 해문은 입술을 삐죽거렸다. 자기 할 말만 하곤 쏙 사라진 그녀의 행태가 얄밉기 그지없었다. 하는 짓 하나하나가 다 너구리 같기만 하다. 괜히 밖에 나갔다고 투덜거리며 해문은 집으로 돌아갔다.

마음에 드는 게 없다고 투덜거리며 방문을 열자, TV를 보고 있던 이든이 뒤돌아보며 비시시 웃는다. 지금 심정이라면 웃는 얼굴에 침을 뱉을 수 있을 것 같다.

말없이 책상 위에 놓인 휴대전화를 집으며 볼멘소리로 구시렁댔다.

"왜 하필 너구리야?"

"주변에 일본어를 하는 종족이 너구리뿐이니까."

마치 준비한 듯 대답이 나온다. 아주 틀린 말이 아니라 해도, 마음에 안 드는 것은 변함이 없었다. 입술을 삐죽거리자, 이든은 고개를 설레설레 흔들었다.

"그래도 너구리 덕분에 네 이마에 붙은 그것도 샀어."

이든의 지적에 해문은 이마에 붙은 냉각 시트를 뜯어냈다. 너무 힘껏 뜯어낸 탓에 몸이 고꾸라지려 하는 순간, 이든이 재빠르게 부축을 해주었다. 확 손을 뿌리치고 싶지만 자신의 몸은 지금 그럴 수 없는 처지였다. 해문은 군소리없이 그의 손길이 이끄는 대로 침대에 앉았다.

이마는 따끔하고, 머리는 어지럽고, 가라앉았던 열은 다시 오르고 있었다. 여러 가지 한다는 말이 저절로 나왔다. 이든은 아무 말 없이 자신을 침대에 눕히더니, 이마에 손을 올렸다.

"성질은 나중에 내. 아직도 열이 높아. 더 자."

대답 대신 눈썹을 찌푸리자, 이든이 손가락으로 눈썹을 피려 한다. 해문은 일부러 힘을 주었다.

"고집 그만 부려. 어린애처럼 그러지 말고, 얼른 자. 어차피 아르바이트도 쉬잖아."

"누가 맘대로 쉬게 했는데?"

고깝다는 티를 노골적으로 드러내는 데도 이든은 묵묵히 이불을 목 끝까지 덮어주었다.

"그래, 다 내 탓이야. 모든 게 내 탓이로소이다. 앞으로는 너구리랑 친하게도 안 지낼 테니까, 그만 투덜거리고 주무셔요, 아가씨."

꼭 어린아이를 어르는 모양새였다. 괜스레 기분이 상한다. 이런 것을 바란 게 아닌데, 마치 바란 것처럼 그에게 보인 게 자존심을 건드렸다. 하지만 해문은 입을 꾹 다물었다. 더 말해봤자 변명밖에 안 된다는 것을 알기 때문이었다. 어쩌면 그의 말대로 더 이상 아이 같은 짓을 하고 싶지 않다는 표현의 일부일 수도 있었다.

눈을 감고 잠을 청하자, 이든이 착한 아이라고 칭찬을 한다. 가만히 있으려는데 자꾸 건드리는 이든이 얄미웠다.

"얄미워 죽겠다는 그 표정은 일단 한숨 자고 일어나서 해도 늦지 않아. 그러니까 해문아 얼른 자. 눈 감아."

아이를 어르는 뉘앙스로 어서 자라고 재촉한다. 이 상황에서 더 투정을 부려봤자, 변하는 것은 없었다. 해문은 그의 말대로 하는 게 아니라고 자기변명을 하며 몸을 편하게 이완시켰다. 이든은 다시금 이불을 정돈해 주며 자신의 손을 잡았다. 차갑게 식은 자신의 손에 따스한 타인의 온기가 넘어온다. 어색한 마음에 손을 비틀자, 이든의 손아귀에 힘이 더 들어간다.

"왜? 자장가라도 불러줘?"

자신이 손을 비튼 것을 다른 의미로 받아들인 모양이다. 해문은 크게 날숨을 쉬며 애써 그의 손이 주는 느낌을 잊으려 했다. 솔직히 어색하긴 하지만 싫지는 않았다. 아파서 그런 것이다. 아플 땐 원래 어리광을 피우게 마련이다. 비단 그 상대가 이든이 아니라도 자신은 변함이 없을 것이다. 변명 같긴 하지만, 사실이니 상관없었다. 해문은 그렇게 치부하며 잠을 자고자 노력했다. 가슴 언저리가 간질간질하며 따스하다.

해문은 때로는 아픈 것도 나쁘지 않다고 생각했다. 자주 아프면 손해가 너무 크지만, 하고 해문은 속으로 중얼거리며 살짝 웃었다.

잠의 신 히프노스(Hypnos)가 슬그머니 나타나 잠의 세계로 해문을 초대했다. 흔쾌히 잠의 세계로 발을 디디는 해문의 표정은 온화했다.

두터운 유리문을 열자, 철록어미인 양 연기를 내뿜고 있던 난수가 이든을 반겼다. 노골적으로 싫은 표정을 짓고 있었지만, 적어도 눈만은 자신을 반기는 눈치였다. 적어도 이든의 눈에는 그리 보였다.

"오늘 못 온다며?"

모니터 쪽으로 몸을 돌린 난수가 지나가듯 말했다. 이든은 소파에 몸을 뉘였다. 시시도가 기다렸다는 듯, 이든의 앞에 밀크 티를 놓았다. 다시금 생각해 보아도 난수는 제자를 잘 들였다.

"그렇게 됐어."

성의없는 대꾸에도 난수는 별다른 반응이 없다. 애초에 제대로 된 대답을 기대하지 않았을 것이다. 난수의 괴팍한 성질에 이런 자신을 그냥 두는 것을 보면, 그에게 꽤 귀여움을 받고 있는 듯싶다. 이든은 소리없는 웃음을 흘렸다.

"음흉하게 웃지 마라, 재수없다."

"뒤통수에 눈이 있어?"

"내가 좀 잘났지."

동문서답인데도 의미가 통한다. 이든은 고개를 살살 흔들며 눈을 감았다. 사람을 간호하는 것은 의외로 많은 에너지가 소모되는 일이다. 눈을 감자 잠이 솔솔 몰려왔다. 기실 피곤하지 않았더라도 잠이 오긴 마찬가지였겠지만. 하품을 나른하게 뽑아내자 난수가 의자를 빙그르르 돌렸다. 난수의 눈이 못마땅한 기색을 담고 있다. 어째 일본에 온 순간부터 난수는 자신을 항상 못마땅한 눈빛으로 보는 듯하다. 자신이 판 무덤이다.

"그래서 아프다는 인간은?"

이든은 소파의 등받이에 머리를 기댄 채, 난수를 바라보았다.

"말하기 싫다는 거냐?"

이든은 콧잔등을 찌푸렸다. 말투는 퉁명스러웠으나, 그 안에 들어간 의미는 달랐다. 입을 다물면 그대로 내쫓겠다는 의지가 엿보인다. 이든은 혀를 살짝 찼다. 역시 어제 그에게 전화를 하는 게 아니었다. 급한 나머지 그에게 전화를 해 조언을 구한 것이 탈이었다.

"많이 좋아졌어."

대충 대답을 하며 눈을 감자, 긴 한숨 소리가 들린다. 뒤이어 벅벅 머리를 긁는 소리가 들렸다. 참으로 요란한 소리이다. 이든은 살갗을 자극하는 시선을 애써 모르는 척했다.

"이 자식이 자꾸 사람을 놀리네? 인마, 제대로 말 안 해? 그냥 좋아졌어, 하면 내가 '응 다행이야' 하겠냐? 기승전결에 맞춰서 다 털어놔."

기세등등하게 몰아붙이는 난수의 태도는 무언가 잡았다고 확신한 것에서 기인했다. 역시 전화를 하는 게 아니었는데. 이든은 재차 후회했다.

입을 다물고 있자, 의자의 삐걱거리는 소리가 요란하게 나며 암울한 기운이 다가오는 게 느껴졌다. 피부의 소름이 돋는 꼴을 보아, 난수가 다가오고 있는 듯했다. 이거 어디 제대로 얻어맞는 게 아닐까 싶다. 멍이나 안 들면 다행이겠다.

"아직도 확신이 안 생겨서 떠들지 않는 거냐?"

넌지시 떠보는 난수의 말에 이든은 눈을 떴다. 입술 끝에 담배를 매달고 꾸부정하게 서 있는 난수는 어설픈 악당처럼 보였다. 말투만 보면 악당 역할이 적격이긴 하다.

"……그냥."

"뭐가 그냥이야? 아, 이 자식 진짜 답답해. 내가 이 정도인데, 너 좋다는 여자는 아주 속이 터져 죽겠다. 아마 속이 시꺼멓게 변했을 거야, 망할 자식."

난수는 가슴을 퍽퍽 치며 입에서 불을 내뿜듯 포효한다. 난수가 고혈압이 아닌 게 다행이다. 만약 고혈압이었다면 쓰러져도 몇 번을 쓰러졌을 것이다. 딴생각을 하고 있는 자신을 알아챈 난수의 눈이 살벌해졌다. 제아무리 살벌해도, 어설픈 악당으로 보이는 건 변함이 없었다.

"시꺼먼 정도가 아닐걸."

"뭐라고?"

못 들었다고 되묻는 난수의 말에 이든은 손사래를 쳤다.

"못 들었으면 됐어."

이든은 말을 끝내고 잠시 심호흡을 했다. 다음에 나올 난수의 고함을 예상했기 때문이다. 그런데 난수는 고함을 지르지 않았다. 예상외로 난수는 담배 연기를 허공에 뿜으며 턱을 검지로 긁고 있었다. 불길한 느낌이다.

"역시 여자 집이었군."

단정적인 그의 어조에 이든은 혀를 찼다. 아직도 그는 자신이 머무는 곳을 알아내는 것에 대한 집착을 버리지 않은 모양이었다. 이든은 머리를 쓸어 올리며 쓴웃음은 내뱉었다.

난수는 한참 이든을 내려다보더니 의자에 털썩 앉았다. 그러더니 필터 끝에 도달한 담배를 재떨이에 비벼 껐다. 텁텁한 담배 냄새가 아련하게 코를 자극한다. 이든은 밀크 티를 홀짝거렸다.

"언제 보여줄 생각이냐?"

한참의 침묵 끝에 나온 말은 이든도 예상한 말이었다. 사실 그 말보다 먼저 나올 것이라 예상한 그녀가 누구냐는 질문은 나오지 않았다. 아마 물어도 자신이 대답하지 않을 것을 알고 다른 질문을 한 게 분명하다. 난수는 어떤 의미, 자신을 너무 잘 알고 있다.

"시기가 되면."

"그 시기가 언제인데?"

"글쎄."

"너구리 같은 새끼."

새로운 담배를 입에 물며 난수가 뇌까렸다. 불현듯 해문의 옆집에 사는 너구리가 떠올랐다. 뜻밖의 방문이었을 텐데도 그녀는 전혀 당황하는 기색도 없이 침착한 태도로 해문의 상태를 살펴보았다. 더불어 시키지 않았는데 알아서 약과 냉각 시트를 사 오기까지 했다. 물론 그 와중에도 그녀는 꿋꿋하게 일본어를 구사했고, 약국의 영수증을 자신에게 주며 돈을 돌려받는 치밀함까지 보였다. 황당하지 않은 것은 아니었으나, 너구리답다는 생각도 들었다. '너구리'라는 별칭이 그녀만큼 어울리는 이도 없을 것이다. 엉뚱한 면은 있지만 옆집 너구리는 좋은 이웃이었다. 해문도 그 사실을 알면 좋을 텐데. 어쩌면 그녀는 알면서도 모르는 척할 수도 있었다. 해문이라면 그럴 수 있다.

"슬슬 끝낼 때도 됐어."

눈을 감으며 중얼거리자, 난수가 퉁명스럽게 그게 뭐냐고 묻는다. 대답 대신 고개를 살살 흔들자, 난수가 진득한 한숨을 내쉬며 툴툴거렸다. 더 묻고 싶은 게 있는데 못 묻는 느낌이다. 이든은 철저하게 모르는 척했다. 이럴 땐 모르는 척하는 게 최고다.

"어우, 답답해."

가슴을 퍽퍽 치는 소리가 들렸다. 오늘 밤에 그의 가슴엔 멍이 들어 있을지도 모르겠다. 아마도 멍이 있다면 그것을 보며 자신을 향해 이를 부득부득 갈 것이다. 문득 오래 살겠다는 생각이 머리를 들었다. 이든은 입술을 실그러뜨리고 싱겁게 웃었다.

"형, 나 좀 잘 테니까 열 시 정도에 깨워줘."

"자려면 나한테 알려주지도 않는 그 여자의 집에서 자든지, 한국 돌아가서 처자. 그러고 보니까 넌 도대체 여기 왜 왔냐? 너희 그룹, 이제 앨범 내도 안 팔리냐?"

비꼬인 난수의 목소리를 들으며 이든은 눈을 감은 채 입술을 비틀었다. 슬슬 난수의 입에서 저런 질문이 나올 때가 되긴 했다. 자신이 생각해도 표면적으로 이곳에 와서 한 일이 없었다. 물론 비공식적으로는 어느 정도 달성했으나, 그건 난수가 모를 일이었다.

"형, 우리 아직도 잘나가는 가수거든. 8집이 나오기만 고대하는 팬들이 수두룩하다고."

"그리 바쁘신 새끼가 왜 여기서 이러고 있냐?"

"휴식 기간이잖아."

"얼어 죽을 휴식 기간. 지랄 생쇼를 해라."

"아무튼 좀 잘 테니까, 열 시에 꼭 깨워줘."

"잘난 그 집에서 처자라고 했지."

살벌한 말투와 달리 음악 볼륨이 작아졌다. 저리 솔직하지 않은 면이 난수의 매력이다. 이든은 입가에 웃음을 머금었다.

"아아, 집에서 자면 너구리가 귀찮게 할 거 같아서."

"그 집은 너구리를 키우냐?"

"키우는 건 아니고, 근처에 살아."

"산골에 집이 있는 것도 아닐 텐데, 뭐가 산다는 거야? 이 자식이 진짜 헛소리만 해대네."

"여하튼 열 시에 깨워줘."

"시끄러워. 내가 너 깨우라고 있는 인간 자명종인 줄 알아? 깨려면 너 혼자 깨서 나가, 망할 새끼."

살벌하기만 한 난수다. 이든은 그래도 자신을 깨워줄 것을 알고 있었다. 그래도 혹시 모르니까 시시도에게 부탁을 해두는 것도 좋을 것 같았다. 그런 생각으로 눈을 뜨자, 홉뜬 눈으로 자신을 노려보던 난수가 으른다.

"시시도는 네 조수가 아니라, 내 조수거든."

너구리라는 표현은 난수에게도 잘 어울릴 것이다. 옆집 너구리와 난수를 만나게 하면 어떨까 싶다. 재미있을 것이다.

"너무한다, 형."

"누가 네 형이라는 게냐, 답답한 최이든 새끼야."

또 삐쳤다, 이 남자. 그래도 자신을 깨워주는 것은 난수일 것이기에 이든은 그대로 잠을 청했다. 본래도 잠을 잘 자는 편이지만, 병구완으로 피곤해진 덕에 더 빨리 잠이 든다. 잠결에 난수가 자신을 향해 욕설을 지껄이는 게 들렸다. 그것도 자장가로만 들린다. 좀 시끄러운 자장가라는 사실을 부인할 수 없었지만, 나쁘진 않았다.

"お疲れさん(수고했어)."

주방에서 들려오는 대답에 해문은 빙긋 웃으며 다시 한 번 '수고하셨습니다' 라는 말을 외쳤다. 몸살의 기운이 남아 있었지만, 생각보다는 덜 피곤했다. 어제 하루 제대로 쉰 덕이었다. 피곤함에 찌든 몸을 두드리며 기지개를 켰다. 집에 가서 푹 쉴 생각을 하니 마음이 좀 편하다. 하지만 그것도 잠시였다. 집을 생각하자 자연스럽게 이든이 떠올랐고, 그러자 설명하기 어려운 감정이 고개

를 내민다. 해문은 훅 하고 날숨을 내뱉은 뒤 자전거를 세워둔 곳
으로 걸어갔다. 고민을 해봤자 해결책이 나오는 것도 아니다.

자전거를 항상 세워두는 곳은 라멘 가게의 근처에 있는 도시락
가게 앞이었다. 도시락 가게도 슬슬 문을 닫을 준비를 하는지, 종
업원이 부산하게 움직이고 있었다. 해문은 종업원을 일별(一瞥)하
며 자전거 쪽으로 다가갔다.

주머니에서 자전거 열쇠를 꺼내고자 발길을 멈추다가 해문은
귀에 들려오는 낯익은 허밍 소리에 고개를 갸웃거렸다. 저 노래를
부르는 인간이 또 있는 모양이다. 너구리랑 취향이 비슷하거나,
혹은 이든처럼 바보이거나 둘 중 하나일 것이다. 불현듯 ‘설마?’
하고 머릿속에 물음표가 뜬다. 해문은 바로 머리를 가로저었다.
제아무리 ‘설마’ 가 사람을 잡기 위해 존재한다고 해도, 그럴 리가
없었다. 그러나 허밍 소리의 진원지로 고개를 돌리는 순간, 해문
은 ‘설마’ 라는 단어를 싫어하기로 마음먹었다.

자전거와 약간 떨어진 난간에 엉덩이를 걸치고 앉아 발을 까딱
거리며 허밍을 흥얼거리는 남자. 손에는 예의 밀크 티가 있고, 옷
차림은 평범했지만 어딘가 튀는 구석이 있었다. 도시락 가게의 종
업원도 넋을 놓고 보다가, 자신을 보고는 흠칫 놀라 급히 몸을 돌
렸다. 한숨이 저절로 나온다. 이 남자는 숨으려고 해도 특유의 분
위기 때문에 완전히 숨는 것은 어려울 것이다. 해문은 고개를 살
래살래 내저으며 작게 웃었다. 그를 보자마자 왠지 웃음이 나왔
다.

“여기서 뭐 해?”

자전거의 자물쇠를 풀고자 주저앉아 말을 걸었다. 그러자 남자의 허밍 소리가 멈춘다.

"바로 알아채네?"

감흥이 없는 어조였다. 자신이 알아볼 것을 이미 예상했다는 뉘앙스다. 돌연 이 남자가 놀라는 것이 보고 싶어졌다. 과연 가능할까 싶다.

"모르면 되레 바보 아니야? 그렇게 드러내고 있는데."

"그런가?"

난간에서 내려서며 이든이 스스로 복장을 확인하더니 이내 피식 웃으며 어깨를 으쓱거렸다.

"잘 변장했다고 생각했는데."

"착각도 지나치면."

"병이지."

자신이 할 말을 대신 하더니 한쪽 눈을 찡긋한다. 해문은 콧잔등을 찌푸린 채 웃었다. 참 미워하기 힘든 사람이다.

자물쇠와 가방을 자전거의 앞 바구니에 던져 놓고 자전거를 움직였다. 평소라면 자전거를 타고 갔을 테지만, 이든이 있기에 해문은 자전거를 끌기만 했다. 그런 자신의 뒤를 이든이 느긋하게 따라오고 있었다.

자신의 발걸음 소리와 다른 묵직한 발걸음 소리가 자신의 뒤를 따른다. 발걸음 소리에 맞춰 가슴이 작은 북소리를 내고 있다. 해문이 일부러 발걸음을 더 빠르게 하자, 뒤따르던 발걸음 소리도 약간 빨라진다. 다시 느리게 걷자, 역시 뒤따르던 발걸음도 느려졌다. 해문은 고개를 살짝 숙이고 웃었다. 가슴이 자꾸 간질간질하다. 혼자 갈 때는 아무 생각 없이 스피드를 내서 지나쳤던 길을 둘이서 걸으니 묘한 기분이 들었다. 아직도 어제의 몸살 기운이 남아 있는 듯싶다.

"여기까진 웬일이야?"

그를 보자마자 했어야 할 질문을 던졌다. 이든의 걸음걸이는 여전히 느렸다.

"시부야에 있는 스튜디오에 갔다가 깜빡 졸았어. 깨니까 이 시간이더라고."

"집에서 그렇게 자고도 졸리니?"

"어제 누군가가 아픈 덕에 좀 무리를 해서 말이야."

해문은 입술을 샐그러뜨리며 '누가 시켰나' 하고 입안말로 중얼거렸다. 용케도 그 소리를 들었는지 이든이 소리 내어 웃는다. 저런 면은 얄밉다.

"그러면 그냥 집으로 가든지, 아님 아예 나오지 말고 내내 자지 그랬어?"

"어째 내가 온 게 꽤 싫은 눈치다?"

내리막길 앞에서 해문은 자전거를 멈춘 채 뒤돌아 이든을 바라보았다. 어슴푸레한 가로등 아래에 서 있는 이든의 잘난 얼굴은 평온하기 짝이 없었다. 해문은 미동도 하지 않고 그를 물끄러미 보았다.

"응, 무지 싫어. 타야 할 자전거를 누구 때문에 타지도 못하고 끌고 가잖아."

그리 말하며 히죽 웃었지만, 해문은 속으로 자신을 조소했다. 솔직히 싫지 않다. 항상 혼자였는데, 혼자가 아닌 게 싫지 않다. 아직도 몸이 정상이 아니라서, 그래서 조금 이상한 것이라고 해문은 자위했다. 자신의 생각인데도 내키지 않는다.

"그런 거라면 같이 타면 문제가 해결되잖아. 원한다면 기꺼이 운전사가 되어주지."

양팔을 마치 보디빌딩을 하듯 움직이며 다가오는 이든이었다. 누가 볼까 남세스러워 해문은 재빨리 주변을 두리번거렸다. 늦은 시각인 덕에 인적은 드물었다. 안도의 한숨을 내쉬며 해문은 눈을 샐그러뜨렸다.

"뭘 모르는 소리 하고 있어. 일본에서는 자전거에 두 명이 타면 법에 걸려. 이륜차는 무조건 한 사람만 타야 한다고."

"아줌마들은 애들 서너 명씩 잘만 태우고 다니던데?"

"그건 예외고."

"그럼 오늘도 예외로 치면 되는 거지. 여차하면 네가 애라고 우기지 뭐."

어이없는 그의 말에 해문이 헛웃음을 뱉어내자, 이든이 '아니면, 아프다고 우겨'라고 덧붙인다.

"아직도 몸살 기운이 남아 있으니까 우길 것도 아니다 뭐."

"그러니까 내가 온 게 얼마나 고맙겠어. 말하지 않아도 다 알아."

지척으로 다가온 이든은 매고 있던 크로스백을 자전거 바구니에 구겨 넣고 재킷의 지퍼를 목 끝까지 채웠다. 뒤이어 준비운동을 하듯 무릎을 움직이더니, 자신을 밀치곤 안장에 앉는다. 해문은 그런 이든을 보며 황당한 웃음소리만 흘렸다.

이 남자, 코미디에도 자질이 엿보인다.

"안 탈 거야?"

턱짓으로 어서 타라고 자신을 재촉한다. 해문은 팔짱을 낀 채 코웃음을 쳤다.

"자전거 탈 줄은 알고 그래?"

"1종 운전면허에 바이크도 몰 줄 아는데, 자전거라고 대수겠어? 이래 봬도 팔 년 무사고 경력의 베스트 드라이버라고."

"장롱 면허는 아니고?"

"진짜 몰라서 묻는 거야?"

질문에 질문으로 답한다. 당연히 모른다며 비아냥거리려던 해문은 그가 말한 모른다는 것이 장롱 면허의 사실 여부가 아니라 과거를 의미한다는 것을 깨달았다. 사귀던 때, 그는 항상 자신을 집 앞까지 바래다주었었다. 조수석에 앉아 운전하는 그의 옆모습을 바라보았던 기억이 불현듯이 떠올랐다. 해문은 이맛살을 살짝 찌푸렸다. 기억을 지우개로 지우듯 쉽게 지울 수 있다면 그랬을 테지만, 그렇지 않기에 아직도 기억하고 있었다. 내내 들떠 있던 기분이 가라앉는다. 해문은 팔짱을 풀고 그를 노려보았다.

"계속 그렇게 노려보면 혼자 가버린다?"

으름장을 놓는 그의 얼굴은 참으로 평온했다. 그의 말 한 마디에 동요한 자신과는 달랐다. 자신이 바보 같다. 아니, 바보다. 이든이 던진 가벼운 농담 한 마디에 아직도 흔들리는 자신은 진정한 바보다. 이대로 혼자 진지해지는 것은 더욱 바보 같은 행동이다. 해문은 애써 표정을 갈무리하고 자신의 옷차림을 재정비했다.

"길이나 알면서 그런 말씀을 하세요. 길도 모르면서 허세 부리긴."

"어디로 가든 길은 통하게 마련이야."

"대단하십니다."

기분이 상한 것을 티 내지 않기 위해 해문은 과장되게 빈정거렸다. 평소에는 독심술을 하듯 자신의 속을 잘만 읽던 그가 이번엔 눈치가 없는 사람처럼 헤헤 웃는다. 도무지 속을 모르겠다. 해문은 나오는 한숨을 삼키며 자전거의 뒤에 몸을 실었다.

막상 앉고 나니 잡을 곳이 마땅치 않다. 그의 허리를 잡을 만큼 자신은 뻔뻔하지 못했고, 아무것도 안 잡고 갈 만큼 담이 크지도 않았다. 난감하기 이를 데 없는 상황이었다. 그래도 무언가 잡아야 했기에 해문은 어색하게 그의 재킷의 끝을 잡았다.

"영화 찍어?"

"엥?"

차라리 자전거의 뒤쪽을 잡을까 고민하는 바람에 멍청한 대꾸를 하고 말았다. 이든의 등이 한숨이라도 내쉬는 양 크게 으쓱거리더니, 그의 팔이 자신의 팔을 힘껏 잡아당겼다.

"너랑 나랑 내외할 군번이냐? 나이 다 들어서 사춘기 소녀 흉내 내는 것도 아니고. 내숭 떨지 말고 제대로 잡아."

참 말도 예쁘게 한다. 불현듯 지고 싶지 않다는 투지가 솟구쳤다. 해문은 입술을 앙다물고 그에게 잡힌 손을 힘차게 털어냈다. 그런 다음, 그의 허리를 양손으로 지그시 잡았다. 힘껏 잡았는데도 그는 어떠한 소리도 안 내뱉는다. 그게 더욱 얄미워 해문은 일부러 그의 뱃살을 세게 꼬집었다.

"아무리 잡아당겨도 누구처럼 뱃살이 넉넉하지 않아서 잡히는 게 없을 텐데."

"그 '누구' 가 날 말하는 거야?"

"글쎄."

대답은 모호하지만, 풋 하고 소리 내어 웃는 게 누구를 말하는지 증명했다. 배알이 비비 꼬인 덕에 손에 힘이 더 들어간다.

"……손톱 좀 자르는 게 어때?"

그래도 아프긴 했는지, 억눌린 목소리가 나온다. 이왕이면 아프다는 소리를 듣고 싶었으나, 해문은 이쯤에서 만족하자고 생각했다. 사디스트가 아니니, 이 정도면 됐다. 서서히 손에서 힘을 빼자, 이든의 배도 차츰 힘이 빠진다. 아프면서 안 아픈 척하는 그의 모습이 참 우습다. 해문은 배시시 소리 죽여 웃으며 '까불지 마' 라고 속삭였다. 이든의 기가 찬 듯 웃었다.

"참 말도 예쁘게 하는 유해문 양."

"만만치 않게 예쁜 말만 골라서 하는 최이든 씨."

지지 않고 맞대꾸를 하자, 이든의 웃음소리가 커졌다. 해문도 콧잔등을 찌푸린 채 웃었다. 서늘하지만 기분 좋은 갈바람이 해문의 머리카락을 간질인다.

"이러다가 여기서 밤새겠다, 해문아."

"밤을 새긴? 얼른 출발하면 될 일 가지고 웬 오버야?"

"길을 알아야 가지. 잊었나 본데, 난 여기 초행길이야."

해문은 혀를 날름 내밀었다. 그와 떠드는 것에 집중한 나머지 중요한 걸 잊었다. 하여간 자신의 단순한 머리는 참으로 도움이 안 된다.

"길은 어디로 가든 다 통한다며?"

계면쩍은 마음에 핀잔을 주자, 이든이 크게 어깨를 으쓱거렸다.

"그럼, 어디로 통하는지 밤새 헤매볼까? 나야 날소일하는 처지라서 상관없는데, 넌 아니지 않나? 내일도 학교에 가야……."

의도적으로 말끝을 길게 늘어뜨리며 그가 자전거의 페달을 밟았다. 급하게 해문은 이든의 옷자락을 잡아당겼다. 다른 사람이라면 모를까, 이 남자라면 진짜 밤새 헤맬 것이다. 그의 말대로 곤란한 것은 이든이 아니라 자신이었다. 해문은 눈썹을 찌푸리며 그의 등에 머리를 콱 들이박았다. 얄밉다, 얄밉다 했다고 얄미운 행동만 골라 한다.

"앞으로 쭉 가."

불퉁스럽게 말하자, 이든이 '안 그래도 그럴 작정이었어'라고 대꾸했다. 정말 저 입만 가만히 있어도 덜 얄미울 것이다. 해문은 다시 그의 등에 머리를 들이박았다. 마치 그것이 신호라도 된 듯, 자전거의 속도가 갑자기 빨라졌다. 내리막길이라는 점과 두 사람의 무게가 합쳐진 덕에 가속이 붙고 만 것이다. 혼자 탈 때는 이 속도를 즐겼는데, 뒤에 있자 오싹한 기분이 들었다. 자연스레 해문은 이든의 옷자락을 꽉 움켜쥔 채 등에서 머리를 떼어내지 못했다.

"인간 내비게이션 양, 꽉 잡는 건 좋은데 다음에 어디로 가야 할지 알려주고 해도 늦지 않을 거 같거든.”

자전거가 내는 속도감 때문인지 이든의 목소리는 살짝 흥분을 담고 있었다.

“이대로 쭉 달리다가 한길이 나오면 왼쪽으로 꺾어.”

“한길, 왼쪽, 오케이!”

흥분한 목소리의 이든이 말했다. 그리고 그는 조금 있다가 콧노래를 흥얼거리기 시작했다. 마치 아이 같다. 이런 아이 같은 사람에게 자신은 목숨을 맡기고 있는 것인가? 해문은 어이없는 웃음을 뱉어냈다. 자신이 생각해도 고작 자전거를 타면서 목숨 운운하는 것은 언어도단이었다.

서서히 자전거의 속도가 줄어드는 것으로 보아, 내리막길이 끝나는 듯싶었다. 해문은 안도하며 그의 허리를 잡고 있던 손에서 힘을 뺐다. 지금부터는 평탄하다 못해 지루하다고 느꼈던 길이 쭉 이어진다. 그런데 오늘만은 평소처럼 지루하지 않을 것 같은 예감이 들었다. 그 이유가 무엇인지 알고 있었지만, 해문은 바람이 상쾌해 그런 것이라고 입안말로 중얼거렸다.

그의 허리를 잡은 채 고개를 뒤로 젖혔다. 묵으로 그린 듯한 검은 하늘에 뜬 하얀 별이 시야 가득 들어온다. 말끄러미 별을 올려다보다가 해문은 눈을 감았다. 볼 위로 차가운 갈바람이 스쳐 지나갔다. 해문은 빙그레 웃었다.

“좋다.”

편한 기분 덕분에 저도 모르게 말이 흘러나왔다. 자전거의 스피드 덕에 소리를 못 들었는지 그가 되묻는다. 해문은 계면쩍은 마음에 혀를 날름 내보이며 고개를 살래살래 흔들었다.

"밤바람이 좋다고."

"앞에서 바람을 맞는 입장에선 그렇게 좋다는 생각도 안 든다만."

"무드없긴. 그래도 오늘 밤바람은 유독 좋은 것 같아."

빙그레 웃음을 담은 채 중얼거리자, 이든이 '나 때문에?' 라고 농담처럼 말했다. 그 말을 듣자마자 해문은 입가에 떠 있던 웃음이 사라지는 것을 느꼈다. 재빨리 아닌 척하며 그의 등을 툭 쳤지만, 다시 웃음이 나오지는 않았다. 이든은 자신의 이런 기색을 전혀 눈치 채지 못하고 있었다. 이 남자의 독심술은 정작 필요할 때는 소용이 없다. 그게 자신에게는 어느 의미에선 다행이었다.

해문은 시선을 내려, 자신의 시야 가득 들어차는 그의 등을 응시했다. 그리고 속으로 자문했다. '이든 때문에 좋은 거니?' 하고 말이다. 아니라고 입안말로 웅얼거렸지만, 자신의 속내를 감출 수는 없었다. 평소와 똑같은 길, 똑같은 바람인데 오늘따라 다르게 느낀 것은 분명 이든 때문이었다. 그의 말대로 그가 있기에 오늘이 특별해진 것이다.

해문은 자신의 팔 한가득 느껴지는 이든의 온기에 어젯밤을 떠올렸다. 그 순간, 이런 날이 계속 이어졌으면 좋겠다는 생각이 머리를 스치고 지나갔다. 해문은 입술을 지그시 깨물며 그의 옷깃을 세게 움켜쥐었다. 두근두근, 심장이 작게 뛰기 시작한다. 왠지 눈물이 날 것 같았다.

참 바보구나, 난.

해문은 혼잣말을 웅얼거렸다. 정말 바보가 아닐 수 없었다. 이든과 이대로 계속 지냈으면 좋겠다는 생각을 하다니. 조만간 떠날 사람인데, 어차피 이 사람에게 자신은 아무것도 아닐 텐데, 왜 그런 생각을 한 것일까? 소리 죽인 서글픈 웃음이 입에서 흘러나왔다.

우습게도 자신은 과거의 이든보다 현재의 이든을 더 마음에 들어하고 있었다. 사랑은 아니다. 해문은 그리 자신했다. 이미 끝난 감정은 흔적만 남아 있을 뿐이었다. 단지, 인간으로서 그를 마음에 들어하는 것이다. 애써 그렇게 생각했다. 그러나 어딘가 편치 않은 구석이 남아 자신을 미세하게 자극한다. 자꾸만 허무한 웃음이 입술을 비집고 나왔다.

"오빠, 달려!"

기분 전환을 위해 크게 소리를 치자, 이든이 '빠라빠라밤' 하고 지나간 유행어를 읊었다. 조금 전의 자신이라면 거리낌없이 웃었을 테지만, 지금은 그럴 수 없었다. 가슴 한편에 앙금처럼 남은 생각이 지워지지 않는다. 비록 현재의 자신이 가진 생각을 알아챘다고는 하나, 그 사실을 인정하기엔 과거의 상처가 완전히 아물지 않아 솔직할 수 없었다. 아무래도 자신은 학습 능력이 꽤 모자란 듯싶다.

머리를 뒤로 젖힌 채 밤하늘을 향해 긴 날숨을 내뱉었다. 기분을 마냥 좋게 만들던 갈바람이 시리게만 느껴졌다. 팔 한가득 느껴지는 이든의 온기가 지독한 무게로 다가오고 있었다.

째깍째깍, 벽시계 소리. 아하하, TV에서 터져 나오는 낯선 이의 웃음소리. 부스럭부스럭, 이따금 들려오는 종이끼리 부딪치는 소리. 후유, 누군가의 입에서 흘러나오는 나지막한 숨소리. 흐음, 그에 질세라 뒤따라 나오는 누군가의 신음을 빙자한 한숨 소리.

모순적인 침묵에 둘러싸인 좁은 아파트는 깊은 밤인데도 불을 환하게 밝히고 있었다.

내내 보고 있던 [21]루페에서 눈을 떼어내자 양 눈이 뻐근하다. 손가락으로 눈시울을 누르며 해문은 길게 날숨을 내쉬었다.

학교 수업에서 사용하는 카메라가 [22]SLR 카메라이다 보니, 필름을 확인하는 것은 중요한 일과 중 하나였다. 특히 사진 현상 수업이 있는 날은 유독 더 신경을 써야 했다. 신경을 덜 쓰더라도 필름을 확인하는 것은 힘겨운 일이었다. 유난히 밝은 라이트 박스에 오랜 시간 동안 시각을 노출하는 일이 쉬울 리 없었다.

사실 그것만 이유는 아니었다. 어제의 몸살의 여파도 있고, 무엇보다 돌아오는 길에 느낀 감정의 흔적이 아직 사라지지 않았기 때문이기도 했다. 좁은 방 안에 같이 있는 타인의 온기가 감지된다. 해문은 신경질적으로 눈썹을 긁었다. 가슴 한편이 묵직하다.

다시 마음을 정비하고 루페에 시선을 고정했다. 밝은 빛이 눈을 한결 더 피곤하게 만든다.

"음?"

한참 필름을 보던 해문은 낯익은 이의 모습이 보이는 것에 작게 신음을 흘렸다. 다시 봐도 틀림없었다. 장난으로 찍은 것이었는

---

21)루페(Lupe): 확대경을 의미. 글에 나온 것은 접안 루페
22)SLR 카메라(Single lens reflex camera): 일안 반사식 카메라의 약자로 한 개의 렌즈를 사용하는 카메라를 의미. 흔히 '수동카메라' 라고 부르기도 함

데, 의외로 잘 나왔다. 문득 '순간의 미학'이라는 단어가 떠오른다. 일종의 자만인 듯싶어 해문은 어색하게 표정을 찡그렸다.

루페에서 눈을 떼어내며 해문은 의자 등받이에 몸을 기댔다. 형광등보다 밝은 라이트 박스에 내내 시야를 노출한 덕에 눈동자 한가운데에 하얀 빛이 둥둥 떠 있었다. 눈의 착시라는 것을 알면서도 괜스레 잡고 싶어 허공을 향해 손을 휘저었다. 잡힐 듯하면서도 잡히지 않는 하얀 빛. 꼭 형태가 없는 감정과 같다고 해문은 생각했다. 어깨를 들썩이며 크게 숨을 내뱉었다.

"이든 씨?"

숨을 토하듯 이름을 뱉어내며 의자를 돌렸다. 침대에 등을 기대고 정체불명의 종이를 보고 있던 이든이 흘러가듯 응 이라고 대꾸를 했다.

"일요일에 내가 장난으로 찍었던 사진 기억해?"

잠시 말이 없던 그는 종이에서 시선을 떼어내더니 손가락으로 V 자를 만들며 고개를 갸웃거린다.

"응, 그거."

"벌써 현상한 거야?"

원래 빨리 현상한다고 대꾸하며 해문은 자리에서 몸을 일으키려 했다. 어차피 필름 상태이기에 그가 보려면 자신이 자리를 비켜야 했다. 이왕 이렇게 된 것, 잠시 담배나 피우고 오자고 생각했다. 그러나 해문은 중요한 것을 간과하고 말았다. 그가 있던 곳과 자신의 책상 사이의 거리가 고작 몇 걸음이라는 사실을 말이다. 늘 그렇지만, 생각대로 세상일이 풀린다면 고민이나 화병 따위는 세상에 존재하지 않을 것이다.

미적미적 의자에서 일어나던 해문은 자신의 진행 방향을 가로막는 단단한 살색의 물체에 잠시 멈칫거렸다. 애써 해문은 아무렇지 않은 표정으로 반대쪽으로 몸을 돌렸다. 한쪽이 막혔다면 다른 쪽은 뚫려 있게 마련이다. 하지만 살색의 물체는 마치 그러한 것을 미리 알았다는 양, 또다시 진행 방향을 가로막는다. 해문의 얌전한 속이 천천히 들끓어 오르기 시작했다.

"뭐 하자는 플레이인데?"

"사진 보자는 플레이인데."

해문의 말투를 그대로 흉내 내어 대답하는 이든이었다.

"그걸 꼭 이렇게 봐야 해?"

해문은 자신의 양쪽을 가로막고 있는 살색의 물체를 흘깃 보며 퉁명스럽게 말했다. 접은 소매 밖으로 나온 팔뚝은 탄탄해 보였다. KS 도장을 콱 찍어주고 싶다.

"안 된다는 법도 없잖아. 성가시니까 가만히 있어."

"내가 비키면 덜 성가실 거 아니야? 그러니까 잠깐 비켜보셔."

"뭐 하러 그렇게 해. 고작 하나 보는데 일부러 자리 차지할 건 없잖아. 그냥 앉아 있으세요, 아가씨."

엉거주춤하게 서 있던 자신의 어깨를 누르더니, 더욱 가까이 몸을 기댄다. 기가 차서 저도 모르게 피식 웃었다. 그러다가 해문은 볼을 굳혔다. 심장이 조금씩 빠르게 뛰고 있었다. 이게 왜 뛰는 것일까? 살아 있으니까 당연한 일이긴 하나, 전적으로 그 때문에 뛰는 것은 아니었다.

“담배 피우러 나갈 거란 말이야. 그러니까 비켜.”

“잘됐네. 이거 확인하고 같이 피우러 가자.”

“내가 애니? 뭘 같이 피우러 가?”

“네가 애였다면, 지금쯤 나한테 맞았을 걸. 어디 감히 어린 게 담배를! 하면서 말이야.”

자신의 말에 한 마디도 지지 않고 농담조로 대한다. 그게 더욱 해문의 자존심을 건드렸다. 더욱이 등에 느껴지는 그의 온기는 다른 의미로 자꾸 거치적거리고 있었다. 이 상황에서 도망치고 싶다. 해문은 진심으로 그렇게 생각했다.

“지금 당장, 담배가 피우고 싶다고!”

버럭 소리를 지르자, 이든의 턱이 자신의 정수리에 닿는다. 푸, 하고 긴 숨소리가 머리 위에서 들려온다. 해문은 그의 턱을 치우고자 머리를 거세게 흔들었다. 그러자 그의 턱이 주는 무게가 사라졌다.

“누가 들으면 골초인 줄 알겠네.”

작지만 명확하게 들리는 이든의 빈정거림에 해문은 발끈했다.

“시비 거는 거지?”

“설마.”

“시비가 아니면 뭔데?”

“진실을 말한 거지.”

“뭐가 진실이라는 건데?”

“글쎄, 과연 무엇이 진실일까?”

“장난 하니?”

"장난을 치기엔 시간이 너무 늦었지."

또박또박 잘도 나오는 대답이건만, 아무리 봐도 말장난이다. 해문은 아랫입술을 꽉 깨문 채 표정을 일그러뜨렸다. 어떻게 해야 이 남자에게 제대로 한 방을 먹일 수 있을까? 한쪽 눈을 치켜들어 이든의 턱을 노려보았다. 얄미울 정도로 잘빠진 턱이다. 해문은 눈을 반짝이며 그의 턱을 올려다보았다. 저게 좋겠다.

생각은 길었지만, 행동으로 옮기는 것에는 시간이 많이 필요하지 않았다. 다리와 의자 손잡이를 잡고 있는 손에 힘을 잔뜩 준 다음, 해문은 있는 힘껏 일어섰다. 물론 머리의 방향은 이든의 잘빠진 턱이었다. 워낙 순식간에 일어난 일이라 미처 이든도 눈치를 채지 못했다. 덕분에 해문의 머리는 이든의 턱을 제대로 박을 수 있었다. 예상보다 강하게 박았는지 머리가 약간 욱신거렸다. 하지만 성공했다는 희열감 덕분에 아픔은 금세 사라졌다.

얼떨결에 당한 탓에 이든은 잠시 정신이 다른 곳으로 가출을 한 모양이었다. 잠시 후, 정신이 돌아온 이든은 느릿한 손길로 턱을 움켜쥐더니 상당히 과장된 태도로 풀썩 쓰러진다. 이든이 연기를 할 생각이 없어서 다행이라는 생각이 들었다. 그에겐 가수가 천직이다. 해문은 작게 낄낄거렸다.

자신의 주변에 바리케이드처럼 있던 이든의 팔뚝이 사라지자, 속이 다 시원했다. 홀가분한 마음으로 해문은 의자에서 일어났다. 담배가 무척 달 것 같다. 룰루랄라 콧노래를 흥얼거리며 베란다로 걸어가던 해문은 너무 조용하다는 것을 깨달았다. 불안할 정도로 조용하다. 엄살을 부리는 것이라고 생각하면서도 걱정이 안 되는 것은 아니었다. 해문은 조심스럽게 몸을 돌렸다.

바닥에 몸을 웅크리고 있는 이든은 비명은커녕 신음도 지르지 않고 있었다. 덜컥 겁이 났다. 턱에 금이 갔으면 어떡하지? 자신의 머리가 제아무리 단단하기로서니 사람의 턱에 금이 가게 할 정도의 위력은 없을 테지만, 의외의 상황은 언제든지 존재한다. 해문은 눈썹을 찌푸린 채, 그에게 다가갔다.

"이든 씨, 엄살 부리는 거지?"

무안한 마음에 장난스럽게 말하는데도 대답이 없었다. 꿈쩍도 하지 않은 채 있는 모양새가 불안함을 더욱 키운다. 해문은 슬그머니 주저앉아 그의 등을 손으로 흔들었다.

"많이 아파? 좀 말해봐."

자꾸 말을 거는데도 아무 말도 하지 않는 덕에 속이 탔다. 이럴 줄 알았으면 그냥 밀기만 할 걸, 괜히 머리로 받았다. 뒤늦은 후회만이 가득했다. 안쓰럽고 미안한 마음에 해문은 그의 등을 쓰다듬으며 연거푸 그의 이름을 불렀다. 그러자 서서히 이든의 몸이 움직인다. 느릿하게 턱을 팔로 감싸더니, 그제야 희미하게 신음을 내질렀다. 해문은 표정을 찌푸린 채 안쓰러운 시선으로 그를 응시했다.

"정말 많이 아파?"

마음 같아선 미안하다고 머리를 숙이고 싶었으나, 남아 있던 알량한 자존심이 그것을 방해했다. 그래도 해문은 목소리에 미안함을 가득 담아 말했다. 그 정도라면 그도 알아챌 것이라고 지레짐작하고 말이다.

이윽고 고개를 완전히 치켜든 이든의 눈시울에는 눈물로 추정되는 것이 매달려 있었다. 아프긴 많이 아팠던 모양이었다. 자신의 머리가 그렇게 단단하다는 생각을 한 적이 없는데, 아무래도 재고의 여지가 필요하지 싶다. 해문은 진심으로 미안한 표정을 지었다. 이든의 시선이 자신을 향하더니, 길게 숨을 토한다.

"별로 세게 안 박았는데, 많이 아파?"

대답처럼 푹 한숨을 내쉰다. 표정을 찌푸린 채 해문은 다시금 '별로 안 세게 박았는데' 라고 항변을 했다. 이든의 눈이 못마땅하게 변했다.

"할 말이 그것뿐이야?"

이든이 퉁명스럽게 물었다.

"……내 머리 그렇게 단단하지 않아."

딴에 짧은 고민을 하고 대답을 하자, 이든이 허허 하고 김빠진 웃음소리를 흘렸다. 자신이 생각해도 좀 어이없는 대답이긴 했다. 민망한 마음에 해문은 눈이 천장으로 자꾸 향하는 것을 느꼈다.

"도레미 중에서 무언가 마음에 콱 와 닿는 거 없어?"

"도레미 중에?"

해문은 눈썹을 찌푸린 채 고개를 갸우뚱거렸다. 이 남자, 턱을 맞더니 머리까지 이상해진 것은 아닐까? 뜬금없이 '도레미' 를 언급하는 이유를 해문은 알 수 없었다. 의아한 눈으로 그를 보자, 턱을 손으로 감싼 채 한쪽 입 끝을 비스듬하게 올린다. 아무리 자신이 미안한 짓을 했다고 해도 지금 모습은 상당히 재수없었다.

"난 개인적으로 미가 참 좋더라."

히죽하고 웃다가 턱이 아픈지 인상을 확 찌푸린다. 왠지 속이 시원해 해문도 덩달아 웃으려다가 그가 한 말의 진의를 알아챘다. 평소에는 눈치가 코치라고 할 정도로 없더니만, 이럴 땐 의외의 실력을 발휘한다. 해문은 그가 바라는 대답을 하고 싶지 않았다. 해야 하는 상황이긴 하지만, 그가 처음부터 그러지 않았으면 이렇게 되지도 않았다.

"아하, 미니스커트!"

의도적으로 다른 말을 하자, 이든이 고개를 살살 흔들며 김빠진 웃음소리를 흘렸다.

"미소녀를 바란 거였어?"

자꾸 엉뚱한 소리를 하자, 이든이 눈을 홉떴다. 눈싸움을 하듯 눈을 부라리더니, 그것도 오래가지 않아 웃음을 머금은 눈빛으로 변한다. 가슴 구석이 묘하게 간질간질하다.

"아가씨, 잘못했으면 미안하다고 해. 용서해 줄 테니까."

턱을 쓰다듬으며, 멍이 들지도 모른다고 으름장을 놓는다. 해문은 입술을 삐죽거렸다. 역시 엄살이었다.

"누가 먼저 잘못을 했는데? 애당초 내가 자리 비켜준다고 했을 때, 곱게 옆으로 갔으면 될 거 아니야? 다 이든 씨가 판 무덤이야."

"적반하장이라는 말이 마구 떠오른다만?"

"적반하장은 내가 쓸 말이야. 솔직히 내 머리가 돌도 아닌데, 뭐가 그리 아프다고 엄살이니? 다 큰 어른이 고작 그거에 아프다고 징징거리고 말이지."

자신의 말이 끝나자, 이든이 고개를 푹 숙였다. 해문은 고개를 숙인 이든을 향해 혀를 날름 내밀었다. 한 번 속지 두 번은 안 속는다. 어쩐지 이긴 기분이라 의기양양해진다. 자신이 생각해도 참 단순한 머리다. 어쨌든, 기분이 좋아 해문은 해죽해죽 웃었다.

"……역지사지."

고개를 숙인 이든에게서 나온 말에 해문은 눈썹을 치켜들었다. 적반하장에 뒤이어 이번엔 역지사지인가? 이러다가 아는 고사성어가 다 나오는 게 아닐까 싶다.

"그게 뭐?"

"말 그대로야."

천천히 이든이 고개를 치켜들었다. 영문을 알 수 없어 그를 바라보자, 그가 씨익 웃는다. 두근두근, 불길함을 감지한 가슴이 요란한 소리는 낸다. 해문은 자신의 얼굴에서 웃음기가 서서히 사라지는 걸 느꼈다. 몸은 저절로 후퇴하고 있다.

"내 한 몸 희생해, 네게 역지사지의 중요함을 알려주지."

이든의 등 뒤로 음험한 오로라가 피어오르는 것 같았다. 착시일 테지만 오싹했다. 해문은 머리를 힘껏 가로저었다. 알려줄 필요 없다는 나름의 의사 표시였지만, 이든의 얼굴은 이미 늦었다고 대답하고 있는 것과 다를 바가 없었다. 해문은 눈을 질끈 감았다가 떴다. 그런 뒤, 어색하게 이든에게 웃어 보였다. 그게 기폭제였다.

"우아악!"

비명을 지르며 해문은 몸을 일으키려 했으나, 이든이 더 빨랐다. 덥석 자신의 어깨를 누르더니, 머리를 들이민다. 그의 머리가 노리는 방향은 오로지 한 곳이었다. 해문은 턱을 있는 대로 치켜 들고 다시 소리를 질렀다.

"알았어, 미안해, 미안해, 미안해! 정말 미안해!"

"늦었어."

자신의 말을 깨끗하게 묵살하며 턱을 노리는 그의 눈매는 날카롭기 그지없었다. 양손으로 턱을 가리고 해문은 몸을 뒤로 뺐다. 음흉한 미소를 지은 이든의 몸도 따라온다. 꼭 안 보이는 그물에 걸린 느낌이었다. 애당초 좁은 집 안에서 도망쳐 봤자 거기서 거기였다. 게다가 현재 자신은 서 있는 것도 아닌 주저앉은 상태였다. 그 사실을 간과한 것은 당황했기 때문이다. 어쩌면 순간적으로 공간 이동을 할 수 있을 것이라고 엄청난 착각을 했을 수도 있다. 어쨌든 해문은 점점 다가오는 이든의 얼굴을 두려운 눈으로 바라보았다. 영화 '조스'의 배경 음악이 아련하게 들려온다.

"우, 우리 폭력이 아니라 대화로 해결하자, 이든 씨."

주춤거리며 말을 하는데도 이든의 움직임은 멈출 기색이 보이지 않았다. 되레 자신을 누르는 힘이 한결 더 강해졌을 뿐이다. 점점 이든의 얼굴이 자신에게 다가오고 있었다. 두근두근, 불안하게 심장이 뛴다. 이윽고 그의 얼굴이 지척에 다가왔을 때, 해문은 눈을 질끈 감았다. 혹시 그에게 치받힐 일을 대비해 입 안에서 혀를 동그랗게 말았다. 이왕 당할 거, 확실하게 당하고 그에게 치료비를 뜯어내자고 해문은 결심했다. 극에 몰리면 사람은 원래 현실적인 방향으로 생각하게 마련이다.

두근두근, 앞으로 생길 아픔을 대비해 온몸을 긴장시켰는데도 아무것도 오지 않았다. 해문은 실눈을 살짝 떴다. 그러자 가까운 곳에 그의 얼굴이 보인다. 흠칫 놀라 눈을 다시 질끈 감았다. 그러고는 해문은 다시 다가올 아픔을 기다렸다. 그러나 기다려도 아픔이 도통 느껴지지 않는다. 조심스럽게 해문은 실눈을 다시 떴다. 평온한 표정의 이든이 자신을 내려다보고 있었다. 해문은 살짝 표정을 찌푸린 채 그의 눈을 직시했다. 그의 눈이 살짝 웃는다.

뒤늦게 해문은 지금 자신과 그의 자세가 꽤나 난감하다는 것을 인식했다. 자신의 주변을 바리케이드처럼 막고 있는 이든의 팔에서 따뜻한 온기가 넘어오고 있었다. 두근두근, 아까와 다른 의미로 심장이 뛰기 시작했다. 그리고 조금 전까지는 존재하지 않았던 어색한 침묵이 아파트 내부를 잠식했다. 급변한 분위기에 적응하지 못하는 것은 자신뿐이었다. 해문은 입술을 깨문 채 몸을 움직였다. 그래도 그가 내뿜은 온기에서 벗어날 수 없었다. 두근두근, 요란한 소리가 자신의 청각을 조롱하고 있었다.

바닥을 짚고 있는 손에 실린 자신의 체중이 버겁다. 입 안이 버석버석하다. 무의식적으로 침을 삼키자, 그 소리가 조용한 방 안에 울려 퍼졌다.

"이, 이든 씨."

어렵사리 그의 이름을 불렀지만, 돌아오는 대답은 없었다. 대신 그의 얼굴이 서서히 다가오고 있었다. 제법 거리가 있던 것이 순식간에 30cm로, 20cm로 줄어든다. 20cm는 금세 10cm로 변했다. 이든의 따뜻한 숨결이 볼을 건드렸다. 평온함을 담고 있는 그의 눈동자가 해문의 시야 가득 들어찼다. 이건 아니라고 이성이 외친다. 불길한 예감이 들어 어서 빠져나가라고 몸에 명령을 내려보지만, 머릿속은 하얗게 탈색이 되어버렸다. 이든과의 거리는 고작 5㎝. 입술과 입 안이 바짝 마른다.

순식간에 벌어진 일이었다. 그의 얼굴이 5㎝의 벽을 넘는 순간, 반사적으로 자신의 오른손이 움직였다. 손은 절묘한 타이밍으로 자신과 이든의 입술 사이를 차단했다. 이든의 따뜻한 입술이 손바닥에 선명하게 느껴졌다. 무거운 정적이 방 안에 흘렀다. 째깍째깍, 시계의 단조로운 초침 소리가 해문의 귀에 이명처럼 울렸다.

물끄러미 자신을 보던 이든은 돌연 후, 하고 숨을 내뱉었다. 저절로 손가락이 움찔거렸다. 그러자 그의 입술이 웃는 듯 움직이는 게 손바닥에 명확하게 느껴졌다. 오싹, 소름이 돋는다. 그러나 움직일 수 없었다. 그의 눈에 결박이라도 된 듯, 자신은 꿈쩍도 못하고 있었다. 그의 눈이 싱긋 웃더니, 이내 쪽 하는 민망한 소리를 내었다. 손바닥에 축축한 온기가 잔뜩 묻었다.

순간적으로 손이 움찔하는 것을 해문은 자신의 입술에 닿는 느낌으로 알아챘다. 당황한 해문은 멍하게 그를 바라보았다. 이든의 눈은 방금 그가 한 행동이 아무것도 아니라는 듯 태연했다.

"복수 실패."

입술의 세밀한 움직임이 손바닥에 그대로 전해진다. 그의 숨결이 손바닥을 따뜻하고도 축축하게 했다. 짜릿하고도 낯선 느낌이었다. 입술에 손을 대고 있으면 이런 느낌이구나, 하고 엉뚱한 생각을 하던 해문은 뒤늦게 이든이 한 말을 깨달았다. '복수'라니?

“무…….”

입을 열자, 손등에 자신의 입술이 움직이는 게 느껴져 바로 입을 다물었다. 그리고 이 상태로 그와 대화를 나누는 게 이상하단 생각에 해문은 자신의 입에서 손바닥을 밀어냈다. 의외로 이든의 몸도 순순히 물러난다. 하지만, 이든은 여전히 자신의 손바닥에 입술을 대고 있었다. 눈썹을 찌푸린 채 해문은 자신의 손바닥을 그의 입에서 떼어냈다. 훈훈하면서 축축한 느낌이 손바닥에 아직 붙어 있는 것 같았다.

“안타깝네.”

자신의 손이 떨어지자, 이든은 나른하게 기지개를 켜며 중얼거렸다. 해문은 지금 그가 한 ‘안타깝다’ 는 말이 무엇을 의미하는지 알 수 없었다. 의도를 알아내고자 그를 보았다. 기다렸다는 듯 이든이 턱을 쓰다듬으며 ‘멍은 안 들었겠지?’ 라고 크게 중얼거린다. 그것을 보자, 빠르게 조금 전의 상황이 머릿속에 그려졌다.

“역지사지?”

무심코 떠오른 단어를 읊조리자, 이든이 검지와 엄지를 마주친다. 딱 하는 소리를 기점으로 새하얗게 탈색이 되었던 머릿속에 하나둘 색이 들어차기 시작했다. 제일 먼저 머릿속을 가득 채운 색은 붉은색이었다. 그냥 붉은색이 아니라 활활 타오르는 붉은색 말이다.

“ ‘복수’ 라는 게, 그 ‘복수’ 를 말한 거야?”

“이 상황에서 다른 게 나오긴 그렇지.”

뻔뻔한 얼굴로 대답을 하는 이든을 보며 해문은 ‘뒷골이 당긴

다’는 게 바로 이럴 때 쓰는 표현이라는 것을 절감했다. ‘역지사
지’가 어쩌고저쩌고하더니, 고작 생각한 것이 이따위의 복수라니.
정말 유치한 인간이다. 그러나 이상하게도 마음 한편이 섭섭하다.
해문은 고개를 세차게 흔들었다.

“이게 어떻게 복수야! 역지사지라며? 같은 델 박아야 역지사지
가 성립하는 거 아니야?”

“턱이나 입이나.”

능글맞은 목소리로 말하며 손으로 턱과 입 사이를 가늠하듯 움
직인다. 그러더니 한쪽 눈을 찡긋하며 고개를 까딱거렸다. 이번엔
바로 의미를 알아챘다. 울화통이 터질 것 같다. 해문은 눈을 부릅
떴다.

“에라이, 이 너구리 같은 인간아!”

버럭 소리를 지르며 해문은 지척에 있는 이든을 때리고자 손을
치켜들었다. 그러자 재빠르게 이든이 자신의 손목을 잡아챈다. 다
른 손을 치켜들자, 역시 또 잡히고 말았다. 해문은 거칠게 숨을 내
쉬며 몸을 거세게 흔들었다.

“두 번은 안 당해, 해문아. 그리고 너구리는 옆집에 살잖아.”

“이씨.”

“난 최 씨야.”

끝까지 엉뚱한 대꾸를 하는 덕에 속이 더 비틀렸다. 화끈하게
무언가 하고 싶은 마음은 굴뚝인데, 그에게 잡힌 탓에 아무것도
할 수 없었다. 팔을 놓으라고 제아무리 흔들어도 그는 놓아주지
않았다. 표독스러운 눈으로 노려봐도 돌아오는 것은 태평한 표정

이었다. 울화통이 치밀다 못해 넘친다.

"놔."

"안 때린다고 약속하면."

"약속할게."

"안 믿어."

"약속한다니까! 왜 못 믿어!"

"너 같으면 지금의 널 믿겠어?"

당연히 믿을 수 있다고 말하고자 입을 열었지만, 입술만 달싹거리다가 말았다. 솔직히 자신도 그건 믿을 수 없었다. 해문은 입술을 삐죽 내민 채 그를 노려보았다. 마치 눈싸움을 하듯 노려보아도 그는 눈을 피하지 않는다. 복장이 터질 것 같다. 결국, 해문은 짧게 숨을 토했다. 아쉬운 것은 자신이다.

"진짜 안 때릴게. 약속해."

"으음, 만 엔 걸 수 있어?"

그가 말한 액수에 해문은 숨을 크게 들이켰다. 내심 그를 어르고 달래어 손을 놓게 하곤 재공격할 심산이었는데, 이래서야 낭패다. 다른 것은 몰라도 돈이 걸린 이상, 그것도 적지 않은 액수가 걸린 이상 함부로 할 수 없었다. 해문은 눈살을 찌푸렸다. 돈이냐, 복수냐, 그것이 문제로다.

"백 엔으로 하자."

"만 엔."

"좋아, 오백 엔! 그 이상은 안 돼!"

"만 엔."

"이씨, 만 엔이 뉘 집 개 이름이야! 그거 환전하면 십만 원에 가깝단 말이야!"

"안 때린다고 약속하면 안 나갈 돈이잖아. 뭘 그리 심각하게 받아들여?"

"아, 그건 그러네."

그의 말에 바로 긍정을 하곤 해문은 표정을 일그러뜨렸다. 이렇게 바로 인정을 하면 어쩌란 말인가? 머리와 몸이 따라야 나쁜 짓도 할 수 있다. 해문은 자조적으로 긴 숨을 내뱉었다.

"그래, 안 때릴게. 만 엔이 아니라 십만 엔이라도 걸 테니까, 그만 놔."

호언장담을 하자, 이든은 기다렸다는 듯 바로 손을 놓아주었다. 얼얼한 손목을 잡은 채 그를 노려보자, '십만 엔'이라고 하며 검지를 까딱거린다. 저놈의 손가락을 콱 물었으면 소원이 없겠다. 부글부글 끓어오르는 화를 겨우 억누르며 해문은 입술을 잘근잘근 씹었다. 돈에 약한 자신의 처지가 한심하다.

"정말 얄미워 죽겠어."

이를 부드득 갈았다. 이든은 그런 자신의 모습에도 아랑곳하지 않고 나른하게 기지개를 켠다. 얄미운 그 모습에 해문은 그를 향한 폭력 욕구를 되살렸다. 그러나 금세 머릿속에 0이 좌르르 나열되며 지폐가 춤을 춘다. 쳇 하고 혀를 차며 해문은 머리카락을 쥐어뜯었다.

"담배 안 피울래?"

풀리지 않은 화를 발산하지 못해 안달인 자신에게 돌아온 물음에 해문은 기가 찼다.

"여보세요, 내가 지금 담배를 피우고 싶겠어요?"

"아깐 피우고 싶다며?"

그 말에 해문은 책상을 보았다. 불이 켜진 라이트 박스와 필름이 얼핏 눈에 보인다. 저게 이 모든 문제의 원흉이었다. 해문은 자리에서 일어나며 그를 향해 톡 쏘아붙였다.

"아아아, 시끄러워. 피우려면 혼자 나가서 피워. 난 안 피우고 싶으니까."

"그럼 그러든지."

도리어 서운할 정도로 깔끔하게 대답을 하더니, 이든은 등을 돌려 베란다로 나갔다. 그가 문을 열자, 차가운 밤공기가 방 안으로 스며들었다. 그의 행동이 못마땅해 가만히 노려보았다. 자신의 시선을 알아챘을 텐데도 그는 뒤돌아보지도 않고 베란다 문을 닫아버린다. 갑자기 그와 자신의 공간이 차단되었다. 뒤늦게 차가운 공기의 여파인지 몸이 서늘하다. 아니, 몸이 아닌 다른 곳이 서늘한 것일지도 모른다.

해문은 팔을 들어 올려 몸을 껴안았다. 그러다가 자신의 손을 물끄러미 보았다. 손바닥을 폈다가 다시 오므렸다. 조금 전의 일이 아렴풋한데, 손바닥만은 아직도 그 느낌을 잊지 못하고 있었다. 해문은 주먹을 꽉 쥔 채 고개를 설레설레 흔들었다. 그가 아무렇지 않게 한 행동에 자신은 갈대처럼 흔들린다. 그게 오늘따라 못마땅했다.

의자에 털썩 앉아 해문은 라이트 박스 위에 놓인 필름을 툭 건드렸다. 계속 건드리다가 해문은 아예 필름의 중앙을 엄지로 꾹 눌렀다. 자신의 지문이 갈색의 필름 위에 선명하게 새겨진다. CSI에서 좋아할 정도로 선명하다. 씁쓸한 웃음이 저절로 나왔다. 여전히 엉뚱한 생각이 떠오르는 것을 보면, 자신은 그렇게 많이 흔들리지 않은 모양이다. 아니, 이젠 익숙해진 것이다.

의자 등받이에 몸을 기댄 채 해문은 베란다 밖의 이든을 보았다. 커다란 등이 곧게 서 있다. 그 옆으로 흐릿한 연기가 흘러 하늘로 향한다. 저 등을 볼 날도 얼마 안 남았구나, 씁쓸하게 중얼거리며 고개를 돌려 다시 라이트 박스를 응시했다. 눈부시게 밝은 빛 속으로 요 근래 이든의 행동이 빠르게 스쳐 지나간다. 마치 오래된 영사기에서 흘러나오는 영화처럼 그의 모습이 머릿속에 그려졌다. 그리고 그 끝은 커다란 물음표였다. 그의 속내는 지독한 검은색처럼 알 수 없었다.

후유, 하고 해문은 길게 한숨을 내쉬고 주먹을 움켜쥐었다. 아직도 손바닥에는 축축한 온기가 느껴지는 듯했다. 해문은 서랍을 열어 가위를 꺼냈다. 그러고는 날이 잘 선 가위로 35㎜ 필름 안의 이든을 잘라내었다. 툭 하고 바닥으로 곤두박질치는 필름 한 장. 감정도 이렇게 잘라낼 수 있다면 좋을 텐데. 지웠다고 자신했지만, 감정의 잔흔은 그대로 있었다. 요 며칠 동안 있었던 일들은 그러한 확인을 하게 했다.

"사랑은 아닌데."

입 밖으로 내뱉은 말이 무겁다. 그 무게에 짓눌린 어깨가 버거웠다. 해문은 책상에 머리를 비스듬히 눕혔다. 시야 가득 이든의 등이 들어온다. 그 등을 물끄러미 보다가 해문은 손을 펴 그의 모습을 가렸다.

"もうたくさんなのに(이젠 충분한데)."

그대로 손을 오므렸다. 그러자 다시 그의 등이 보인다. 한숨이 다시 입 밖으로 빠져나가려 한다. 고개를 돌려 책상 위에 턱을 올렸다. 보이는 것은 아까 잘라낸 그의 모습이 찍힌 필름이었다. 눈을 돌려도 그에게서 도망칠 수 없구나, 해문은 입안말로 중얼거렸다. 손을 뻗어 필름을 치우려다, 다시 자신의 손을 응시했다. 갑자기 입 안이 텁텁해진다. 쓰게 웃으며 해문은 자신의 머리를 책상에 콩콩 박았다. 바보 같은 자신이 한심하기 바이없었다. 방 안에 잔류한 차가운 바람이 한결 더 마음을 서늘하게 하고 있었다.

밤 열두 시가 넘어간 거리는 고요했다. 드문드문 지나가는 낯선 사람의 발자국 소리와 인적에 반응해 깜박거리는 가로등만이 늦은 밤거리의 유일한 행인이었다. 요 며칠 자주 온 덕에 익숙한 풍경을 바라보며 해문은 허무한 한숨을 실은 담배 연기를 허공에 뿜어냈다. 스산한 밤바람이 조용한 거리를 스쳐 지나간다.

고개를 숙이자, 자신이 버린 담배꽁초가 몇 개 보인다. 이 많은 담배를 피우는 동안, 자신의 머릿속에 드는 생각은 아무것도 없었다. 아무 생각도 하지 않고 이렇게 마냥 담배를 피우며 시간을 허비했을 뿐이었다. 사실 집에 들어가기 싫은 건 아니었다. 단지 불편할 뿐이다. 변함없는 태도로 일관하는 이든과 달리, 자신은 그럴 수 없었기에 불편했다.

어쩌면 그에게 해서는 안 될 말은 머금고 있는 자신이 두려워서 그럴지도 모른다. 이대로 계속 그와 함께 있고 싶다는 생각을 가진 것을 깨달은 뒤로 편하게 있을 수 없었다. 과거나 지금이나 별반 차이가 없었다. 색을 달리한 욕심만이 자신의 속에 내재되어 있다는 게 바뀐 점이었다. 그 사실이 자신의 발목을 잡고 있는 덕에 해문은 요 며칠 동안 공원에서 시간을 허비하는 일이 빈번했다.

"아이고."

한탄처럼 투덜거리곤 해문은 차갑기만 한 공기에 노출된 피부를 손으로 문질렀다. 아무리 한국보다 따뜻한 곳이라 해도 11월이 코앞인 시기다. 습기를 머금은 밤공기는 차갑기만 했다.

멍한 시선으로 텅 빈 공원을 바라본 지 몇 분째, 어깨에서 힘이 빠졌다. 계속 이러고 있을 수 없다는 사실이 자꾸만 고개를 떨어뜨리게 했다. 내일의 일과를 위해 계속 이러고 있을 수 없다는 마음과 들어가고 싶지 않다는 마음이 대립한다. 내일을 위해선 슬슬 돌아가야 했다. 그것을 알면서도 실행하지 못하는 것은 과연 무엇 때문일까?

"멍청한 거지."

스스로 한 말에 스스로 상처를 받는다. 스산한 바람이 자신의 피부를 할퀴고 지나갔다. 점점 더 추워진다. 하품도 연거푸 입 밖으로 탈출했다. 여기다가 배까지 고프면 거지의 3대 조건을 다 채우는 셈이었다. 확 벤치 위에 자리 깔고 자버릴까 하는 생각까지 들었다. 스스로 생각하고도 한심해서 해문은 쓰게 웃었다.

　부스럭 소리가 난 것은 웃음이 막 해문의 입가에서 사라질 쯤이었다. 해문은 흠칫하고 어깨를 움츠리며 소리의 진원지를 찾아 두리번거렸다. 해문의 시선이 다다른 작은 풀숲이 부산하게 좌우로 움직인다. 움직임이 작은 것으로 봐서는 작은 동물인 것 같았다.

　설마 고양이인가?

　풀숲은 몇 번 움직이더니 이윽고 좌우로 갈라지며 고양이라 하기에는 어려운 검은 물체를 뱉어냈다. 길게 늘어진 검은색의 머리카락이 마치 살아 있는 것처럼 흐느적거린다. 해문은 숨을 들이켰다. ‘사다코’의 환생을 보는 느낌이다. 소름이 오스스 돋아났다.

　“おはよう(안녕).”

　돋아나던 소름이 일순에 사라졌다. 인사말을 던지는 ‘사다코’는 어디에도 존재하지 않는다. 게다가 아무렇지 않게 옆 자리에 털썩 앉는 ‘사다코’는 더더욱 없다. 하여간 하는 행동 중 평범하지 않은 게 없는 인간이다.

　해문은 어이없이 웃으며 과연 저 인물에게 평범함이라는 단어가 존재하는가에 대해 잠시 고찰했다. 얼굴을 보아하니, 본인은 그러한 자각도 아예 못하고 있는 것으로 보였다. 하긴, 이 여자는 너구리다. 보통 너구리도 아닌, 변신 너구리다. 인간의 잣대로 계산하는 것 자체가 말이 안 된다.

　[산책 중?]

　구겨진 옷을 펴며 이가라시가 묻는다. 그녀의 말은 정말 근처를 산책하다가 만난 듯이 가벼웠다. 풀숲과 산책. 너구리에게 어울리는 행동이다. 다시금 해문은 이가라시가 변신 너구리라는 것을 확신했다.

[달님과 대화 중이었구나.]

해문은 눈썹을 찌푸리며 대꾸 대신 한숨을 내쉬었다.

[달님이 오늘따라 참 멋지지 않아? 그런 멋을 느낄 줄 아는 사람들이 몇 안 되어서 참 서글퍼. 해문 상은 그걸 아는구나. 역시 그랬어.]

무엇이 역시 그랬는지 모르겠으나, 달을 보려고 있는 것도 아니었다. 그래서 해문은 그냥 모르는 척했다. 아무리 변신 너구리라고 해도 인간의 모습을 하고 있는 이상, 제풀에 지칠 것이다. 아니라면 이대로 무시하면 된다.

[저 달이 가끔 나를 부르는 것 같아. 아무렇지 않게 나를 내려다보다가, 내가 자주 안 봐준다는 것 때문에 화가 나서 조금씩 자기의 모습을 숨겨가는 거야. 그러다가 내가 봐주면 기다렸다는 듯이 그 어느 것보다 아름다운 모습으로 짠 하고 등장해 주지. 참 멋진 아이라고 생각해.]

어디서 개가 짖는다. 아니, 너구리가 짖는다. 너구리가 짖던가? 쓸데없는 생각이다.

[달의 매력을 해문 상도 안다고 생각하니까 왠지 행복해져. 나만 아는 줄 알았거든. 저 아이도 해문 상이 알아준다는 것 때문에 기분 좋아서 저리 활짝 웃고 있나 봐.]

너구리가 아니라 외계인이었나 보다. 외계에서 온 변신 너구리라고 별명을 고치고 해문은 무심코 밤하늘을 올려다봤다. 그녀의 말대로 달을 보고자 한 것이 아니다. 그냥 고개 운동을 하는 것이다.

올려다본 밤하늘에는 쟁반처럼 둥근 달이 떠 있었다. 총총 떠 있는 작은 별도 있었다. 검은 화폭 위에 커다란 동그라미를 크게 그리고 그 옆에 하얀 점을 대충 그려놓은 듯한 단순한 모습. 그 단순함이 밤하늘의 매력이리라.

요즘 들어 자주 밤하늘을 보게 된다. 자주 보는 주제에 단 한 번도 사진을 찍은 적이 없는 게 되레 의아하다. 그러고 보니 자신은 항상 밝은 대낮에만 사진을 찍었다. 의도한 적은 없지만 그래왔다는 것을 깨달으니 어쩐지 입이 쓰다. 왜 밤하늘을 보기만 했지, 찍을 생각을 하지 않았을까?

[반한 거야?]

[네?]

무심코 대답을 하고 나서야 아차 했다. 조금 고맙다고 생각한 탓에 마음이 느슨해진 탓이다. 자신의 이런 속내도 모르고 이가라시는 태평하게 말을 이어갔다.

[인간들은 항상 편하게 보이는 것만 보려는 것 같아. 조금만 가려지면 그걸 세세하게 보려고 하지 않으려고 해. 비록 밤하늘이라고 해도, 어차피 태양이 없는 건 아닌데. 태양 아래의 세상에만 의지하고 그걸 보고 마는 건 어떤 의미에선 참 서글픈 일이야. 마치 우물 안의 개구리처럼 말이지. 서글퍼.]

[무슨 말을 하고자 하는 것인지 모르겠네요.]

어차피 입을 연 이상, 계속 다물고 있는 것도 무엇해 퉁명스럽게 말했다. 이가라시가 그런 자신의 시큰둥한 대답에 씩 웃는다.

바보 취급을 당하는 기분이다.

[과연 내가 어떤 의미로 이런 말을 했을까?]

이성이라는 이름의 감정이 팽팽하게 당겨지는 느낌이 들었다. 해문은 길게 심호흡을 하며 애써 자신을 다독였다.

[23)싸움 거세요?]

[팔 게 없어서 싸움을 팔까? 차라리 내 미모를 파는 게 더 이득이 남을 거야.]

불치병에 걸린 너구리다. 애당초 상대를 하지 말았어야 했다. 해문은 고개를 살래살래 흔들며 자리에서 일어났다. 흰소리를 지껄이는 너구리를 상대하는 것보다는 차라리 집에 가는 게 낫다. 물론 집에 가면 이든을 봐야 했지만, 이렇게 밖에서 소모전을 벌이는 것보다는 편할 것이다. 그리 생각하고 싶었다. 사실 돌아간다는 마음만으로 금세 가슴 한편이 무거워졌지만 말이다.

주섬주섬 가방을 들고 일어서자, 이가라시도 말없이 일어선다. 한쪽 구석에 세워둔 자전거를 끌고 공원을 나서자, 이가라시는 바늘에 실처럼 그 뒤를 따라온다. 집이라도 다른 곳이면 좋을 텐데, 그런 행운은 자신에게 없었다. 이럴 줄 알았다면 일 년 계약으로 집을 빌릴 것을 그랬다. 앞으로 일 년 이상을 더 그녀와 이웃으로 지내야 한다는 사실에 정신이 아득해졌다.

[이번에는 무시하는 거야?]

공원에서 집까지의 거리는 약 삼 분. 조금 빨리 걸으면 이 분 내에 도착할 것이다. 그 시간만 참으면 된다. 안 들린다. 안 들린다.

---

23)원문은 '喧嘩賣ってます?'로 '싸움을 팔다'가 직역임

[하기야 그렇게 모든 것을 무시하면 사는 게 편하긴 해. 머리 좋네.]

아무리 들어도 저건 비꼬는 것이다. 속에서 열불이 났으나 참았다. 조금만 더 가면 집이다. 조금 전까지 그렇게도 꺼려지던 집이 참 그립다. 어서 집에 가고 싶다. 현관을 빨리 닫고 싶다.

[보이는 것을 무시하는 것은 참 어려운 일이야. 그렇게 지내면 편하긴 하겠지만, 무언가 계속 걸릴 거 아니야. 그런 껄끄러움을 무시할 수 있는 건 보통 사람들이 쉽게 할 수 없다고 보거든. 그런 의미에서 보면 해문 상은 정말 대단해.]

해문은 눈썹을 잔뜩 찌푸린 채 발걸음을 멈추었다. 뒤따라오던 걸음 소리도 덩달아 멈춘다. 옆으로 자동차 하나가 빠르게 지나간다. 자동차가 지나가자 가벼운 진동이 몸에 전해졌다.

[도대체 왜 자꾸 나한테 이러는 거죠?]

가장 편해야 할 장소인 집이 불편해진 뒤로, 신경은 항상 곤두서 있었다. 작은 일에도 예민하기만 한 이 상황에서 너구리의 말은 자신을 자극하기에 충분했다. 겉으로는 마치 선소리를 하듯 엉뚱한 말을 하지만, 그 안에 담긴 의미를 모를 정도로 자신은 둔하지 않았다. 오지랖이 넓어도 적당히 넓어야지, 그녀의 도를 지나친 간섭이 해문은 진심으로 불쾌했다.

[이가라시 상과 내가 알게 된 것은 고작 반년이에요, 고작 반년. 그 짧은 시간 동안, 나에 대해 무엇을 알았다고 자꾸 그러는 거예요?]

시키지 않아도 제멋대로 조잘조잘 떠들던 입이 아무런 말도 내뱉지 않는다. 그게 더욱 못마땅해, 해문은 입을 다물지 않았다. 서울에서 뺨 맞고 도쿄에서 화풀이한다는 생각이 안 드는 것은 아니었으나, 모든 것은 너구리가 나쁜 것이다. 건드리지 않았다면 이럴 일도 없었다.

[일본인은 타인에게 무관심하다고 하던데, 이가라시 상은 일본인이 아닌가 보군요. 이전에 저한테 적당히 하라고 했었죠? 이가라시 상이야 말로 적당히 하세요. 귀엽게 봐주는 것도 한계가 있어요.]

시작은 나름대로 차근차근하게 말했지만, 끝에 가선 언성이 높아지고 말았다. 사실은 더 높이고 싶었다. 집에서 편히 쉬지 못하는 현실이, 지금 너구리에게 이런 식으로 말해야 하는 상황이, 모두 찜부럭했다. 그저 새로운 인생을 찾으려 한 것뿐이다. 그 만큼 노력을 했고, 유학을 온 뒤 헛되게 살지도 않았다. 열심히 살겠다고 이리 아등바등하는 자신에게 왜 이리 피곤한 일만 연거푸 일어나는 것인지 모르겠다.

[나한테 주제넘게 간섭하지 마세요. 내 일은 내가 알아서 해요.]

입술을 앙다문 채, 해문은 이가리시에게 토로했다. 왠지 눈가가 화끈하다. 또 한 대의 자동차가 지나갔다. 자동차의 전조등이 눈을 아프게 한다.

[드디어 말했네.]

[네?]

전혀 예상치 못한 말이었다. 물론 여타 평범한 인간과 다르다는 것을 인정했으나, 저렇게 생게망게한 말을 할 줄은 몰랐다. 부글

부글 들끓던 속이 급속도로 식었다.

[상대가 조금 틀린 것 같지만, 드디어 말했네. 정말 해문 상을 좋아하기 잘했어.]

해문은 눈만 끔벅거렸다. 나오는 말은 인간이 사용하는 언어인데 이해가 안 된다. 그러고 보니 그녀는 너구리였다. 한숨이 나왔다. 자신은 무슨 대답을 기대하고 그녀에게 이런 말을 했는지, 바보 같다. 그녀와 정상적인 대화를 할 수 있다고 생각한 것 자체가 오류였다. 해문은 머리를 가로흔들며 한숨을 바닥에 토해 냈다.

[내가 해문 상 좋아한다고 말했던가?]

생게망게한 말을 하는 게 너구리의 전공이라고는 하지만, 이건 정말 황당하다. 어이없는 표정으로 해문은 시큰둥하게 대꾸했다.

[고맙습니다.]

자전거를 다시 끌고 해문은 발걸음을 서둘렀다. 집에 어서 가고 싶다.

[전혀 고맙다는 뜻으로 들리지 않아. 차가운 게 해문 상의 매력이지만.]

[정말 고맙습니다.]

일부러 '정말'이라는 말에 강조를 두어 말하고는 해문은 발걸음을 더욱 서둘렀다. 이가라시의 발걸음도 조금 빨라졌다. 끈질긴 너구리다.

[마음이 담겨 있지 않아.]

자신의 속에 있는 마음을 어찌 꺼내서 담는단 말인가? 말도 안 되는 소리만 골라서 한다. 애당초 상대를 한 자신의 탓이다. 뒤늦은 후회를 꾸역꾸역 삼키며 해문은 어서 집에 도착하길 진심으로 빌었다.

희한하게도 이렇게 난감한 땐 삼 분의 거리가 삼십 분의 거리 같기만 하다. 심리적인 스트레스는 인간의 시간적인 감각마저 둔화시키는 듯하다. 겨우 도착한 것에 안도의 한숨을 내쉬며 해문은 자전거를 늘 세우던 곳으로 끌고 갔다. 이가라시는 계단 근처에 서서 자신을 보고 있었다. 마치 자신의 속내를 읽는 듯한 그 눈빛이 해문은 껄끄러웠다.

[집에 안 들어가요?]

일부러 자전거를 천천히 잠그며 말했다.

[걱정해 주는 거야?]

아니, 귀찮아서 그러는 것이다. 묵묵부답인데도 이가라시는 알아들었다는 듯, 고개를 끄덕거리며 웃는다. 변신술에만 재능이 있지, 사람의 표정을 읽는 데는 그렇게 재능이 없는 모양이다. 그게 아니라면, 자신의 얼굴에 노골적으로 드러난 이 표정을 모를 리 없었다. 참으로 피곤한 종족이다.

[지금 표정도 못 읽는 주제에, 하고 생각했지?]

가슴이 뜨끔했다. 설마 독심술인가?

[후후, 해문 상 진짜 귀여워.]

아무래도 오늘을 달력에 표시해야 할 듯하다. 너구리에게 좋아한다는 말을 들었으며, 귀엽다는 말까지 들은 기념적인 날이라고 말이다. 아니, 그냥 너구리가 아니라 변신 너구리라고 써야 한다.

[이렇게 귀여우니까, 그가 그러는 거겠지.]

이가라시의 입에서 나온 '그'라는 단어에 해문은 잠시 움찔거렸다. 그제야 떠올랐다. 집에 돌아가면 그가 있다. 굳은 표정으로 해문은 이가라시를 바라보았다. 이가라시는 여전히 미소를 띠고 있었다.

[내가 왜 그런 말을 한 건지 궁금하지?]

[별로 안 궁금해요.]

해문은 단호하게 말했다. 솔직히 아주 조금 궁금하긴 하지만, 이가라시가 제대로 대답해 준다는 보장이 없었다. 분명 엉뚱한 소리만 할 것이다. 애써 무관심한 척하며 해문은 자전거 열쇠를 주머니에 넣었다.

[궁금한 표정인 걸?]

[전혀 궁금하지 않아요.]

[호오, 그래? 그럼 말하지 말지 뭐.]

무엇을 바라고 한 행동인지는 모르겠으나, 하나는 확실했다. 그녀가 가진 최고의 능력은 자신의 화를 돋우는 것이다. 상대하지 말자고 그토록 다짐을 하고도 다시 그러는 자신의 멍청함이 한탄스럽다.

[아하하, 역시나.]

무엇이 'やっぱり(역시나)'라는 것인지, 도통 모르겠다. 가능하다면 저 뇌를 해부하고 싶다. 그도 아니면 사진으로 찍어 정밀 분석이라도 해보고 싶었다. 어쩌면 '변신 너구리' 연구사에 길이길이 남을 대단한 기록이 탄생할지도 모른다.

엉뚱한 생각에 빠진 해문을 알아챘는지, 이가라시의 미소가 한결 더 진해졌다. 웃는 것도 어쩌면 저리 얄밉게 웃는지 모르겠다. 고루고루 미운 점만 갖추고 있다.

"思い內にあれば色外に現れる(오모이 우치니 아레바 이로소토니 아라와레루)."

대뜸 한 마디를 하더니, 입을 꾹 다물고 자신을 살피는 시선으로 변했다. 그러든 말든, 해문은 이가라시를 피해 묵묵히 이층으로 올라갔다. 평소라면 이 계단을 오르는 것마저 버거웠을 텐데, 뒤에 이가라시가 있어서 인지, 발걸음이 가볍다. 정확하게는 무겁고 자시고를 느낄 여력이 없었다. 겨우 자신의 집인 203호에 도착하자, 왠지 기나긴 여정을 끝낸 느낌이 들었다. 이가라시 덕에 별것을 다 느낀다.

[일본의 속담인데, 알아? 모르겠지? 굳이 말하지 않고 가슴에 담고 있어도 자연스럽게 언동에 나타나서 상대가 알아챘다는 의미야. 이제 알겠어?]

이제 알긴 무엇을 안단 말인가? 해문은 입술을 삐죽거리며 샐쭉거렸다. 그러고는 문고리에 손을 올린 것까진 좋았다. 그러나 열쇠를 넣고 돌리지를 못하겠다. 이 안에 들어가면 당면할 상황을 몸이 먼저 깨달은 덕이었다. 이왕 깨달을 것이면 문을 열고나서 그랬어도 좋을 텐데. 이래저래 자신의 몸도 '비호감' 이었다.

너구리를 상대하지 않기 위해선 집이 최선인데, 집에 들어가면 그가 있다. '죽느냐, 사느냐, 그것이 문제로다' 라고 외쳤던 햄릿처럼 해문도 외치고 싶었다. 너구리냐, 이든이냐, 그것이 문제로다.

[아직 모르는구나. 알면 그 문을 이미 열었을 테니까.]

[그냥 잠시 생각하고 있었어요.]

망설이던 자신의 행동을 그녀가 알아챈 것이 계면쩍어 해문은 부랴부랴 어설프게 핑계했다. 그러자 이가라시가 또다시 귀엽다고 중얼거린다. 아무래도 너구리는 눈이 많이 안 좋지 싶다.

[그래? 난 해문 상이 지금 무슨 생각을 하는지 알아.]

의아한 눈빛으로 그녀를 쳐다보자, 기다렸다는 듯 이가라시가 검지로 볼을 콕 찌르며 고개를 비스듬하게 숙인다.

[난 우주에서 온 변신 너구리잖아.]

저 행동은 자신이 웃기를 바라고 하는 행동일 것이다. 웃어야 할 텐데, 웃음이 안 나온다. 그보다는 그녀가 드디어 자신의 본색을 자각한 것에 박수를 보내고 싶었다.

이가라시 딴에는 자신이 웃을 것이라 생각했는지, 한참 뚫어지게 자신을 본다. 그러다가 이윽고 자신의 얼굴에서 미소가 뜰 가능성이 희박하다는 것을 깨닫곤 '빙그르르 돌 걸 그랬나' 하고 혼잣말을 했다. 그게 되레 더 우스꽝스러웠다. 하지만 해문은 끝끝내 웃지 않았다.

"さらば, ごきげんよう(그럼, 안녕히)."

제아무리 너구리라도 자신의 얼굴 보기가 면구했는지, 이가라시는 안녕을 고하곤 빠르게 202호로 들어가 버렸다. 비웃음이라도 보여줄 것을 그랬다.

덜컹 하는 소리가 여운처럼 남은 복도에 서서 해문은 잠시 202호의 문을 노려보았다. 제멋대로인 너구리다. 이왕 자신을 귀찮게 한 것, 더 귀찮게 해서 이 문을 열게 만들어주지, 치사하게 먼저 들어가

다니! 조금 전까지 그렇게 보기 싫은 얼굴이었는데도 막상 사라지
니 아쉬웠다. 자신은 참으로 단순하고 모순적인 인간이다.

다시금 203이라는 숫자를 노려보았다. 아무리 노려봐도, 숫자
는 꿈쩍도 하지 않고, 문 역시 열리지 않는다. 고작 문 하나 여는
것에 머뭇거리는 자신이 답답했다. 결국, 해문은 문 옆에 털썩 주
저앉았다. 주머니를 뒤적거려 담배 한 개비를 꺼내 불을 붙이곤,
담배 연기에 한숨을 실어 길게 내뿜었다. 희뿌연 연기가 자신의
주변을 맴돌다 바닥으로 곤두박질친다. 한숨의 무게 때문이다.

한참을 그러고 있는데, 돌연 삐거덕 문이 열리는 소리가 들렸
다. 고개를 옆으로 돌리자, 문 사이로 고개를 빠끔히 뺀 이가라시
가 보였다. 아무것도 안 보인다고 중얼거리며 해문은 고개를 치켜
들고 하늘로 연기를 뿜어냈다.

[말하는 걸 잊었는데.]

영원히 잊었다면 더 좋았을 것을.

[벽 얇은 거 신경 쓰지 마. 난 밤에 항상 음악을 듣고 있거든. 게
다가 잠귀가 어두운 편이야.]

막 목구멍으로 넘어가던 연기가 역류해 버렸다. 그 덕에 해문은
기침을 크게 해야 했다. 된통 걸렸는지 눈물이 다 난다.

[도대체 무슨 말을!]

겨우 목을 가다듬고 버럭 소리를 지르자, 자신의 바로 옆에 있
던 문이 열렸다. 낭패다. 집 앞이라는 걸 잊고 있었다. 목각인형처
럼 딱딱한 움직임으로 고개를 돌리자, 그토록 열기 힘겹던 문이
열려 있었다. 그리고 그 안에서 자신의 모든 고민의 원흉이자, 집

에 들어가기 어렵게 만든 장본인이 고개를 빠끔히 내밀었다. 두근 두근, 놀란 심장이 발악을 하기 시작했다.

"해문이야?"

그럼 산문이겠냐고 속으로 비아냥거리며 해문은 202호 쪽을 원망스레 노려보았다. 그러나 그곳에는 언제 열리기라도 했냐는 듯, 굳게 닫힌 문만이 있었다. 망할 너구리!

"거기서 뭐 해?"

애써 터져 나오려던 화를 억누르고 해문은 아무렇지 않은 척했다.

"그냥 담배 피우고 있었어."

"그렇게 앉아서?"

"응, 바깥 공기가 좋았거든."

"좀 추운 거 같은데."

"좋다면 좋은 거야."

겸연쩍음을 숨기고 해문은 부랴부랴 담배를 끄며 자리에서 일어났다. 급히 일어선 덕에 아찔한 현기증이 일어났지만, 이든의 시선이 느껴지는 통에 제대로 현기증을 느낄 여력도 없었다. 피식 웃는 소리가 귀를 간질인다. 이 인간이고 저 너구리고 하나같이 얄밉게 웃는지 모르겠다. 앞으로 저런 미소를 짓는 인간이 있으면 마구 미워할 자신이 저절로 생긴다.

"어디 나가게?"

마음 한편으로 제발 나가는 중이었기를 바라며 해문은 문가에 서 있던 이든에게 물었다. 자세히 보니, 이든은 가볍게 겉옷까지 걸치고 있었다.

"응, 편의점 가서 밀크 티 좀 사 오게."

하늘이시여, 감사합니다.

"응, 잘 다녀와."

재빨리 집 안으로 들어가 이든을 바깥으로 밀어내며 해문은 어서 다녀오라고 그를 재촉했다. 그의 의심이 담긴 눈빛이 자신을 훑는다. 그러든지 말든지 해문은 거의 이든을 내쫓다시피 하곤 문을 닫았다. 그제야 마음이 좀 편해졌다. 안도의 한숨을 내쉰 뒤, 해문은 빠르게 방 안으로 뛰어갔다. 한시라도 빨리 잠들어야 했다. 그래야 이 곤란한 형국에서 도망칠 수 있었다. 하지만 하고자 하면 할수록 더 안 오는 것이 바로 '잠'이라는 것이었다.

광랜의 속도로 샤워를 끝내고 침대에 누웠지만, 잠의 세계는 쉽사리 방문 허가를 내주지 않았다. 어서 잠이 들고 싶은데, 시간이 흐를수록 정신은 더 또렷해진다. 이래선 낭패라는 생각에 눈을 질끈 감자, 이번엔 귀가 방 안의 모든 소리를 잡아낸다. 무엇 하나 생각대로 되는 것이 없었다.

탕탕탕.

멀지 않은 거리에서 들리는 소리에 가슴이 덜컥 내려앉았다. 큰 북을 울려라, 작은북을 울려라, 난리법석도 아니다. 자는 척하기 위해 몸을 웅크리며 이불을 머리끝까지 추켜올렸다. 요란한 북소리가 머릿속에서 이명처럼 어지럽게 울린다.

발걸음 소리가 점점 가까워진다. 이윽고 발걸음 소리가 멈추고 걸쇠를 돌리는 소리가 들렸다. 해문은 거친 숨소리를 내뱉는 입을 손으로 틀어막았다. 문이 열렸는지 이불의 틈새로 차가운 공기가 파고들었다. 귀에선 여전히 북소리가 요란하다.

쾅 소리가 나고 부스럭거리며 신발을 벗는 소리가 들린다. 뚜벅뚜벅, 조심스러운 발소리가 바로 이어진다. 그리고 스르르 후스마가 열리는 기척이 들리고, 인기척이 뒤따라 난다. 심장이 목구멍에서 뛰는지, 숨을 쉬는 게 버겁다.

두꺼운 이불자락 너머로 시선이 느껴진다. 그가 보고 있다. 이불을 꽉 움켜쥐고 있는 손바닥 안에 땀이 찼다. 몸에서 열이라도 나는지 후끈후끈하다. 청각은 이불 밖에서 들리는 소리에 집중하고 있었다. 둥둥, 북소리가 더 커진다.

털썩, 예민하지 않았더라면 느끼지 못했을 만큼 미세한 진동은 그가 바닥에 앉았다는 의미이다. 부스럭부스럭, 비닐봉지가 너붓거리는 소리가 들리는 건 아마도 그가 편의점에서 사 온 것을 빼내고 있는 것이겠지. 후유, 두꺼운 이불 너머로 들려오는 희미한 숨소리는 그의 한숨일 테고.

"자?"

나지막한 목소리로 이든이 말했다. 해문은 어금니를 앙다물었다. 입 안이 가슬가슬하다. 귀에는 그가 내뱉는 숨소리와 머리맡에 있는 오리 시계의 똑딱똑딱 소리가 어우러져 도달했다. 보이지 않아도 보이는 듯한 느낌은 흡사 투명한 이불을 덮은 것 같았다.

똑딱똑딱, 후유. 똑딱똑딱, 후유.

한참 동안 같은 소리가 반복되다가, 드디어 다른 소리가 끼어들었다. 작은 볼륨의 음악 소리다. 이든이 음악을 듣는 모양이다. 그제야 해문은 가쁜 숨을 조금씩 들이쉬고 내쉬었다. 혹시 그가 소리를 듣고 알아챌까 싶어, 크게 숨을 내쉴 수도 없었다. 안 하느니만 못하고, 갑갑하기만 했다. 어서 잠이 들면 이런 고생과 안녕할수 있는데, 이놈의 잠은 어디로 마을을 간 것인지 시간이 지날수록 정신은 더욱 또렷해졌다.

눈을 감고 천천히 양을 헤아리기 시작했다. 잠이 오지 않는다면 잠드는 방법 중 가장 고전적인 것을 시도하면 된다. 비록 그 양이 울타리를 넘는 순간 너구리로 변신을 할지라도, 잠만 온다면 너구리이든 양이든 상관없었다. 제발 다음에 눈을 뜰 때는 아침이었으면 하고 해문은 간절히 빌었다.

너구리 이천백다섯, 너구리 이천백여섯, 너구리 이천백일곱…… 너구리 삼천칠백사십 두 마리의 목을 조르고, 너구리 삼천칠백사십 세 마리의 꼬리를 잡아 공중으로 던지고, 너구리 삼천칠백사십 네 마리의 귀를 잡아당기고, 너구리 삼천칠백…… 몇 마리더라? 망할 너구리.

결국 너구리 헤아리기를 포기했다. 숫자가 커지면 커질수록 잠이 오기는커녕 정신은 더욱 말짱해졌다. 이쯤에서 포기하는 게 차라리 낫다.

이번에는 이불의 바느질 선을 가만히 노려보았다. 참 단조로운 선이다. 게다가 한쪽이 약간 삐뚤어졌다. 아니다. 다른 쪽도 삐뚤어져 있다. 비싸게 산 이불인데, 바느질의 모양새가 마뜩잖다. 나중에 산 곳에 가서 항의라도 할까? 쓸데없는 생각이다.

제아무리 노력을 해도 잠은 오지 않았다. 그렇다고 이불 밖으로 나가자니 이든과 마주할 자신이 없었다. 이거야말로 진퇴양난이다.

잠이 오지 않으니, 머릿속이 잡생각으로 가득 들어찼다. 처음엔 조만간 있을 학기말 고사를 떠올리며 시험공부의 압박을 제대로 느꼈고, 그 다음은 아직은 막연한 졸업 후의 진로였다. 그 뒤를 이어 이번 달 월급을 받으면 어느 정도 저축이 가능하더라, 오후엔 부모님께 안부 전화를 드려야지, 주말엔 시모기타자와(下北澤)에 가서 사진을 찍어볼까, 저번에 본 그 렌즈를 슬슬 살까, 너구리 물리치는 부적도 찾아봐야 하는데, 너구리는 어느 별 소속일까, 등등 다양하고도 영양가없는 생각을 했다. 그러다가 해문은 작게 한숨을 흘렸다.

현실에서 그를 피하더니, 생각마저도 그와 관한 건 피하고 있었다. 한심했다. 그가 괴물이나 호환 마마도 아닌데 이렇게 열심히 피하려 드는 자신이 참으로 어리석게 보였다. 이렇게 피하는 게 최선이 아니라는 것쯤은 이미 알고 있었다. 그러나 그를 마주하는 것 역시 최선은 아니었다.

사실 마음 한구석에 작은 기대가 없는 것은 아니었다. '어쩌면'이라는 일말의 기대를 품고 있는 자신이 한심하긴 했지만, 뿌리가 없이 생긴 기대도 아니다. 그 기대에 마냥 기대고 싶은 마음이 한 조각, 어차피 금세 깨질 환상이라는 현실적인 판단이 다른 한 조각. 작금의 자신을 괴롭히는 두 조각이었다.

그가 자신에게 바라는 것은 무엇일까? 과연 바라는 게 있기는 할까?

머리가 복잡하다. 그리고 차츰 열이 오르기 시작했다. 왜 자신의 평탄하기만 하던 삶이 이렇게 흔들려야 하는지 해문은 불만스러웠다. 어느 정도 자신의 우유부단함이 초래한 일이라는 생각이 없는 것도 아니었으나 그건 차후의 문제이다. 어쨌든 이 모든 일의 근원은 이든이었다.

거기까지 생각하자 해문은 그를 피하는 것만이 대수가 아니라는 것을 깨달았다. 무엇이 되든 간에 해결해야 했다. 계속 이런 식으로 방치해서 피곤한 것은 오로지 자신뿐이었다. 어차피 그와 자신은 끝났고, 감정의 잔흔은 시간이 해결해 줄 것이다. 오랜 시간이 걸리더라도 감정은 시간이 흐르면 자연스레 퇴화되게 마련이었다.

아랫입술을 꽉 깨문 채 해문은 이불을 힘차게 젖혔다. 벌떡 일어난 자신의 모습에 이든이 놀랐는지 눈을 크게 뜨고 의아하게 바라본다. 해문은 말없이 그에게 헤드폰을 빼라는 시늉을 했다.

"안 잤어?"

음악 플레이어의 전원 버튼을 끄며 그가 물었다. 해문은 심호흡을 깊게 했다.

"묻고 싶은 게 있어."

저도 모르게 이불을 꽉 움켜쥐었다. 입 안이 아직도 버석버석하다.

"물어봐."

흔쾌히 대답하며 이든이 해문 쪽으로 몸을 돌렸다. 되도록 그의 눈에서 시선을 피하지 않으며 해문은 침을 꿀꺽 삼켰다.

"나한테 왜 그래?"

입술만 달싹거리다가 겨우 말할 수 있었다. 말하자마자 심장이 두근두근 띈다.

"질문이 상당히 뜬금없다고 생각하는데?"

오른손 검지로 볼을 긁적거리며 이든은 고개를 갸웃거렸다.

"뜬금없고 자시고 대답해."

그의 눈을 직시하며 말하자, 이든의 눈빛이 장난스럽게 변했다. 이 사람은 장난칠 때와 안 칠 때를 구분도 못하는 모양이다. 해문은 '장난 아니야' 라고 단호하게 말하며 그의 대답을 무언으로 종용했다. 이든은 의아한 눈으로 자신을 보더니, 다시 검지로 볼을 긁적였다.

"갑자기 그건 왜 물어?"

질문에 질문으로 답한다. 역시 쉽게 말하려 하지 않는다. 우렁잇속 같은 이든의 행동이 마음에 들지 않았다.

"내가 먼저 물었어. 어영부영 넘어갈 생각 하지 마. 나, 지금 이든 씨가 무척이나 부담스러워. 알아듣지 못할 소리만 골라서 해서 사람을 헛갈리게 하잖아. 꼭 놀림당하는 기분이야. 불쾌해. 이제 와서 나한테 이러는 건 도대체 무엇 때문이야? 진짜 모르겠어. 이든 씨, 나 사랑하지 않잖아."

그저 그의 행동이 껄끄럽다고 하려 했다. 의도는 그랬지만, 막상 입을 열자 마음에 담아두었던 말까지 튀어나오고 말았다. 게다가 입 밖으로 토하고 나니 그 말이 비수가 되어 자신의 마음을 할 퀸다. 이런 말까지 하게 한 그가 밉다. 그냥 모르는 척하고 잘 걸 그랬다는 후회가 구석에서 고개를 살포시 내밀었다.

"왜 그런 생각을 했는데?"

"지금 그게 중요해?"

"난 중요해. 왜 그런 생각을 네가 하게 된 건지."

"내가 먼저 물었잖아. 내 말에 먼저 대답이나 해. 나 농담하는 거 아니거든."

"나도 농담 아니야. 네 대답 여부에 따라 내 대답도 달라질 거야. 말해봐, 왜 그렇게 생각하는지."

이든의 태도는 단호했다. 해문이 먼저 대답하지 않는 이상, 그는 먼저 말을 하지 않을 작정이었다. 어차피 쉬울 것이라고 생각하지 않았지만, 참 여러 가지로 자신을 피곤하게 만드는 사람이다. 해문은 심호흡을 하며 마른침을 삼켰다.

"까놓고 이든 씨가 날 대하는 행동의 어디가 사랑하는 사람을 대하는 행동이니? 사랑이라는 감정이 있으면 그렇게 대할 수가 없잖아. 그렇게 아무렇지 않게, 그렇게 말이야."

"그렇게 라는 게 혹시."

의도적으로 말을 멈추더니 이든은 비시시 웃으며 고개를 절레절레 흔들었다.

"사랑한다면 짐승이 되어야 한다는 건가?"

혼잣말처럼 중얼거렸지만 다 들린다. 어쩐지 얼굴이 붉어진다. 그의 말이 의도하는 뉘앙스 때문에 자신이 이상한 여자로 몰린 느

낌이었다. 그 덕에 할 말을 잃어, 해문은 그저 입을 다문 채 볼을
부풀릴 수밖에 없었다.

"설마 서운했어?"

입 끝을 약간 올린 채 말하더니, 뒤이어 '그때 네 손을 치울 걸
그랬나?' 라고 다 들리게 중얼거린다. 빙긋 웃고 있는 그의 얼굴은
지울 수 없는 장난기로 가득했다. 해문은 눈을 감고 길게 숨을 내
쉬었다. 조금이라도 그가 진지해지길 바란 자신이 바보였다. 그는
이런 남자였다. 무엇을 믿고 자신은 그에게 진실하게 부딪치려 한
것일까? 원하는 것은 얻지 못했고 늘어난 것은 실망, 황망함, 그리
고 가슴의 답답함이었다. 차라리 잘 걸 그랬다. 어쩐지 울고 싶다.

"이든 씬 모든 게 재미있지? 나한테 이러는 게 재미있으니까 그
러는 거겠지? 애당초 제대로 된 답을 기대한 내가 바보였어."

힘이 빠져 허탈하게 말을 하자, 이든의 웃음이 멈췄다.

"미안, 이번에는 농담이었어. 미안해."

깨끗하게 인정한다고 해도 이미 늦었다. 해문은 됐다고 손사래
를 치며 또다시 길게 한숨을 내뱉었다. 서먹한 공기가 자신의 주
변을 감돈다. 이든에게도 그 공기의 영향이 미친 듯, 표정이 약간
딱딱하게 굳었다.

"해문아."

이든이 조용히 부른다. 해문은 대답없이 가만히 있었다.

"나를 봐, 해문아."

재차 들려오는 이든의 부름에 해문은 천천히 그를 쳐다보았다.
어느새 이든은 자신의 침대 근처에 다가와 있었다. 허탈한 눈빛으

로 해문은 그를 응시했다. 그의 얼굴에는 여전히 미미한 미소가 있었지만, 아까와 달리 어딘가 씁쓸해 보이는 느낌의 미소였다. 그가 씁쓸할 게 아니라, 자신이 더 씁쓸하다. 해문은 어울리지 않는 미소라고 속으로 비아냥거렸다.

"난 말이야, 보통 남자야."

여기서 왜 보통 남자라고 말하는 것인지 모르겠다. 시큰둥하게 그를 보며 해문은 입술을 옹그렸다.

"보통 남자에게 그런 일은 상대가 준비가 되었을 때 할 수 있는 거야. 상대에게 아무런 준비가 없다면, 참고 기다려야 해."

해문은 눈썹을 치켜든 채, 그를 의아하게 바라보았다. 그가 하는 말의 의도를 알아챌 수가 없다. 그는 지금 자신이 준비가 안 되어서 그랬던 것이라고 하는 것일까? 변명도 참 번지르르하게 한다. 그런 말을 원한 게 아니었다. 자신이 원한 것은 아니다, 그렇다 하고 단순하게 결론을 낼 수 있는 사실이었다. 내심 비겁한 변명이라고 해문은 생각했다.

"안 믿는구나?"

고개를 팩 돌리며 믿지 않는다는 표현을 보이자, 그가 난감한 듯 머리를 긁적거렸다. 그러다가 금세 피식 웃으며 고개를 치켜든다. 눈썹을 찌푸린 채 그를 노려보던 해문은 그의 머리 위로 불길한 오로라가 보이는 듯한 착각을 일으켰다.

"그렇다면 직접 증명해 보일 수밖에 없겠네."

말을 끝내기 전에 그는 자리에서 몸을 일으켜 침대 위에 앉았다.

"갑자기 왜 이래?"

기겁을 하며 해문은 자리에서 일어나려고 몸을 움직였다. 그러나 이든의 행동이 더 빨랐다. 의도적인지 아닌지는 모르나, 그가 이불 위에 앉은 덕에 이불 안에 있던 몸이 움직이지 못했다. 게다가 등 뒤는 벽이다. 갈 곳이 없었다.

"증명하려고."

"뭘 증명한다는 거야? 그리고 누가 증명하라고 했어? 말로 시작했으니까 말로 끝내자고. 이런 걸 바란 게 아니야."

"때론 말보다 행동이 더 좋을 때가 있어."

"난 말이 더 좋아. 우리, 말로 하자."

"난 행동이 더 편해."

"언제부터 행동우선주의였다고 그러는 건데?"

자신의 말에는 대꾸할 생각도 하지 않고, 이든은 마치 초식동물을 포위하는 육식동물처럼 자신을 구석으로 몰고 있었다. 갈 곳이 더는 없는데, 자꾸 뒤로 몰린다. 벽을 뚫고 싶다. 그럴 능력이 있었다면, 눈앞의 남자를 먼저 해치웠을 것이다. 어째서 이런 식으로 일이 꼬였을까? 바라는 건 이런 게 아니었다. 이 남자의 뜬금없는 템포를 따라가기에 자신은 애초에 무리였다. 그걸 조금 더 빨리 깨달았다면 좋았을 텐데.

"잘 생각해 봐, 이든 씨. 이거 진짜 이상한 거라고."

"증명하길 원한 건 너였어."

"그러니까 무슨 증명을 누구에게 한다는 거야? 난 단지 궁금해서 물어본 거라고."

“믿지 않았잖아. 그러니까 직접 증명할 수밖에 없는 거야.”

“이게 무슨 증명이야! 지금 이든 씨는 나를 수많은 여자 중에 하나로 만들려고 하는 것뿐이잖아! 그 따위 게 무슨 증명이라는 거야!”

오로지 이 상황을 회피할 생각으로 외친 말에 이든의 행동이 멈추었다. 그의 숨결이 해문의 볼을 간질일 정도로 지척에 다가왔을 즘이었다. 간신히 그가 멈춘 것에 해문은 안도했다. 자신이 무슨 말을 했는지는 떠오르지도 않았다.

“그거였어?”

조용한 이든의 말이 해문의 얼굴을 간질인다. 해문은 알 수 없는 이든의 말에 눈썹만 찌푸렸다.

“유해문.”

뜬금없이 자신의 이름을 부르더니, 입을 다물고 빙그레 웃는다. 잔뜩 표정을 찡그린 채 해문은 웃는 그를 못마땅하게 바라보았다.

“단순한 유해문 씨.”

“왜, 얄미운 최이든 씨?”

한 손을 뻗어 이든이 그의 흐트러진 머리카락을 쓸어 올린다.

“변한 건 없어. 넌 유해문이고, 난 최이든이야.”

“무슨 말을 하려고 하는 건지 모르겠어.”

급하게 변하는 분위기에 해문은 적응할 수 없었다. 심각했다가 가벼워졌다가, 이상한 분위기가 되었다가 이젠 진지하다. 어떤 장단에 맞춰 널을 뛰어야 하는지 알 수 없었다. 머릿속이 더욱 복잡했다.

“숙제가 필요하겠다.”

이든의 숨결이 자신의 얼굴에 부딪친다. 눈썹을 찌푸린 채 몸을 뒤로 빼려 하자, 돌연 이든의 입술이 자신의 입술에 가볍게 부딪쳤다. 내내 말라 있던 입술에 닿은 촉촉한 느낌. 해문은 소리없이 경악했다. 동동, 작은 북소리가 다시 울린다. 이러한 자신의 반응을 알아챈 듯, 이든의 입술이 다시 한 번 자신의 입술과 가볍게 부딪쳤다.

예기치 못한 두 번의 입맞춤. 해문은 눈을 끄게 뜬 채 얼어붙었다.

“내가 왜 이러는 걸까?”

동동, 요란한 북소리에 정신이 팔려 그가 한 말을 제대로 알아듣지 못했다. 멍하게 ‘응?’ 하고 되묻자, 이든의 웃음소리가 자신을 조롱하듯 가까운 곳에서 들려왔다.

“이게 숙제야, 해문아.”

“……숙제?”

“응, 숙제. 그 숙제를 해결하면 네가 알고 싶어하는 게 다 드러날 거야.”

그가 말할 때마다 자신의 얼굴에 그의 숨결이 부딪친다. 미약한 담배 냄새가 그에게서 난다. 볼에 따사로운 온기가 느껴져서 눈을 내리자 자신의 볼에 닿아 있는 그의 손이 보였다. 해문은 눈만 끔벅거렸다. 그의 모습이 오래된 영사기에서 흘러나오는 영화처럼 끊어졌다가 이어짐을 반복했다. 이상하게도 끊어졌다가 이어질 때마다 그의 모습이 점점 가까워지고 있었다. 이윽고 그의 모습이 자신의 코앞에 당도한 것을 눈치 챘을 때, 점멸하던 이성이 돌아왔다.

"이런!"

이든의 외마디 비명 같은 소리가 자신의 얼굴에 부딪쳤다. 무의식적으로 한 행동인데도 그것을 막은 이든이 용하다. 하지만 안타깝기도 했다. 해문의 그런 심정을 알아챈 이든이 코앞에서 비죽이 웃는다. 불쑥 화가 치밀어 손을 치켜들자, 그가 빈손으로 자신의 양손을 포박했다. 알고 있는 모든 욕설이 머릿속에서 난립한다.

"두 번은 안 당한다고 했잖아."

자신의 볼에서 이마로 이동한 이든의 손이 어색하고 껄끄럽다. 해문은 이마에 힘을 주어 그를 밀었다. 나름대로 힘껏 밀었으나, 그를 밀어내기엔 역부족이었다.

"전생에 들소였어? 툭하면 박으려고 하네."

빈정거리는 그의 말에 '이 상황에서 그 수밖에 더 있어!' 라고 대꾸하고 싶었다. 그의 이마를 미는 것에 몰두한 나머지, 입을 움직일 여력이 없다는 게 통탄이었다.

"널 어떡하면 좋을까? 응?"

자신의 이마를 누른 채, 이든의 코가 자신의 코에 닿았다. 그와 자신의 거리는 불과 3㎝ 남짓. 부담스러운 거리만큼 부담스러운 북소리가 요란하게 청각을 조롱한다. 해문은 침을 한 번 삼킨 뒤, 어렵게 입을 열었다.

"뒤로 빠지면 해결될 거야."

"싫은데."

"안 때려. 십만 엔 걸게."

"십만 엔이 아니라, 백만 엔, 아니, 천만 엔이라고 해도 난 그러고 싶지 않아."

"왜 싫어! 이든 씨도 이 상황이 부담스러울 거 아니야?"

"하나도 안 부담스러워."

한 마디도 지지 않고 말대꾸를 하며 이든이 코를 비볐다. 몰랑몰랑하게 코에 닿는 감각이 낯설다. 싫지 않다는 것은 솔직한 자신의 심정이나, 마냥 이대로 있을 수 없다는 것은 현실적인 자신이 내린 판단이었다. 해문은 다시 이마에 힘을 주어 그의 손을 밀어내고자 했다. 더불어 그에게 잡힌 손도 비틀어 탈출을 도모했다. 제아무리 그래도 그는 밀리지 않았다.

"뭐 하자는 건데?"

"글쎄, 네가 생각하기에 내가 무얼 하고 싶어하는 것 같아?"

"알았어, 숙제 할게. 이든 씨가 내준 그 숙제라는 거 하면 되잖아. 할게, 할 거야. 하고 말 테니까 그만 뒤로 가."

그의 얼굴에 부딪쳐 돌아오는 자신의 숨결이 낯설어 마지막에는 거의 속삭이듯 말했다. 이든의 눈가가 웃는 듯 곡선을 그린다.

"알면서도 모르는 척하는 유해문."

의미심장한 말이었다. 모르는 척하는 것도 때가 있다. 그 '때'가 되어야 자신이 모른 척하는 것을 상대도 말 그대로 모르는 척해준다. 그러나 지금은 그 '때'가 아니었다. 바보가 아니기에, 해문은 지금 그와 자신의 사이에 흐르는 묘한 긴장감이 어떤 의미인지 눈치를 채고 있었다. 마냥 둔한 신경을 가졌으면 좋겠다. 그렇다면, 끝까지 모르는 척하는 것으로 일관할 수 있었을 것이다.

"보통 남자라며?"

"응, 보통 남자야."

여전히 지지 않고 꼬박꼬박 대꾸를 한다. 저 입을 다물어주면 소원이 없겠다.

"상대가 준비가 안 되었다면 참고 기다려야 한다며?"

어이없다는 듯이 말을 내뱉자, 그가 비죽하니 웃는다. 3cm 거리에 있는 그의 눈이 마치 자신에게 이런 말을 하는 것 같았다. '끝까지 모르는 척하네' 라고 말이다. 이 너구리 같은 인간. 어쩌면 이렇게 얄미울까? 예전엔 안 그랬는데, 하고 과거를 자연스럽게 회상하는 자신의 모습이 한심했다. 과거는 과거이고, 현재는 현재이다. 해문은 날숨을 푹 내뱉었다.

"난 싫어."

단호하게 거부의 의사를 표하자, 그의 눈이 진짜냐고 눈으로 묻는다. 이 남자, 또 병이 도졌다. 멀쩡히 있는 입을 놔두고 눈으로 대화를 시도하는지 모르겠다. 해문은 이마를 잠시 떼어냈다가 그의 손에 콩 부딪쳤다.

"이러는 거, 엄청 웃긴 것 알아?"

조금 전까지 얄미울 정도로 꼬박꼬박 말대꾸를 하던 입이 움직이지 않는다. 입을 다문 채, 그는 자신을 말끄러미 보기만 했다. 지척에 있는 그의 눈동자가 무엇인가 말하는 듯이 깊다. 그런데 모르겠다. 아니, 어쩌면 자신은 이든의 말대로 알면서 모르는 척을 하고 있는 것일 수도 있다. 하지만 자신이 아는 것이 그가 안다고 주장하는 것과 같다는 보장이 없었다. 자신이 없다. 어리석게 작은 기대에 기댈 정도로 자신은 나약하지 않고, 무엇보다 자신과 그는 이미 끝났다. 감정의 낭비는 과거로 충분했다.

"끝……."

'끝났잖아, 우리'라고 하려고 했으나, 그럴 수 없었다. 끝났다는 말을 하고자 잠시 힘을 뺀 것이 문제였다. 그 틈을 노리고 자신의 이마를 막고 있던 이든의 손이 빠지고 대신 이든의 입술이 자신의 입에 닿았다. 틈을 노린 기습 공격이 성공을 한 셈이다.

부지불식간에 닿은 입술은 약간의 간격을 두고 몇 번씩 닿았다가 떨어짐을 반복했다. 그 와중에도 그의 눈은 자신의 눈을 똑바로 보고 있었다. 보이지 않는 무언가에 사로잡힌 기분이었다. 어느새 그의 손이 자신의 허리와 뒤통수에 느껴진다. 이쯤 되자, 해문은 자포자기 심정이 되었다.

자신이 강력하게 거부 의사를 표하면 그가 떨어져 나갈 것을 알고 있었다. 그런데 그러기 싫었다. 그게 자신의 속내였다. 모순적인 자신의 마음을 해문은 속으로 빈정거렸다. 하지만 그것도 오래가지 않아 사라졌다. 그의 입맞춤이 깊은 색을 띠기 시작한 덕에 복잡한 생각은 점점 자취를 감추고 있었다.

입 안을 구석구석까지 빨아 당기는 그의 키스는 명백하게 성적인 의미를 담고 있었다. 아련하게 느껴지는 몸이 만져지는 감각과 입술을 떨어뜨릴 수 없게 밀려오는 강한 힘. 복잡했던 머릿속을 무아지경으로 만든다.

보통 키스를 할 때는 코로 숨을 쉬라고 한다. 머리로는 알고 있다 해도 그것을 실행하는 것은 어렵다. 입술이 주는 감각에 모든 신경이 집중한 덕에 다른 것에 신경을 쓸 여력이 없는 탓이다.

그의 입술이 떨어지고 나서야 해문은 가쁜 숨을 내쉴 수 있었다. 거칠게 숨을 몰아쉬는 해문의 얼굴 위로 이든의 손가락이 느릿하게 움직인다. 눈썹을 그리듯 지나간 손가락은 관자놀이와 광대뼈를 지나 인중에 도착했다. 숨을 쉬느라 벌린 입 안으로 이든의 손가락이 침입했다. 그제야 해문은 거친 숨을 멈추고 그를 바라보았다.

"하자."

무드는 EMS(Express Mail Service)로 한국에 보낸 모양이다. 얄미운 마음에 해문은 입 안에 들어온 이든의 검지를 살짝 깨물었다. 그러자 그가 엄지로 자신의 입술을 문지른다. 온몸에 소름이 돋는다. 기분 나쁜 소름이 아니라, 다른 것을 예견한 몸의 자연 현상이었다. 그의 시선이 자신의 몸을 훑어 내리자, 시선이 닿는 곳이 따끔하니 전율했다. 바보같이 정직한 몸이 오늘 따라 원망스러웠다. 태연한 척하려 애쓰고 있음에도 떨리는 몸은 막을 수 없었다.

"싫다고 하면 물러날 거야?"

"아니."

유들유들하지만 단호한 답변이었다. 이든답다는 생각이 불현듯 떠올랐다. 해문은 그의 눈을 지그시 응시했다. 그는 단 한 번도 눈을 피하지 않았다. 그의 검지와 엄지는 여전히 자신의 입술 근처를 배회하고 있었다. 그의 손가락이 움직일 때마다 몸이 움찔움찔

떨렸다. 자신의 몸은 그와 헤어진 뒤 느끼지 못했던 쾌락에 목말라 했다. 그 사실이 작금의 가장 큰 늪이었다. 쾌락에 지고 싶지 않았다. 그러나 간만에 맛본 쾌락은 양귀비보다 더한 중독성을 가지고 있었다. 머리가 터질 것 같이 복잡했다. 한꺼번에 처리하기에는 용량이 넘친다.

어느 순간, 어쩌면 그가 이렇게 적극적으로 나오는 것은 자신이 가진 미약한 기대를 증명해 주는 것일지 모른다는 또 다른 기대가 떠올랐다. 사랑이 아니냐는 말에 요리조리 피했던 조금 전의 일이 마치 블랙아웃이 된 것처럼 일시에 자취를 감추었다. 용량과다가 되어 일순에 폭발한 듯싶었다.

아무래도 좋았다. 어차피 자신이 가진 것은 미미한 기대감이다. 그게 깨져 봤자 미미한 실망만이 존재할 것이다. 그러니까 그의 손길에 몸을 맡기자, 하고 생각했다. 해문은 쾌락의 길로 한걸음 내딛기로 결심했다. 끝까지 남아 있던 망설임을 털어내자, 이든의 손길이 물결을 타듯 빨라지기 시작했다.

"살이 조금 찐 것 같아."

평평한 배 위에 뜨거운 숨결이 느껴졌다. 그가 주는 감각에만 집중하고 있던 해문은 뒤늦게야 그가 한 말의 의미를 알고 항의의 의미로 신음을 나직이 뱉어냈다. 그가 웃는지 짧은 간격의 숨이 톡톡 배를 건드렸다.

입 안이 마른다. 해문은 여전히 배 위에 머물러 있는 이든의 목을 끌어당겼다. 순순히 끌려오는 이든이다. 몽롱해진 시선에 그의 얼굴이 들어찼다.

이든의 콧잔등에 송골송골 맺혀 있던 땀방울을 손가락으로 훔치자, 그가 그 손을 잡아챈다. 느린 움직임으로 그의 입술이 해문의 오른손 검지에 부딪친다. 그리고 중지와 약지, 소지(小指)로 그의 입술이 이동했다. 그 움직임을 시선으로 쫓던 해문은 입 안이 더 마르는 것을 느꼈다. 그의 입술이 머무르던 손가락을 빼냈다. 이든의 시선이 해문의 눈동자로 향한다.

"뭘 원해?"

나직한 음성이 해문에게 묻는다. 해문은 대답 없이 그의 입술이 닿았던 손가락을 자신의 입술 위로 올렸다. 그의 감각이 남은 손가락이 묘하게 뜨겁다. 이든의 눈빛이 짙어졌다.

감질날 정도로 느릿하게 그의 입술이 자신의 입술 위로 내려앉았다. 내려앉고서도 한참 동안 그는 가만히 있을 뿐, 움직일 생각을 하지 않았다. 그를 노려보자 그의 눈이 웃는다. 눈으로 왜 그러냐고 의문을 표시하자, 이든은 그저 웃는 눈만 보여준다. 해문에게 먼저 다가오라는 신호 같았다.

해문이 먼저 그의 입 안에 혀를 넣었다. 이든은 순순히 입을 열어 자신의 혀를 맞이했다. 단지 입만 열었을 뿐이다. 움직이지 않는 덕에 조바심을 이기지 못한 소심한 혀가 결국 먼저 움직였다. 뜬 눈 너머로 보이는 이든의 눈동자는 미미하게 웃음을 머금고 있었다.

끝까지 자신의 마음대로 움직이지 않는 그가 얄미웠다. 해문은 일부러 그의 입술을 깨물었다. 이든이 눈을 살짝 찡그렸다. 속이 시원한 것도 잠시였다. 이내 이든의 눈동자가 장난스레 변했다.

아주 잠시 해문은 괜히 건드렸다고 후회했다. 기다렸다는 듯 거친 물결처럼 밀려오는 그의 입술은 숨 쉴 겨를마저 주지 않았다. 그의 입술의 움직임을 겨우 좇으며 해문은 뜨고 있던 눈을 감았다.

모든 것을 집어삼키듯 이든의 혀는 거침없었다. 때로는 빠르게, 때로는 느리게 리듬을 타며 그는 자신의 입 안을 마음껏 헤집고 다녔다. 바람에 흔들리는 여린 나뭇가지처럼 해문은 흔들렸다. 멀어진 귓가로 그의 숨소리와 함께 침대의 삐걱거리는 소리가 들렸다. 이러한 평범한 소리도 상황에 따라서는 자극적으로 들릴 수 있다는 것을 새삼 절감한다.

잠시 다른 생각을 하는 해문을 알았는지, 이든이 거세게 그녀의 가슴을 움켜쥐었다. 아픔보다는 짜릿한 느낌이 더욱 강해 해문은 몸을 크게 떨었다. 떨림을 읽은 그의 손이 그녀의 가슴을 어루만진다. 발끝으로 짜릿한 감각이 퍼졌다.

그의 입술이 해문에게서 떨어졌다. 아쉬운 기분에 그를 잡으려 했지만, 이든은 자신의 목에 고개를 박고 있어 움직이려 하지 않았다. 목을 핥아 내리는 혀의 까칠한 느낌이 쇄골로 이어진다. 그가 쇄골을 깨물자, 밭은 숨이 터졌다. 잡을 것을 잃은 손이 허공을 떠돌다가 그의 등 위에 안착했다. 손바닥에 그의 단단한 등 근육이 잡힌다. 그가 주는 감각에 몸을 맡긴 채, 해문은 그의 등을 쓸어내렸다.

오랜만에 느끼는 그의 등은 여전히 단단했다. 그가 움직일 때마다 손바닥에 근육의 움직임이 잡힌다. 해문은 손가락을 세워 이든의 척추를 훑어 내려갔다. 이든이 몸이 티가 나게 움칠거렸다. 일부러 손톱 끝으로 척추를 긁어내리자, 그의 움찔거림이 더욱 커졌다. 참을 수 없는 즐거움에 까르륵 웃었다.

자신의 웃음소리가 못내 불만스러웠을까, 그가 덥석 유두를 깨물었다. 지금까지와 다른 커다란 쾌감이 온몸을 내달렸다. 주체할 수 없는 쾌감에 날카롭게 신음을 지르며 그의 등을 세게 껴안았다. 그러자 자신의 신음이 만족스러웠는지 유두에 그가 후, 바람을 분다. 그리고는 위로하듯 혀로 핥았다. 몸이 부르르 떨린다. 지금 해문이 할 수 있는 것은 숨을 쉬는 것뿐이었다.

그가 가슴에 몰두하고 있던 때, 해문은 천천히 그의 등을 매만지던 손을 내려 그의 엉덩이를 잡았다. 마치 그에 화답이라도 하듯, 그의 손이 자신의 허벅지 사이에 느껴졌다. 주체적인 생각을 하는 것처럼 그의 입술은 자신의 가슴에 있고, 손은 허벅지 주변을 맴돌았다. 한참 그렇게 주변을 탐색하던 그의 손이 이윽고 해문의 여성에 살며시 침입했다. 잠시 몸이 굳었지만, 가슴 위에 오가는 감각 덕분에 해문은 몸의 긴장을 떨쳐낼 수 있었다.

자신의 여성 위를 매만지는 느낌은 종전과는 또 다른 느낌이었다. 이 뒤에 찾아올 더 큰 쾌감이 무엇인지 알고 있기 때문이다. 허벅지 위로 간간이 부딪치는 그의 남성이 그러한 기대를 높게 부추겼다. 더 큰 쾌감을 바라는 몸이 부르르 떨었다.

돌연 그의 입술이 자신의 가슴에서 떨어지며 밭은 숨을 목에 쏟아냈다. 그리고 그가 몸을 살짝 일으켜 자신의 눈을 직시한다. 시선이 엉켰다. 본능적으로 이다음이 무엇인지 머리가 먼저 알아챘다. 순간, 시꺼먼 파도가 시야 가득 밀려왔다. 정체가 확연하게 보이지 않는 검은 파도는 처음엔 두루뭉술하더니, 점차 형태를 뚜렷하게 만들어갔다. 불쾌한 두근거림이 몽롱했던 정신을 뒤흔든다. 시야를 가득 채운 파도를 모르는 척하려 애써도 파도는 사라지지 않았다.

이든이 이마에 입을 맞추었다. 파도가 날카롭고 예리한 형태로 변해 찌릿하게 한다. 이마에서 얼굴을 떼어낸 이든이 자신을 보고 씩 웃자, 빛바랜 카페의 모습이 아렴풋하게 떠올랐다. 미간과 자신의 콧날을 따라 훑어 내려가는 입술의 움직임이 이상하게도 아련하게 느껴진다. 빛바랜 카페 안에 낯선 여자 둘이 흐릿한 모습을 나타냈다. 그의 입술이 자신의 콧등에 멈추었다. 귓가에 왁자글한 소리가 아련히 들리기 시작했다. 미소를 머금은 이든이 자신의 콧등을 살짝 깨물었다. 따끔한 아픔이 느껴지자, 서서히 알아들을 수 없던 소리가 말이 되어 청각에 도달했다.

"……열정적으로 날 사랑해 주더라고. 그…… 그 직전에 있잖아. 그러니까…… 말해? 내숭 까지 마, 너……. 아무튼 그때 이마에 키스를…… 달콤하게 말이야. 그러고는 눈을 마주 보면서 살짝 웃는데, 그게 꼭 솜사탕……."

끊어진 필름처럼 중간중간이 잘린 듣그러운 여자의 목소리였다.

"……그 다음…… 코에 키스를 살짝 깨물듯이 해주……."

들리지 않노라고 외쳐 보지만, 헛된 일이었다. 띄엄띄엄 들리는 말인데도, 이상하게 그 말은 선명한 흔적을 가슴에 새겼다.

"겨우 한 달 전의 일…… 어차피 그런 사람들하고 제대로 연애…… 가볍고 쿨하게 말이야.”

서서히 무형의 말들은 유형의 형태를 지니고 자신을 향해 다가오고 있었다. 날카롭게 변한 파도가 자신을 삼킬 듯 밀려온다. 도망치려 애를 써도 발목이 파도에 잡힌 듯이 빠지지 않았다. 이미 끝난 일이라고 외치며 해문은 빠지지 않는 발목을 빼고자 안간힘을 쏟았다. 이미 잊었는데 왜 이토록 가슴이 아린 것일까? 해문은 다가오는 파도의 망상에서 피하고자 거칠게 머리를 가로흔들었다.

“……아, 해문아!”

아련히 들리는 누군가의 목소리가 선명하게 들리자마자, 자신에게 엄습해 오던 파도가 순식간에 자취를 감추었다. 흐리멍덩한 눈을 몇 번 깜박거리자 흐릿하던 초점이 명확해지면서 이든의 얼굴이 보였다. 그의 얼굴이 보이자, 울컥 목구멍에서 정체 모를 덩어리가 밀려 나왔다. 눈시울이 화끈하다.

“해문아.”

자신을 부르는 이든의 부름에도 해문은 답할 수 없었다. 지금 입을 열면 커다란 덩어리가 왈칵 밖으로 쏟아질 것만 같았다. 밖으로 덩어리를 쏟지 않기 위해 입술을 세게 깨물고 있자, 이든의 손가락이 자신의 입술을 비집고 들어왔다.

“입술 다쳐.”

다정한 말투였다. 그게 마치 기폭제가 된 듯, 점점 몸이 차갑게 식어갔다. 조금 전까지 자신의 몸을 지배하던 쾌감도 흔적없이 사라졌다. 자신이 느끼는 것은 그의 몸이 주는 온기뿐이었다. 그 온기가 버거울 정도로 무겁다. 무거움에서 도망치고 싶었지만, 몸이 움직이지 않았다. 대신 해문은 고개를 돌려 그의 손가락을 입 밖으로 내보냈다.

"후유."

진득한 무게를 실은 한숨이 자신의 옆얼굴을 할퀴고 침대로 사그라졌다. 그 한숨은 몇 번에 걸쳐 자신의 얼굴을 가볍게 할퀴고 사라지는 것을 반복했다. 한숨이 침대로 사그라지는 것을 느낄 때마다 시야가 일렁거렸다. 파도가 이젠 눈으로 자리는 옮긴 모양이다. 해문은 눈을 질끈 감았다.

마치 암막으로 가려진 듯한 시야 너머로 그의 시선이 닿는 느낌이 들었다. 어쩐지 착잡한 느낌의 시선이라고 해문은 생각했다. 어차피 보이지 않는 이상, 이 모든 생각은 자신만의 착각일 가능성이 높았다. 무엇보다 그가 착잡할 이유는 끝까지 하지 못한 것에 대한 안타까움의 발로일 뿐, 그 이상도 그 이하도 아니었다.

숨통을 틀어막을 것 같이 무거운 침묵이 자신의 몸을 짓눌렀다. 들리는 것은 요란한 시계의 초침 소리와 나직한 그의 숨소리. 아무 말이나 해줬으면 좋겠다. 그러면 자신도 속 시원하게 무언가 토로할 수 있을 텐데, 그는 아무 말도 하지 않았다. 느릿하게 퍼지는 그의 숨소리만이 유일하게 느껴지는 그의 존재감이었다.

부스럭거리며 이든의 몸이 조금씩 떨어지는 게 느껴졌다. 이윽고 완전히 그의 몸이 떨어지자, 해문은 감고 있던 눈을 떴다. 침대가에 걸터앉는 그의 뒷모습이 보인다. 그의 단단한 등이 많은 말을 하는 것 같았으나, 단 한 마디로 알아들을 수 없었다.

자신이 가진 미약한 기대를 충족시킬 것은 아무것도 없었다. 오히려 얻은 것은 남아 있던 기대가 자신의 착각이었다는 확신에 가까운 생각과 허무함뿐이었다. 처음부터 하지 말 걸 그랬다. 뒤늦은 후회가 입 안을 서걱서걱하게 했다. 목구멍에는 커다란 덩어리가 당장에라도 터질 듯 울컥거렸다. 바보, 해문은 입안말로 자신을 향해 비아냥거렸다.

한참을 침대 가에 앉아 있던 그가 천천히 일어났다. 그는 부자연스럽게 걷고 있었다. 무슨 이유에서 저러는지 알았지만, 해문은 그 이유를 보지 않고 외면했다. 처음부터 하지 말아야 했던 것은 비단 자신에게만 해당되는 일이 아니었다. 자신과 이든은 다 바보였다. 어리석고 안일한 바보들.

문이 닫히는 소리가 들리고 뒤이어 물이 흐르는 소리도 났다. 그제야 해문은 침대에서 비틀거리며 몸을 일으켰다.

바닥으로 내려가 여기저기 놓인 옷을 주섬주섬 주워 입었다. 희한하게도 옷을 입을 때마다 시야의 일렁거림이 심해졌다. 그러한 느낌은 상의를 입자 더욱 심해져, 결국 뜨거운 액체를 한 방울 바닥으로 떨어뜨리는 결과를 초래했다. 무성의하게 눈가를 비비자, 손등에 상당한 액체가 묻어났다. 손을 바지에 문지르며 해문은 다시 침대에 몸을 뉘였다. 이불을 머리끝까지 올리고 옆으로 비스듬하게 누웠다.

한참을 그렇게 누워 있으니, 베갯잇이 축축하게 젖어 있었다. 고개를 살짝 옆으로 움직여 축축한 부분에서 도망쳤다. 그러나 그곳도 오래지 않아 다시 축축하게 변했다. 해문은 축축한 베갯잇에 얼굴을 비볐다. 쓰라릴 정도로 강하게 그렇게 비비고, 또 비볐다. 비빈 게 아픈 나머지, 흐느낌이 흘러나왔다.

너무 아파.

해문은 그렇게 중얼거리며 계속 베갯잇에 얼굴을 비볐다. 하지만, 제아무리 비벼도 얼굴의 쓰라림보다 보이지 않는 곳의 아픔이 더욱 심했다. 흐느낌은 자꾸만 입 밖으로 미미하게 흘러나오고 있었고, 방 밖에서 들리는 물소리는 끊이지 않았다. 깨져 버린 기대의 뒷맛은 읍읍불락했다.

그 일이 있고 난 뒤, 예전과 같은 훈훈한 공기는 203호 아파트 안에 존재하지 않았다. 다만, 생활은 이전과 똑같았다. 아르바이트를 마치고 나면 해문은 공원에서 시간을 허비하는 일 없이 바로 집에 돌아왔다. 돌아온 곳에는 TV를 보거나 음악을 듣고 있는 이든이 있었다. 돌아왔느냐고 인사를 하는 이든과 웃으며 가벼운 대화를 주고받았다. 해문이 학교의 과제를 하는 동안, 이든은 말없이 그의 일을 했다. 주말엔 해문은 평소대로 그와 한 끼를 같이 먹고 사진을 찍으러 외출을 했으며, 때때론 같이 시장을 보러 슈퍼에 가기도 했다.

표면적으로는 평온한 나날이 이어졌다. 그 안에 잠재한 깊은 골은 그 누구도 언급하지 않았기에 밖으로 표출되는 일이 없었다. 살얼음처럼 아슬아슬한 나날은 한동안 지속이 되었다.

몇 번의 낮과 밤이 지나가고, 달력의 10이라는 숫자가 11로 변했다.

피곤한 몸을 이끌고 열쇠로 문을 열던 해문은 묘한 기분에 고개를 갸우뚱거렸다. 문을 열고 나서야 해문은 그 묘한 기분이 무엇인지 정체를 알 수 있었다. 이든과 살기 시작한 뒤로 아르바이트를 끝내고 돌아온 집은 항상 밝았었다. 그러나 지금 해문의 아파트는 어두컴컴했다.

신발을 벗고 방으로 들어가 불을 켜자 텅 빈 방이 보였다. 항상 자신이 돌아오면 인사를 하던 이의 모습도, 바닥을 나뒹굴던 CD 플레이어도, 책상에 대충 놓여 있던 끼적거림이 가득한 노트도 없었다. 오시이레를 열자, 한쪽 구석에 자리 잡고 있던 검은 배낭이 보이지 않았다. 베란다 근처에 놓인 세탁 바구니에도 자신의 옷가지만이 있었다. 베란다의 건조대에도 거둘 시기를 놓친 자신의 옷만 널려 있었다.

베란다 문을 닫고 해문은 바닥에 털썩 앉았다. 고개를 휘휘 둘러보아도 걸리는 것이 없었다. 오로지 잘 개켜진 이부자리만이 아침과 같은 자리에 그대로 있을 뿐이었다.

혼자만 있는 방 안이 이상할 정도로 낯설었다. 해문은 멍하니 방 안을 훑어보았다. 아무리 보아도 사라진 것이 나타날 리가 없는데 자꾸만 살펴보게 된다. 그런 해문의 시야에 컴퓨터 모니터에 붙은 메모지가 보였다. 무릎걸음으로 기어가 메모지를 떼어냈다. 그 메모지의 내용을 눈으로 읽은 해문은 작게 웃음을 흘렸다.

〈촬영 때문에 귀국한다. 잘 지내. 그리고 숙제 잊지 마. 방세는 숙제를 끝내면 줄게.〉

그러고 보니, 이번 달 방세를 아직 못 받았다. 처음부터 한꺼번에 받아놓을 것을 그랬다고 해문은 중얼거렸다. 피식피식 웃음이 자꾸 흘러나온다.

"나도 참 바보구나."

언젠간 그가 떠날 것을 알고 있었다. 애당초 한정된 머묾이었다. 그에게 있어 도쿄는 잠시 머무는 공간이었다. 아는 사실인데, 왜 이렇게 가슴이 에이는 걸까?

"목욕하고 나서 옷 안 입고 나와도 되겠다."

작은 아파트는 이제 혼자만의 공간이었다. 자신이 무슨 짓을 하든, 그것을 방해할 이는 없었다. 그 사실이 기뻤다.

고개를 돌려 침대맡에 있던 오리 시계를 잡았다.

"너도 알람 시계로 다시 컴백이야."

아침마다 자신을 깨우던 목소리 대신, 오리의 울음소리를 들을 수 있게 되었다. 또한 약간의 늦잠도 잘 수 있을 것이다. 생리통으로 결석을 하고 싶을 때도 누군가의 눈치를 볼 일은 없다.

"아, 변기 커버도 신경 쓸 일이 없겠구나."

문득 이전에 변기에 빠졌던 일이 떠올라, 해문은 키득거렸다. 그때 자신이 한 말이 떠오르자 참을 수 없는 웃음이 입가에 번졌다. 하하, 하고 해문은 크게 웃었다. 그런데 이상한 일이다. 웃으면 웃을수록 얼굴이 축축하게 젖는다. 자꾸만 목구멍이 울컥울컥한다.

무릎을 꽉 끌어안고 고개를 파묻었다. 좁은 아파트가 공허할 정도로 넓게 느껴진다. 오랜만에 혼자만의 공간이 되어서 낯선 듯싶었다. 턱을 무릎에 올린 채 방을 둘러보자 자신의 아파트가 유난히 넓게 보였다. 가구의 배치를 바꾸지 않았는데도 그리 보였다. 내내 살던 공간인데도 그리 생각하자 득을 본 듯이 기분이 좋아졌다. 그래서 이렇게 기쁨의 눈물이 흐르는 것이다.

"이상하네."

제아무리 기쁨의 눈물이라고는 해도 쉽게 눈물은 멈추지 않았다, 게다가 아직은 아니라고 누군가 자신에게 속삭인다. 끝내지 못한 것을 끝내야 한다고 작은 존재가 떠들었다. 해문은 고개를 다시 무릎에 파묻으며 작은 존재를 무시했다. 끝난 일이다. 과거에 한 번 끝났고, 이번에도 또 끝났다. 두 번이나 끝났으면 더는 가망이 없는 일이다.

그가 있었다는 게 사막의 신기루처럼 아렴풋했다. 신기루의 환상. 본래 신기루의 환상은 볼 때는 행복할지 몰라도 그 자리에 도달한 이에게는 허무함만을 주는 존재이다. 그런 맥락에서 그에게 더없이 어울리는 표현이었다. 그는 자신에게 지나치게 쓴 환상이었다. 덕분에 자신은 허무함만이 남았다. 아니, 덜 받긴 했으나, 돈도 남긴 했다.

실소를 터뜨리며 해문은 무릎을 더욱 세게 끌어안았다. 약 이 개월 만에 자신의 아파트는 원래대로 혼자만의 공간으로 돌아왔다.

9. 주저(躊躇)

별다르게 큰일을 한 것도 없이 시곗바늘은 셀 수 없을 만큼 180도 회전을 했고, 11월도 끝자락에 도달했다. 늦가을의 양상을 보이던 거리는 어느새 겨울맞이에 몰입해 있었다. 그래 봤자, 한국의 늦가을과 별 차이가 없는 계절이다. 그나마 겨울이 코앞이라는 것을 느끼게 하는 것은 어느덧 길거리를 잠식한 크리스마스 장식이었다.

왁자글한 거리의 다양한 소음들과 눈을 자극하는 녹색, 붉은색의 장식들. 패스트푸드점 앞에 옹기종기 모여 앉아 수다를 떠는 교복 차림의 소녀들. 때르르르, 요란한 소리가 터져 나오는 사람이 꽉 찬 파친코 가게. 크리스마스 한정의 특별 세트를 판다고 쓰인 화려한 현수막과 그 아래를 한가롭게 거니는 사람들. 길바닥에 만화 잡지를 나열한 곳 앞에서 무엇을 살까 고민하는 남자들. 주변의 시선에는 아랑곳없이 자신들만의 사랑을 속삭이며 걸어가는 어린 커플.

카메라 뷰파인더 너머로 보이는 세상은 마치 이상한 나라 같았다. 자신은 아무 생각도 없는 것에 반해, 세상은 활기차 보였다. 꼭 자신이 서 있는 곳만 흑백인 듯한 느낌. 가슴 한구석을 서늘하게 만드는 무언가가 있는 듯한 느낌이었다. 해문은 그렇게 멍하니 뷰파인더를 보고 있었다.

톡톡, 자신의 어깨를 가볍게 건드리는 느낌이 들었다. 처음에는 그저 스쳐 가는 인파와 부딪친 것이라고 생각할 정도로 미약한 강도였지만, 차츰 건드리는 횟수가 늘어났다. 살짝 미간을 찌푸린 채 고개를 돌리자 낯익은 얼굴이 자신의 앞에 있었다. 이 사람이 여기 왜 있을까, 하고 해문은 멍하니 생각했다.

[괜찮아요?]

걱정스러움이 한껏 담긴 목소리. 해문은 여기 웬일이냐고 물으려다가 아차 했다. 자신은 애초 그와 같이 이곳에 왔다. 말실수를 하지 않아 다행이라는 생각이 드는 한편으로 정신을 어디에 두고 왔냐는 빈정거림이 자신의 머릿속에 떠올랐다.

[응, 괜찮아. 그냥 길거리를 찍는 게 좋아서.]

어물쩍거리며 대충 생각나는 핑계를 대자, 맞은편에 서 있던 히이라기의 얼굴이 기묘하게 일그러졌다.

[찍은 사진, 보여주겠어요?]

[에?]

그는 자신이 무어라 하기도 전에 카메라를 빼앗아갔다. 그러더니 익숙한 손놀림으로 버튼을 조작해 작은 LCD 창을 바라보았다. 워낙 빠르게 행동한 탓에 해문은 그를 말리거나 제지할 수 없었다. 뒤늦게 그의 손에서 카메라를 빼앗으려 하자, 히이라기가 혀를 끌끌 찬다.

[역시 한 장도 안 찍었네요.]

단정적인 그의 말투에 해문은 살짝 발끈하며 아니라고 항변하려 했다. 그러나 히이라기가 자신의 얼굴 앞까지 들이민 LCD 창에는 11월 초에 같은 반 아이들과 갔던 에노시마(江ノ島)의 [24]에노덴이 떠 있었다. 명백하게 드러난 증거 앞에서 해문은 말을 잃었다.

[요즘 이상해요, 해문 상.]

[이상하지 않아.]

계면쩍은 것을 숨기려 퉁명스레 말하며 해문은 카메라를 다시 손에 쥐었다. 촬영 모드로 돌리기 위해 버튼을 조작하다가 해문은 짧게 한숨을 쉬었다. 설마 11월의 초의 사진이 가장 최근 사진일 줄은 자신도 몰랐다. 내내 사진을 찍었다고 생각했는데, 안 그랬던 모양이다. 자신에게도 충격이었다. 그러나 해문은 그런 티를 안 내고자 일부러 크게 웃음소리를 내었다.

[내가 요즘 이 카메라를 좀 멀리했어. 로모로 찍는 게 더 좋더라고.]

[진짜요?]

----

[24]에노덴(江ノ電): 가마쿠라(鎌倉) 시내를 달리는 소형 간이 전철

의심스러운 히이라기의 질문에 해문은 옆에 메고 있던 가방에서 로모를 꺼내는 시늉을 했다.

[보여주면 되잖아. 아! 로모는 필름이라서 보여주지 못하지? 나중에 필름 현상하면 보여줄게.]

혀를 날름 내밀며 히히거리자, 히이라기가 설레설레 고개를 내저었다. 그러다가 자신을 보며 '나중에 꼭 보여주세요'라고 말한다. 그의 눈에는 여전한 의심이 엿보였지만, 굳이 그걸 더 캐물을 생각을 안 하는 듯싶었다. 해문은 그저 딴청을 피우며 웃음으로 어색함을 숨겼다.

[그럼 갈까요?]

카메라를 가방에 넣으며 히이라기가 어서 가자고 자신을 재촉한다. 해문은 그러자고 고개를 끄덕거리다가 그의 얼굴을 물끄러미 보았다. 정확하게는 그의 눈에서 시선을 떼어낼 수 없었다.

자신이 뚫어지게 보자 히이라기가 얼굴을 문지르며 눈가를 옆으로 길게 늘어뜨렸다. 히이라기의 눈을 본 순간, 웃음이 터질 듯 목구멍이 간질간질했다.

[제 얼굴에 뭐 묻었어요?]

[아니, 눈이…….]

해문은 거기까지 말하다가 입을 다물었다. 무심코 그의 눈매가 길다는 말을 하려고 했다. 누군가가 그 말을 하며 하하 웃던 게 자연스레 떠올랐다. 주먹에 힘이 들어간다. 해문은 카메라를 들어 자신의 얼굴을 가렸다.

[……25)(안)경을 쓰는 게 나을까 해서. 요즘 눈이 나빠진 것 같거든.]

적당한 말을 끼워 넣으며 해문은 일부러 셔터를 꾹 눌렀다. 찰칵 하는 경쾌한 소리가 울렸다. 잠시 걱정스러운 얼굴을 했던 히이라기도 이내 표정을 바꿔 손가락으로 V를 만들어 해맑게 웃어 보였다. 피식 웃으며 해문은 셔터를 누르려고 했다. 그때, 요란한 북소리가 아련히 들려왔다. 환상처럼 히이라기의 뒤로 삼바 의상을 입은 사람들이 흐릿하게 지나쳐 갔다. 그리고 서서히 히이라기의 얼굴이 다른 얼굴로 변하기 시작했다. 셔터 위에 올려놓은 손가락이 파르르 떨었다.

[해문 상?]

힘주어 셔터를 눌렀다. 찰칵 소리가 아련히 들리던 북소리를 사라지게 했다. 멀쩡한 척, 침을 삼키며 해문은 버릇처럼 손을 움직여 방금 찍은 사진을 LCD 창에 띄웠다.

[이상한 얼굴이야, 히이라기 군.]

장난스러운 말투로 말하며 해문은 히이라기의 앞에 카메라를 들이밀었다. 내내 자신을 살피던 히이라기도 이상한 얼굴이라는 말에 놀란 듯 LCD 창을 노려본다. 그가 사진을 보는 사이, 해문은 숨을 깊게 내쉬며 북받쳐 오르던 감정을 억누르기 위해 안간힘을 썼다.

---

25)앞서 해문이 말한 '눈이'와 뒤이어 말한 '……(안)경'은 일본어로 '目(め)が-메가-'의 앞 발음과 안경을 의미하는 '眼鏡(めがね)-메가네-'의 'ね(네)'를 이어 말한 것임

[이상하지 않은데요? 잘 찍혔는데, 거짓말만 하고.]

[그래? 내 눈에는 이상하게 보였는데.]

[이상한 건 해문 상이죠. 오늘 진짜 이상해요.]

[이상하지 않다니까.]

변명이다. 그의 말대로 오늘의 자신은 이상했다. 아마도 오랜만에 번화가에 나와 그런 것이라고 자기변명을 하지만, 학교가 있는 곳은 시부야의 번화가였다. 매일 인파를 헤치고 학교에 가는 주제에 번화가가 낯설다는 것은 언어도단이다. 왜 이러는 걸까, 해문은 자문을 했다. 하지만 돌아오는 답은 없었다. 쓰디쓴 웃음이 입 밖으로 흘러나온다.

해문은 말없이 카메라를 돌려받아 어깨에 걸쳤다. 그러고는 자신이 지을 수 있는 가장 편한 표정을 한 채 히이라기에게 그만 가자고 말했다. 의문스러운 히이라기의 눈빛이 자신을 살핀다. 무언가 말을 하려는 듯 히이라기는 입을 열었다가 입술만 달싹거리며 다물기를 반복했다. 아까처럼 실없는 말이라도 하면 그가 편해지겠지만 그럴 여력이 없었다. 지금은 태연히 웃는 것만으로도 버거웠다.

단 한 마디의 대화도 없이 묵묵히 걷다가, 돌연 히이라기가 손뼉을 쳤다. 그를 의아하게 바라보자, 조금 전과는 다르게 밝은 표정의 히이라기가 한 곳을 가리켰다. 히이라기가 가리키는 곳은 횡단보도 앞에 있는 작은 레코드점이었다. 말없이 눈으로 왜 그러느냐고 묻자, 히이라기가 자신을 끌어당긴다.

[왜 그래?]

[이 노래요. 우와, 정말 오랜만에 듣네요.]

십 년 만에 만난 친구를 반색하는 표정의 히이라기가 우스꽝스럽다. 아마도 그는 이 어색함을 타개할 묘책으로 저 들리지도 않는 노래를 선택한 듯싶었다. 그의 노력이 가상해 노래를 듣고자 집중을 해봤지만, 근처 생활용품 판매점의 확성기 소리 때문에 들리지도 않았다. 아무래도 가게 앞까지 가야 들을 수 있을 듯싶었다.

요란한 앨범 포스터로 장식된 레코드점 앞에 가자, 히이라기가 지적한 노래가 겨우 들렸다. 가냘픈 여자의 목소리로 주변의 소음 탓에 잘 들리지 않았다. 하지만 히이라기는 잘 들리는 모양이었다.

[이 노래 알아?]

[제가 중학생 때 나왔던 노래예요. 이 오래된 노래를 여기서 듣게 될 줄은 몰랐어요.]

[그렇게 오래된 노래라고? 이 레코드점 주인의 취향이 오래된 모양이네.]

[그런 것 같죠?]

해죽해죽 웃으며 히이라기는 노래를 따라 흥얼거렸다.

[누구 노래인데?]

[아, 그러니까. 누구더라?]

고개를 갸웃거리며 가수 이름을 기억해 낸다고 안간힘을 쓰는 히이라기였다. 해문은 숨죽여 웃으며 그의 어깨를 토닥거렸다. 애써 찾아낸 묘책인데, 안됐다. 모르는 척해주는 게 낫겠다 싶어, 해문은 그렇게 궁금하진 않다고 말했다. 그러나 히이라기는 반드시

가수의 이름을 기억해 내고 말겠다는 듯, 오른쪽 위를 올려다본
다.

[야쿠쇼 코지(役所廣司) 씨가 나온 드라마의 주제가였는데. 가수
이름이 뭐더라? 드라마 제목도 기억하는데.]

[야쿠쇼 코지라면 쉘 위 댄스에 나왔던 그 배우 맞지?]

[네, 저 야쿠쇼 코지 씨의 팬이거든요. 헤헤.]

히이라기는 볼을 긁적거리며 웃었다. 대충 아무 노래나 잡은 게
아니라 진짜 아는 노래였나 보다. 내심 미안한 생각이 들었으나,
굳이 입 밖으로 그 말을 하진 않았다. 그때 내내 잘 들리지도 않던
노래의 가사가 들렸다.

"私の淋しい氣持ちは明日には消えるもの(내 외로운 기분은 내일
이면 사라질 거야)."

자신도 모르게 들리는 가사를 그대로 따라 했다. 휭, 찬바람이
가슴속을 서늘하게 가로지른다.

[뭐라고 했어요?]

[취향 이상하다고. 아오이 유우(蒼井優)가 아니라 야쿠쇼 코지의
팬이라니.]

빈정거리며 해문이 키득거리자, 히이라기의 볼이 살짝 붉어졌
다. 볼을 손가락으로 긁으며 그저 팬이라고 작게 항변했다. 서늘
한 가슴속과 달리 입은 자꾸 웃음을 만들었다. 다행이라고 생각하
며 해문은 히이라기의 어깨를 툭 쳤다.

[야쿠쇼 코지의 팬 씨, 우리 그만 갈까요?]

[놀리시는 거죠?]

아니라고 손사래를 흔들며 해문은 하하 크게 웃었다. 그러자 더욱 난감한 얼굴이 된 히이라기가 얼굴을 붉힌 채 야쿠쇼 코지가 얼마나 연기를 잘하는 배우인데 그러냐고 구시렁댔다. 그의 이야기를 한 귀로 듣고 한 귀로 흘리며 해문은 건성으로 '그래, 그래' 하고 대꾸를 했다. 점점 히이라기의 볼이 크게 부풀어 올랐다. 덕분에 해문은 편히 웃을 수 있었다.

레코드점에서 떨어져 횡단보도 앞으로 가는 동안, 아까의 그 노래의 가사가 다시 들렸다. 한 번 들리자, 희한하게도 그 노래만이 자신의 귀에 선명하게 들리고 있었다. 어쩌면 반복되어 나오는 가사가 많은 노래라서 그럴지도 모른다. 해문은 그중에 여태껏 뇌리에 남아 있던 가사를 작게 입 안으로 되뇌었다.

"あなたに會えない夜でも大丈夫 大丈夫(당신과 만날 수 없는 밤에도 괜찮아, 괜찮아)."

여전히 야쿠쇼 코지의 연기력에 대해 말하기에 바쁜 히이라기는 자신의 중얼거림을 듣지 못했다. 해문은 다시 그 가사를 곱씹으며 하늘을 올려다봤다. 올려다본 하늘은 눈물이 날 정도로 새파랬다.

"지금은 大丈夫, 大丈夫(괜찮아, 괜찮아)."

때마침 신호등의 색이 파란색으로 바뀌었다. 해문은 가슴이 부풀 정도로 크게 숨을 들이켠 뒤 고개를 내렸다. 북적거리는 인파 사이에서 히이라기는 반 이상 횡단보도를 건넌 채 어서 오라고 손을 흔들고 있었다. 그를 향해 간다고 고개를 주억거리며, 끝난 일에 연연하는 것을 지금으로 끝내자고 해문은 작게 다짐을 했다.

한결 가벼워진 표정으로 해문은 카메라 가방의 끈을 고쳐 멨다. 걸어가는 해문의 머리 위로 구름 한 점 없는 하늘이 바람을 따라 흐르고 있었다.

굳게 닫힌 문을 열자, 따뜻한 온기가 얼굴에 닿았다. 무성은 겨울 따위 질색이라고 투덜거리며 종종걸음으로 대기실로 들어갔다. 나름대로 난방이 잘되는 대기실인데도 바깥과의 온도 차가 워낙 큰 탓에 오들오들 몸이 떨렸다. 겨울 따위 사라졌으면 좋겠다.

있는 대로 입술을 삐죽거리며 무성은 할로겐 히터 앞에 몸을 끼워 넣었다. 옹기종기 모여서 몸을 녹이던 인물들이 불청객인 무성을 향해 불만을 토로한다. 무성은 가볍게 주먹을 내밀고 눈을 약간 부라렸다. 그러자 불만의 소리가 바로 자취를 감추었다.

역시 이럴 때는 폭력이 최고다. 무성은 싸움을 조금 할 듯한 자신의 얼굴에 감사하며, 따뜻한 온기를 만끽했다.

오들오들 떨던 몸이 가라앉고 이제야 살 것 같다는 생각이 들자, 대기실의 풍경이 눈에 들어왔다. 아직 시간적 여유가 있어 그런지, 대부분은 자거나 게임에 삼매경이었다. 그중 무성의 시야를 잡은 것은 한쪽 구석에 앉아 무언가를 보는 이든이었다.

한동안 일본에서 머물렀던 이든은 귀국하기가 무섭게 매니저에게 여권을 빼앗겼다. 일언반구 없이 일본에 간 괘씸죄와 그가 또 일본으로 튈 것을 걱정한 매니저의 처사였다. 그런데 이든은 강하게 반발하지 않았다. '이것도 나쁘지 않겠지' 라고 알 수 없는 말을 한 뒤, 조용히 지냈다. 덕분에 다른 의미로 매니저는 안절부절못했다. 사실, 그것은 이든이 일본에 간 이유를 대충 짐작하고 있는 자신에게도 의아한 일이었다.

솔직히 무성은 이든에게 묻고 싶은 것이 차고 넘쳤다. 일차적 궁금증은 일본에 간 일의 결과였다. 그녀의 주소를 알아봐 준 공이 있기에, 적어도 자신에게만은 말해줄 것이라고 믿었다. 그러나 이든은 어떠한 설명도 해주지 않았다. 결국, 기다림에 지쳐 묻자 '글쎄'라는 모호한 답을 해 궁금증을 더욱 높이는 결과를 초래했다. 아무래도 일본에서 지내는 사이, 음험하게 변한 것 같다고 무성은 확신했다.

그건 그것이고, 지금 무성의 호기심을 건드리는 것은 이든이 혼자 보고 있는 것이었다. 책이나 휴대전화 같아 보이진 않았다. 제법 거리가 있어 정확하게 보이지는 않았지만, 어쩐지 종이 같았다. 무성은 검지와 엄지를 부딪치며 턱을 치켜들었다.

딱 걸렸다, 최이든!

"형, 뭘 그렇게 열심히 보고 있어?"

일부러 등 뒤에서 그를 껴안으며 양손을 움직이지 못하게 꽉 잡았다. 이든이 다른 손으로 보고 있는 것을 재빨리 가렸지만, 반 이상 드러나 있었다. 반짝반짝 빛나는 재질의 저것은 종이가 아니라 사진이다. 무성은 이든의 손 안에 있는 사진을 먹음직스럽게 쳐다보았다.

"아무것도 아니야."

"에이, 손 뒤에 숨긴 거 사진 맞잖아. 뭔데, 뭔데? 무슨 사진을 그렇게 혼자만 보고 있는 건데? 혹시 일본 가서 예쁜 여자 사진이라도 가져온 거야? 응? 그런 거구나!"

의도적으로 주변에 다 들리게끔 큰 목소리로 말하며 이든의 손을 펼치기 위해 힘을 줬다. 하지만 아무리 힘을 줘도 이든은 손을 치우지 않았다.

이 인간, 더럽게 힘세네.

"그런 거 아니니까 상관 마."

"어허, 아니라면서 왜 안 보여주는데? 진짜 여자 사진 아니야? 오올, 어떤 여자인데 그렇게 감추냐고."

각자의 일에 빠져 있던 사람들의 시선이 몰리는 게 느껴졌다. 이든도 주변의 시선을 눈치 챘는지, 표정이 딱딱하게 굳었다. 평소라면 이든의 표정에 지레 겁을 먹고 발을 뺐겠지만, 이렇게 시선이 집중된 상황에서 이든이 할 수 있는 것은 없었다. 그 사실을 잘 알고 있기에 무성은 목청을 높이며 어서 보여달라고 이든을 종용했다.

"아무것도 아니면 그냥 보여주면 되잖아. 자꾸 감추면 이상하다는 걸 증명하는 거라고."

"아무것도 아니라면 아닌 거야. 지무성, 힘 빼."

"어허, 이렇게 버티는 주제에 그런 말을 하면 내가 믿을 거 같아! 안 그래?"

어느새 근처에 호기심 가득한 눈을 한 사람들이 몰려와 있었다. 무성은 주변에 있던 사람들에게 눈짓으로 동의를 구했고, 흥미로운 눈을 한 몇몇이 이든의 다른 팔을 잡았다. 그중에는 로드 매니저인 철호도 있었다. 이든이라면 껌뻑 죽는 철호도 호기심을 못

이긴 모양이었다. 역시 인간의 호기심이란 두려움을 이기는 존재이다.

"철호, 너까지!"

"형, 죄송해요. 하지만 궁금한 걸요."

"음하하하. 자, 반항은 이제 그만 하시지. 딱 잡혔어."

다른 사람들의 도움 덕에 몸놀림이 가벼워진 무성은 이든의 앞에 서서 크게 외쳤다. 그러자 코디네이터 중 한 명이 사악해 보인다고 비아냥거렸다. 무성은 그 코디네이터를 향해 사납게 눈을 부라린 뒤, 여전히 힘을 빼지 않고 있는 이든의 손으로 팔을 뻗었다. 딱딱하게 굳은 표정을 하고 있던 이든은 더 이상은 무리라고 생각했는지 서서히 손에서 힘을 빼기 시작했다. 의기양양한 얼굴로 무성은 이든의 손에서 사진을 꺼내 위로 치켜들었다.

"I win! 예!"

조금 전에 무성에게 사악해 보인다고 한 그 코디네이터가 이번엔 바보 같다고 중얼거리는 게 들렸다. 성질 같아서는 더욱 사납게 노려보고 싶었지만, 무성은 참았다. 그렇게 궁금해하던 사진을 손에 넣었는데 엉뚱한 곳에 시선을 둘 시간이 없었다. 기대감으로 부푼 가슴을 부여잡고 무성은 천천히 사진을 펼쳤다.

"허어!"

"뭔데, 대단한 사진이야?"

호기심에 사로잡힌 인간들이 하나둘 모여, 무성이 보고 있던 사진에 시선을 집중한다. 그들의 시야에 들어온 건 손가락으로 V 자를 만들며 빙긋 웃고 있는 이든의 상반신 클로즈업 사진이었다.

잠시간의 정적이 대기실에 흘렀다. 이든은 머리카락을 쓸어 올리며 혀를 끌끌 차고 있었다.

"뭐야, 이거!"

"에이, 진짜 아무것도 아니잖아."

"그럼 그렇지. 이든 형이 누구처럼 이상한 사진 볼 사람도 아니죠."

호기심에 사로잡혔던 사람들의 시선은 금세 무성을 향한 질타의 시선으로 변했다. 이든이 숨기고 있던 게 별것이 아니라는 사실을 알자, 다들 흥미를 잃고는 괜한 일로 호들갑이라며 무성을 탓했다. 자신도 흥미로워했던 주제에 철호는 이든이 무성처럼 이상한 사람이겠느냐고 빈정거렸다. 이미 무성의 주변에 모여 있던 사람들은 원래의 자리로 돌아간 지 오래였다. 홀로 남은 무성은 계면쩍은 얼굴로 툴툴거렸다.

"제기랄, 누가 자기 사진을 몰래 볼 줄 알았겠냐고?"

혼잣말을 하는 무성에게 아무도 관심을 표하지 않았다.

같이 동조해 놓고, 치사한 인간들.

구시렁대는 무성의 곁으로 이든이 다가오더니 사진을 빼앗아갔다. 무성은 무척 억울했다. 이 억울한 마음을 풀 곳이 필요했다. 엄연히 자신도 피해자다.

"형, 왕자병이야?"

"그건 너겠지."

이든은 약간 구겨진 사진의 끝을 손으로 피며 건성으로 대답했다. 멀리서 누군가 '맞아요' 하고 소심하게 동의의 의견을 말했다. 누군지 뻔해 무성은 아까부터 거슬리는 말을 하는 코디네이터를 힘껏 노려봤다. 하지만 그 코디네이터는 다른 곳을 바라보고 있었다. 속이 부글부글 들끓는다.

"아무튼, 왜 형 사진을 몰래 보는 건데!"

"몰래 보지 않았어."

"아무튼, 왜 형 사진을 보냐고!"

"내 얼굴 내가 보는 게 문제 있는 거야?"

그건 그렇다. 본인의 얼굴을 본인이 보는 것이 법에 저촉되지는 않는다. 할 말이 없었다.

"그, 그래도 누가 자기 얼굴 클로즈업 해놓은 걸 뭐 좋다고 진지하게 보겠어! 얼굴에 뽀루지가 났나 확인해 보는 것도 아니면서 말이야. 게다가 그 촌스러운 V는 또 뭔데! 형, 진짜 왕자병 맞지? 그렇지!"

"왕자병은 너라니까."

"아이, 누가 그 얘기 했어! 내 말은 거울을 보면 될 일을 가지고, 뭐 때문에 그렇게 열심히 사진을 봤냐고 묻는 거잖아. 어우 씨, 답답해 미치겠다."

"보이는 것만이 전부는 아니야."

"에? 이건 또 뭔 헛소리야?"

"심심한가 보구나? 그러니까 자꾸 헛소리를 하는 거겠지. 내가 노래 알려줄까?"

사진은 조심스럽게 주머니에 넣으며 이든이 말했다. 뜬금없는 이든의 제안에 무성은 의아하게 그를 바라보았다. 툭, 이든이 무성의 이마를 친다.

"일본에 있을 때 배운 노래인데, 꽤 재미있는 노래더라고. 어차피 우리 내년에 도쿄에서 프로모션 할 거잖아. 그때 네가 이 노래 불러주면 일본 팬들이 좋아서 까무러칠 걸."

귀가 솔깃한 말이었다. 안 그래도 요즘 들어서 일본어를 배우라고 매니저가 성화였다. 공부와는 담을 쌓아놓고 사는 편이라 내내 무시했었지만, 일본어 노래를 한 곡 정도 배울 의사는 있었다. 하지만 이든이 먼저 가르쳐 주겠다고 나선 것이 께름칙했다.

"형이 부르면 될 걸 가지고 왜 나한테 알려준다는 건데? 설마 이상한 노래는 아니겠지?"

"이상한 노래를 팬 앞에서 부르라고 하겠냐? 난 다른 노래 이미 배웠어. 어떡할래? 배울 거야, 말 거야?"

"누가 알려줬는데?"

무성의 질문에 이든이 미묘한 표정을 지었다. 거기서 무성은 감을 잡았다.

"난수 형이구나? 일본 가서 난수 형이랑 만났어?"

"으응."

"난수 형이 형에게 알려준 곡이라면 좋은 노래겠군. 난수 형이 형은 좋아하잖아, 난 싫어하지만."

무성은 자신이 연기를 한다고 했을 때, '네놈이랑 내 인연은 여기서 끝이다' 하고 길길이 날뛰던 난수를 떠올렸다. 연기 문제로 무성과의 관계는 소원해졌지만, 이든과는 여전히 연락을 주고받으며 지낸다고 알고 있었다. 따라서 난수가 이든에게 이상한 노래를 알려줄 가능성은 희박했다.

"뭐 어쨌든, 배울 거야?"

약간 찜찜한 표정을 한 이든이 의심스럽기는 했지만, 난수가 노래를 가르쳐 준 장본인이라면 걱정을 하지 않아도 될 것이다. 게다가 같은 그룹인데 설마 그가 이상한 노래를 알려줄 리도 없었다. 결정을 내리고 무성은 고개를 크게 끄덕거렸다. 배워서 손해 보는 일은 없다.

"응, 알려줘."

"제목은 타누키 송이야."

"타무, 타무키?"

"아니, 타누키. 일본어로 너구리라는 말이야."

"아하, 너구리 송! 그런 노래도 일본에 나왔어?"

"정식으로 앨범이 발매된 건 아니고, 일종의 민요라고 할까? 부자(父子) 너구리의 가벼운 산책을 노래한 거야. 리듬이 그 너구리 게임 있잖아. 그거랑 같아."

"오, 너구리게임! 나 그거 좋아했는데! 아주 마음에 들어! 굿! 좋아, 좋아."

무성이 좋다고 손뼉을 치자, 이든이 비시시 웃었다. 그러더니 이내 조용한 목소리로 '타누키 송'이라는 것을 부르기 시작했다. 듣고 보니 이든의 말대로 너구리게임의 리듬과 같았다. 일본의 가요가 아닌 민요를 일본 팬들 앞에서 보일 일을 생각하니 벌써부터 기대가 되었다.

"리듬은 기억했지? 가사 적어줄 테니까, 한번 외워봐."

"형, 고마워. 나중에 팬들이 좋아하면 형이 알려줬다고 내가 말해줄게."

"그럴 것까진 없어."

손사래를 흔들며 이든은 종이에 노래의 가사를 적었다. 과하게 친절한 이든의 행동에 무성은 '이 형이 이럴 때도 있구나' 하고 속으로 감탄했다. 일본에서 뭐 좋은 것을 잔뜩 먹고 왔는지 인간이 착해졌다. 이든이 음험해졌다고 생각했던 건 아무래도 착각인 듯싶다.

가사를 다 쓴 종이를 이든이 주자, 무성은 하나하나 곱씹으며 노래를 흥얼거렸다. 낯선 언어이지만, 리듬이 낯익은 덕에 쉽게 부를 수 있을 것 같았다. 가사도 나중에 일본어를 아는 사람에게 물어서 해석해 완벽하게 외우자고 무성은 결심했다.

한참 가사를 외우며 노래를 부르고 있는데, 아까의 그 코디네이터가 웃지도 울지도 못하는 표정으로 서 있는 게 보였다. 내내 빈정거리더니, 자신이 일본어 노래를 부르는 것마저 못마땅한 모양이었다. 무성은 일부러 크게 콧방귀를 뀌고 한결 더 크게 노래를 불렀다. 옆에서는 이든이 낄낄거리며 웃고 있었다. 흘깃 이든을 보자, 계속 노래를 부르라는 듯 손짓을 했다.

"노래 잘 부르네."

"내가 목소리가 좋긴 하지."

고개를 끄덕거리며 이든은 리듬에 맞춰 손뼉을 쳤다. 덕분에 노래를 부르는 게 더 수월해졌다. 역시 일본에서 좋은 것을 잔뜩 먹고 오거나, 보고 온 게 틀림없다고 무성은 재차 확신을 했다.

노래를 부르는 것에 열중한 무성을 남겨두고 이든은 대기실 밖으로 발걸음을 옮겼다.

복잡하게 사람들이 오고 가는 복도를 물끄러미 보고 있자, 누군가 그를 툭툭 건드린다. 고개를 돌리자, 대기실에서 내내 무성을 향한 소심한 불만을 토로하던 그 코디네이터가 있었다. 이든은 아까 무성이 노래를 부를 때, 그녀가 키득거리며 웃던 것을 기억했다.

"저기, 저 노래 가사요."

주저하는 게 역력하게 입을 여는 그녀의 표정은 꽤 눈에 익었다. 그녀가 일본어를 할 줄 안다는 것을 어렵지 않게 눈치 챌 수 있었다. 이든은 검지를 입술 위에 올리며 한쪽 눈을 찡끗했다.

"쉬."

"아, 네. 알겠습니다. 쉬."

눈치 빠르게 이든의 속셈을 알아챈 그녀는 실실 웃으며 고개를 끄덕거렸다. 그녀의 눈에서 장난스러운 기색이 읽혔다. 아무래도 무성은 그녀에게 은근히 미움을 받는 모양이다. 어차피 이든이 상관할 일은 아니었다. 열린 대기실에서 무성이 노래를 크게 부르는 게 들렸다. 자꾸 막을 수 없는 웃음이 입 밖으로 흘러나오고 있었다. 코디네이터가 대기실로 돌아가자 무성의 노랫소리도 더는 들리지 않았다. 이든은 입가에 떠 있던 미소를 지웠다.

난방이 잘되는 대기실과 달리 복도는 싸늘했다. 간간이 인사를 하며 지나치는 스텝 사이를 한가롭게 거닐며 이든은 어둑해진 창밖으로 시선을 돌렸다. 크리스마스가 코앞이라 그런지, 잎사귀 하나 없는 나무에는 작은 전구가 빛을 밝히고 있었다. 아렴풋하게 캐럴이 들려온다.

이든은 고개를 올려 깜깜한 하늘을 올려다보았다. 별도 보이지 않을 만큼 깜깜한 밤이 왠지 답답하게 느껴진다.

"밀크 티 마시고 싶다."

혼잣말을 중얼거리며 이든은 자신이 시선이 도달하지 않을 먼 하늘을 멍하니 보았다. 별이 잘 보이지 않는 서울의 하늘이 유난히 갑갑했다.

"5, 4, 3, 2, 1. 新年, 明けましておめでとうございます(새해, 복 많이 받으세요)."

감격무지한 목소리로 크게 외치는 사회자의 등 뒤에는 00:00이라는 숫자가 크게 떠 있었다. 금세 화면은 열광하는 사람들로 바뀌더니, 다시 아이돌 가수들의 모습을 보여주었다. 다들 새해가 된 것이 기쁜 듯 흥분한 표정이었다. 와와, 시끄러운 소리가 좁은 아파트 안에 울려 퍼진다. 리모컨의 볼륨 부분을 눌러 해문은 TV 소리를 죽였다.

해문은 아까부터 연결이 되지 않는 휴대전화를 찡그린 얼굴로 노려보고 있었다. 11시 55분부터 시도했는데도 열두 시를 넘긴 뒤에도 전화는 여전히 연결되지 않았다.

결국, 해문은 휴대전화의 폴더를 접으며 짧게 혀를 찼다. 아무래도 부모님은 일찌감치 잠이 든 듯싶었다. 하나밖에 없는 딸이 외국에서 새해 인사를 하겠다고 이토록 노력을 하는 것도 모르고, 꿈나라로 깊은 여행을 간 게 분명했다. 조금은 섭섭했다. 외국에서 혼자 보내는 첫 새해인데, 누구에게도 새해 인사를 하지 못했다는 것이 약간은 쓸쓸했다.

크게 한숨을 내쉬고 해문은 북적거리는 TV 화면을 보았다. 추위를 잊은 듯, TV 속의 사람들은 열광적이었다. 노래를 부르며 폴짝폴짝 뛰는 가수의 얼굴은 땀으로 범벅이었다. 보고 있는 것만으로도 추워져, 해문은 이불 속에 몸을 더 파묻었다. 혼자라서 그런 것인지 새해의 시작부터 마음이 서늘했다.

딩동.

초인종의 소리가 울린 것은 다른 채널에서는 뭐 하나 싫어 하릴 없이 리모컨을 누르던 때였다. 이 시간에 찾아올 이가 없는데 이상했다. 자신의 집에 올 만한 친구들은 한국에 일시 귀국을 했거나, 아르바이트 중이었다. 그런 해문의 심정도 모른 채, 초인종은 어서 문을 열라고 재촉하고 있었다. 불현듯 한 사람이 떠올랐다. 처음도, 두 번째도 뜬금없이 나타났던 사람이다. '어쩌면'이라는 불가능한 기대가 고개를 내민다.

주춤거리며 해문은 느리게 문 앞으로 다가갔다. 초인종은 여전히 울리고 있었다. 저도 모르게 침을 꼴깍꼴깍 삼켰다.

"후유."

짧은 심호흡을 하곤 해문은 걸쇠를 돌렸다. 누구냐고 물어봐야 한다는 생각이 잠시 들었으나, '어쩌면'이라는 기대는 그러한 염려마저 사라지게 하는 위력을 가지고 있었다. 천천히 걸쇠를 돌려 문을 열자, 불쑥 사람의 형체가 등장했다. 아니, 사람이 아니라 사람의 모습으로 변신한 너구리다.

"²⁶⁾あけ, おめ(아케, 오메)!"

기대감으로 부풀었던 가슴이 순식간에 사그라졌다. 기대가 있던 자리에 새롭게 나타난 것은 짜증이었다. 해문은 말없이 열었던 문을 다시 닫고자 문고리를 잡았다. 하지만 너구리의 행동이 더 빨랐다.

[아이고, 추워라. 얼른 들어가자.]

거리낌없이 당당하게 집 안으로 뛰어들어 가는 너구리, 이가라시였다. 황당하면서도 짜증이 났다. 그러다가 피식 웃고 말았다. 이 시간에 자신을 찾아올 것이라는 기대 자체가 말도 안 됐다. 불가능하다는 것을 뻔히 알면서, 그럴 이유가 없다는 것도 알면서, 그런 생각을 품은 자신은 바보에 지나지 않는다. 씁쓸하게 웃으며 해문은 차가운 문에 몸을 기댔다. 식혀야 할 곳은 몸이 아니라 가슴과 머리였지만 아무래도 좋았다. 다만, 이미 집에 들어간 불청객이 소리를 지르는 바람에 오래 버틸 수가 없었다.

[으엑! 어째서 이 집은 바깥보다 더 추운 건데?]

불만스러운 말투를 들으며 해문은 고개를 살살 흔들었다.

[해문 상, 어서 문 닫아. 이러다가 소바가 얼음이 되겠어.]

[네, 네.]

[네는 한 번만!]

너구리다운 말투에 해문은 크게 웃으며 차가운 바람이 부는 바깥과 집을 단절시켰다. 끝까지 남아 있던 기대라는 이름의 쓸모없는 감정도 밖에 버린 채, 해문은 문을 잠갔다. 방에 들어가자 이가

---

26)あけ, おめ: 明けましておめでとうございます(새해 복 많이 받으세요)의 줄임말

라시가 침대에 있던 이불과 전기장판을 바닥으로 내린 후 이불을 뒤집어쓰고 있었다. 살짝 아파오는 머리를 검지로 누르며 해문은 자포자기의 웃음을 흘렸다. 혼자 보내는 것보단 비록 반갑지 않은 인물일지라도 둘이서 보내는 게 낫다. 새해니까 말이다.

[연말에는 역시 [27]도시코시 소바를 먹어야 해.]

작은 상 위에 소바가 담긴 그릇을 놓고 이가라시는 젓가락으로 면을 흔들고 있었다. 멍하게 있는 해문에게 이가라시는 어서 먹으라고 시늉을 했다.

[이미 1월 1일이에요.]

은근히 싫지 않았지만, 일부러 퉁명스럽게 말했다. 물론, 자신이 이렇게 말한다고 이가라시가 눈이라도 깜짝할 이는 아니다.

[이거 만든다고 시간이 지나 버렸어. 그래도 이왕 만든 거니까, 연말이라고 생각하고 먹어.]

직접 만든 모양이다. 편의점에서 파는 여느 소바와는 다르다고 생각했지만, 직접 만들었을 것이라곤 생각지 못했다. 의외의 능력을 가졌다. 해문은 약간 감탄한 눈으로 그녀를 보았다.

[나 요리가 특기야. 이외에도 다른 특기도 많지만, 요리를 가장 잘한대. 어쨌든 남기지 말고 다 먹어. 남기면 금전운이 나쁘다고 하거든.]

감탄했던 마음이 싹 사라져 버렸다. 양도 많지 않은 것을 다 못 먹을 리도 없는데, 하는 말이 참 예쁘다.

끌끌 안 들리게 혀를 차며 해문은 그릇을 들었다. 만든 사람의

---

27)도시코시 소바(年越しそば): 12월 31일에 새해를 맞이하며 먹는 국수

성의도 있고, 먹을 것이 눈앞에 있으니 배가 고팠다. 그녀가 직접 만들었다는 게 께름칙하긴 했으나, 어차피 위장에 들어가면 다 똑같다. 그러한 생각으로 맛을 본 국수는 그럴듯한 모양새에 걸맞게 맛도 괜찮았다. 다시금 감탄의 눈으로 그녀를 보자, '특기라니까'라고 말한다. 여하튼 귀여운 구석이 없다. 그래도 맛이 좋기에 해문은 군소리하지 않고 소바를 먹었다.

두 사람이 내는 후루룩 소리와 왁자글한 TV의 잡음이 아파트 안을 떠다녔다.

새해의 첫 식사를 성공리에 끝낸 뒤, 이가라시는 후식으로 귤을 꺼냈다. 이제야 알았는데, 이가라시의 옆에는 정체불명의 큰 바구니가 있었다. 소바를 꺼낸 곳도 그 바구니였다. 귤과 소바. 다음에는 무엇이 나올지 자못 궁금했다. 어쩌면 저 바구니는 만화에서나 나올 법한 마술 바구니일지도 모르겠다는 생각마저 들었다. 우주에서 온 변신 너구리이니 마술 바구니가 있어도 이상하지는 않다. 아무래도 이상한 것은 이런 엉뚱한 생각을 하는 자신인 듯싶다.

[아, 맞아. 깜빡 잊고 있었어.]

정성을 들여 귤껍질을 벗기던 이가라시는 돌연 손뼉을 치며 바구니 안에 손을 집어넣었다. 진짜 마술 바구니인가? 묘한 기대가 생긴다. 마음 같아서는 바구니 안에 뭐가 있는지 직접 꺼내고 싶었다.

한참 바구니 속을 뒤적거리며 이가라시는 고개를 갸웃거렸다. 도대체 깊이가 얼마나 되기에 저리도 못 찾는 것일까? 점점 마술 바구니일 가능성이 높아지고 있다.

[앗, 이거야!]

드디어 목적한 것을 찾아낸 이가라시가 눈을 반짝거렸다. 그녀는 천천히 바구니에서 손을 빼냈다. 덩달아 해문도 기대에 찬 눈으로 그녀의 손에 시선을 집중했다.

[짜잔, 선물!]

꽤 거창한 말과 달리 그녀가 꺼낸 것은 작은 상자였다. 희한하게도 그 상자는 자신이 일본에 오던 때, 그에게 돌려보냈던 상자와 묘할 정도로 닮아 있었다. 분명 한국의 그가 가지고 있을 상자와 닮은 것은 우연이라고 치부하기엔 꽤 께름칙했다. 더욱이 전달자가 이가라시라는 것 역시 그런 사실에 뒷받침이 되었다.

꺼림칙한 표정을 숨기지 않은 채, 해문은 이가라시가 건네주는 상자를 받았다. 무게마저 똑같은 느낌이 든다. 의아하게 그녀를 보자, 반짝거리는 눈빛이 자신을 반색한다. 어서 열어보라는 눈빛이었다. 열기 싫었다. 상자를 열어 내용물을 확인하는 게 해문은 두려웠다.

잠시 해문과 이가라시 사이에 무언의 눈싸움이 벌어졌다. 해문의 불만스러운 눈빛과 이가라시의 부담스럽게 반짝거리는 눈의 대결이었다. 길지 않은 시간 동안 나름대로 치열했던 눈싸움의 결과는 눈도 깜박거리지 않은 이가라시의 승리였다. 패배자 해문은 께름칙한 마음을 그대로 드러낸 채 상자를 열었다. 상자 안에는 에메랄드 색의 가죽 끈이 달린 직사각형의 시계가 있었다. 이가라시가 환호를 한다.

[역시 시계였어. 에르메스의 시계라니! 비싸 보여, 디자인도 예쁘고. 좋은 시계네.]

열광을 하며 이가라시는 시계를 꺼내 여기저기 살폈다. 그녀도 메이커를 유난히 좋아하는 일본인인 모양이었다. 해문은 손에 들고 있던 상자를 바닥에 내려놓고 입술을 깨물었다. 예상은 했지만 진짜 그 시계일지는 몰랐다. 그가 가지고 있어야 할 시계가 왜 이가라시의 손을 거쳐 돌아온 것일까? 뒤늦게 해문은 이든과 이가라시의 사이에 모종의 일이 있었음을 짐작했다.

[이거, 그가 주었죠?]

[응. 한국으로 돌아가기 전에 줬어. 그런데 도통 해문 상을 만날 수 없어서 말이야. 어쨌든, 새해 선물로는 딱이지?]

상당히 마음에 드는지 시계를 여기저기 살펴보는 이가라시였다. 솔직히 예쁜 시계인 것은 맞다. 메이커 물건에 별다른 관심이 없던 자신조차 첫눈에 반한 예쁘고 비싼 시계였다. 그에게 돌려보낼 때도 혹시 모를 일에 대비해 일부러 허름한 상자로 다시 포장을 하기까지 했었다. 그런 애물단지가 다시 자신에게 돌아왔다. 머리가 지끈지끈 울린다.

[이 시계, 원래 해문 상 것이었어?]

달가워하지 않는 자신의 기색을 눈치 챘는지 이가라시가 의아하게 묻는다.

[제 것은 아니지만, 제가 쓰던 것은 맞아요.]

굳이 이가라시에게 이런 말을 할 필요는 없었다. 하지만 지금 해문은 속이 너무 답답했다. 조금 전에 먹은 소바가 뒤집히기라도 한 듯, 속이 부대꼈다. 눈치없기로는 둘째가라면 서러울 이가라시도 이번에는 조용했다. 해문은 바닥에 있는 상자를 툭 밀었다.

[왜일까요? 왜 이 시계가 다시 돌아온 것일까요? 끝났으니까 내 것도 아니라서 돌려보낸 것인데, 그는 왜 이걸 돌려준 것일까요? 이젠 끝났는데. 솔직히 아무것도 모르겠어요.]

참담한 심정을 토로하며 해문은 무릎을 끌어안았다. 겹친 팔에 얼굴을 올린 채, 해문은 바닥에 놓인 상자를 지그시 응시했다.

[이 시계, 내가 가질까?]

[네?]

[그렇게 싫은 시계라면 다른 사람이 가지는 게 좋지 않아?]

[그거야…….]

말을 끝맺지 못하고 있자, 이가라시가 시계를 자신의 앞에서 흔들었다. 시계추처럼 가로흔드는 시계를 해문은 눈동자로 좇았다. 이가라시의 입이 작은 웃음소리를 내뱉었다.

[안 돼?]

[그건 제 것이 아니라, 그의 것이에요. 그러니까 제가 준다고 해서 될 게 아니에요.]

[그가 해문 상에게 주라고 나한테 준 건데도?]

[그렇다고 해도 제 것이 아닌걸요.]

[역시 해문 상은 일을 어렵게 생각하려고 하는 편이네. 단순하게 생각하면 될 텐데.]

해문은 그녀의 말을 듣자마자 피식 웃었다. 단순하게 생각하는데도 이 모양이다. 너무 단순하기 때문에 우렁잇속 같은 이든의 속내를 읽을 수 없었다. 어렵게 생각하는 게 차라리 나을 것이라는 생각이 든다.

[그가 싫어?]

어느새 시계를 바닥에 내려놓고 새로운 귤의 껍질을 벗기며 이가라시가 물었다.

[글쎄요.]

답이라 하기에는 어려운 말을 하곤 해문은 바닥에 놓인 시계를 상자에 다시 넣었다.

[그럼, 그가 좋아?]

상자의 뚜껑을 닫던 손길이 살짝 떨렸다. 일부러 마른기침을 하며 해문은 아무렇지 않은 듯이 표정을 꾸몄다.

[내가 보기엔 답은 이미 나왔는데.]

[답이요?]

[응, 너무 뻔한 답이 난 보이는걸.]

먹던 귤이 시었는지 표정을 살포시 일그러뜨린 이가라시는 여전히 태평했다. 해문은 기가 찼다. 뭐가 답이 다 보인다는 소리인가? 기가 차니 허탈한 웃음밖에 나오지 않았다. 이가라시는 사람을 기가 막히게 하는 특기도 있는 듯하다.

[아무것도 모르는 주제에 그렇게 쉽게 말하지 말아줄래요?]

[때론 아무것도 모르는 사람의 눈에 더 잘 보이는 답이 있게 마련이야.]

[그렇다면, 그 답이 무엇인데요?]

해문은 대답을 하라고 그녀를 재촉했다. 상대가 다른 이였다면 나올 대답을 미리 예상이라도 하겠는데, 상대가 이든 못지않은 우렁잇속 이가라시인 덕에 예상이 불가능했다. 자신이 재촉을 했는데도 이가라시는 느릿하게 다른 귤의 껍질을 벗기고 있었다.

[유키에라고 불러주면 말해줄게.]

한참 뜸을 들인 뒤에 나온 말은 정말 너구리다운 대답이었다. 생게망게하기로는 그녀만한 이도 없겠다는 걸 재차 절감했다.

[지금 이 일과 그게 무슨 상관이 있는데요?]

[불러주면 말해주고, 안 불러주면 말 안 할 거야. 난 아무 손해가 없어. 자, 얼른 불러봐. '유키 짱' 하고 말이야. 어서.]

완전 배짱이다. 눈앞에 있는 여자가 우주에서 온 변신 너구리라는 사실을 잠시 간과했다. 불퉁스럽게 그녀를 바라봐도, 돌아오는 건 편한 표정의 이가라시였다. 마음대로 채널을 돌리며, 연말이라고 해도 TV에서 하는 프로그램은 다 똑같다는 말을 하는 그녀의 자세는 흡사 자신의 집에 있는 것 같았다. 슬슬 속이 비틀린다. 어차피 그녀의 입에서 나오는 대답을 기대해 봤자, 별것이 없을 터였다. 너구리에게 많은 걸 바라는 것 자체가 어리석은 일이다. 그런데도 해문은 그녀가 말한 '답'이라는 걸 알고 싶었다. 아무것도 모르는 이에게 보이는 답을 자신을 알 수 없기에, 해문은 입술을 깨문 채 심호흡을 길게 했다. 아쉬운 건 자신이다. 방법이 없다.

[유, 유……. 후유, 유키에 상, 이제 말해줄래요?]

겨우 입 밖으로 이름을 내뱉고 나니, 별로 어려운 일도 아니었다는 생각이 들었다. 그냥 쉽게 말할 것을, 무엇 하러 고민을 했나 싶었다.

['상'이 아니라 '짱'을 바랐는데. 하지만 해문 상으로서는 꽤 노력을 한 것 같으니까 용서해 줄게. 앞으로 항상 유키 짱이라고 불

러야 해.]

당장 없던 일로 돌리고 싶은 마음을 꾹 누르고 해문은 억지웃음을 지은 채 그러겠노라고 고개를 끄덕거렸다. 만족스럽다는 게 다 보이는 얼굴로 이가라시가 웃었다.

[나한테 보이는 답은 아까도 말했지만, 너무 뻔한 답이야.]

또 뜸을 들이려는지 잠시 말을 멈추며 귤을 입에 쏙 넣는다. 입에 들어간 귤을 빼앗고 싶은 마음이 들었으나, 해문은 애써 자신을 다독였다.

[돌려주었는데 다시 돌아왔다는 말은 원래부터 내 것이라는 말이잖아. 그러니까 다시 돌아온 거야.]

생각보다 더욱 뻔한 답에 어이가 없었다. 해문은 바닥에 놓인 시계 상자를 툭 건드리며 입을 열었다.

[아까도 말했지만, 이건 제 것이 아니에요.]

[하지만 그가 다시 주었잖아.]

[그렇다고 해도 제 것이 아니라는 사실은 변하지 않아요.]

[하지만 그는 그게 그의 것이 아니라고 생각하니까 돌려준 거 아니야?]

같은 말이 계속 반복되고 있었다. 한 치의 물러섬도 없이 각자의 말이 옳다고 하는 통에 대화가 이뤄지지 않았다. 아니, 정확하게는 음악의 도돌이표처럼 자꾸 대화가 원점으로 돌아갔다. 심신이 지친다. 해문은 고개를 설설 흔들며 됐다는 제스처를 보이려고 했다.

[해문 상, 이상해.]

이상한 건 이가라시다. 바닥으로 한숨을 내쉬며 귤 하나를 잡아 껍질을 벗기기 시작했다. 그녀의 말도 안 되는 소리를 듣느니, 귤을 먹는 게 낫다.

[돌려주었더니 돌아왔고, 헤어졌다고 믿었는데 다시 나타났다면 옛날이랑 바뀐 게 없다는 말이 아닌가? 난 그렇게 보이는데, 왜 해문 상에게는 그렇게 안 보이는 거지?]

고개를 갸웃거리며 몇 개째인지도 모를 귤을 먹는 이가라시였다. 해문은 그녀가 한 말 중 한 부분이 자신의 가슴에 탁 걸리는 것을 느꼈다. 이 바보 같은 남자가 할 말, 안 할 말도 가리지 않고 다 말한 모양이다. 얼마나 친하기에 그런 말까지 했단 말인가! 표정이 저절로 일그러졌다.

[그가 그래요? 우리 헤어졌다고요.]

심기가 불편한 목소리로 말하자, 느닷없이 이가라시가 손뼉을 짝 친다.

[역시 옛 남자 친구였어!]

뜬금없는 그녀의 확신에 찬 발언을 듣자, 해문은 비로소 깨달았다. 소가 뒷걸음질 치다가 쥐를 잡은 형국이었다. 아니, 너구리가 뒷걸음질 치다가 해문을 잡았다. 아찔하게 현기증이 일어났다. 너구리를 집에 들이는 게 아니었다.

[아니, 옛 남자 친구가 아니라 지금도 이겠지?]

[아니요. 옛 남자 친구가 맞는 말이에요. 이미 헤어졌거든요.]

왜 이런 말까지 해야 하는지는 모르겠으나, 틀린 것을 맞는다고 할 수도 없고, 무엇보다 헤어진 것은 사실이었다. 그런데 이상하게 그 말을 하는 순간, 가슴이 턱 막혔다. 일부러 마른기침을 하며 해문은 까던 귤을 다시 깠다.

[지금 해문 상의 표정 정말 이상해. 헤어지지 않은 걸 헤어졌다고 우기는 것 같아.]

[시계 이야기 하고 있지 않았어요? 시계 이야기나 계속하죠.]

[시계나 그나 같다고 생각하는 주제에.]

깊은 생각 없이 툭 던진 말이지만, 그 말이 해문의 가슴에 콕 박혔다. 그녀의 말대로 시계나 이든이나 자신에겐 같았다. 부담스러운 존재들. 어찌해야 좋을지 판단이 서지 않는 존재들. 가슴이 답답하고 무거운 무언가가 어깨를 짓누르는 것 같다. 바보, 바보. 허무한 혼잣말이 하릴없이 자신의 머릿속을 배회했다.

[나는 우주에서 온 변신 너구리라서 모든 걸 알아.]

돌연 생게망게한 말을 하더니 벌떡 자리에서 일어나는 이가라시였다. 그러더니 마치 슈퍼맨처럼 두 팔을 높게 치켜들곤 '변신!' 하고 외치며 빙그르르 제자리를 돌았다. 몇 번 돌더니만, '귤 파워가 모자라서 변신이 안 돼'라며 껍질 채 귤을 먹으려 한다. 이 엉뚱한 여자를 어찌 하면 좋을까? 입가를 비집고 나오는 작은 웃음이 점차 크게 변하다니 종국엔 너털웃음으로 변했다. 하하, 눈물이 날 정도로 해문은 크게 웃었다. 웃음 덕분에 흘러나온 눈물 한 방울이 자신의 볼을 가로질렀다.

자신이 크게 웃는 것을 지켜보는 따뜻한 시선이 느껴졌다. 해문은 눈가를 손으로 문지르며 그녀를 보았다. 어느새 자리에 앉은 이가라시는 조금 전에 껍질 채 먹으려던 귤을 까고 있었다.

"戀に師匠なし (코이니 시쇼우나시: 사랑에 스승이 없다)."

이가라시는 귤을 까느라 노랗게 변한 손끝으로 시계 상자를 톡톡 쳤다.

[어차피 해문 상은 내가 이런 말 하지 않아도 다 알고 있잖아.]

[과연 그럴까요?]

상자를 들자, 실제로는 가벼운 편인데도 무겁게 느껴졌다. 상자를 열어 안에 있는 시계를 물끄러미 보았다. 문득 처음 시계를 그에게 받던 날이 떠올랐다. 표면적으로는 부담스럽다고 하면서도 당시 자신은 마냥 기뻤었다. 그랬던 게 이젠 퇴색이 된 과거가 되어, 진득한 무게가 되었다. 자조적인 웃음이 흘러나왔다.

[우주에서 온 변신 너구리가 보장해.]

여전히 이상한 소리를 하는 이가라시였지만, 해문은 그녀가 고마웠다. 반갑지 않은 불청객에 하는 말은 엉뚱하기 그지없다고는 해도, 때론 그런 이가 도움이 되기도 한다. 비록 너구리라는 게 께름칙하지만, 너구리이기에 이런 말을 자신에게 해주었을지도 모를 일이었다. 그녀의 태평양같이 넓은 오지랖이 해문은 고마웠다.

[고마워요, 유키에 상.]

[이번에는 마음이 좀 들어가 있네.]

지지 않고 나오는 그녀다운 대답에 해문은 배시시 웃었다. 머릿속은 여전히 복잡했지만, 가슴은 한결 가벼웠다. 해결된 것도, 해결책도 보이지 않는 건 변함이 없다고 해도, 적어도 한 가지를 깨달은 덕이었다. 그녀의 말대로 변한 것은 처음부터 존재하지 않았을지도 모른다. 헤어짐도, 끝났다고 믿었던 사랑도 전부 자신이 만든 벽으로 가리워져 잠시 안 보였을 뿐일지도 모른다.

어쩌면 이든은 그걸 자신에게 알려주려고 한 게 아닐까? 숙제의 답도 그게 아닐까 싶었다. 물론 그에게 확인을 받기 전엔 확실할 것이 없었지만, 적어도 해문은 그렇게 생각했다.

창밖의 어둠에 둘러싸인 새벽하늘을 바라보며 해문은 조금은 편안한 미소를 지었다. 손끝이 닿아 있는 곳에는 시계 상자가 놓여 있었다. 무의미하게 들려오는 TV의 잡음과 깔깔거리고 웃는 이가라시의 웃음소리가 해문의 귓가에 들려왔다. 조금은 마음이 편한 새해의 시작이라 중얼거리며 해문은 시계 상자를 손으로 덮었다.

[어머, 귤이 다 떨어졌잖아. 해문 상이 다 먹은 거지?]

[전 하나밖에 안 먹었어요.]

[거짓말. 그러면 나머지는 다 어디로 사라진 건데!]

[…….]

[뭐야, 그 눈은! 역시 해문 상이 다 먹은 거지?]

[아까 대화 내내 먹었던 사람은 제가 아닌 이가라시 상이거든요. 그 앞에 놓인 귤껍질을 보세요. 누가 해놓은 것인지.]

[해문 상이 먹고 이곳에 둔 거 아니야? 난 귤 별로 안 좋아해서 많이 안 먹는단 말이야.]

[별로 안 좋아한다고 믿기 어렵네요.]

[거짓말만 하고. 그런데 지금 해문 상, 날 이가라시라고 불렀지? 그렇지?]

[……부르지 않았습니다.]

[얼굴에 이미 다 드러났어. 자, 벌칙 받아야지.]

[벌칙이라니. 그런 법이 어디에 있어요!]

[여기 있어. 아, 그래! 노래 불러. 이왕이면 너구리의 노래로 말이야.]

[부르고 싶지 않아요. 그런 가사의 노래를 누가 부릅니까!]

[노래를 모르진 않는구나. 그럼 불러. 벌칙이니까 불러야 해.]

[안 불러요.]

[부르지 않으면 너구리한테 저주받을 거야.]

[그러고 보니까, 진짜 너구리예요?]

[그건 국가적인 비밀이야. 뭐 노래를 부른다면 알려줄 생각은 있어.]

[전혀 안 궁금해요. 그러니까 안 부를 겁니다.]

[내숭 떨지 말고 얼른 불러. 귀엽지 않아.]

[절대 싫어요.]

따뜻한 온기가 가득한 좁은 아파트에 시답잖은 대화가 오고 갔다. 서로 퉁명스러운 말투로 대하고 있었지만, 두 사람의 얼굴에는 잔잔한 미소가 떠 있었다. 창밖으로는 새벽이 새롭게 맞이할 아침을 조용히 준비하고 있었다.

10. 회귀(回歸)

기내의 중앙을 차지한 커다란 모니터에 안내자막이 뜨기 시작했다. 딩동 하는 소리와 동시에 안전벨트 착용을 권하는 표시등에 불이 켜졌다. 고개를 돌려 바라본 조그만 창문 밖으로는 구름 사이에 가려진 서울의 모습이 나타나고 있었다. 만 일 년 만에 해문은 한국에 돌아왔다.

수많은 인파의 물결을 헤치고 나온 인천공항은 일 년 전과 달라진 것이 없었다. 적지 않은 시간이라 생각했던 나날이 한순간이었을지도 모른다는 생각이 들었다. 하지만 그 생각도 잠시였다. 어느새 자신을 발견하고 다가오는 부모님의 모습에서 해문은 일 년이 흘렀다는 것을 절감하고 말았다.

길지도, 짧지도 않았을 그 일 년 동안 부모님의 얼굴에는 세월의 흐름이 묻어 있었다. 애써 태연한 표정을 꾸미고 있었지만, 눈시울을 붉게 물들인 어머니의 눈가에는 세세한 주름이 작년에 비해 늘어나 있었다. 왠지 눈물이 나올 것만 같았다. 아침에 웃으며 전화를 했던 사이인데도 막상 얼굴을 보니, 눈가가 뜨거워졌다.

"다녀왔어요."

울먹거리는 목소리를 억누르며 말하자, 어머니는 잘 돌아왔다며 해문의 어깨를 끌어안았다. 약간 말라 버린 듯한 어머니의 작은 등을 껴안고 해문은 소리없는 끄덕거림으로 대답을 대신했다. 아버지는 이미 해문의 짐 가방을 움켜쥐고 죽다 살아온 것도 아닌데 난리라는 표정을 짓고 있었다. 하지만 그 눈에는 일 년 만에 돌아온 딸을 향한 따뜻함이 그대로 녹아 있었다.

주름만 약간 늘었을 뿐, 속은 그대로인 부모님의 품에서 해문은 한국에 돌아왔다는 것을 실감했다.

공항의 주차료가 얼마나 비싼 줄 아느냐는 아버지의 구박에 겨우 포옹을 풀고 해문은 부모님과 함께 인천공항 밖으로 나갔다. 지잉 하고 자동문이 열리자, 겨울의 한기를 그대로 담고 있는 싸늘한 바람이 해문을 반겼다. 3월의 중반인데도 한국은 겨울의 풍경을 간직하고 있었다. 간간이 보이는 푸른 새싹만이 봄이 가까이 왔음을 외롭게 주장하고 있었다.

사람이 참 간사하다는 생각이 들었다. 작년까지만 해도 이 정도의 날씨가 따뜻하다고 여겼을 터였겠으나, 지금은 춥기만 했다. 불과 일 년 만에 도쿄의 날씨에 적응해 버린 몸이 해문은 무척 간사하다고 생각했다. 그렇다 한들 저렇다 한들, 추운 것은 사실이었다. 종종걸음으로 어서 차로 가는 해문의 눈가에서 이미 눈물은 사라져 있었다.

표면적으로 3박 4일 일정의 일시 귀국인 덕에 해문의 하루하루는 시간의 촉박함을 여실하게 느낄 정도로 바쁘게 흘러갔다. 오랜만에 만나는 친구들과의 회포도, 어머니의 성화로 가게 된 한의원과 친지들을 만나는 자리까지, 24시간이 모자를 정도로 바쁘게 매일을 보내야 했다. 사진을 찍고자 들고 왔던 카메라 가방은 켜켜이 먼지가 쌓인 채 구석에 있었다. 이러한 바쁨은 표면적으로 돌아갈 날이 임박했어도 여전했다.

내일이면 간다고 알고 있는 어머니는 내심 섭섭한 마음을 숨길 수 없었는지, 내내 부엌에서 나오지 않았다. 타지로 떠날 딸에게 손수 만든 김치라도 들려 보내야 한다며 늦은 시각에 김치를 만들고 있었다. 사먹으면 된다는 말에도 어머니의 손맛이 담긴 김치가 최고라는 그 말에 해문은 울며 겨자 먹기로 들고 가겠노라 약속을 했다. 남은 일정 동안 저 김치를 보관할 일 때문에 눈앞이 깜깜했다. 어차피 해문이 자초한 일이었다.

멍하니 앉아 어머니가 김치 담그는 모습을 보던 해문은 자꾸 미안한 마음이 드는 것을 애써 참아야 했다. 원래 일주일 일정으로 온 것이라고 이제라도 실토하고 싶었지만, 그럴 수 없었다. 해야 할 일이 있어 돌아온 것이기에 그 일을 위해선 참아야 했다. 딸은 키워봤자 소용이 없다는 옛 어른의 말이 잠시 해문의 뇌리를 스치고 지나쳐 갔다. 씁쓸한 웃음과 무거운 마음이 기분을 저조하게 만들었다.

어머니를 보고 있다가 죄책감에 불쑥 실토할지 몰라, 해문은 혼자 떠들고 있던 TV로 시선을 돌렸다. 때마침 TV에서는 연예 프로그램이 한창 나오고 있었다.

—네, 이번에 저는 한참 새 앨범을 녹음 중인 멋진 남자들, OX를 만나고 왔습니다. 국내 최고의 작곡가들과 함께 최고의 앨범으로 만들기 위해 비지땀을 흘리고 있는 그 열기의 현장으로, 저와 함께 조금 있다가 가시죠.

여자 리포터의 말이 끝나자, 남자 리포터가 한창 촬영 중인 영화 현장에 다녀왔노라, 시끄럽게 떠들었다. 해문은 피식 웃었다. 마치 짜 맞춘 듯한 타이밍에 보게 된 그와 관련한 뉴스. 이렇게 타이밍을 맞추기도 어려울 것 같았다. 어쩌면 일본에 있는 이가라시가 자신의 흔들림을 눈치 채고 요술을 부렸을지도 모른다. 문득 그녀라면 충분히 그럴 수 있을 것이라는 막연한 생각이 들었다.

'조금 있다가' 라고 표현한 말과 달리, 그는 몇 개의 코너가 끝나고서야 모니터에 나타났다. 약간 마른 듯한 그 얼굴은 마지막으로 봤을 때에 비해 조금 더 깨끗해진 것을 제외하면 바뀐 게 없었다. 조금은 장난스러운 표정으로 멤버들과 티격태격하며 리포터의 질문에 대답하는 그의 여전한 모습. 그는 변하지 않은 채, 그 자리에 그대로 있었다.

방으로 돌아와 책상 서랍에 넣어두었던 시계를 꺼냈다. 반질반질한 유리를 엄지로 문지르다가 다시 서랍에 넣었다. 그런 뒤 해문은 크게 숨을 내쉬며 입술을 옹그렸다. 어차피 그러기로 마음을 먹었다. 이제 와서 돌이키기엔 늦었다. 양 주먹을 불끈 쥔 채 기합을 넣었다. 죄책감이나 그런 건 이제 버리자, 하고 속으로 다짐을 했다. 마음먹은 일을 해결해야 앞서 나가는 게 가능하다. 언제까지 이렇게 미적미적한 마음으로 지낼 수는 없지 않은가?

방구석에 놓인 짐 가방을 담담히 바라보며 해문은 깊게 심호흡을 했다. 내일, 모든 것이 종착점에 도착할 것이다. 그게 자신에게 이로울지 어떨지는 몰라도 적어도 자신의 어정쩡한 마음은 귀결이 날 것이다. 벽에 걸린 시계와 해문의 마음은 내일을 향해 열심히 달리고 있었다.

어느 나라에 가도 하늘은 같은 색이다. 서울의 하늘도 도쿄의 하늘과 다르지 않았다. 맑은 하늘에 비해서 공기는 차가웠지만, 그것은 그것대로 반가운 일이었다. 안 그래도 어머니가 준 김치를 그대로 들고 있어야 했는데, 날이 더웠다면 김치가 폭삭 익어버렸을 터였다. 차라리 추운 게 낫다고 자위하며 해문은 옷깃을 바짝 세웠다. 입술을 타고 나가는 하얀 입김이 공중에서 산화되어 사라져 갔다.

공항까지 같이 가겠다는 어머니를 극구 만류하고 해문이 찾아온 곳은 이든의 오피스텔이었다. 이미 이사를 갔을 가능성도 있고, 그가 오늘 내에 이곳에 온다는 보장은 없었지만 해문에게 유일한 선택은 이것뿐이었다. 물론 이든에게 직접 연락하거나, 그의 지인에게 연락을 하는 방법도 있긴 했다. 그러나 해문은 그의 연락처를 지운 지 오래였고, 이제 와서 그의 지인에게 연락하는 건 왠지 겸연쩍었다. 'Surprise!' 하고 그를 놀래주고 싶은 소소한 소망도 있다는 건 부인하지 않겠다. 과연 그가 자신을 보고 놀랄까 싶지만, 어차피 기다릴 각오로 온 곳이었다.

오피스텔의 입구가 잘 보이는 곳에 자리를 잡고 뚫어지게 입구만 바라보았다. 처음엔 오피스텔의 로비에서 기다릴 생각이었지만, 죄를 지은 것도 없는데 검은 양복 차림의 보안 요원의 시선을 받는 게 께름칙했다. 그게 싫어 해문은 무작정 밖에 나와 있었다. 시간은 이제 오후 네 시. 하늘은 투명할 정도로 맑았고 소소리바람은 매섭기만 했다. 이러다가 얼어 죽는 건 아니겠지, 하고 애먼 생각이 들 정도로 날은 추웠다. 꽃샘추위라 부르는 날씨는 사람을 미치게 하기 딱 좋았다.

"이럴 줄 알았으면 밤 비행기라고 할 걸."

덜덜 떨리는 입으로 투덜거려 보지만, 자신이 사서 하는 고생이었다. 근처 카페나 얼굴에 철판을 깔고 안에서 그를 기다려도 되지만, 그사이에 그가 오지 말라는 법이 없었다. 누구를 원망할 일이 아니었다.

MP3 플레이어에서 흘러나오는 노래를 흥얼거리며 가방 주변을 맴도는 것도 지겨워졌다. 가만히 있는 것보단 사진을 찍는 게 나을 것 같아, 말라비틀어진 나뭇가지도 여러 각도로 몇 십 장을 찍었고, 구름 한 점 없는 하늘도 수없이 찍어댔다. 그러고도 시간이 가지 않아, 한 손에는 짐 가방을, 다른 한 손에는 어머니가 준 김치 꾸러미를 들고 편의점에 가서 라면을 먹으며 시간도 때웠다. 오피스텔의 보안 요원에게 의심의 눈초리를 받은 것은 이미 셀 수 없었다. 고장 난 시계처럼 시간은 더디기 짝이 없었다.

땅거미가 진 뒤에도 오피스텔의 입구에는 이든의 머리카락 한 올도 보이지 않았다. 차츰 해문은 나타나지 않는 이든을 욕하기에 이르렀다. 미리 약속을 한 처지도 아니었지만, 그가 미웠다. 미운 짓만 골라서 하는 그가 자신이 이곳에 있다는 걸 알고 그런다고 생각하기까지 했다. 사람이 미치는 것은 한순간이라고, 해문은 추위도 사람을 미치게 할 수 있다는 것을 몸소 체험해야 했다.

시간은 하염없이 더디게 흘렀다. 간간이 나타나 의심의 눈초리를 보내던 보안 요원도 이제는 포기했는지 보이지 않았다. 하늘에는 이름 모를 별이 떴고, 반 토막으로 잘린 달도 있었다. 언젠간 오겠거니, 자포자기한 해문은 몸을 최대한 웅크린 채 주저앉아 이러다 죽으면 내일 뉴스에는 나올까? 하고 엉뚱한 생각만 하고 있었다. 시곗바늘은 숫자 12에 도착해 있었다.

"어이, 어이."

구세주의 목소리가 들린 것은 해문의 머릿속에서 유서 작성이 다 끝났을 때였다. 오래 기름칠을 하지 않은 것처럼 삐걱대는 고개를 들어보니, 어둠에 가려진 한 남자가 보였다.

"아."

누군지도 모르지만, 해문은 일단 대답의 의도를 가진 신음을 뱉어냈다. 보이지도 않는 얼굴을 바라보려 고개를 들고 있는 게 피곤해 해문은 일단 편한 위치로 고개를 내렸다.

이름 모를 상대의 하반신이 시야에 들어왔다. 그중에 유난히 시야를 잡은 것은 편의점 마크가 찍힌 비닐봉지였다. 편의점에서 파는 따뜻한 캔 커피가 그립다.

"여기를 어떻게 알았는지 모르겠는데, 괜찮아? 보안이 낮부터 내내 기다렸다고 하던데, 이 추운 날에 무슨 용기로 버틴 거야?"

무뚝뚝한 음성은 어쩐지 낯이 익었다. 얼어버린 뇌가 파업을 선언하기 직전이라 바로 연상되는 것은 없었다. 잠시 동안 해문은 눈앞의 사람이 누구인지 알아내기 위해 고뇌에 빠져야 했다.

"이 짐들은 또 뭐야? 혹시 지방에서 올라온 거야?"

지방은 아니고 바다 건너 도쿄에서 왔다.

그저 생각만 그러했을 뿐, 입 밖으로 나오는 말은 없었다. 낯이 익은 목소리의 주인공을 찾으려고 머리가 다른 것에 집중한 탓도 있었지만, 오랜 시간 추위에 노출된 입은 생각대로 움직이지 않았다.

"집이 어디야? 부모님께서 걱정하시겠다. 택시 잡아줄 테니까 집에 가라. 이렇게 기다린다고 내가 좋아할 거라고 생각하지 말고. 날도 추운데, 이러다가 몸이라도 상하면 어쩌려고 그래?"

상대는 해문을 십대 아이로 보는 모양이었다. 그리 보이기엔 고등학교를 졸업한 지 약간 되었다. 감사하다고 인사를 하려다가 해문은 피식 웃었다. 그제야 목소리의 주인공이 누군지 알았다. 확실히 추위로 뇌가 굳어버린 것 같았다. 바로 알아듣지 못한 게 도리어 이상하다.

해문은 천천히 자리에서 몸을 일으켰다. 급작스럽게 몸을 일으키자, 온몸이 아우성을 쳤다. 삐걱삐걱 대는 꼴이 거의 로봇 수준이다. 역시 밤 비행기라고 말할 걸 그랬다. 그래도 김치는 상하지 않았을 것이다. 이 상황에서도 엉뚱한 생각을 하는 자신의 머리가 신기했다.

몸을 다 일으키고 나서, 해문은 바닥을 향해 하얀 입김을 내뿜었다. 어둠 속에서도 공중으로 사그라지는 입김의 흔적이 보였다. 상대가 '어라?' 하고 의아해한다. 해문은 천천히 고개를 들어 올려, 상대의 얼굴이 있을 곳을 바라보았다.

"안녕, 이든 씨."

마치 어제 본 사이처럼 태연하고 맑게 웃어 보이며 인사를 하고자 했다. 어디까지나 생각만 그랬다.

오랫동안 차가운 바람에 노출된 얼굴은 딱딱하게 굳어 있었다. 덕분에 웃음은 오래되어 기름칠이 필요한 문처럼 딱딱하고 어색하게 나왔다. 최대한의 위로 추켜올린 입 끝이 부들부들 떨렸다. 그래도 웃은 게 다행이라고 해문은 자위했다. 안 그러면 자괴감에 빠져 허우적거릴 것만 같았다.

"너, 설마 해문이야? 여기서 뭐 하고 있는 거야?"

데자뷰처럼 머리를 스쳐 가는 장면이 있었다. 그때는 이렇게 밖이 아니라 아파트 안이었고, 저 말을 한 것은 이든이 아니라 자신이었다. 장소와 위치만 바뀌고 상황이나 말은 비슷하다는 생각에 해문은 씩 웃고 말았다. 물론 딱딱하게 굳어 삐걱대는 웃음이었다.

"너, 날 기다린 건 아니겠지?"

머리보다 몸이 더 빨랐다. 긍정의 의미로 고개를 끄덕거리자, 이든이 주춤거리며 뒤로 물러났다.

"몇 시부터 기다린 건데? 아, 경비원 아저씨가 낮부터 있었다고 한 게 설마 너였어?"

어디에서 왔냐고 물은 주제에 이제 와서 딴청이다. 해문은 대답을 하지 않았다. 그러자 무언을 긍정으로 받아들였는지, 이든이 오른손으로 입을 막았다. 많이 놀란 모양이었다. 얼굴이 보이지 않는 것이 안타까웠다. 그를 놀래주고 싶은 소소한 소망이 이루어진 지금을 눈으로 볼 수 없다는 게 안타까웠다. 카메라로 찍어두면 평생 놀릴 수 있을 텐데. 이 상황에서도 엉뚱한 생각은 여전히 나고 있었다.

"내가 몇 시에 온다고 그걸 기다려? 전화라도 미리 하고 기다리지. 전화번호를 모르는 것도 아니잖아."

도쿄행 비행기를 타기 전에 지워서 그렇지, 적어도 일 년 전의 이맘때까지는 알고 있었다. 차마 그 말을 할 수 없어 해문은 말없이 몸만 부르르 떨었다. 미처 말을 잇지 못하고 멍하던 이든도 자신이 부르르 떨자, 이러고 있을 때가 아니라고 생각했는지 자신을 이끌었다. 덥석 잡히는 자신의 손에 이든의 따뜻한 온기가 넘어왔다. 장갑에 가로막히지 않았다면 더 좋았을 것을. 하지만 장갑을 벗을 수 있는 힘조차 없었다. 머릿속에 떠오르는 것은 오로지 '따뜻한 곳에 가고 싶다'라는 살고자 하는 욕구였다.

걸음마를 막 배운 아이처럼 그의 손이 이끄는 대로 걷다가, 해문은 중요한 한 가지를 잊었다는 것을 떠올리고 발걸음을 멈췄다. 그리고 한 마디를 애절하게 외쳤다.

"기, 기, 기무치!"

"응? 기무치? 김치를 말하는 거야?"

"기임치."

나름대로는 또박또박 말했다고 생각했지만, 귀로 들리는 발음은 형편없었다. 그래도 의미가 통했는지 이든이 화단에 놓인 중간 크기의 보자기를 가리켰다. 왠지 눈물이 날 것 같아, 해문은 눈물이 그렁그렁한 눈으로 김치를 재차 외쳤다. 이든이 키득거리며 자신의 손을 놓곤 상자를 들어 올렸다.

"김치 보관 장소로는 별로이지 않나?"

혼잣말처럼 말하지만 다 들렸다. 왠지 얼어 있는 얼굴 중 일부가 붉게 타오르는 느낌이 들었다. 해문은 애써 아닌 척하며 헛기침을 하고 당당하게 걸어갔다. 정확하게는 삐걱거리며 걸었지만, 적어도 해문의 마음가짐만큼은 당당했다. 등 뒤에서 이든이 낄낄 웃는다. 이상하게 볼이 뜨겁다는 생각을 하며 해문은 애써 태연한 표정을 유지했다.

춥고도 기나긴 사투를 벌인 지 약 열두 시간 만에 해문은 목 빠지게 기다리던 이든과 함께 그의 오피스텔에 갈 수 있었다.

따뜻하게 난방이 되어 있는 오피스텔의 내부는 해문에게 천국과 같았다. 발끝에 닿는 온기가 행복하다. 소소한 것으로도 행복을 느낄 수 있는 지금이 해문은 좋았다. 그러나 그 행복은 오래가지 않아 사라졌다. 꽁꽁 언 몸이 급작스럽게 몰려온 온기와 섞이지 못해, 찌릿찌릿한 부작용을 보인 덕이었다. 부르르, 의도치 않게 온몸을 떨고 나니, 그 다음에 온 것은 참을 수 없는 간지러움이었다. 피부병이 걸린 것처럼 간지럽기 짝이 없었다. 마음 내키는 대로 긁었다가는 피를 볼 것 같다는 확신이 들 정도였다.

"춥지 않아? 온도를 조금 더 올려두긴 했는데, 괜찮을지 모르겠다."

난방기를 조작하며 말하는 이든에게 대꾸를 할 여력도 없었다.

찌르르, 간질간질, 찌르르, 간질간질.

우선 살고 볼 일이었다. 손톱을 얼마 전에 자르기 잘했다고 자화자찬을 하며 요령껏 여기저기를 긁었다. 대놓고 긁기는 무엇해 살살 긁으니, 이건 안 하느니만 못하다. 그래도 조금이나마 시원해, 해문은 티가 나지 않게 긁었다.

가벼운 옷차림으로 이든이 슬렁슬렁 다가오자, 해문은 긁던 것을 멈췄다. 괜히 그에게 놀림감이 되고 싶지 않았다. 대신 못마땅하게 그를 노려보았다. 오려면 조금 더 일찍 올 것이지, 열두 시가 넘어서 올 것은 뭐란 말인가! 자신이 밖에서 무려 여덟 시간이나 버틴 것을 그가 알지 모르겠다. 미리 연락을 했으면 그러한 수모를 안 겪어도 됐을 것이라는 건 이미 해문의 머릿속에 없었다.

"네가 아끼는 김치는 냉장고에 넣어뒀으니까 그건 걱정 안 해도 돼. 그런데 언제 가?"

하는 말이 너무 예쁘다. 그의 오피스텔에 들어온 지 얼마나 지났다고 언제 가느냐고 묻는 것인지 모르겠다. 설마 그는 자신이 온 게 반갑지 않은 걸까? 괜히 왔다는 후회가 들었다. 그렇지만, 이왕 칼을 뺀 것, 콩 반쪽이라고 썰어야 했다.

"내일."

"음? 내일?"

그가 안 볼 때마다 손으로 간지러운 부분을 긁으며 해문은 귀를 세웠다. 부모님에게 거짓말을 하면서 온 곳이다. 여덟 시간에 가깝게 밖에서 동태가 되어가며 그를 기다렸다. 해문은 내일이라고 말한 것에 그가 조금이라도 동요하길 바랐다. 빨리 돌아간다는 말에 그가 섭섭해하길 해문은 진심으로 원했다.

"내일이란 말이지?"

침착하게 나오는 목소리에는 그저 확인을 하는 느낌만이 있었다. 그의 시선은 자신이 아니라 꺼져 있는 TV로 향해 있었다. 실망감으로 가슴이 먹먹해진다. 그러다가 이내 부아가 치미는 것을 느꼈다. 이런 그를 보려고 그 오랜 시간 동안 기다린 게 아니었다. 깨끗하게 결말을 내고 싶어 온 것이지, 후회로 진득한 가슴을 안고 돌아가려고 그런 게 아니다.

"그래, 그래! 내일이다, 왜! 지금 당장 떠나길 바라니? 허, 진짜 치사한 인간일세. 내 아파트에서 몇 달이나 지냈으면서, 하룻밤 재워주는 것도 싫어? 그렇게 안 봤는데, 왕 치사 빤쓰야. 사람이 동태 된 게 안쓰럽지도 않니? 동태를 명태로 만들어줄 생각은 안 하고 언제 가? 그래, 내일 간다! 아니다. 지금 갈까? 그래, 지금 간다, 가!"

시근덕거리며 해문은 발을 동동 굴렸다.

"가기 전에 이전에 떼먹은 돈이나 줘. 가난한 유학생에게 돈 떼먹어서 즐겁디? 벼룩의 간을 빼먹으면 맛있지? 거위 간도 아니고, 무슨 맛으로 그걸 먹으려고 하니? 아, 그래. 그거 먹고 확 소화불

량이나 걸려 버려라."

고까운 마음으로 투덜거렸다. 자신이 이렇게 악담을 퍼붓는 대도 이든의 표정은 변화가 없었다. 그의 변화없는 표정을 보자, 가슴이 탁 막힌다.

"그래, 벼룩의 간 맛나게 드시고, 인간 동태는 매정하게 내쫓고 편하게 주무셔요. 아주 푹 주무셔요."

빈정거리며 애써 착잡한 마음을 숨겼다. 불같이 치솟던 화도 점차 차갑게 식고 있었다. 가슴의 먹먹함은 더욱 심해지고, 눈시울은 뜨거웠다. 차가운 손으로 눈시울을 꾹 눌렀다. 아무렇지 않은 듯 고개를 숙이곤 바닥에 무거운 한숨을 토했다.

아무래도 너구리가 말한 건 틀린 듯싶다. 변하지 않은 것은 이든이 아니라 자신이었다. 이대로 끝내야 할 듯했다. 마지막까지 남아 있던 감정의 찌꺼기를 여기서 다 털어내야 할 것 같았다. 더는 상처 받는 게 싫다. 덧난 상처의 아픔은 지금 만끽하는 것으로 충분했다. 그냥 상처가 아물게 두었어야 했는데, 학습능력이 떨어지는 자신에게 이런 아픔은 어쩌면 당연한 일이었다.

제풀에 지쳐 그만 이곳을 나가야겠다고 마음먹었다. 이렇게 있는 게 그에겐 민폐일 터였다. 하고 싶은 말을 더 쏟아내고 싶었으나, 그래 봤자 변하는 건 없었다. 처음부터 알았더라면 더 좋았을 것을. 다음에는 그러지 말자고 다짐을 하며 해문은 몸을 돌렸다. 그때, 굳게 닫혀 있던 이든의 입술이 열렸다.

"여전하구나."

영문 모를 소리에 의아한 눈으로 그를 보자, 비시시 웃고 있는 그의 얼굴이 시야에 들어왔다. 화르르, 꺼져가던 불길이 다시 타오르기 시작했다. 비웃음으로밖에 보이지 않는 이든의 웃음이 죽어가던 자신의 투지를 되살렸다. 어차피 끝난 것, 왕창 때려주고 끝내자. 해문은 주먹을 치켜들어 그를 향해 내질렀다. 호기(豪氣) 좋게 날아간 것은 좋았으나 주먹의 종착역은 자신이 바라던 얼굴이 아니라 그의 손바닥이었다. 그에게 주먹이 잡히자, 해문은 저도 모르게 흠칫하며 몸을 움츠렸다.

"전혀."

전혀 뭐?

어느새 자신이 화났다는 사실도 잊고, 끝나지 않은 이든의 말에 호기심을 느끼고 말았다. 그런 자신을 알아챈 이든은 뜸을 들이며 느릿하게 자신의 손을 잡아당겼다. 호기심에 사로잡힌 인간, 해문은 맥없이 그에게 끌려갔다. 천천히 이든의 얼굴이 주먹에 다가왔다. 둥둥, 심장에서 작은 북소리가 난다.

"동태 냄새는커녕, 벼룩의 간 냄새도 안 나네."

주먹에 코를 대고 킁킁거리며 야지랑을 피우는 이든이었다.

"아, 간이 있는 곳은 여기가 아니던가?"

그의 시선이 자연스레 가슴으로 향했다. 해문은 반사적으로 이든에게 잡히지 않은 손을 들어 가슴을 가렸다. 그러자 이든의 눈이 웃는다. 그럴 줄 알았다는 표현이었다.

"아, 으, 은유도 몰라? 노래 부르는 게 직업이면서."

귓불이 뜨겁게 달아오른다. 아까까지 투지가 넘치던 자신은 사라지고 그 자리에는 어설프게 서 있는 잘 익은 홍당무가 있었다.

확실히 이든은 분위기를 급작스럽게 바꾸는 데에 재능이 있었다. 그리고 자신은 돌변한 분위기를 못 따라가는 데 재능이 있을 것이다. 그것도 재능이라고 할 수 있다면 말이다.

"은유라, 좋지. 그래도 손이 꽝꽝 얼어서 동태 같은 건 사실이야. 그리고……."

잠시 말을 멈춘 이든이 묘한 눈빛으로 자신의 얼굴을 응시했다.

"네가 시계를 차고 있는 것도 사실이고."

그제야 해문은 자신의 손목을 보고 혀를 찼다. 코트 자락이 올라간 탓에 손목에 차고 있던 시계가 드러났다. 그에게 보이고자 찬 게 아니었다. 오랜 시간, 한국에 있을 것이라서 집에 두는 것보단 손에 차는 게 더 안전해서 그런 것이다. 마치 그에게 보여주기 위해 찬 것처럼 되어버린 상황이 해문은 못마땅했다.

"그럼. 시계를 차지, 껴야 해?"

시답잖은 대꾸를 하며 해문은 하하 하고 건조하게 웃었다. 하지만 그 웃음도 받아주는 이가 없어 허탈하게 사라져야 했다.

이든은 말이 없었다. 그저 자신의 손목을 뚫어지게 보고만 있을 뿐이었다. 어색한 공기가 자신의 주변을 맴돈다. 그의 온기가 손목을 통해 넘어오는지 몸에서 열기가 나고 있었다.

"잘 어울려."

속삭이듯 흘러나온 목소리와 동시에 손의 회목에서 미묘한 느낌이 났다. 오싹 소름이 돋았다. 그러한 행동은 한 번으로 멈추지 않고 두어 번 더 반복이 되었다. 이든은 자신의 회목을 살살 문지르며 후후 바람을 불고 있었다.

어렵게 마른침을 삼키자 그 소리가 요란하게 퍼졌다. 주책없이 크게 나온 소리가 난감하기 이를 데 없었다. 귓불이 불타오른다. 아무런 말도 없는 이든 덕에 마른 장작개비처럼 얼굴은 활활 타오르고 있었다.

똑딱똑딱. 해문의 시계에서 울리는 작은 초침 소리가 어색한 숨소리 위로 느긋하게 달려간다.

똑딱똑딱. 여상(如常)한 표정의 이든이 해문의 손을 힘주어 그러쥐었다.

똑딱똑딱. 입 안의 침이 말라간다. 정체 모를 열기로 달아오른 몸이 부르르 떨린다.

해문은 짧게 한숨을 토하며 잡히지 않은 손으로 얼굴을 쓸어내렸다. 머릿속이 터질 것 같았다. 그를 만나면 하려고 마음먹었던 말들이 머릿속에서 난립했다. 무슨 말을 먼저 해야 할지 모르겠다. 이 어색함을 탈피하려고 입을 열지만, 몇 번 달싹거리다가 다물고 말았다. 매번 이든의 페이스에 이끌려 이렇게 흔들리고 마는 자신이 한심했다. 해문은 입술을 꽉 깨문 채 다시 침을 삼켰다. 이러고 있다고 누가 해결책을 주는 것은 아니다.

"솔직히 당신이랑 같이 있으면 어느 널에 뛰어야 할지 모르겠어. 끝났다고 생각했는데, 갑자기 나타나지 않나. 그저 평범한 룸메이트려나 했더니, 그것도 아닌 것처럼 굴고. 의뭉스러운 말로 사람 속을 홀라당 뒤집고는 사라져 버리고. 벼룩의 간을 빼먹으려 하고, 사람을 동태로 만들어놓고도 태연하고."

회목에 있던 그의 시선이 자신을 향한다. 아무것도 읽을 수 없는 그의 눈이 부담스럽다. 해문은 어색하게 웃었다.

"마지막은 웃으라고 한 소리야. 웃어. 별로 웃고 싶진 않겠지만."

나름대로 분위기의 전환을 위해 한 말이었지만, 효과는 없었다. 자신은 그처럼 분위기를 변하게 하는 데 재능이 없다는 걸 새삼스레 깨달았다. 헛기침을 하며 해문은 다시 침착하게 말문을 열었다.

"있잖아, 이든 씨. 난 이든 씨랑 끝났다고 생각했거든. 내가 일본으로 떠나던 날, 당신과 난 더는 연계점이 없으니까 그대로 끝이라고 생각했어. 그런데 너구리가 그러더라, 내가 헤어지지 않은 걸 헤어졌다고 우기는 것 같대. 내 행동이 그렇게 보였나 봐."

무엇이든 시작이 어려울 뿐이었다. 막상 입을 열자, 하고 싶은 말이 허심탄회하게 나왔다. 되도록 담담하게 말하고자 해문은 노력했다. 자신의 감정이나 욕심을 보이고 싶지 않았다. 이가라시의 말처럼 자신이 아는 게 정답일지도 모르지만, 반드시 그러리라는 보장은 어디에도 없었다. 나중을 위해 도망칠 곳이 필요했다. 그래서 해문은 자신의 감정을 애써 억눌렀다. 감정을 전부 드러내지 않는 것만이 현재 해문이 선택할 수 있는 유일한 도피처였다.

"그런데 나만 그런 게 아닌 것 같아. 어쩌면 이든 씨도 그렇게 생각하고 날 대한 게 아닐까 싶어. 변한 게 없다고 했잖아. 당신은 최이든이고, 난 유해문이고."

이든은 미동도 하지 않은 채 가만히 있었다. 자신의 손을 쥐고 있는 이든의 손에서 힘이 빠지지 않고 있다는 게 유일하게 그가 보이는 반응이었다. 시린 바람이 가슴을 날카롭게 스치고 지나갔다.

"나 여기 오기 전까지 은근히 기대했어. 날 반겨줄 거라고 생각했거든. 이든 씨가 말했던 그 숙제의 답이 변한 건 없다는 것이라고 믿었어. 그런데 이든 씨 보니까 그게 아닌 것 같아. 정말 그렇다고 생각해? 당신과 난 변한 게 없다고 생각해?"

담담하게 자신의 감정은 보이지 않고자 했지만, 결국 그럴 수 없었다. 아무런 반응도 보이지 않는 그의 행동이 해문을 조급하게 했다. 답답했다. 터질 것처럼 가슴이 조여왔다. 다리에서 서서히 힘이 빠졌다.

"말을 해봐, 대답을 해. 벙어리야? 왜 입을 다물고 있어."

힘이 빠진 다리를 주체하지 못해 바닥에 주저앉으며 해문은 힘없이 토로했다. 바닥에 앉아도 그는 자신의 손을 놓지 않았다. 손이 아닌 입으로 말을 했으면 좋겠다. 그가 아무리 자신을 놓지 않고 무언가 알려주려 한다고 해도 자신은 아무것도 모른다.

"차라리 내가 벙어리였으면 좋겠다. 귀도 안 들리고 눈도 안 보였으면 좋겠어. 아무것도 못 느끼고 아무것도 생각하지 않는 백치였으면 좋겠어. 그러면 마냥 답답한 게 인생이려니 하고 포기하고 살 것 아니야?"

자신의 손목을 놓지 않은 그의 손. 해문은 그대로 시선을 올려 그의 눈동자를 응시했다. 그는 자신의 눈을 피하지 않고 똑바로 보았다. 작은 자신이 그대로 투영되는 듯했다. 울컥 목구멍에 덩어리가 밀려온다.

"말을 할 수 있기에 당신에게 이렇게 말을 하고, 들을 수 있어서 당신의 대답을 기다리고, 보이기 때문에 당신의 행동을 살피고, 당신이 한 의미없는 말 한마디에 고민하고 고뇌하고, 무의미한 스킨십 하나에 내 가슴은 흔들리고. 꼭 주렁주렁 실이 달린 꼭두각시 인형이 된 느낌이야."

그를 향한 감정을 정리했다고 믿었지만, 그건 자신만의 아집이었다. 그저 그렇다고 믿으려 했을 뿐이었다. 자신은 그의 말대로 변한 게 없었다. 퇴색이 되었다고 해도, 그에 대한 감정은 여전했다. 자신이 웃기다. 쿨하게 그와 헤어지고 자신만의 인생을 재건축하고 있었다고 생각했는데, 그 밑바탕에는 여전히 그에 대한 미련이 도사리고 있었다. 결국, 자신은 눈 가리고 아웅 했던 것이다.

"이든 씨가 원했던 숙제의 답은 그거지? 제대로 끝내는 것."

아무것도 없는 방바닥을 멍하니 보며 해문은 진득한 한숨을 바닥에 토했다. 이가라시는 해문이 이미 답을 알고 있다고 했다. 그렇다면 답은 이것밖에 없었다. 지금 해문의 눈에 보이는 것은 그러한 답을 뒷받침해 주는 것뿐이었다. 시야가 일렁거린다. 이런 걸 바라고 온 게 아니었는데, 결과는 이렇다. 애당초 기대를 품지 말았어야 했다.

일렁거리는 시야를 추스르고 해문은 애써 입가에 웃음을 만들었다. 우습게도 헤어지더라도 그에게 잘 보이고 싶었다. 자꾸 눈시울에 찬 액체가 넘치려 해도, 웃음을 띤 입가가 무너지려고 해도, 해문은 꿋꿋하게 보이려 했다.

요지부동이던 이든이 움직인 것은 그때였다. 천천히 그는 손으로 자신의 볼을 쓰다듬었다. 일그러진 세상을 보여주던 시야를 이든의 눈이 꾹 누르며 액체를 훔쳐갔다. 눈시울을 지나간 손가락은 느릿하게 움직여 자신의 인중을 쓰다듬었다. 인중의 모양을 확인하듯 조심스럽게 움직이던 손가락은 입술 위에 도착하자 그대로 멈추었다.

"이 입술은 항상 확실하지 않은 말을 마음대로 뱉어내."

의미를 알 수 없는 이든의 말에 해문은 미간을 찌푸렸다. 그러자 이든의 손가락이 구겨진 미간을 펴려는 듯 움직였다.

"이 작은 머리는 항상 엉뚱한 생각을 해서 혼자만의 오해의 골로 빠져들고."

느릿하게 말하며 이든이 바닥으로 내려왔다. 그는 무릎을 꿇고 자신의 얼굴 앞에 그의 얼굴을 들이밀었다. 지척으로 다가온 이든의 시선이 자신을 뚫어지게 응시한다.

"이 눈은 보이는 것조차 제대로 보지 못하지."

눈 한 번 깜박거리지 않고 올곧게 직시하는 그의 시선이다.

"그러고 보면 유해문의 얼굴 중에 쓸 만한 곳은 아무것도 없네. 아, 코가 있던가?"

비시시 웃으며 자신의 코를 잡아당긴다. 안 그래도 눈물이 그렁그렁하게 맺힌 터라 그가 코를 잡아당기자 눈물이 주르륵 흘러내리고 말았다. 당황해서 재빠르게 눈물을 닦으려 했지만 이든이 더 빨랐다. 손바닥으로 그는 자신의 눈물을 슥슥 문지르더니, 돌연 양 볼을 꽉 잡아당겼다. 불시에 당한 탓에 해문은 눈만 크게 떴다.

"초반에는 잘나가더니, 고작 생각한 답이 뭐? 제대로 끝내?"

"흐에 아이멍 원데(그게 아니면 뭔데)?"

"그걸 나한테 물으면 어떡해? 숙제를 낸 건 나지, 네가 아니야."

볼을 잡힌 채로 해문은 콧잔등을 찌푸렸다. 그러자 눈앞에서 그가 웃는다. 웃는 그가 얄미워 머리로 들이받으려 하자, 이든이 양 볼을 더욱 세게 잡아당겼다. '으에' 하고 해문은 비명에 가까운 소리를 질렀다.

"나쁜 버릇이 들었네, 이 아가씨."

해문은 입술을 샐그러뜨리며, 그 습관은 이든에게만 국한된 것이라고 들리지 않는 항변을 했다. 그 말을 듣기라도 한 양, 이든이 비시시 웃으며 볼을 잡고 있던 손을 놓았다.

볼이 얼얼했다. 볼을 손으로 문지르며 불퉁스럽게 그를 노려봤다. 이든은 그런 자신을 물끄러미 보다가 툭 이마를 친다.

"자, 다시 생각해 봐. 네 눈에 보이고 네 머리로 생각한 숙제의 답이 뭐야? 또 엉뚱한 답을 말하면 볼을 더 세게 잡아당길 거야."

자신의 얼굴 앞에서 양손의 엄지와 검지를 집게처럼 움직였다. 해문은 볼을 감싼 채 얼굴을 살짝 뒤로 뺐다. 그래 봤자, 그의 사정권 안이었다. 물끄러미 그를 보다가 해문은 숨을 크게 들이켰다. 속이 답답하고 머릿속이 엉킨 실타래처럼 복잡했다.

"솔직히 모르겠어. 이든 씬 변한 게 없다고 말하는 것 같은데, 난 그렇게 보이지 않아. 우린 변했어. 나도 이든 씨도 변했어. 변하지 않았다고 우길 뿐이야."

"변하지 않았어, 해문아. 넌 너고, 난 나야. 변한 건 없어."

"그래, 이든 씬 이든 씨고, 난 나라는 게 변하지 않았지만 감정은 변했어. 이미 색이 바랬다고."

“색이 바래든 감정이 변했든 상관없어. 어차피 사랑이 아니니까.”

단호한 이든의 말에 해문은 눈을 크게 떴다. 그가 건성으로 한 말이 그대로 가슴에 박힌다.

“사랑이 아니야?”

어렵사리 그가 한 말을 되뇌었다. 목소리가 살짝 떨리고 있었다. 이든은 빙그레 웃고 있었다. 그가 한 말의 위력을 그는 모르는 듯했다.

“사랑이 아니야. 이런 건 사랑일 수가 없어.”

확신을 가지고 말하는 그의 어조에 해문은 당혹감을 느꼈다. 그가 말하는 것은 자신이 느낀 모든 것이 없다고 하는 것과 다르지 않았다. 자신이 느낀 것을, 자신이 본 것을 그는 아니라고 하고 있었다. 사랑이 아닌데 왜 이러고 있는 것일까? 이 자리에 있는 것 자체를 거부당한 느낌이었다. 해문은 혼란스러웠다.

“뭐, 뭘 믿고 그렇게 단언하는 건데?”

애써 자신을 추스르고 말하자, 이든이 자신을 향해 손을 뻗었다. 일부러 그의 손을 피했다. 손을 거두는 이든은 자신이 피한 것을 개의치 않는 듯했다.

“내가 아는 사랑은 잠깐 타올랐다가 금세 꺼지는 부질없는 감정이야. 만약 사랑이었다면 난 애초에 너를 만나러 가지도 않았어. 지금 내가 가진 건 그런 일순간의 감정 따위로 정의할 수 있는 게 아니야.”

“그럼, 왜 이든 씨는 날 잡는 건데?”

“사랑이 아니니까 네가 내 곁에 있기를 바라는 거야.”

“곁에 있으라고?”

기가 차고 허탈함을 숨길 수 없었다. 이 얼마나 자기중심적인 남자란 말인가? 확 머리를 때려주고 싶다.

“수많은 여자 중에 하나로 있으라는 말이야?”

돌연 그가 입을 다물더니, 한숨을 폭 내쉰다. 약간 못마땅한 듯 그는 볼을 검지로 긁다가 머리카락을 쓸어 올렸다.

“네가 자꾸 수많은 여자라는 표현을 쓰는 게 과거의 내 불찰에 빗대어 말하는 거라면 난 사과하지 않아. 그땐 이 감정의 정체를 몰라서 헤맨 것뿐이었어. 무지에서 일어난 일이었을 뿐, 그 이상도 그 이하도 아니야. 그렇기 때문에 난 사과하지 않을 거야. 사과하는 건 너에게 미안한 일을 했다는 걸 증명하는 걸 테니까.”

그의 말이 끝나자 허탈한 한숨밖에 나오는 게 없었다. 오만하고 이기적인 말을 하며 사과하지 않겠노라 말하는 이든의 모습에 해문은 그저 기가 찰 뿐이었다.

“정말 이기적인 사람이다. 사과하지 않겠다고 그리 당당하게 말하면서 나한테 옆에 있으라고 하는 거야? 너무 뻔뻔한 거 아니니?”

“뻔뻔하고 이기적이라고 해도, 난 최이든이야. 네가 유해문이라는 것과 마찬가지로. 난 네가 유해문으로서 내 옆에 쭉 있길 원해.”

“사랑도 아니라면서?”

“사랑, 사랑, 사랑. 사랑이 밥을 먹여주는 것도 아니고, 금세 사라지는 그따위 감정에 매달리기엔 세월이 아깝다고 생각하지 않아? 그저 넌 너대로 난 나대로, 사랑 같은 감정에 매달리지 않은 채 그렇게."

조금의 흔들림도 없이 그는 그렇게 말했다. 그렇게 믿고 있다고 그의 눈이 말하고 있었다. 물끄러미 그를 보다가 해문은 그의 모습에 그가 갓 데뷔했을 당시의 어린 시절 모습을 대입시켰다. 스포트라이트를 잔뜩 받으며 화려한 생활을 영위했을 것이라고 생각했는데, 반드시 그렇지 않았을 것이라는 불확실한 생각이 떠오른다. 그러나 해문은 화려한 그의 생활의 뒷면을 알지 못했다. 그저 그가 저런 생각을 굳게 가지고 있다는 것만이 해문이 유일하게 알 수 있는 사실이었다. 어쩌면 이든은 화려한 철창 속에 갇혀 자란 덩치만 큰 아이일지도 모른다. 왠지 눈물이 나올 것 같았다.

"이든 씨, 어쩌다 그렇게 된 거니? 어떻게 사랑을 믿지 못하는 사람이 되어버렸니? 사랑을 노래하면서 사랑을 믿지 않는 당신이 참……."

차마 말을 잇지 못하고 그대로 앙다물자, 상황 파악 못한 이든이 장난스럽게 자신의 어깨를 툭툭 쳤다.

"불쌍한 사람 하나 구제해 봐. 최이든 전용의 자원봉사자가 되는 거야. 부수입도 짭짤할 걸."

농담처럼 건성으로 말하며 비시시 웃으나, 그의 웃음에는 씁쓸함이 담겨 있는 것처럼 보였다. 자신만의 착각일 수 있었지만, 해문은 그렇다고 느꼈고 생각했다. 먹먹함으로 채워진 가슴속이 잔잔히 가라앉았다. 해문은 씁쓸한 눈으로 그를 바라보았다.

“그런 눈으로 보지 마, 해문아.”

“내가 어떤 눈으로 보고 있는데?”

“불쌍하다는 눈이잖아. 비록 내 입으로 불쌍하다고 했지만, 내가 불쌍하다면 사람들이 언어도단이라고 난리가 날 거야.”

“이잇, 이 예쁜 말만 골라서 하는 입 같으니!”

괘씸한 말만 골라하는 입이 얄미워 꼬집으려 손을 치켜들자, 이든이 빙그레 웃으며 피하려는 듯 움직였다. 그러나 실제 자신의 손가락이 그의 입술에 닿자, 이든은 움직이지 않았다. 해문도 실제 그의 입술을 꼬집을 생각은 없었다. 그대로 해문은 입술 위에 손을 올려두었다. 이든이 그런 자신의 손목을 움켜쥔다. 손가락 끝에 그의 따스한 숨결이 닿았다가 사라진다.

“그냥 내 곁에 있어.”

그가 말하자, 손가락에 그의 숨결이 부딪쳤다. 간지러운 느낌에 손을 치우려 했으나, 이든은 자신의 손목을 꽉 움켜쥔 채 놓지 않았다. 계면쩍은 마음에 해문은 그의 입술을 가볍게 때렸다.

“어렵게 생각하지 말고, 이렇게 있으면 돼.”

이해가 안 된다고 머리를 살살 흔들자, 비시시 웃던 이든이 지그시 눈을 감으며 자그맣게 속삭였다.

“모든 감정에 이름이 존재하는 건 아니잖아. 원한다면 하나의 이름을 붙일 수 있지만, 그건 이미 거짓이야.”

“궤변이야. 이든 씨에게 이롭게 해석하는 걸로 들려.”

“굳이 이름을 원한다면 무명씨 감정 어때?”

한쪽 눈을 뜬 채 장난스럽게 말한다. 이 남자에게 시종일관 진지하길 바란 자신이 바보다. 하지만 정체 모를 것으로 짓눌려 허덕이는 것보단 이게 나을지도 모른다. 어차피 자신도 사랑이 아니라고 생각했었다. 그가 사랑이 아니라고 한 게 더한 상처였지만, 그저 사랑이 아닐 뿐, 그는 자신에게 곁에 있으라고 하고 있었다. 정확하게 잡힌 게 아무것도 없었지만, 이상하게 마음은 편했다. 희한한 일이었다.

"능구렁이 같아. 요리조리 피하면서 당신에게 유리한 쪽으로 날 모는 걸로 보여."

"원한다면 능구렁이가 되어줄게."

"말이나 못하면 덜 밉지."

투덜거리며 해문은 그에게 잡힌 손을 뿌리쳤다. 의외로 그는 순순히 손을 놓아주며 바닥에 편하게 앉았다. 해문도 맞은편에 무릎을 세워 앉았다. 이든이 그런 자신을 보며 씩 웃는다. 웃는 얼굴에 침을 뱉는 인간이 되고 싶다.

"당신이라는 남자를 어떡하면 좋을까? 이렇게 막무가내에 궤변만 늘어놓고, 철도 없는 최이든이라는 번지르르한 남자를 어떻게 했으면 좋겠어?"

대답 없이 씩 웃으며 자신의 머리를 쓰다듬는 이든이었다.

"널 사랑하지 않아. 그러니까 너도 날 사랑하지 마. 그냥 옆에 있어."

어찌 보면 잔인하다고밖에 보이지 않는 말이었는데도, 이상하게 고백으로 들렸다. 애절하게 사랑을 외치는 게 아니라, 상처에 새살이 돋길 바라며 딱지를 떼어내는 그러한 고백 말이다. 이든

옆에 있으니까 자신도 이상해진다고 해문은 입안말로 중얼거렸다. 머리 위에 놓인 그의 손을 잡아 깍지를 끼었다,

"이게 이든 씨가 내준 숙제의 정체인 거니?"

"이제야 그 머리랑 입에 제대로 활동을 하는 거 같네."

히죽하니 웃으며 자신과 맞잡은 손을 흔든다. 아이 같다. 해문은 다시금 그 사실을 곱씹었다.

"허어, 진짜 애구나. 철부지 아이 같아."

"아이라고 봐도 상관없어. 미안하다는 말도 하지 않을 거야. 과거를 잊으라고도 하지 않을 거야. 잘해준다는 말도 하지 않을 거야. 그냥 내 곁에 있으면서 같이 숨 쉬고 같은 곳을 보고 그러자. 넌 그냥 내 옆에 있어."

자신을 힘껏 잡아당겨 끌어안은 이든이 자신의 등을 쓸어내렸다. 토닥토닥 규칙적으로 그가 등을 두드리자, 이상하게도 눈시울이 확 뜨거워졌다. 해문은 입술을 꽉 깨물었다. 울고 싶지 않다. 이런 뻔뻔한 남자 때문에 울고 싶지 않았다. 그러나 마음과 달리 붉게 달아오른 눈시울은 주르륵 뜨거운 온도의 물기를 흘렸다. 그게 신호라도 된 듯, 봇물처럼 눈물이 쏟아졌다.

"아씨, 왜 눈물이 나오고 난리야."

입술을 삐죽거리며 해문은 얼굴을 벅벅 손바닥으로 닦았다. 억누르면 눈물이 사라질지 모른다는 일말의 기대를 품고 억세게 얼굴을 문질렀다.

"우, 정말 짜증나는데, 당신 같은 남자 질색인데, 왜 자꾸 눈물이 나는 건데! 아우, 짜증나."

"불쌍한 인간 하나 구제한다고 생각하라니까."

끝까지 예쁘지 않은 말만 골라서 하는 이든이었다. 해문은 한 손으로는 눈물을 문지르며 다른 손으로 그의 뒤통수를 탁 쳤다. 제법 아프게 맞았을 텐데도, 이든은 꿈쩍도 하지 않은 채 자신을 안고 있었다. 자꾸 목구멍에서는 커다란 덩어리가 밀려오고 손바닥으로 문지른 얼굴을 뜨거웠으며, 가슴은 무거운 무언가게 짓눌린 듯 조여왔다. 눈앞의 남자를 확 뿌리치고 모르는 척하고 싶다는 마음이 있었지만, 그럴 수 없다는 모순적인 자신의 마음이 해문은 진짜 싫었다. 이든도 싫고, 자신도 싫었다. 최악이다. 해문은 눈물을 흘린 채 최악끼리 잘 논다, 하고 빈정거림을 중얼거렸다. 역시나 이번에도 그 말을 들은 듯, 이든이 '평생 놀자' 하고 대꾸를 한다. 그 입만 다물어도 덜 미울 것이다.

"얄미워 죽겠어!"

마지막 발악처럼 버럭 소리를 지르며 해문은 그의 어깨에 얼굴을 파묻었다. 자신의 귀에 미미한 소리가 들려왔다. 떨리는 듯한 목소리로 그가 무어라 속삭이며 자신을 더욱 세게 끌어안았다. 너무 작은 소리라서 무슨 말을 했는지는 정확하게 알 수 없었다. 그러나 왠지 그 말이 무슨 말이었는지 해문은 알 것 같았다.

이런 남자라서 미안해.

그의 품에 얼굴을 파묻은 채 해문은 입 끝을 올렸다. 사과하지 않겠다면서, 금세 번복하다니. 그래서 끝까지 미워할 수 없는 것이다. 끝까지 독하고 이기적이었다면, 자신도 편했을 텐데. 이런 남자니까.

정의할 수 없는 눈물이 해문의 눈에서 나와 이든의 어깨를 적셨다. 이든의 커다란 손이 그런 해문의 등을 하염없이 쓰다듬고 있었다. 불야성의 도시도 천천히 아침을 준비하려는 듯 조용히 침식되어 갔다. 해문에게 심적으로 가장 길었고, 지루했고, 괴로웠던 하루가 소리없이 마침표를 찍었다.

잠결에 들려온 초인종 소리에 해문은 실눈을 떴다. 커튼 사이로 보이는 바깥은 푸르스름한 색으로 물들어 있었다. 이 첫새벽부터 어떤 예의도 없는 인간이 초인종을 눌러, 하며 몸을 일으키려던 해문은 이곳이 도쿄의 아파트가 아님을 깨닫고 다시 누웠다. 이곳은 자신이 주인이 아니다.

집주인이 알아서 하겠거니 생각하며 해문은 이불을 머리끝까지 올린 채 다시 잠을 청했다. 하지만 한 번 깬 잠은 다시 올 생각이 없는 듯했다. 눈을 꽉 감고 있는데도 정신은 점차 깨어나고 있었다. 그렇다고 포기할 해문이 아니었다. 억지로라도 잠을 자겠노라, 별 효과도 없는 너구리 세기를 시작하려 했다. 마음만 그랬다.

띄엄띄엄 들려오는 말소리는 해문의 잠을 물리치기에 충분한 위력을 가지고 있었다. 두꺼운 이불 속에 있는데도 들려올 정도로 큰 목소리는 남자의 목소리였다. 또한, 낯익은 목소리였다. 얼굴을 보지 않아도 알 것 같아, 해문은 소리 죽인 웃음을 뱉어냈다.

"아씨, 왜 들어가면 안 된다는 건데? 이제 와서 나랑 낯가림하는 거야?"

"목소리 좀 죽여라."

낮게 경고하는 이든의 목소리에도 아랑곳없이 제 고집대로 버럭버럭 소리를 치는 상대였다.

저 성질머리도 여전하구나.

해문은 이불을 약간 내리고 눈을 빠끔히 내밀었다. 다행히도 중간의 미닫이문이 열려 있어 바깥이 어렴풋하게 보였다. 제일 먼저 보인 것은 이든의 등이었고, 그 뒤로 화려한 금발이 얼핏 보였다가 사라졌다.

"뭘 숨겨놓고 나한테 안 보여주겠다는 건데! 뭐야? 뭔데?"

들어오려는 사람과 들어오지 못하게 하는 사람의 실랑이. 아직은 이든이 우세해 보였다. 그나마 다행이라면 다행이다. 간혹 이든이 뒤를 돌아보는 것으로 보아, 자신이 신경 쓰이는 모양이었다. 해문은 이불을 조금 더 높게 들어 자신을 가렸다.

"어라, 이 짐 가방은 또 뭐야? 누구랑 살림 차린 거야?"

상상력 참으로 빈곤하다. 해문은 머릿속으로 그에게 박수를 보냈다.

"아, 진짜 그렇게 숨기면 더 궁금해지잖아. 설마 형, 여자야? 여자구나, 여자였어!"

"지무성, 좀 조용히 해라."

"오올, 여자 끌고 온 거야? 누군데, 나도 아는 애야?"

금발이 불쑥불쑥 이든의 머리 위로 자꾸만 튀어나왔다. 금발의 두더지 같다. 뿅망치가 있다면 100점 만점을 받을 자신이 있다.

"누군데 그래? 전에 형한테 대시하던 그 여자야? 아니면 주지연? 조성희? 이규희? 도대체 누구야?"

이대로 가만히 누워 있으면 이든에게 관심이 있는 여자들의 이름을 다 알아낼 수 있을지도 모르겠다. 무성의 입에서 줄줄이 나오는 낯익은 연예인의 이름에 해문은 새삼스럽게 그가 연예인이었다고 되뇌었다. 모르지 않았으면서도 왠지 기분이 씁쓸해졌다.

결국, 이든은 인내심이 한계에 도달했는지 힘으로 무성을 문밖으로 쫓아냈다. 좀 조용히 해, 잔다고 했잖아, 등등의 말이 드문드문 들려왔다. 쾅 하고 문이 닫힌 뒤에도 무성의 커다란 목소리가 문 사이를 파고들었다. 정말 목청 하나는 죽이게 좋은 남자다. 덕분에 이든은 문 너머로 협박을 서슴없이 했고, 지치지 않고 떠들던 무성도 서서히 조용해졌다. 이윽고 이든은 조심스럽게 문을 열어 누가 있는지 살폈다. 그냥 가면 지무성이 아니다.

아니나 다를까, 불쑥 고개를 내밀며 '넌 누구냐!' 하고 크게 외친다. 그러자 이든이 부랴부랴 밖으로 나갔다. 문밖에서 소란스러운 소리가 점점 멀어졌다.

쾅, 문이 닫힌다.

해문은 문이 완전히 닫힌 것을 눈으로 확인한 뒤, 이불 밖으로 고개를 빼내어 크게 숨을 내쉬었다. 아무 무늬도 없는 천장이 시야 가득 들어온다.

"이놈이나 저놈이나 다 애네, 애야."

구시렁거리며 해문은 몸을 일으켰다. 문밖에서는 아직도 실랑이가 이어지는지, 시끄러운 소리가 아련하게 들려오고 있었다. 지무성은 호기심 때문에 고양이를 죽일 인물이다. 그런 면에선 자신과 비슷했다. 피식 웃은 뒤, 해문은 양팔을 들어 길게 기지개를 켰

다. 충분하게 잠을 자지 않았는데도 몸은 그렇게 피곤하지 않았
다.

멍하게 앉아만 있다가 몇 시인지 알기 위해 협탁 쪽을 바라보았
다. 항상 이든은 협탁에 시계를 두었다.

"어?"

자신도 모르게 튀어나간 말은 의아함의 표현이었다. 협탁에는
자신의 시계와 일본에서 쓰던 휴대전화가 나란히 놓여 있었다. 그
리고 비행기 티켓도 말이다. 티켓의 모양이 거기서 거기라고 하지
만 참 낯익었다. 혹시 해서 보니까 적힌 영문 이름이 자신의 것이
었다. 자신이 꺼낸 기억은 없으니, 협탁에 올려둔 것은 이든의 짓
일 터였다. 해문은 어이없는 눈으로 현관 쪽을 바라보았다.

"진짜 오늘 간다고 생각한 건가?"

멍하게 중얼거리다가 해문은 입을 틀어막고 키득거렸다. 자신
은 자정이 지난 시점에서 내일 간다고 했었다. 어느 정도 헷갈리
게 할 의도가 있기는 했지만, 그걸 곧이곧대로 믿을 줄은 몰랐다.
만약 진짜 오늘이었다면, 그는 이 티켓을 어찌하려고 했던 것일
까? 낄낄거리며 해문은 티켓을 협탁에 탁탁 부딪쳤다.

한참 소리 죽여 웃다가 해문은 다시 티켓을 협탁 위에 올려두었
다. 내내 모르는 척하다가, 우연히 발견한 듯 이걸 들면 그의 당황
한 모습을 볼 수 있을지도 모른다. 자신에게도 숨은 사디즘이 있
는 듯싶다. 그동안 일방적으로 당한 것은 자신이니, 이래도 된다
고 해문은 혼자만의 당위성을 주장했다. 그러다가 협탁의 서랍이
조금 열린 것을 발견했다. 고작 2cm 정도 열린 서랍에서 해문은

눈을 떼어낼 수 없었다. 고개를 내저으며 시선을 외면해 보지만 호기심이라는 것이 억지로 그쪽을 보게 한다. 문 쪽에서는 작지만 실랑이하는 소리가 아직도 들리고 있었다. 해문은 마른침을 꿀꺽 삼켰다.

살짝 열었다가 다시 닫으면 모를 거야.

속에 숨어 있던 호기심이라는 이름의 악마가 속삭인다. 몰래 훔쳐보는 건 나쁜 짓이다. 하지만, 티켓을 맘대로 꺼내 본 것은 이든이었다. 눈에는 눈, 이에는 이. 그가 몰래 했으니, 자신도 몰래 해도 된다. 약간 어긋난 생각으로 그리 치부하며 해문은 침을 꿀꺽 삼켰다. 티가 나지 않게 다시 닫으면 사실 상관도 없을 터였다. 심장이 둥둥 큰 북소리를 냈다. 해문은 떨리는 손길로 천천히 서랍을 열었다. 소리가 나지 않게 느리게 열자, 수줍은 새색시처럼 서랍 안이 조금씩 보인다. 두근두근, 북소리가 요란하다.

반도 열지 않았는데도 등 뒤로 식은땀이 주르륵 흘러내렸다. 해문은 서랍을 여는 와중에도 문을 살피는 것을 잊지 않은 채 조심스러운 손길로 작업을 진행했다.

점점 서랍 안의 모습을 드러나고 있었다. 맨 처음 해문의 시선에 잡힌 것은 무척 낯익은 열쇠고리였다. 공항 면세점 표 장구 열쇠고리는 이든이 해문의 아파트에 머무는 동안 가지고 있던 것이다. 상당히 마음에 든 모양이다. 그러니 이렇게 애지중지 보관하는 것이다. 참 희한한 취향이다.

그 다음에 보인 것은 반으로 접힌 종잇조각이었다. 문을 힐끔 살피고 종이를 펼쳐 보니, 뜻밖에도 자신의 필체가 종이 가득 쓰여 있었다. 내용을 보니, 이건 그가 처음 자신의 아파트에 왔던 때 그에게 남겼던 쪽지였다. 이걸 버리지 않고 가지고 있었다는 사실에 기분이 묘해졌다. 특별할 게 없는 이 메모를 왜 그는 아직도 버리지 않은 것일까?

종잇조각을 원래의 자리에 두고 그 뒤에 놓인 작은 지퍼 백을 꺼냈다. 투명한 덕에 굳이 내용물을 꺼낼 필요도 없었다. 지퍼 백을 높이 들자, 갈색의 필름 표면에 흐릿하게 자신의 지문이 비친다. 그 지문 너머로 손가락으로 V 자를 만들며 빙긋 웃고 있는 이든의 얼굴이 아련히 보였다. 난데없이 어지러운 삼바 음악이 환청처럼 들려오더니, 뒤이어 손바닥에 축축한 온기가 느껴졌다. 부들부들 떨리는 손으로 해문은 지퍼 백을 내려놨다. 그때 쓰레기통에 버렸다고 생각했던 것을 그가 가지고 있으리라곤 상상조차 하지 못했다.

울컥, 정체 모를 것들이 한꺼번에 북받쳐 올랐다. 손으로 목 근처의 옷깃을 꽉 잡고 해문은 애써 감정을 억눌렀다. 아른거리는 눈으로 문을 보았다. 자꾸만 입술 사이로 희미한 웃음이 새어 나오려 했다. 괜스레 찡해진 코를 훌쩍거리며 해문은 필름을 서랍 안에 넣었다.

"희한한 취향이야."

일부러 퉁명스러운 말투로 중얼거리며 해문은 서랍을 닫았다. 그리고 이불 속으로 몸을 파묻었다. 누워 있는데도 자꾸 울컥거린다. 한참이 지나 문이 열리며 이든이 들어오는 소리가 들렸다. 해문은 문과 정반대로 몸을 뉘이고 베개에 얼굴을 파묻었다. 스르르 미닫이문을 닫는 소리가 들리고, 뚜벅뚜벅 이든의 발소리가 다가왔다. 해문의 심장이 발걸음 소리에 맞춰서 둥둥 경쾌한 북소리를 냈다.

"해문아, 아직 자?"

들리지 않을 정도로 작은 목소리. 해문은 소리가 낼 것 같은 입술을 앙다물었다. 주체할 수 없는 감정 덕에 입을 다물고 있는 것을 제외하고는 아무것도 할 수 없었다.

부스럭거리는 소리가 들려왔다. 그리고 이불자락이 올라가며 차가운 공기가 스며들었다. 오싹하고 소름이 돋기도 전에 따뜻한 온기를 품은 몸이 해문의 몸에 밀착해 온다. 그 몸은 조심스럽게 자신의 몸을 보듬어 안았다. 만족스러운 한숨 소리가 해문의 귓가를 살짝 건드리고 사라졌다.

똑딱똑딱.

단조로운 시계의 초침 소리 뒤로, 규칙적으로 반복하는 숨소리가 섞였다. 차분하게 내쉬고 들이쉬는 숨소리에 해문은 머리끝까지 올린 이불자락을 살며시 내렸다. 또르르 눈물 한줄기가 눈가를 타고 베개 위로 살포시 떨어졌다.

"정말 아이구나."

깊은 잠에 빠진 듯한 그에게 해문은 나지막이 속삭였다. 대답처럼 허리에 둘러진 이든의 팔에 힘이 강해진다. 그 팔에 손을 올리고 해문은 한줄기의 눈물을 베개 위에 또 떨어뜨렸다. 따뜻한 온기는 그런 해문의 등을 다소곳하게 감싸주고 있었다.

무심코 바라본 커튼 사이로 봄볕으로 빛나는 투명한 하늘이 보였다. 기분 좋은 바람이 부는 듯한 하늘이었다.

자고 있던 그가 보채듯 웅얼거린다. 해문은 그의 손을 잡아 손등을 토닥토닥 두드렸다. 잠이 든 그의 얼굴이 평온해졌다. 물끄러미 그를 보다가, 해문은 협탁에 놓인 자신의 휴대전화를 집었다. 능숙하게 카메라 모드로 바꾼 뒤, 해문은 자고 있는 그의 얼굴을 액정 가득 담아 찍었다. 저장할 이름을 묻는 화면이 뜨자, 해문은 한 손으로 이름을 입력했다. 그리고 확인 버튼을 누르자, 그의 잠든 얼굴이 저장된다. 해문은 휴대전화의 액정에 그의 얼굴을 띄워놓고 빙긋 웃었다.

〈靜かな風のように(가만한 바람처럼).〉

아주 조용하고 가만한 바람처럼 그렇게 흘러가면 되는 거야.
해문은 그렇게 중얼거리며 조금은 행복한 미소를 지었다.

인생의 모든 것을 불태울 것만 같았던 열정의 끝은 가슴이 시릴 정도로 아팠고, 그 끝에 선 채 끝없는 미래를 바라보는 것은 약간 외로울 뿐, 또 다른 즐거움을 만끽하게 했다.
하지만 잊었다고 믿고 있던 사랑의 잔흔은 다른 이름을 달고 다시 나타났고, 그 때문에 몸도 마음도 세차게 흔들리고 말았다. 그 흔들림이 또 다른 사랑의 모습이라는 것을 알게 된 것은 약간의 시간이 흐른 뒤였다. 단지 겉모습만 다를 뿐, 속이 같다는 것을 알기 위해 길고 긴 터널을 걸어야 했다.
그렇게 느리게 걸어간 터널의 끝은 가만한 바람이 부는 고즈넉

한 공간이었다. 따사롭게 빛나는 태양과 마음을 안정시켜 주는 바람이 있는 곳. 강렬하게 다가오지 않아, 미처 모르고 지나칠 뻔한 그런 공간.

그리고 그곳은 또 다른 터널이 시작되는 곳이기도 했다. 기나긴 인생이라는 이름의 터널이.

고요하게 불어오는 가만한 바람이 터널의 주변을 따뜻하게 감싸고 있었다. 눈부시게 빛나는 태양은 따사로운 시선으로 터널의 입구를 바라보고 있었다. 그 터널의 입구 앞에 두 사람은 손을 잡고 서 있었다. 새로운 시작의 발걸음을 그들은 천천히 내디뎠다.

요란한 초인종 소리가 울린 것은 오전에서 오후로 막 넘어 가고 있던 토요일의 12시 5분경이었다. 포트폴리오를 정리하던 해문은 의아한 눈길로 현관을 바라보았다. 올 만한 사람이 없었 다. 혹시 이든일까, 하다가 해문은 고개를 가로흔들었다. 그는 지 금 막바지 음반 활동 중이라 도쿄에 올 여력이 없었다.

주섬주섬 자리에서 일어나 현관으로 다가갔다. 그사이에도 초 인종은 어서 열어달라고 발악을 했다. 듣그러운 초인종 소리에 해 문은 미간을 찌푸린 채, 문 앞에 서서 누구냐고 말문을 열었다.

[나야, 해문 상.]

초인종 소리가 멈추기 무섭게 들려온 것은 결코 반가워할 수 없 는 인물의 목소리였다. 그럼 그렇지, 하고 해문은 혀를 찼다. 그녀

가 아니고서야 이런 요란한 짓을 할 사람은 자신의 주변에 없었
다. 해문은 불편한 심기를 겨우 갈무리하고 문을 열었다.

"안눵."

어느 날 갑자기 이가라시는 일본인 특유의 한국어 발음으로
'안녕'이란 말을 쓰기 시작했다. 그녀의 말에 따르면 NHK에서
해주는 한국어 강좌와 드라마 몇 편을 보고 자연스럽게 배운 것이
라고 했다. 그래서 그런지, 그녀가 구사하는 한국어는 '안녕하세
요', '오빠', '언니', '싸게 해주세요' 같은 정말 기본적인 말뿐이
었다. 덧붙여서 외우지 않아도 좋았을 '실장님'이라는 단어도 있
었다.

그것은 그것이고, 해문은 뜬금없이 방문한 이 불청객에게 무슨
일이냐고 표정으로 물었다. 이가라시는 여전히 무엇을 생각하는
지 알 수 없는 눈동자로 해문을 직시하며 히죽 웃었다. 괜히 불길
하다.

[왜 그러는데요?]

1월 1일 이후, 유키에라고 이름을 부르기는 했으나, 너나들이
할 정도로 가까운 사이는 아직 아니었다. 미묘한 거부감이 드는
덕이었다. 그나마 드문드문 반말도 쓰게 되었다는 게 그동안의 소
소한 변화였다.

[이거 봤어?]

이가라시가 흔든 것은 신문이었다. 그것도 한국 신문이다.

[한국 신문이에요?]

[응. 한국 스포츠 신문!]

[어디서 가져왔어요?]

[한국 광장에서.]

한국 광장(韓國廣場)은 신주쿠의 쇼쿠안도리(職安通り)에 있는 한국 물품 전문점이었다. 이따금 해문이 라면이나 한국 음식을 사러 가는 곳이기도 했다. 일본인에게도 제법 유명한 편인데, 이가라시도 그곳을 아는 듯했다. 하지만 지금 중요한 것은 왜 이가라시가 먹는 것도 아닌, 한국 스포츠 신문을 샀는가 하는 것이었다.

[그걸 왜 샀는데요?]

해문의 질문을 기다렸다는 듯, 이가라시는 괴상한 웃음소리를 내기 시작했다. 오싹 소름이 돋았다. 괜히 물어봤다는 후회가 잠시 들었다. 그러나 호기심이 후회보다 더 컸기에, 해문은 찝찝한 마음을 뒤로 젖혀두고 다시 물었다.

[웃지만 말고, 왜 샀는데요?]

여전히 대답하지 않고 웃기만 하는 이가라시였다. 괴상망측한 것이라도 먹은 게 아닐까, 의심을 하는 해문을 이가라시가 위에서 아래까지 훑어본다. 그러더니 고개를 끄덕거리며 의미를 알 수 없는 소리로 중얼거렸다.

[유키에 상, 도대체 무엇인데 그래요?]

참지 못한 해문이 힘으로 신문을 빼앗으려 하자, 이가라시가 뒤로 빠르게 물러났다. 그리고 또 음침한 미소를 흘린다. 저놈의 신문에 무엇이 실린지는 모르나, 자신에게 유리하지 않을 것 같은 강렬한 예감이 들었다.

[보고 싶지?]

삐딱하게 바라보자, 몸을 좌우로 흔들며 '보고 싶지?' 라고 자신을 조롱한다. 못마땅하지만, 궁금한 것은 사실이기에 그렇다고 하자, 이가라시는 '그럴 줄 알았어' 하고 의기양양하게 말했다. 말하고도 당장 보여줄 생각이 없는지, '난 이걸 해문 상이 보고 싶어 할 것을 알고 있었어' 따위의 말만 한다. 슬슬 인내심이 한계에 도달해, 안 보고 만다는 생각이 막 머릿속에 자리 잡으려 할 때, 드디어 이가라시가 신문을 펼쳤다.

[짜잔!]

거창한 말과 함께 말이다.

이가라시가 활짝 펼쳐 든 신문의 일 면에는 무척 앳되어 보이는 이든의 사진이 크게 실려 있었다. 그냥 사진이 아니라, 선명한 붉은색의 문구가 쓰인 사진이었다.

〈최이든, 유학 중인 여자 친구가 있다고 밝혀.〉

[에에!]

자신도 모르게 비명을 지르던 입을 손으로 틀어막았다. 눈을 더 크게 뜨고 보니, 이든의 사진 옆에는 검은색의 여성 실루엣 그림이 있었다. 그 그림 위에도 '일본에서 사진 공부 중' 이라는 문구와 '삼 년 이상 열애' 라는 문구가 역시나 자극적인 색채로 쓰여 있었다.

"말도 안 돼."

당황스러운 나머지 해문은 이가라시가 있다는 사실도 잊고, 한국어로 중얼거렸다. 이가라시는 모를 줄 알았다고 고개를 끄덕거리며 꽤 만족스러운 표정을 짓고 있었다. 언제 나온 기사인지를 알기 위해 해문은 이가라시의 손에서 신문을 빼앗아 날짜부터 확인했다. 그저께였다. 요 며칠, 포트폴리오 때문에 인터넷을 한 적이 없었다. 그사이에 이런 일이 터지리라곤 생각도 못했다.

[전혀 몰랐지?]

[아, 네.]

시선은 신문에 둔 채 덩둘하게 대답했다.

[너구리 라면 사려고 갔는데, 그의 얼굴이 찍힌 신문이라서 바로 사가지고 왔어. 아무래도 해문 상은 모를 것 같았거든.]

[고마워요.]

성의없이 대꾸하곤 해문은 신문 기사를 눈으로 훑었다. 기사는 이든이 모 방송국의 토크쇼 출연 중, 여자 친구가 있다고 태연하게 말해 파문을 일으켰다는 말로 시작하고 있었다. 또 측근에 의하면 여자 친구는 일반인으로 일본의 모 전문학교에서 사진을 공부하는 재원이라 쓰여 있었다. 그 측근이 누구인지 알고 싶었다. 이 정도의 사실을 알 사람이 극히 드물다는 것을 해문은 알고 있었다. 무엇보다 이런 기사가 터지도록 놔둔 그의 의도를 해문은 짐작도 못 했다.

딱히 그와의 관계를 숨길 생각은 없었다. 그러나 '우리 사귀어요' 하고 광고할 생각도 없었다. 성인 남녀가 그저 만나는 것뿐이다. 단지 자신이 만나는 상대의 직업이 연예인이라는 것만이 여타 사람들과 다른 점이었다.

문득 해문은 어제 그와 전화 통화를 했던 것을 떠올렸다. 아무일 없느냐고 묻는 그의 음성이 미심쩍었는데, 이것 때문이리라곤 상상도 못했다. 만약 그가 자신을 놀래줄 생각이었다면, 대성공이다.

당황한 것을 그대로 드러낸 채 해문은 잘 눈에 들어오지 않는 기사에 시선을 집중했다. 옆에서 조용히 있던 이가라시가 신문을 가리키며 말했다.

[꽤 자세하지?]

[그렇네요.]

[165 정도의 아담한 키의 도회적인 미인.]

[네?]

[난 도회적인 미인이라는 말이 가장 마음에 들어.]

그제야 해문은 신문에서 눈을 떼어 이가라시를 바라보았다. 분명 이가라시가 말한 것은 기사에 있었다. 문제는 그게 한글이라는 사실이었다.

[유키에 상, 한국어…….]

[전도유망한 미래의 사진작가라는 말도 좋고. 전에 찍어준 내 사진 있잖아. 다들 맘에 들어했거든. 누가 찍은 거냐고 막 물어보더라고.]

[저기…….]

[그런데 삼 년 정도 사귄 거 맞지? 대충 예상했는데, 역시 삼 년이 맞는 거지!?]

그런 말을 한 기억은 없었다. 물론 대략 삼 년이긴 하지만 어째서 한국 신문 기사의 내용을 그녀가 알고 있는지 해문은 의아했다. 자신의 말을 무지르고 계속 할 말을 하던 이가라시가 드디어 입을 다물었다. 해문은 의심의 눈초리로 그녀를 보며 머릿속에서 돌던 말 중 하나를 입에 올렸다.

[설마, 한국어 할 줄 아세요?]

[내가 하는 한국어는 '안뇽' 이 전부라는 것 알잖아.]

[그렇죠. 그럼 어떻게 이 기사를?]

해문이 말이 끝나기도 전에 이가라시가 히죽 웃는다. 불길한 웃음이었다. 이가라시는 검지로 턱을 문지르며 자신의 손에서 신문을 빼앗았다.

[최근, 한국엔 일본어를 할 줄 아는 사람이 많은 것 같아.]

뜬금없는 말이었다. 무슨 말이냐고 묻기도 전에 이가라시가 계속 말을 이었다.

[그래도 측근보다는 친구라는 말이 더 좋은데. 측근은 왠지 딱딱하잖아. 친구라고 쓸 걸 그랬어. 아니면 지인도 괜찮은데.]

말이 이상하다. 측근, 친구, 지인이라는 말이 왜 그녀의 입에서 나오는지 알 수 없다. 불확실한 가정이 머릿속에 떠올랐다. 앞서 말한 일본어를 할 줄 아는 이가 많다는 말이 이러한 가정의 증거였다. 그럴 이유가 있겠냐고, 혼자 생각하다가 해문은 머리를 흔들었다. 누구도 아닌 너구리, 이가라시다. 그녀의 주 전공은 생게 망게한 짓과 태평양보다 더 넓은 오지랖이었다.

[설마, 이 기사에 나온 측근이라는 사람…….]

거기까지 말을 하고 입을 다물자, 이가라시가 눈을 반짝거리며 자신을 응시했다. 기대에 찬 눈빛이다. 굳이 뒷말을 하지 않아도 알겠다.

[말하고 싶지 않아요.]

[왜! 이왕 한 거 끝까지 말해봐, 어서.]

머리가 어질어질하다. 이 오지랖 넓은 너구리를 어찌하면 좋을까?

[후유, 유키에 상이었어요? 이 측근이라는 사람.]

[응. 역시 측근이 아니라, 지인이나 친구라고 할 걸 그랬어. 그렇게 생각하지?]

사람이 생을 살아가며 말문을 잃을 정도로 어이없는 상황을 몇 번이나 경험할까?

생각지 못했던 인물이 생각지 못한 일을 했다는 것을 알아버린 순간, 할 수 있는 말은 무엇일까?

하지 않아도 될 일을 하고도 당당한 이에게 무슨 말을 해야 할까?

아무 말도 할 수 없었다. 입만 벙긋거리며 해문은 지끈거리는 머리를 부여잡고 있었다. 자신이 한 일이 어떤 일인지도 모르는 상대를 두고, 무슨 말을 하겠는가? 게다가 언제부터 그녀가 이든이 연예인이라는 것을 알았는지 모르겠다. 어이가 없어 해문은 멍하게 그녀를 보기만 했다. 이가라시의 태연자약한 눈이 자신을 향해 싱긋 웃는다. 이든이든 이가라시든 다 얄밉다.

[언제부터 그가 연예인인 걸 알았어요?]

허탈하게 묻자, 이가라시가 신문에 실린 이든의 사진을 흘깃 보았다.

[이름을 듣고 나서 조금 있다가 알았어.]

이든이 언제 그녀에게 이름을 알려주었는지 모르는 해문에겐 그때가 언제인지 알 수 없었다. 이가라시는 우주에서 온 변신 너구리라는 별명이 아깝지 않게 그걸 눈치 채곤, 눈이 긴 남자와 해문이 같이 나간 날 이후라고 설명을 덧붙였다. 눈이 긴 남자는 히이라기이겠으나, 그래도 시기를 잘 모르겠다. 고개를 갸웃하자, 작년 10월쯤일 거라고 다시 말을 덧붙인다.

작년 10월쯤. 다시 말을 잃었다. 그리 오래전에 알고도 내내 모른 척했다는 것이다. 해문은 입을 틀어막고 한숨을 길게 내쉬었다. 일찌감치 알고도 모른 척한 이가라시도 어이없고, 이름을 알려줘서 빌미를 제공한 이든도 어이없었다. 어이없는 연타 공격에 전의가 사라진다.

[말하면 안 되는 거였어?]

뒤늦게 그런 말을 해봤자, 이미 신문에는 기사가 실렸다. 도대체 이 기사를 실은 신문 기자는 이가라시의 어디를 믿고 그녀가 제보한 내용을 올렸는지 모르겠다. 너구리이니까 요술을 부렸을지도 모른다는 생각이 불현듯 들었다. 해문은 하하 하고 웃으며 다시 폭 한숨을 내쉬었다.

[역시 해문 상은 날 친구로 생각하지 않는구나.]

실망한 목소리에 해문은 고개를 들었다. 이가라시의 거적눈에 우울함이 가득 들어차 있었다. 어째서 이야기가 그렇게 발전한 것인지 모르겠다. 시키지도 않은 짓을 한 것에 당황한 것이다. 사실

따지고 보면 이 모든 일의 원흉은 이든이었다. 그가 토크쇼에서 입 조심만 했어도 이런 일은 아예 생기지도 않았다. 땅이 꺼질 듯이 한숨이 다시 입 밖으로 나왔다. 이러다가 다다미가 꺼지겠다.

[아니요. 그건 아니고, 그냥 놀라서 그래요.]

[역시 친구로 생각하는구나.]

금세 환하게 웃으며 반색하는 이가라시였다. 속았다는 생각이 들었다. 그러나 그것도 잠시, 해문은 허탈하게 웃었다. 이가라시의 드넓은 오지랖이 벌인 일이긴 하나, 자신을 위해 한 것이니 뭐라고 할 것도 아니었다. 그러다가 해문은 의문점이 하나 떠올랐다. 이 기사가 실린 건 그저께였다. 다시 신문 기사를 보니 토크쇼가 있던 날은 신문이 나오기 바로 전날이었다. 이렇게 시일이 촉박한데 이가라시의 제보가 신문에 실렸다? 그것도 진짜 측근인지 아닌지 불확실한 일본인의 제보를 그대로 쓴다는 것은 상식적으로 이상했다. 어딘가 어긋났다.

해문은 눈에 불을 켜고 이가라시를 노려보려 했다. 그런데 어느새 이가라시는 방을 나가 현관 근처에 있었다. 왜 거기 있느냐고 해문이 입을 열기 전에 이가라시 빙긋 웃으며 손을 흔든다.

[정말 믿은 거야? 해문 상, 귀엽네.]

[그럼, 어떻게 기사의 내용을 안 거예요? 한국어 못한다면서요?]

[응, 한국 광장 종업원에게 번역을 부탁했어. 한국 광장 사람들, 친절하더라.]

[그런!]

[그럼, 나 갈게. 나중에 봐.]

불청객이라는 이름에 걸맞게 가라고 하지 않았는데도 그녀는 빠르게 현관 밖으로 사라졌다. 거의 빛의 속도였다. 쾅 하고 문이 닫히는 소리를 듣고서도 해문은 잠시 멍했다. 고개를 내리자, 신문기사의 내용 중 한 부분이 눈에 들어왔다.

〈……이름을 밝히지 않은 소속사의 측근에 따르면……〉

기사를 자세히 읽을 걸 그랬다. 그랬다면 속는 일이 없었을 텐데. 결국은 자신의 불찰이었다.

비시시 입술을 비집고 웃음이 흘러나왔다. 작은 웃음소리는 점차 커졌다. 그러다가 해문은 배를 부여잡고 박장대소를 터뜨렸다. 정말 귀엽지 않은 너구리였다.

신문을 대충 훑다가 해문은 자신으로 추정되는 검은 실루엣의 그림자에 쓰인 문구를 다시 보았다. 도회적인 미인? 한낮 종이에 쓰인 내용인데도 얼굴이 화끈하다. 이 말을 한 측근이 누군지는 모르겠으나, 자신을 잘 모르는 게 분명했다. 그래도 칭찬이라서 기분이 나쁘진 않았다. 그렇게 기사를 읽다가 마지막에 가서, 해문은 입술을 샐그러뜨렸다. 멍하게 마지막 부분을 보며, 작게 웃다가 표정을 찡그렸다가 했다.

그렇게 있던 해문은 신문을 바닥에 두고 베란다 밖으로 나갔다. 담배를 하나 물고 하늘을 올려다보다가 해문은 씩 웃었다. 그러고 보니 그와 재회한 것이 작년 이맘때였다. 변한 것은 아무것도 없는데 벌써 일 년이 흘렀다. 세월이 유수 같았다.

아니, 변한 것이 없는 것은 아니다. 이든이 명명했던 무명씨 감정의 이끄는 대로 그와 자신은 원거리 연애라는 것을 하고 있었다. 직접 얼굴을 보는 일보다 거의 전화와 이메일만을 주고받는 사이라고 해도, 엄연히 자신과 이든은 연애 중이었다. 가만히 부는 바람처럼 잔잔한 연애. 그것만은 이전과 달랐다. 작지만 가장 큰 변화였다.

해문은 거기까지 생각하곤 담배에 불을 붙였다. 희뿌연 연기를 밖으로 내뱉자, 느릿느릿하게 연기가 하늘로 올라간다. 다른 손으로 연기를 움켜쥐는 듯한 시늉을 한 해문은 잔잔한 미소를 입가에 지었다.

베란다로 나가 담배를 피우는 해문의 등 뒤에는 신문만이 덩그러니 놓여 있었다. 펼쳐진 신문의 맨 마지막에는 이든이 토크쇼에서 언급한 말이 그대로 인용되어 나와 있었다.

〈사랑이나 좋아한다는 것은 잘 모르겠습니다. 그냥 제 옆에 계속 있어주는 게 당연한 사람이거든요.〉

편의점을 나와 해문은 손에 들고 있는 밀크 티 하나를 이든에게 건네곤 잔돈을 넣기 위해 동전지갑을 꺼냈다. 한국에 비해 동전을 사용하는 일이 빈번한 일본에 살다 보니, 어느새 동전지갑은 필수품 중의 하나가 되었다.

뎅그렁뎅그렁.

동전을 지갑에 넣다가 시선이 느껴져 고개를 돌리니 이든이 물끄러미 보고 있었다. 해문은 입술을 삐죽 내밀며 턱을 치켜들었다. 그러자 이든이 고개를 살살 흔들며 밀크 티의 뚜껑을 연다. 흥, 하고 가볍게 콧방귀를 뀐 뒤 해문은 묵직한 무게의 동전지갑을 닫았다.

그러다가 문득 떠오른 게 있어 해문은 다시 지갑을 열었다. 대충 눈으로 훑어도 몇 개의 오 엔 동전이 보였다. 해문은 그중에 빨간 실이 동전의 가운데를 통과한 오 엔을 꺼내 이든에게 불쑥 내밀었다. 의아한 눈빛의 이든이 자신을 본다.

"받지 않고 뭐 해?"

"오백 엔을 줬는데, 어째서 돌려주는 게 오 엔뿐인가를 생각하고 있었어."

"누가 거스름돈이래?"

정색을 하며 해문은 열어놓은 동전지갑을 닫아 가방에 넣었다. 그럼 그렇지, 하고 고개를 끄덕거리고는 이든은 조금 미적거리며 오 엔을 받았다.

"그 오 엔, 그냥 오 엔이 아니야. 아주 특별한 오 엔이야."

"암, 특별하지. 오백 엔이 변신한 것인데, 보통 특별한 게 아니지. 게다가 이건 빨간 실까지 달려 있잖아."

빈정거리는 그의 말투에 해문은 다시 콧방귀를 뀌었다. 밀크 티를 사고 받은 거스름돈을 제멋대로 심부름 값이라 칭하고 챙긴 자신이 못마땅한 듯했다. 속도 좁다고 해문은 입안말로 중얼거렸다. 그까짓 몇백 엔에 인간의 좁은 속내가 다 드러난다. 그나마 그의 손에 있는 오 엔도 다시 빼앗고 싶었다.

"그런 특별함이 아니라, 의미가 있다는 말이야."

짐짓 대단한 의미가 있다는 듯 말했지만, 이든의 반응은 시큰둥했다. 오 엔에 의미가 있어봤자, 얼마나 대단하겠느냐고 말하는 듯했다.

"아사쿠사 가봤어?"

"뜬금없이 아사쿠사는 왜?"

질문에 질문으로 답하는 건 어디서 배운 짓인지 모르겠다. 마음에 들지 않아, 그를 노려보자 이든이 한 번 가봤노라 말한다. 바로 대답하면 얼마나 좋을까? 항상 답답한 건 자신이었다. 가벼이 날숨을 내쉰 뒤, 해문은 말을 이었다.

"아사쿠사에 가면 오 엔짜리 동전을 매달아놓은 선물들이 있거든. 그게 왜 그런지 알아?"

"몰라."

이번엔 즉답이다. 학습 능력은 있구나, 하고 해문은 만족스럽게 고개를 끄덕거렸다.

"오 엔(五円: ごえん)은 일본어로 인연(ご緣: ごえん)이란 말과 발음이 같아. 그래서 오 엔에는 '인연이 계속 있기를 바란다(ご緣がありますように)'는 의미가 있대. 아마도 아사쿠사에서 파는 선물에 달린 오 엔은 다시 일본과 인연이 있길 바란다는 의미일 거야."

짐짓 잘난 척을 하며 설명을 하자, 손에 쥐고 있던 오 엔을 다시 보는 이든이었다. 뚫어지게 오 엔을 보더니, 피식 웃는다. 사람을 찜찜하게 만드는 웃음이었다. 해문은 고개를 갸웃거렸다.

"프러포즈 하는 거야?"

대뜸 나온 그의 황당한 발언에 해문은 말을 읽은 채 입만 벙긋거렸다. 그런 해문의 반응에도 아랑곳하지 않고 이든은 '맞지?' 라고 되묻는 작태를 보였다. 눈썹을 찡그린 채 그를 보다가 해문은 고개를 살살 흔들며 몸을 돌렸다. 진지하게 상대를 한 자신이 바보였다.

먼저 걸어가자, 뒤에서 이든이 졸졸 쫓아왔다. 또 무슨 애먼 말을 할까 싶어 해문은 표정을 찌푸린 채, 그를 모르는 척했다. 다행인지, 불행인지 이든은 아무 말도 없이 옆에서 걷고 있었다. 이상하게 그게 더 못마땅했다. 둘은 그렇게 아무런 대화를 하지 않고 사람이 북적거리는 시부야의 거리를 걸었다.

번화가라는 이름이 무색하지 않게 시부야는 평일 낮인데도 돌아다니는 사람들이 꽤 많았다. 그중에는 아무리 봐도 100% 한국인 관광객으로 보이는 이들도 있었다. 주변을 기웃거리느라 바쁜지, 그들은 해문이나 이든에게 관심이 없었다. 사실 관심을 가져 주어도 난감한 일이다. 해문은 흘깃 옆에서 걷고 있는 이든을 보았다. 몇 번의 지적 덕에 이든의 옷차림은 그나마 덜 튀는 무난한 옷의 조합이 되었다. 그래도 어느 정도 눈에 띄었다. 어쩔 수 없는 일이었다.

좁은 골목길로 들어서다가 해문은 잠시 멈추곤 가방에서 카메라를 꺼냈다. 카메라의 뷰파인더에 눈을 댄 채 이든을 향하자, 그가 싱긋 웃는다. 찰칵, 경쾌한 셔터 소리가 터졌다. LCD 창에 그의 얼굴이 살짝 떠올랐다가 사라졌다.

"역시 손해 보는 장사 같아."

LCD 창으로 방금 찍은 것을 확인하던 해문은 이든의 중얼거림에 눈썹을 치켜들었다.

"모델료는 공짜이고, 뭐 사 오라고 시키면 잔돈은 다 누구 씨 차지이고. 아, 정말 손해 보는 장사야."

어깨를 축 늘어뜨리며 불쌍한 표정을 짓는 이든이었다. 해문은 코웃음을 크게 쳤다.

"그렇게 따지면 나만큼 손해 보는 이도 없지. 숙박비에 식비도 무료. 게다가 통역에 가이드에 사진가 짓까지 다 무료. 아, 정말 난 너무 착하다니까."

지지 않고 그의 말에 반박하자, 이든은 양손을 들어 어깨를 으쓱거렸다. 졌다는 의미였다. 의기양양하게 해문은 '잘 모셔'라고 말했다. 이든은 말없이 허리 뒤에 손을 올리며 고개를 깊숙이 숙인다. 그러더니 고개만 들어 히죽하니 웃었다. 결국, 해문도 너털웃음을 터뜨렸다.

"그런데 아까 그 오 엔의 의미, 누가 알려준 거야?"

난데없이 한 이든의 질문에 해문은 웃음을 멈춘 채, 하늘을 올려다봤다. 참 푸르다.

"다 티 난다, 해문아."

쳇, 하고 혀를 차며 해문은 볼을 긁었다. 그의 예상대로 오 엔의 의미를 알려준 것은 너구리, 이가라시였다. 어느 날 갑자기, 이가라시는 오 엔을 건네주며 장황하게 의미를 설명했다. 그러면서 또 하나의 오 엔을 주더니, 반드시 이든에게 전해주라고 했었다. 빨간 실은 그녀가 반드시 이 오 엔을 주어야 한다고 해서, 해문이 표시해 놓은 것이었다.

"이젠 같은 아파트에 살지 않는데도 연락해?"

"귀찮게시리 항상 잊을 만하면 연락하더라고. 아주 지겨워 죽겠어."

일부러 질색이라는 듯 말했지만, 이든은 자신의 속내를 읽은 듯 의미 모를 웃음을 보였다. 왠지 면구하다.

아파트의 이 년 계약이 끝나면 바로 이사를 하겠다고 생각했던 적도 있었지만 실제 해문은 일 년을 더 그 아파트에 살았다. 사실 직장 문제만 아니었더라면 더 그곳에 살고 싶었다. 그러나 잦은 야근 때문에 직장에서 먼 그곳에 계속 살 수는 없었다. 그래서 해문은 작년 가을, 직장 근처의 조금 더 넓은 곳으로 이사를 했다. 이후, 이가라시와는 주로 전화와 문자로 안부를 주고받게 되었다. 물론 해문도 간간이 문자를 보내고 있었다. 어디까지나 답장이라는 의미로 말이다.

"그럼, 이건 네가 아니라, 너구리가 준 거겠구나?"

고개를 끄덕거리자, 이든이 오 엔을 높게 던졌다가 받았다.

"아쉽네. 프러포즈인 줄 알았는데."

"욕심도 많으신 최이든 씨."

"돈 욕심이 넘치는 유해문 씨."

서로 마주보며 하하 웃었다. 왠지 허무한 웃음이었다. 크게 숨을 내쉬며 해문은 다시 갈 길을 가지고 그를 재촉했다. 약속 시간까지 여유가 별로 없었다. 겨우 서로의 일정을 맞추어 잡은 휴일의 첫날을 길거리에서 허비할 수 없었다. 게다가 약속의 상대는 다른 누구도 아닌, 그 사람이었다. 늦었다가는 온갖 욕설을 배부르게 들을 터였다.

문득 해문은 그 사람, 난수와 처음 만났던 때를 떠올렸다. 철록어미처럼 담배를 입에 문 채 처음 한 말은 '당신이 속이 시꺼멓게 탄 그 여자로군' 이었다. 처음엔 참으로 불쾌한 사람이라고 느꼈으나, 나중에는 이든의 뒷담을 하며 친해졌다. 서로 아는 사람의 뒷담을 하는 것이 그렇게 즐거운 일이라는 것을 해문은 난수를 만나 처음 느꼈다. 마지막으로 만났던 날, '그 녀석이 그 집에 머물려고 내게 있지도 않은 애인이랑 동거한다고 말했단 말이지' 하고 이를 갈던 난수의 얼굴이 떠올라 해문은 피식 웃었다.

이든이 왜 갑자기 웃느냐고 눈으로 묻는다. 해문은 고개를 살살 흔들며 아무것도 아니라고 했다. 차마 그에게 난수가 지금 이를 박박 갈고 있을 것이라고 말해줄 수 없었다. 이든은 실없다며 어깨를 으쓱거렸다. 해문은 그의 등을 향해 고개를 살짝 숙였다.

다시 약속 장소를 향해 가다가, 이든이 돌연 한 곳을 보며 발걸음을 멈추었다. 안 그래도 시간이 촉박한데 왜 또 멈추냐고 물으려던 해문은 그가 보는 곳을 보고 짧게 감성(感聲)을 내뱉었다.

어딘가 오래된 느낌이 나는 레코드점의 유리문에 이든이 두 달 전에 출시한 일본어 싱글 앨범의 포스터가 붙어 있었다. 포스터가 주인의 마음에 드는 것인지, 아니면 두 달이나 흘렀다는 것을 모르는지, 그 포스터는 그곳에 있었다.

이상하게 얼굴이 달아오른다. 두 달 전에도 보면서 두근두근했는데, 다시 봐도 여전히 두근두근한다. 그의 얼굴이지만 포스터의 메인 사진은 해문이 찍은 것이기 때문이었다. 작은 잡지사에서 일하며 자신이 찍은 사진이 잡지에 간간이 실리는데도, 저렇게 뜻밖의 곳에서 자신이 찍은 사진을 보는 것은 꽤 면구했다. 손부채로 얼굴의 열을 식히며 해문은 포스터를 물끄러미 보았다. 곤히 잠든 이든의 얼굴은 보는 것만으로 잠이 몰려올 만큼 편안했다. 자화자

찬이나, 타이틀과 어울리는 모습이라는 것은 부인할 수 없는 사실이었다.

"静かな 風のように(가만한 바람처럼)."

유창한 발음으로 그가 타이틀을 읊었다. 입술을 옹그린 채, 해문은 주머니에 있던 휴대전화를 만지작거렸다. 심장이 작은 북소리를 낸다.

해문의 휴대전화엔 그가 읊은 타이틀이 저장명인 사진이 아직도 있었다. 이든은 아직 그 사진의 존재를 몰랐다. 아는 것은 난수뿐이었다. 비밀을 엄수하겠다는 약속을 받고, 난수는 이든의 싱글 앨범 타이틀을 그 제목으로 정했다. 그리고 사진 역시 난수가 휴대전화에 있는 그 사진의 콘셉트가 좋다고 우겨서 우격다짐으로 해문이 같은 콘셉트로 다시 촬영한 것이었다. 사진과 제목 저작권료라는 명목으로 좋은 카메라 렌즈를 받았지만, 아직도 해문은 그 사실을 이든에게 말하지 않고 있었다. 몰래 찍었다는 것보단, 괜히 창피하기 때문이었다.

"静かな風が吹く゚君から僕におだやかな風が吹いている゚その風に僕の心をのせて´遠くに遠くに送っているんだ゚(가만한 바람이 불어. 그대에게서 나에게로 잔잔한 바람이 불고 있어. 그 바람에 나의 마음을 실어, 멀리 멀리 보내고 있어)."

돌연 이든이 노래를 불렀다. 그의 싱글 앨범 타이틀 곡이었다. 작게 불렀지만, 해문의 귀에는 잘 들렸다. 해문은 그를 가만히 응시했다.

"静かな風のように´僕は君にゆっくり歩んで行くよ゚だから君

はそこにそのまま゛じっとじっといればいいんだ゜(가만한 바람처럼, 난 그대에게 천천히 걸어가고 있어. 그러니까 그대는 거기에 그대로, 가만히 가만히 있으면 돼)."

가까이 다가온 그는 노래를 끝내더니 갑자기 자신의 입술에 가벼운 입맞춤을 남겼다. 그러고는 자신을 보며 빙그레 웃는다. 자신의 반응을 기다리는 눈치였다. 해문은 나른하게 기지개를 켰다.

"잠든이가 불러서 그런가, 노래가 졸려."

"어이."

"원래 진실은 가혹한 법이야."

혀를 날름 내밀며 낄낄거리자, 어이없는 표정의 이든이 갑자기 뛰어들었다. 해문은 그를 피해 뛰며 다시 혀를 날름 내밀었다. 결국, 그가 하하 크게 웃었다. 해맑게 웃는 그의 얼굴을 재빠르게 카메라로 찍었다. 해맑게 웃는 그의 모습이 메모리 카드에 저장이 되었다. 저절로 웃음이 나온다.

웃을 만큼 웃은 이든이 옆에 다가오더니 손을 내밀었다. 물끄러미 그가 내민 손을 보고만 있자, 이든이 재촉하듯 손을 흔들었다.

"Shall we a walk?"

"이미 걷고 있잖아."

퉁명스럽게 대꾸하자, 고개를 설레설레 흔드는 이든이었다.

"산책하자는 말이야."

"지하 스튜디오에 가는 주제에 산책은 좀 그렇지 않아?"

"어디를 향하든 마음이 산책이라면 상관없잖아."

하긴 그랬다. 어디를 향하든 심적으로 산책을 한다고 생각한다면 목적지는 상관이 없었다. 해문이 그의 손을 잡자, 유치하게도 그가 손을 위아래로 흔들었다. 남세스러워 그러지 말라고 손에 힘을 주자, '산책이라니까' 란다. 유치하다고 겉으로는 핀잔을 주었지만, 해문은 그가 흔드는 대로 그냥 두었다. 그의 말대로 마음만은 산책을 하는 기분이라면 뭐 흔드는 것도 나쁘진 않을 터였다.

따뜻한 햇볕이 내리쬐는 초가을의 하늘 아래, 해문과 이든은 보조를 맞춰 천천히 걸었다. 서서히 목적지인 스튜디오가 있는 건물이 보였다. 그러자 이든이 '난수 형이 늦었다고 뭐라고 하겠다' 라고 말한다. 그와 잡지 않은 다른 손을 들어보니, 약속 시간에서 오 분이 오버다. 늦지 않았어도 이든은 오늘 난수의 밥상이 되겠지만, 졸지에 자신도 혼나게 생겼다.

생게망게하게 노래를 부른 탓이라고 해문이 구박하자, 이든이 뽀뽀가 약했던 모양이라고 엉뚱한 말을 했다. 여기서 대거리를 한판 할까 하던 해문의 귀에 일본어로 자신들을 부르는 소리가 들렸다. 고개를 돌리자, 스튜디오의 건물 앞에 사람이 서 있는 게 보였다. 난수의 조수, 시시도였다. 겨우 오 분 늦은 것에 길길이 날뛰며 시시도를 내보낸 것이리라. 어렵지 않게 난수의 표정이 상상이 되었다. 해문이 이든을 바라보자, 그도 같은 생각을 했는지 고개를 끄덕거린다. 일 초라도 더 늦는 것보단 뛰는 게 낫다. 해문은 이든과 손을 잡은 채 뛰었다.

그런 두 사람의 사이를 건들바람이 가로질렀다. 따스한 가을볕은 두 사람의 머리 위로 내리쬐고 있었다.

아침이다. 아침이구나. 아침이야.

중얼거리면서 파란빛이 가득 찬 실내를 둘러보았다. 익숙한 풍경이 눈에 가득 들어찼다. 평소와 다른 것은 하나도 없는데, 어딘가 빈 듯 어색한 기분이 들었다. 고개를 돌려 사라진 게 있는지 찾다가 협탁에 놓인 구깃구깃한 종이를 보았다. 보자마자 미간을 찌푸리고 말았다.

머리를 살짝 긁었다. 긁으면 긁을수록 간지러움이 더욱 심해졌다. 어제 샤워하고 잤는데도 이상할 정도로 간지럽다. 어차피 혼자였기에 아예 마음 놓고 실컷 긁었다. 두피의 간지러운 부분은 모두 없애고 싶은 마음 하나로 힘차게 긁었다. 그래도 간지러움은 사라지지 않았다.

제기랄.

아무도 없는 공간에서 혼잣말을 하다가, 눈을 감아버렸다. 묘하게 빈 느낌이 들고, 미미한 간지러움이 온몸을 자극하는 아침이었다. 그래서 불쾌했다. 눈을 감은 채 정체 모를 불쾌함을 누르고자 애썼다. 그때 짙은 커피 향이 났다. 침대에서 일어나 미닫이문을 열고 나갔다. 낯익은 인영이 부산하게 움직이는 게 보였다.

"커피 한 잔."

마치 카페에서 주문하듯 말하자 간단한 응답이 돌아왔다. 잠시 로드매니저인 철호를 보다가 고개를 돌렸다. 소파에 걸터앉아 TV가 연거푸 뱉어내는 아침 뉴스를 멍하니 보았다. 눈앞에는 활자로 가득한 신문 몇 개가 어서 읽어달라고 무언의 종용을 하고 있었다. 여느 때와 다르지 않은 아침. 아까보다 더욱 빈 느낌이 선명하게 가슴속에 자리 잡는다.

이상하다고 중얼거렸다. 혼자만 들릴 정도로 작게 중얼거렸다. 혼잣말이 메아리처럼 머릿속에서 윙윙거린다. 전날의 숙취가 몸을 괴롭힐 때와 엇비슷했다.

"오늘은 **잡지 촬영이랑 케이블만 있어요."

진한 커피 향이 묻어 나오는 잔을 코앞에 들이밀고 말하는 철호에게 난 건성으로 알았노라 말했다. 내 반응이 미진했는지, 듣고 있느냐고 물어온다. 듣고 있다고 고개를 크게 끄덕거리자, 그제야 만족했는지 다른 말을 이었다.

TV에서 나오는 소리와 철호의 말이 뒤섞여 정신이 없었다. 하지만 아무 말도 할 수 없었다. 왜 이렇게 이상한 느낌이 드는 것일까? 자연스레 머릿속에 의문부호가 가득 찼다. 아무리 생각을 해도 정체는커녕 이유도 나타나지 않았다. 아침이건만 머릿속은 마치 잠을 자는 듯 몽롱하기만 했다.

밖으로 나오니 서늘한 공기가 피부에 닿았다. 오싹하니 피부가 다 곤두섰다. 제법 두둑하게 옷을 입었는데도 추위에는 별 효력이 없는 듯싶었다. 무심코 하늘을 올려다보니, 서늘한 파란색이 하늘을 가득 채우고 있었다. 아직은 겨울의 흔적이 완연한 하늘색이다. 하늘을 향해 뿌연 입김을 내뱉었다. 흐릿한 입김은 입에서 나가기가 무섭게 바로 사라졌다. 아쉬운 마음에 한 번 더 입김을 내뱉곤 하늘을 보았다. 알 수 없지만, 시리도록 파란 하늘에서 눈을 떼어내기가 어려웠다.

"아직도 겨울인가 봐요. 춘분이 지난 게 언제인데, 왜 이렇게 추우냐고요. 일기예보가 맞는 날이 없어요."

옆에 가던 철호의 투덜거림에 시린 하늘에서 겨우 시선을 떼어낼 수 있었다. 물끄러미 자신을 보는 시선을 돌아보며 싱긋 웃자, 고개를 갸웃거린다. 몸을 부르르 떨며 춥다고 중얼거리자, 그제야 철호는 기상청은 항상 거짓말만 한다느니, 이건 한겨울 날씨라느니 하는 투덜거림을 이어갔다. 그의 말대로 추웠다. 이상한 느낌이 남아 있는 추운 아침이었다.

카메라를 향해 큰 소리로 인사하자, 카메라의 중앙에 있던 불이 꺼지며 누군가가 수고했다고 크게 외쳤다. 그 소리에 반사적으로 수고했다고 말했다. 촬영이 끝나자 온몸에 피로가 엄습했다. 그런 내 등에 무거운 몸이 매달렸다.

"형, 오늘 나랑 술 안 마실래?"

달콤한 제안이었다. 나만 그렇게 생각한 것이 아닌지, 근처에 있던 다른 멤버들까지 솔깃해서 우르르 몰려온다. 그러자 등에 매달린 녀석이 둘이서만 마실 것이라고 크게 외쳤다. 갑자기 야유가 터져 나왔다. 매번 둘이서 어울리는 것이 불만이라느니, 이러다가 해체의 길로 갈 수 있다는 식의 농담까지 들렸다. 그러나 등에 매달린 녀석은 그런 말에도 아랑곳하지 않고 둘이서 마실 것임을 재차 강조했다. 어차피 내가 상관할 것은 아니기에 철호를 찾아 주변을 두리번거렸다. 때마침 철호는 내 근처로 오고 있었다.

"내일 스케줄은 없지?"

이미 알고 있는 사실을 확인하고자 묻자, 철호가 두꺼운 수첩을 보더니 그렇다고 대답한다. 등에 매달린 녀석이 '이미 확인했다니까' 라며 크게 웃었다. 녀석의 웃음이 등에 전해지는지 간질간질하다.

주변에 있던 다른 녀석들도 내내 '왕따' 라고 떠들던 것을 잊었는지 내일 쉰다는 것에 반색하고 있었다. 어차피 공식적인 활동이 끝나, 향후 남은 것은 개인별 스케줄뿐이었다. 나처럼 연기 쪽의 활동을 하지 않는 이에겐 휴일의 연속이었다. 쉰다는 것은 묘하게 사람을 들뜨게 한다. 다만, 마냥 좋지는 않았다. 왜? 머릿속에 잠시 떠오른 의문부호가 등에 매달린 녀석의 재촉에 의해 사라졌다.

인터뷰 장소인 카페를 나오자마자 엄청난 비명이 주변을 울렸다. 오빠, 혹은 내 이름을 목 놓아 외치는 그들은 부르지 않으면 죽을 것인 양, 목청껏 비명을 지르고 있었다. 매니저를 비롯한 사람들의 움직임이 부산하게 변했다. 우악스럽게 그들을 막고 조용히 하라고 외치는 덕에 순식간에 조용한 거리가 아수라장이 되었다. 그곳에서 난 마치 인형처럼 손을 흔들며 연거푸 미소를 지었다. 여태껏 그래왔고, 그래야 하기에 나를 잡는 손길에도 난 바보처럼 웃는 것을 멈추지 않았다.

겨우 아수라장을 탈출해 차에 타니 몸이 기진맥진이었다. 활동 때의 스케줄에 비하면 가벼운 편인데도 몸이 쉽게 지치는 걸 보면 저도 모르게 이제 나이라는 한탄이 나오고 만다. 그러자 옆에 앉아 있던 녀석이 '내년이면 계란 한 판이지' 라고 바로 동조했다. 그러고 보니 내년이면 서른이었다. 서른이라는 말을 곱씹으니 아렴풋하게 무언가 떠오르려 했다.

"어디로 갈까요?"

언뜻 떠오르던 것이 운전석에 있던 남자의 말 덕분에 사라졌다. 아쉬운 느낌 때문에 대답을 하지 않자, 옆에 있던 녀석이 몇 개의 유명한 클럽과 바를 언급한다. 대부분 알고 있는 곳이긴 했지만 내키지 않았다. 어디가 괜찮을까 하던 중, 불현듯 한 곳이 떠올랐다. 그러자 잠시 잊고 있던 빈 듯한 느낌이 되살아났다.

"아니, 오피스텔로 가자."

"응? 오피스텔? 설마, 그 오피스텔을 말하는 거야?"

"그 오피스텔은 뭔데? 누가 들으면 오피스텔을 여러 채 가지고

있다고 알겠다. 집으로 가긴 그러니까 군소리 말고 오피스텔로 가
자.”

무엇이 이상한지 옆에 앉은 녀석은 경악을 금치 못했다. 요 근
래 내가 오피스텔에서 지내는 것을 알면서도 저런 반응을 보이는
게 외려 이상했다. 의아한 눈으로 보자, 딴청을 피우는 기색이 역
력하다. 고개를 살살 흔든 뒤 눈짓으로 가자고 하자, 운전석의 남
자가 그러겠노라 대답했다. 그러면서도 룸미러로 나를 살핀다. 녀
석의 이상한 반응 때문에 그도 이상하다고 생각한 듯했다.

단지 시끄러운 곳에 있고 싶지 않아서다. 그 이유 외엔 다른 건
없었다. 어차피 그 오피스텔은 쉬기 위해 존재하는 곳이었다.

부드럽게 차가 움직이고, 차창 너머로 보이는 풍경이 점차 빨라
지기 시작했다.

상당히 양의 꾸러미를 들고 오피스텔의 로비에 들어서자, 보안
요원 하나가 알은체했다.

“소포가 와서 보관해 놨습니다. 지금 들고 가실 수 있으세요?”

소포라는 말에 녀석이 팬일 것이라고 중얼거렸다. 팬일 수도 있
으나, 이 오피스텔의 존재를 아는 팬은 극히 일부였다. 아마도 그
일부 중 하나가 무언가 보낸 듯싶었다.

무엇을 더 들고 가기에는 손이 버거웠지만, 보안 요원이 들고
있는 소포의 크기는 무척 작았다. 난 그의 손에서 소포를 받아 비
닐봉지 속에 넣었다. 녀석의 눈에 호기심이 그득 들어찼다. 팬에
게 받은 선물에 대해서는 늘 호기심을 가지는 녀석이었다. 하지만

우선 해야 할 일은 오피스텔 안으로 들어가는 것이다. 양손에 든 봉지의 무게가 점점 무거워졌다. 이럴 줄 알았으면 철호를 부를 것을 그랬다. 철호를 그냥 보낸 것이 안타깝다.

양손에 빨간 자국이 남을 정도로 낑낑거리며 도착한 오피스텔은 아침과 차이가 없었다. 그 몇 시간 사이에 먼지가 껴봤자, 크게 티도 안 날 것이다. 녀석은 들어오기 무섭게 내용물이 궁금하다며 소포를 들고 가버렸다. 어차피 저렇게 작은 크기면 향수 같은 것일 터였다. 그다지 궁금하지 않았기에 난 욕실로 들어갔다. 차가운 물에 머리를 식히고 싶었다.

얼굴만 씻을 생각이었지만, 물을 만지자 생각이 바뀌었다. 처음 의도와 달리 찬물로 샤워를 했다. 아직 겨울의 여파가 남은 시기라서 조금 으슬으슬하기는 했지만 버틸 만했다.

욕실을 나오자 음악이 은은하게 울리고 있었다. 녀석은 내가 나오는 것을 기다리지 않고 먼저 맥주를 마시고 있었다. 소파에 늘어져 발을 까딱거리는 녀석의 모습은 편하기 그지없었다. 마치 자신의 집에 온 듯한 녀석의 행동에 저절로 웃음이 나왔다.

바닥에 놓인 맥주를 한 캔 따 벌컥벌컥 들이켰다. 맥주의 차가움이 목구멍을 따라 위장으로 가는 게 느껴졌다. 온몸의 피부가 곤두섰다. 몽롱한 정신을 깨우는 이 차가움이 오늘따라 마음에 든다.

"향수지?"

노곤한 몸을 소파에 기대며 묻자, 녀석의 발이 잠시 멈추었다. 이내 다시 움직이기는 했지만, 아까처럼 흥에 겨워 까딱거리는 느낌이 아니었다. 대답을 종용하듯 쳐다보자 녀석이 미적거리며 입을 열었다.

"향수 아니더라."

"그럼 사탕이야?"

화이트데이가 얼마 전이었기에 바로 떠오르는 건 사탕이었다. 문득 화이트데이를 전후해서 받았던 엄청난 수의 사탕이 떠올랐다. 그러고 보니 그 사탕 꾸러미를 어디 두었는지 모르겠다. 집에 두었던가?

"그것도 아니더라고."

시큰둥하게 대답을 하더니 녀석은 샤워하고 오겠다며 벌떡 자리에서 일어났다. 가다 말고 녀석이 돌연 나를 보며 한숨을 폭 내쉰다. 녀석의 표정이 미묘하다. 이상한 녀석. 아무래도 녀석이 기대하던 게 아닌 듯싶었다. 혹시 속옷일까? 녀석은 이상하게도 속옷 선물만큼은 꺼려하는 경향이 뚜렷했다.

그저 선물일 뿐이고, 어차피 입은 모습을 보여줄 수도 없다. 선물이라고 웃으며 넘기면 될 것을, 저리 민감하게 반응하는 녀석이 순진하게 느껴졌다. 순진이라는 말과 녀석을 연결한 자신이 우스워 피식 웃음이 나왔다.

녀석이 선곡한 음악이 끝나자, 오디오 근처에 있던 다른 CD를 넣었다. 버튼을 누르자 귀에 익은 음악이 흘러 나왔다. 흥얼흥얼 따라 부르며 소파로 돌아가 남은 맥주를 한 입에 털어버렸다. 맥주의 끝 맛은 유난히 썼다.

샤워인지 목욕인지, 감감무소식인 녀석을 기다리다가 문득 아까 받은 소포가 떠올랐다. 소포를 찾는 것은 어렵지 않았다. 바닥에 놓인 상자를 집자, 생각보다 더 가볍다는 걸 알았다. 진짜 속옷일지도 모르겠다. 흘깃 욕실 쪽을 보며 내용물을 꺼냈다.

그때 타이밍 좋게 녀석이 나왔다. 샤워기에서 찬물이 나와 심장이 멈추는 줄 알았다고 너스레를 떨던 녀석은 내가 소포의 내용물을 들고 있는 것을 보자 바로 입을 다물었다.

"시계네."

소포의 정체를 입에 올리자, 녀석이 크게 마른기침을 하며 그제야 춥다고 다시 투덜거린다. 음악은 여전히 흘러나오고 있었다.

바닥에 놓인 빈 캔과 빈 병의 수를 가늠할 수 없었다. 눈으로 몇 개인지를 세다가 포기하고 말았다. 가득했던 봉지는 이미 텅텅 비어 바닥을 굴러다니고 있었다. 내가 걸어놓은 CD는 다섯 번째 반복에 접어든 지 오래였다.

"그 시계 말이야."

벽장에서 양주를 꺼내는데, 녀석이 갑자기 말을 걸었다. 그에 아랑곳하지 않고 양주를 꺼내 컵에 조금 따랐다. 별로 술에 취한 것 같지 않은데, 시야가 약간 일그러진다. 취한 것일지도 모르겠다.

"그거 맞지?"

주어도 목적어도 없는 녀석의 질문이었지만 알아들을 수 있었다. 굳이 대답을 하고 싶지 않아 컵을 흔들기만 했다. 찰랑찰랑 갈색의 액체가 흔들리는 게 파도를 연상하게 한다.

“유나가 지나가듯이 말해주던데, 진짜였나 봐.”

“응.”

시큰둥하게 대답하자, 녀석은 그대로 입을 다물었다. 말이 많은 편인 녀석이 입을 다문 것으로 보아, 아무래도 내가 아니라 녀석이 취한 모양이었다. 녀석은 손으로 얼굴을 쓸어내리며 이만 자겠다고 불투명한 유리 미닫이문을 열고 침실로 들어갔다. 열린 문 너머로 베개에 얼굴을 파묻는 녀석의 모습이 보였다. 그 모습을 눈으로 좇다가 컵에 남은 술을 한꺼번에 들이켰다. 달곰쌉쌀한 액체가 목구멍을 화끈하게 달구었다.

다시 술을 따라 홀짝거리다가 여섯 번째 반복에 접어든 오디오를 껐다. 컵을 든 채 침실로 가 커다란 창문에 몸을 기댔다. 밖이 여전히 추운지 창문은 얼음처럼 차가웠다. 유리 위에 손바닥을 올리자, 손의 형태대로 뿌연 김이 서렸다.

술을 한 모금 들이켜며 고개를 돌리자, 열린 문 너머로 테이블에 대충 놓인 시계가 보였다. 저 시계를 사기 위해 쇼핑몰을 다니던 내 모습이 아렴풋하게 떠올랐다. 그때 내 곁에는 침대에서 정신없이 곯아떨어진 녀석이 있었다. 손목에 두어 번 돌려 매는 방식의 에메랄드 색 가죽 시계를 녀석은 꽤나 신기해했더랬다. 그렇기에 녀석은 저 시계를 보는 순간, 무슨 시계인지 바로 알아봤을 것이다.

시계에서 눈을 떼어내 창밖을 보았다. 손바닥은 여전히 창문에 붙이고 있었지만, 내 온기가 유리에 옮겨간 듯, 유리는 더 이상 차갑지 않았다. 불야성의 도시가 내뱉은 불빛이 시선을 어지럽게 한다.

"진짜였어."

뒤늦은 대답을 조용히 읊조리며 먼 하늘을 올려다봤다. 아침의 그 느낌이 다시금 살아나 가슴을 톡톡 건드리고 있었다. 별도 보이지 않는 밤하늘이 무언가를 삼킨 것처럼 느껴졌다. 삼킨 것일지도 모른다. 멍하니 밤하늘을 바라보며 술을 홀짝였다. 입 안에 남은 술의 잔향이 유독 쓰다.

이상하게 무언가 빈 듯했던 그 아침, 협탁에 쓰레기처럼 놓인 종이에는 단 한 구절이 적혀 있었다.

〈언니, 오늘 간대요.〉

"어디 갔다 온 거야? 우리가 얼마나 걱정할지 생각이나 해봤어? 너 도대체 생각이 있는 놈이야, 없는 놈이야!"

귀청을 떨어뜨릴 정도의 목소리에도 아랑곳없이 피곤함에 찌든 몸을 소파에 뉘었다. 확실히 밖에서 몸을 쭈그리고 잔 게 무리가 된 듯싶다.

"네놈 때문에 우리가 얼마나 난리가 났었는지 알아! 기자들도 와 있는데, 괜히 애먼 기사 뜨면 어쩌려고 그래! 스캔들 내서 좋을 것 없다고 내가 몇 번이나 말했어! 내 말이 그렇게 우스워? 너 인마, 공인이면 공인답게 행동하란 말이야! 너 하나 보고 있는 인간이 몇인데 그런 짓거리야!"

눈을 감고 더는 아무 말도 하지 말아달라는 메시지를 보내도 상대방은 꿈쩍도 하지 않았다. 듣그러운 목소리에 일일이 반응하기도 싫어 입을 다물었다. 그 반응이 오히려 화를 더욱 불렀는지, 길길이 날뛰는 게 느껴졌다. 저러다가 쓰러지면 곤란하다. 그러나 막을 능력이 없다.

제풀에 지치기를 기다리며 가만히 있자, 어깨를 톡톡 두드리는 손길이 있었다. 눈을 뜨니 철호가 억지웃음을 지은 채 날 본다. 밤새 잠도 못 잤는지 그의 얼굴은 하루 사이에 반쪽이었다. 의도치 않게 피해를 준 게 미안해 눈으로 미안함을 전하자, 철호가 가볍게 손사래를 흔들었다.

"나 말고 동하 형한테 하세요, 형. 어제 형 사라지고 나서 동하 형이 기자들 막는다고 얼마나 뛰었는데요. 안쓰럽더라고요."

간단한 화보 촬영으로 왔지만, 얼마 전부터 도는 솔로 데뷔 임박설 때문에 기자들도 제법 와 있었다. 그런 그들에게 내가 아무 말도 없이 사라진 것은 좋은 뉴스거리임에 틀림없었다. 보지 못했지만 기자들이 어떤 식으로 덤볐을지 예상이 갔다. 사생활 보호라는 허울뿐인 단어가 머릿속에서 빙빙 돈다.

"형, 이럴 땐 그냥 사과하는 게 최고예요. 동하 형이 어제 너무 힘들어서 그런 것뿐이지, 악감정이 없는 건 아시잖아요."

누굴 위해 저렇게 길길이 날뛰는지 알고 있었다. 나 하나로 말미암아 다른 이들이 피해를 본 것을 대표해 동하가 저러는 것이다. 그걸 알기에 이렇게 군소리없이 그의 잔소리를 듣고 있었다. 어쨌든 단 한 마디의 언급도 없이 사라진 것은 분명 잘못한 일이었다. 어차피 이런 일을 예상하고 벌인 일이기에 후회는 없었다.

그러나 인정할 것을 인정해야 했다.

"죄송합니다. 다시는 안 그러겠습니다."

벌떡 일어나 고개를 깊숙이 숙였다. 내 뜬금없는 사과에 동하도 놀란 모양이었다. 순식간에 넓은 호텔 방이 고요해졌다. 슬그머니 웃음이 나올 것 같았지만, 참았다. 여기서 웃었다는 욕설을 더 들어야 할 것이다.

"정말 죄송해요."

재차 사과의 말을 하자, 머리 위로 묘한 시선이 느껴졌다. 시선을 들자, 기묘한 동하의 표정이 보였다. 저 시선이 말하는 걸 바로 눈치 채고 난 고개를 흔들었다. 그러자 동하의 얼굴이 험악해진다.

"인마, 죄송하다면서 어디 갔는지는 말하기 싫다는 거냐?"

조금 전에 비해 기세가 죽은 목소리였다. 옆에서 철호도 고개를 끄덕거리며 자신도 궁금하다고 한다. 단순한 호기심도 있을 테지만, 그 바탕에는 어떤 구설수에 걸릴지 사전에 대비하고자 하는 마음도 있을 터였다. 조그만 구설수로도 생명이 끝날 수 있는 게 내가 사는 세상의 법칙이었다. 한순간의 충동이라는 말은 그저 변명일 뿐이다.

"잠깐 머리 식히고 싶었을 뿐이에요. 문제 일으킬 짓은 전혀 안 했습니다."

"그 말을 내가 곧이곧대로 믿을 거라고 생각해?"

"아니라는 거 알지만, 진짜 그런 걸요. 사람에 대해 신용 좀 가지세요."

"신용을 가지게 해야 가지지."

풀이 죽은 목소리로 투덜거리면서 영 미쁘지 않다는 시선을 치우지 않는 동하였다. 비시시 웃으며 아무것도 아니라고 단호하게 말했다. 그제야 그렇게 말한다면 어쩔 수 없이 믿겠다고 동하가 심드렁하게 대꾸했다. 그러나 그의 얼굴에는 안도의 기색이 완연하게 보였다. 돌발 행동을 한 적이 없는 편이니, 그도 이번 한 번으로 끝날 것이라고 믿으려는 듯했다. 적어도 이런 식으로 아무 말 없이 사라지는 일은 없을 것이다. 아무 말 없이 사라지지 않겠다는 것뿐이다.

"뭐 그렇게까지 말한다면 이번은 믿겠어. 여하튼 인마, 나도 좀 편하게 살자. 다른 놈들에 비해 유난히 조용한 놈이 왜 갑자기 허튼짓을 해서 사람 애간장을 다 타게 해."

"안 그런다고 하잖아요. 그만 해요, 형. 듣는 이든 형 귀에 진물 나겠어요."

"너도 문제야. 어디 갔는지도 모르고 잠에 빠져서는."

어느덧 공격의 화살은 내가 아닌 철호로 향해 있었다. 로드매니저라는 놈이 제대로 감시도 못하냐고 구박을 하자, 철호의 얼굴이 울상이 되었다. 좀 살려달라는 애절한 눈빛을 모르는 척했다. 나 역시 저 잔소리를 더 듣고 싶지 않았다.

어색하던 호텔 분위기가 장난스럽게 변하는 데는 오랜 시간이 필요하지 않았다. 그동안의 스케줄 때문에 힘이 들어서 그랬을 것이라고 그들 나름대로 생각하는 듯했다. 그냥 그렇게 믿게 두는 게 편해 입을 다물고 고개만 끄덕거렸다. 이런 분위기를 깬 것은 약간 다급한 기색의 스타일리스트였다. 그녀는 말없이 시계를 가리켰다.

"이런 젠장, 벌써 비행기 시각이잖아. 최이든!"

"죄송합니다."

"너 인마, 진짜! 아우, 정말 죽일 수도 없고."

"형, 그러고 있을 때가 아니지 싶은데요. 서둘러도 잘하면 늦을 수도 있어요."

침착한 철호의 말에 한바탕 욕설을 퍼부으려던 기세가 수그러들었다. 하지만 눈빛만큼은 날카로웠다. 한국에 가서 두고 보자고 동하의 눈이 말했다. 그 눈을 슬쩍 피했다. 푸르르 그가 화를 내는 듯 거친 숨소리가 들렸다. 그 소리도 짐을 정리하는 이들의 소란스러움 덕분에 금세 사라졌다.

"철호야, 저놈 잡아. 또 혼자 사라질 수 있어."

짐을 들고 호텔 방문을 나서는 와중에도 구박을 한다. 아무래도 당분간은 조용히 있어야 할 것 같다.

문을 나서자 호텔 방에 비해 조금 따뜻한 공기가 피부에 와 닿았다. 꽉 막힌 복도의 텁텁한 공기가 숨통을 막는 것 같았다. 이런 것보다 더운 듯한 바깥의 공기가 더 좋았다. 덥지만 상쾌한 그 공기가 그립다.

동하의 엄포 때문에 오피스텔까지 따라오려던 철호를 겨우 물리치고 오피스텔의 문을 열자, 낭랑한 목소리가 '문이 열렸습니다' 하고 외쳤다. 때때로 이 목소리가 반갑기도, 듣그럽기도 하다.

며칠 비웠다고 스산해 보이는 거실 구석에 가방을 세워뒀다. 깨끗하다기보다는 썰렁하다는 표현이 어울리는 내부에 검은색 트렁크가 어색하게만 있다. 그 모습이 꼭 지금의 나 같았다. 멍하니 보고 있다가 몸을 돌려 침실로 향했다. 일단 잠을 자야 할 것 같았다.

침대에 풀썩 눕자, 마른 먼지가 공중을 부유했다. 하얗게 빛나는 먼지를 잡으려고 손을 흔들다가 그대로 이마 위에 올렸다. 눈을 감고 크게 숨을 내쉬었다. 피곤하다. 이대로 한숨 푹 잤으면 좋겠다. 조금 더 몸을 편하게 하고자 옆으로 누우니 바지에 무언가가 몸을 찔렀다. 그제야 떠오르는 게 있어 오른손을 청바지 주머니 속에 집어넣었다. 까칠한 종이와 딱딱한 금속 물체가 손에 잡혔다. 두 개를 한꺼번에 꺼내 손에 올린 채 잠시 보았다.

주머니 속에 구겨 넣은 탓에 구깃구깃한 종이를 펴자, 연필로 쓰인 깔끔한 필체가 눈에 들어왔다.

〈이걸로 문 잠가주세요. 그리고 열쇠는 문 아래의 신문지 투입구에 두고 가주세요.〉

급했는지 글자는 끝으로 갈수록 하늘로 치솟고 있었다. 몇 시까지 학교에 가야 하는지는 모르나, 분명 자신을 깨운다고 시간을 꽤 허비했을 터였다. 쉽사리 잠에서 깨지 못하는 편이기에 뻔히 예상이 갔다. 직접 보았다면 더 재미있었을 텐데, 약간 아쉽다.

물끄러미 보다가 구겨진 부분을 손으로 잡아당겼다. 힘주어 잡아당기니 약간 주름이 펴지긴 했으나 사라지진 않았다. 다리미로 다리지 않는 이상, 계속 구겨진 상태일 것이다. 문득 마음도 다리미로 다린다면 펴질지 모른다는 생각이 들었다. 바보 같은 생각이다.

짧게 한숨을 내뱉은 뒤 종이를 협탁에 놓았다. 그런 다음 본래는 신문지 투입구에 넣었어야 할 것을 가만히 보았다. Made in Japan인데도 국내에서 만든 것과 크게 다르지 않았다. 어느 나라든 열쇠는 다 똑같게 만드는 듯싶었다. 하지만 이 열쇠는 그곳을 열 수 있는 유일한 존재였다. 그 사실이 이 열쇠를 특별하게 만들었다.

열쇠를 높게 던졌다가 받아서 종이 옆에 두었다. 그대로 두고 다시 자려다가 일어나 두 개를 서랍 안에 넣었다. 서랍에는 이전에 넣어두었던 갈색 상자가 있었다. 그 옆에 잘 접은 종이와 열쇠를 놓고 다시 서랍을 닫았다.

아직은 아니다.

밀린 잠을 보충하고 일어난 때는 이미 땅거미가 내린 이후였다. TV 소리가 아련하게 들려 미닫이문을 열자, 무성이 소파에 앉아 있었다. 잠결에 문을 열어준 기억이 없는데 어떻게 들어왔는지 모르겠다.

"어떻게 들어왔어?"

더벅머리가 되어버린 머리를 긁적거리며 묻자, 무성이 TV에서 시선을 떼어내지 않은 채 말했다.

"초인종 눌러도 반응이 없어서, 비밀번호 눌러서 열었지."

"비밀번호 알고 있었어?"

"내가 여길 한두 번 왔어야지. 몇 번 보니까 저절로 외워지더라."

"흐음."

"지금 비밀번호 바꿀 생각 하고 있었지?"

"웃기는 녀석."

"잠든이 주제에."

대꾸는 하되, 그의 시선은 TV에서 떠나지 않았다. 무슨 영화인가 싶어 보니, 무성이 녀석이 DVD를 가지고 와서 보는 듯했다. 저 영화 제목이 아마 '카사블랑카'였을 것이다. 무성이 아끼는 영화 중 하나였다는 게 어렴풋이 기억났다. 험프리 보가트의 엄숙한 얼굴과 진지한 무성의 얼굴이 대비되었다. 왠지 웃음이 나올 듯해 입을 틀어막은 채 욕실로 들어갔다. 욕실 문을 닫자, 바깥과 완전히 단절되었다. 숨통이 막힌다.

늦은 점심 겸 저녁을 때우기 위해 배달 음식을 시키고 소파에 앉았다. 화면에는 엔딩 크레디트가 올라가고 있었다. 무성은 '아, 잘 봤다'라고 중얼거리며 기지개를 켜고 있었다.

"잘 다녀왔어?"

싱긋 웃는 얼굴의 무성이 묻는다. 그렇다고 고개를 끄덕였다. 외국에서의 화보 촬영은 시간 싸움이었다. 그건 무성이도 잘 아는 사실이다.

"어땠어?"

"뻔했지. 잘 알면서 묻는 의도가 뭐야?"

잠이 덜 깼는지, 무심코 그의 질문에 과민 반응했다. 무성이 살짝 눈썹을 찌푸리더니, 이마를 긁적거린다. 작게 혀를 차며 애써 태연한 척, 담배를 빼물었다.

무성의 질문은 단순히 촬영을 잘 다녀왔는지 묻는 게 아니었다. 그곳의 주소를 알아내고자 무성에게 부탁을 했었기에 그는 내가 어디에 갔는지 이미 알고 있었다. 이럴 땐 그저 모르는 척해주면 좋을 텐데, 무성에게 그런 것을 바라는 건 큰일이다. 걱정이 스며든 질문인 것은 알지만, 내키지 않는 질문인 것도 사실이었다.

"별로야?"

질문의 골자는 빼먹고 말한다. 무성이의 입장에서는 직접적으로 언급하기 어려웠을 것이다. 내가 그보다 연상이기에, 아니면 그 문제에 대해 그 역시 아는 게 별로 없기 때문일 것이다. 어쨌든 난 지금 질문을 받았고, 어떤 형태로든 답을 해야 한다.

"변함없었어."

"그랬겠지. 얼마나 지났다고 변했겠어?"

아니, 사실은 조금 변했다. 무성이 알던 모습과 지금의 모습 간에는 분명 괴리가 있을 것이다. 조용하게 은은한 미소를 짓던 과거와 달리 지금은 큰 소리도 치고, 때리기도 한다. 반나절도 안 되는 시간 동안 경험한 그녀는 예전에 알던 그 모습이 아니었다. 어쩌면 그게 본새일지도 모른다.

"그래도 잘 버티나 보네. 혼자 갔다면서? 여자 혼자 몸으로는 버거울 텐데 말이야."

대답 없이 연기만 허공에 뿜어냈다. 내가 뱉어낸 회색 연기가 공중에서 흩어져 사라진다.

"그런데 형, 나 질문 하나만 해도 돼?"

"하지 마."

"에이, 형. 별로 어려운 질문도 아니야. 그냥 궁금해서 말이야. 그냥."

애교를 떤다고 어깨를 흔드는 무성이다. 눈썹을 살짝 찌푸리고 말았다. 그가 어떤 질문을 할지 뻔히 예상이 갔다. 말없이 있자, 무성은 그게 허락이라 생각했는지 입을 연다. 뻔한 질문. 어떤 대답을 해야 할까?

"왜 만나러 간 거야? 헤어진 거 아니었어? 반년이나 지나서 왜 갑자기 만나고 싶어진 건데?"

피우던 담배를 끄고 새 담배를 물었다. 대답을 하지 않았는데도 무성은 연거푸 질문을 이었다. 하나만 한다고 해놓곤 몇 개의 질문을 하는지 모르겠다. 어차피 대답은 하나다.

"이런 말 하면 좀 그렇지만 개도 그냥 그러니까, 그냥 스쳐 지나가는, 그게 아니라."

말을 고르려고 하는지 자꾸만 '그게 아니라'라는 말만 반복했다. 간단하게 약간 어울리던 여자라고 하면 될 것을, 괜히 안 좋은 머리 굴린다고 고생이다. 굳이 지적하진 않았다.

"어쨌든 형 별로 심각하지 않았잖아. 꽤 오래가긴 했지만, 그래도 동하 형한테 한마디 말도 없이 나가서 만날 만한 애는 아니라고 생각했는데 말이지."

대답을 하지 않고 묵묵히 소리없는 연기만 뱉어냈다. 속이 타는지 무성의 목소리가 작아졌다.

"물론 형이 무슨 생각이 있으니까 만났다고는 보는데, 의외라서 그래. 떠난 지 반년이나 지났는데 이제야 만난다는 게 이상하잖아. 솔직히 생각이 있었다면 떠나기 전에 막는 게 당연하지 않나? 아니, 그러니까 그게 당연하다는 게 아니라, 아무튼 이상하긴 하잖아."

내내 작아지던 목소리가 돌연 커지며 무성이 가슴을 퍽퍽 쳤다.

"어이고, 답답해. 형은 이상하게 꼭 이 문제만큼은 입도 벙긋 안 하더라?"

"할 말이 없어서 그래."

"할 말이 없긴 뭐가 없어! 거짓말만 늘어가지고. 아우, 짜증나."

아니다. 진짜 할 말이 없었다. 한 번의 만남으로 미미하게 뭔가 생기긴 했으나 그것에 대한 확신이 아직은 없었다. 따라서 내가 할 수 있는 말이 없었다. 굳이 그 말을 무성에게 설명할 이유가 없어 입을 다물고 있는 것도 다른 이유 중 하나였다.

때마침 배달 음식이 도착하고, 무성은 밥이나 먹자며 배달 음식을 받으러 나갔다. 난 그사이 담배를 한 대 더 피웠다. 고개를 돌려 침실을 보았다. 작은 협탁이 눈에 띈다. 그 아래 있는 서랍을 가만히 보았다. 머릿속에 서랍 안에 놓인 물건들이 자연스레 떠올랐다. 눈을 감았다가 떴다.

아직도 아니다.

무성을 보내고서 컴퓨터를 켰다. 인터넷 익스플로러를 켜자, 시작 페이지로 지정된 대형 포털 사이트가 떴다. 메인 페이지에 있는 몇 개의 뉴스 중 내 이름이 눈에 띄었다. 클릭을 하자, 인터뷰 때 찍었던 내 사진과 함께 짤막한 기사가 있었다.

길지 않은 기사는 내가 하루 동안 행방불명이 되어 작은 소동이 일어났음을 서두로 밝히고 있었다. 잠시 머리를 식히고 싶어서 혼자 외출을 했었다는 소속사 관계자의 말을 보며 피식 웃었다. 동하 형이 지어낸 말이거나, 기자가 만든 말일 것이다. 하루가 아니라 반나절이라고 혼잣말을 중얼거리며 의자에 몸을 기댔다.

그 반나절이 어떠한 영향을 주었는지는 아무도 모른다. 그 때문에 내가 어떠한 결정을 내렸는지도.

아무래도 갈 때 동하 형에게는 미리 알려야겠다. 아니, 통보만 하는 게 낫겠다. 그래야 그도 뭔가 이유를 만들 수 있을 것이다. 그리 생각하며 인터넷 익스플로러를 껐다.

할 일은 정해졌다.

며칠이 지났다. 휴대전화를 열어 날짜와 시간을 확인했다. 아직 여유가 있긴 하지만, 지금 나가는 게 낫다. 얼굴을 손으로 쓸어내리며 크게 심호흡을 했다. 배낭을 현관 근처에 두고 침실로 돌아가 협탁 서랍에서 열쇠를 꺼냈다. 서랍 안에는 상자와 종이가 남아 있었다. 종이는 지금은 필요 없으나, 상자는 아니라는 생각이 들었다. 잠깐의 고민 끝에 상자도 꺼냈다.

서랍을 닫고 창밖을 보니, 따사로운 햇볕이 내리쬐는 하늘이 보였다. 상자를 세게 움켜쥐었다.

준비는 끝났다.

택시에서 내리자, 아직은 낯선 입구가 보였다. 정오를 약간 넘긴 시간 탓인지, 아니면 유동 인구가 별로 없는 것인지 아파트 안은 고요했다. 그곳에 들어가 이층으로 올라갔다.

202호를 지나쳐 203호 앞에 서서 열쇠를 꺼냈다. 열쇠고리가 달랑 흔들린다. 천천히 열쇠를 구멍에 넣고 돌렸다. 걸리는 것 없이 열린다. 역시 바꾸지 않았다. 만족스럽다.

아무도 없는 아파트 안으로 들어가자, 깔끔한 내부가 시야에 들어찼다. 현관 턱에 주저앉아 신발을 벗다가 구석에 놓인 작은 슬리퍼가 눈에 띄었다. 그 옆에 내 신발을 두었다. 그러곤 부엌과 방을 연결하는 미닫이문을 열자, 예상대로 텅 비어 있었다. 배낭을 바닥에 두고 털썩 주저앉았다. 엉덩이 밑이 폭신하다. 숨을 크게 들이쉬었다 내쉬었다. 낯설기만 한 공기가 코를 간질인다.

앉아만 있는 게 답답해 주변을 두리번거렸다. 별로 넓지 않은 공간인데도 있을 것은 다 있었다. 낯익은 한국 메이커의 컴퓨터, 사람이 나간 흔적을 그대로 지닌 침대, 일본어로 된 책이 꽂힌 작은 책장, 벽을 장식하고 있는 몇 십 장의 사진.

몸을 일으켜 사진이 있는 벽으로 다가갔다. 적당한 위치에 대충 붙어 있는 사진들은 전부 일본에서 찍은 것 같았다. 사람을 찍은 것도 있었고, 풍경만 찍은 사진도 있었다. 다양한 시선의 따뜻한 느낌을 담은 사진들이었다.

그 사진을 바라보며 의자에 앉았다. 정리가 되어 있는 다른 곳에 비해 책상은 조금 어지럽혀 있었다. 일어로 쓰인 종이들이 책상의 중앙에 얼기설기 놓여 있었다. 그중에 한국어가 보였다. 훔쳐보는 기분으로 그 종이를 들어 올렸다. 낯익은 필체가 종이를 반쯤 메우고 있었다.

엄마라고 맨 위에 적혀 있는 것으로 보아, 편지인 듯했다. 학교에서 있었던 자그만 에피소드도 있었고, 일본인 친구가 생겨서 도움을 많이 받고 있다는 내용도 있었다. 그 친구가 누구인지 궁금했다. 알고 싶었지만, 그럴 권리가 아직은 없었다. 돌연 입 안이 쓰다. 편지를 원래의 자리에 놓고 바닥에 주저앉았다. 베란다 밖으로 보이는 하늘은 아직도 밝았다. 시간이 더디다.

지루한 고요함에 빠져 있던 바깥에서 쿵쾅거리는 소리가 들려왔다. 반사적으로 시계를 보니 열한 시를 넘긴 시각이었다. 창밖은 이미 어둡다. 설렘이라 정의할 수 있는 감정이 마음을 흔든다. 애써 심호흡을 하며 정신을 가다듬었다.

바닥에 두었던 헤드폰을 끼고 음악을 재생시켰다. 볼륨을 크게 하자, 귀가 아프다. 잠깐만 참으면 된다. 이 정도 참는 것은 유세도 아니다. 그런 뒤 일부러 바닥에 누워 편한 자세를 꾸몄다. 기분이 설렌다.

조금 후, '하, 참나!' 하고 어이없는 목소리가 헤드폰 사이로 스며들어 왔다. 아무리 시끄러운 소리가 있어도 저 목소리는 금세 알아들을 수 있었다. 자연스레 나오는 웃음을 억누르며 헤드폰을 벗었다. 엄청난 볼륨의 음악이 헤드폰을 비집고 흘러나왔다. 날숨을 살짝 내뱉은 뒤 고개를 돌렸다. 시야 가득 일그러진 표정의 그녀가 들어왔다. 태연한 척하며 비시시 웃었다. 심장이 음악의 리듬에 맞춰 쿵쾅거리고 있었다.

"안녕, 해문아."

이제 시작이다.

'내가 만약 후기를 쓰게 된다면?'

이런 생각을 한 적은 꽤 많았습니다. 다른 책의 후기를 보며 난 후기를 쓸 때 이렇게 써야지, 하고 혼자 생각한 적도 제법 됩니다. 그런데 막상 후기를 쓰게 되자, 희한하게도 하얀 페이지를 채우는 게 참 막연하게 느껴집니다.

무슨 말로 채워야 하나, Thanks to엔 누구 이름을 써야 하나, 다른 책의 후기는 어떤 내용이었지, 글에 대한 후기니까 글에 대한 뒷이야기를 써야 하나 등등 다양한 생각이 머릿속을 복잡하게 만드네요. 아마도 『가만한 바람』을 너무 오래 잡고 있었기에 유난히 그런 듯싶습니다.

처음이라는 이유로 오랜 시간 동안 동고동락을 해서, 생각이 복잡한 것이겠죠. 그래도 이렇게 여러분에게 선보일 수 있는 글이 되었다는 것만으로도 충분히 만족하고 있습니다.

작가후기

제게 충고와 격언을 아끼지 않은 제 가족, 그리고 지인들과 친구들, 또한 극악한 연재 속도에도 꿋꿋하게 끝까지 읽어주신 분들, 지금 이 글을 읽어주신 모든 분들에게 진심으로 감사합니다.

소심하게나마 바라는 것이 있다면, 『가만한 바람』의 마지막 장을 덮을 때, 머릿속에 작은 이미지, 혹은 다른 그 무엇이라도 하나 남아 있는 것입니다. 읽으신 분들에게 그런 글이 되었으면 합니다.

『가만한 바람』이 마침표가 아닌 시작점이 되길 바라며, 귀차니스트 글쟁이는 이만 물러갑니다.

—2007년 3월, 朴智隨.

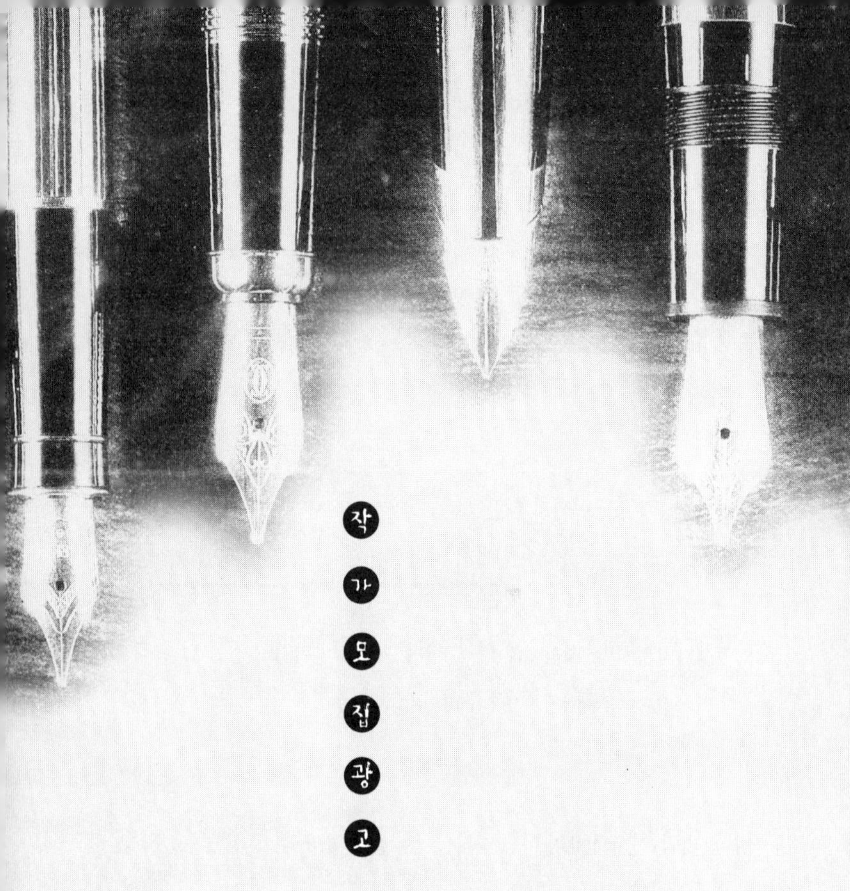
작
가
모
집
광
고